DE ENGELSE SPION

DANIEL SILVA

DE ENGELSE SPION

Vertaling Angela Knotter

HarperCollins

Oorspronkelijke titel: *The English Spy*
Vertaling: Angela Knotter
Omslagontwerp: Diego Rivera
Bewerking: Katya Kholyapina/Van de Wall Vormgeving
Omslagbeeld: Hayden Verry/Arcangel Images; Reds/Getty Images
Zetwerk: Mat-Zet B.V., Soest
Druk: CPI books GmbH, Germany

ISBN 978 94 027 0880 6
NUR 330
Eerste druk juli 2017

Originele uitgave verschenen bij HarperCollins Publishers LLC, New York, U.S.A.
Deze uitgave is uitgegeven in samenwerking met HarperCollins Publishers LLC

HarperCollins Holland en Harlequin Holland zijn divisies van Harlequin Enterprises Limited
www.harpercollins.nl

'Wanneer je een potloodaantekening uitgumt, moet je er zeker van zijn dat je het grondig doet. Want als je een geheim moet bewaren, kun je niet voorzichtig genoeg zijn.'

GRAHAM GREENE, THE MINISTRY OF FEAR

'Nu geen tranen meer. Ik ga nadenken over hoe ik wraak kan nemen.'

MARY STUART, KONINGIN VAN SCHOTLAND

DEEL EEN

DOOD VAN DE PRINSES

1

GUSTAVIA, SAINT BARTHÉLEMY

Het ZOU ALLEMAAL NOOIT ZIJN gebeurd als Spider Barnes zich niet een stuk in zijn kraag had gedronken twee avonden voordat de Aurora zou uitvaren. Spider werd beschouwd als de beste scheepskok in het hele Caraïbisch gebied, heetgebakerd maar door niemand te vervangen, een briljante mafkees in een gesteven koksbuis en schort. Spider had namelijk een klassieke opleiding genoten. Spider had een klus in Parijs gedaan. Spider had in Londen gewerkt. Spider had in New York gewerkt, en in San Francisco, en hij had nog een korte, niet al te geslaagde, stop in Miami gemaakt, alvorens het restaurantwezen voorgoed de rug toe te keren en voor de vrijheid van het ruime sop te kiezen. Nu werkte hij op de grote charterschepen, het soort jachten dat filmsterren, rappers, hoge pieten en aanstellerige types graag huurden om indruk te maken. En wanneer Spider niet achter het fornuis stond, was hij steevast te vinden op een van de betere barkrukken op de vaste wal. Eddy's in Gustavia stond in zijn top vijf van het Caraïbisch bassin, misschien wel in zijn wereldwijde top vijf. Hij begon die avond om zeven uur met een paar biertjes, rookte om negen uur een joint in de donkere tuin, en zat om tien uur achter zijn eerste glas vanillerum. De hele wereld leek dik in orde. Spider Barnes verkeerde in een aangename roes.

Maar toen zag hij Veronica, en nam de avond een gevaarlijke wending. Ze was nieuw op het eiland, een enigszins verloren uitziend meisje uit een niet nader gedefinieerd Europees land, dat drankjes serveerde aan dagjesmensen in het pretentieloze buurtcafé naast Eddy's. Mooi was ze wel – als een fleurig boeket, zei Spider tegen zijn naamloze drinkmaat – en het kostte hem exact tien seconden om zijn hart aan haar te verliezen. Hij vroeg haar ten huwelijk – zijn favoriete openingszin – en toen ze hem afwees, stelde hij voor in plaats daarvan samen het bed in te duiken. Om de een of andere reden werkte dat, en rond middernacht waren de twee nog gesignaleerd, wankelend door een stortbui. Dat was de laatste keer dat iemand hem had gezien, om drie minuten over twaalf op een regenachtige avond in Gustavia, doorweekt, stomdronken en voor de zoveelste keer verliefd.

De kapitein van de Aurora, een luxe motorjacht van zevenenveertig meter lang met als thuishaven Nassau, was een man die Ogilvy heette – Reginald Ogilvy, ex-marineman, een goedgunstig dictator die sliep met het reglement naast zich op het nachtkastje, samen met de King James Bijbel van zijn grootvader. Hij had nooit veel met Spider Barnes opgehad, en dat werd er niet beter op toen die de volgende ochtend om negen uur niet kwam opdagen voor de dagelijkse bespreking voor bemanning en huishoudelijk personeel. Het was geen gewone bespreking, want de Aurora moest in gereedheid worden gebracht voor een heel belangrijke gast. Alleen Ogilvy wist om wie het ging. Hij wist ook dat ze een volledig beveiligingsteam zou meenemen en dat ze op zijn zachtst gezegd nogal veeleisend was, wat verklaarde waarom de afwezigheid van zijn gerenommeerde chef-kok hem grote zorgen baarde.

Ogilvy maakte melding van de situatie bij de havenmeester van Gustavia, die het op zijn beurt weer doorgaf aan de plaatselijke gendarme. Twee agenten gingen langs bij Veronica's huisje in de heuvels, maar ook van haar bleek geen spoor te ontdekken. Vervolgens breidden ze hun onderzoek uit naar de plekken op het eiland waar mensen die te veel hadden gedronken of wier hart was gebroken gewoonlijk opdoken na een wilde nacht. Bij Le Select beweerde een Zweed met een rood gezicht dat hij Spider die ochtend nog op een Heineken had getrakteerd. Iemand anders zei dat hij hem bij Colombier over het strand had zien lopen, en dan was er ook nog een – onbevestigd – bericht over een ontroostbare figuur die een beetje in het wilde weg liep te schreeuwen in de verlaten contreien van Toiny.

Plichtsgetrouw trokken de gendarmes iedere aanwijzing na. Daarna kamden ze het eiland uit van noord naar zuid, uiterst grondig, maar zonder resultaat.

Een paar minuten na zonsondergang deelde Reginald Ogilvy de bemanning van de Aurora mee dat Spider Barnes spoorloos was verdwenen en dat er zo snel mogelijk een geschikte vervanger moest worden gevonden. Nu was het de beurt aan de bemanning het eiland uit te kammen, van de eethuisjes aan de boulevard van Gustavia tot aan de strandtentjes van de Grand Cul-de-Sac. En rond negen uur die avond, op een volkomen onwaarschijnlijke plek, vonden ze hun man.

Hij was op het hoogtepunt van het orkaanseizoen op het eiland aangekomen en had zijn intrek genomen in het houten huisje helemaal aan het einde van het strand van Lorient. Veel bezittingen had hij niet: alleen een canvas plunjezak, een stapel vaak gelezen boeken, een kortegolfradio, en een rammelende oude scooter die hij in Gustavia op de kop had getikt in ruil voor een paar gore bankbiljetten en een glimlach. De boeken waren dik, zwaar en wetenschappelijk van aard; de radio was van een kwaliteit die je niet vaak meer zag. 's Avonds laat, wanneer hij op zijn verzakte veranda zat te lezen bij het licht van een lamp op batterijen, stegen de klanken van de muziek boven het geruis van de palmbladeren en het zachte rollen van de branding uit. Voornamelijk jazz en klassiek, soms wat reggae van de radiostations aan de andere kant van het water. Op ieder heel uur liet hij zijn boek even zakken om aandachtig te luisteren naar het BBC-nieuws. Zodra de nieuwsuitzending voorbij was, zocht hij weer de zender die hem het meest aanstond, en hervatten de palmbomen en de zee hun dans op het ritme van zijn muziek.

In eerste instantie was niet echt duidelijk of hij vakantie vierde, op doorreis was, of van plan was zich permanent op het eiland te vestigen. Geld leek niet echt een probleem te zijn. Bij zijn bezoek 's ochtends aan de *boulangerie,* voor brood en koffie, gaf hij de meisjes altijd een royale fooi. En wanneer hij 's middags bij het winkeltje vlak bij de begraafplaats langsging voor zijn Duitse bier en zijn Amerikaanse sigaretten liet hij het wisselgeld dat uit de automaat viel altijd gewoon liggen. Zijn Frans was redelijk, maar er klonk een accent in door dat niemand kon thuisbrengen. Zijn Spaans, dat hij sprak met de Dominicaan achter de balie van JoJo Burger, was een stuk beter, al had het nog steeds dat accent. De meisjes bij de bakker hadden besloten dat hij een Australiër was, maar de jongens bij JoJo Burger dachten dat hij uit Zuid-Afrika kwam. Die zaten overal in het Caraïbisch gebied, mensen uit Zuid-Afrika. Voor het merendeel uiterst fatsoenlijke mensen, maar er zaten er ook een paar tussen die zich met minder frisse zaken bezighielden.

Zijn dagen mochten doelloos lijken, toch leken ze niet geheel zonder structuur. Hij ontbeet bij de *boulangerie*, haalde bij de kiosk in Saint-Jean een stapeltje Engelse en Amerikaanse kranten van de vorige dag, deed nauwgezet zijn work-out op het strand, en las zijn dikke boeken over literatuur en geschiedenis, met op zijn hoofd een zonnehoedje dat hij tot net boven zijn ogen had getrokken. Eén keer huurde hij een walvisboot en ging hij een middagje snorkelen bij het eilandje Tortue. Maar zijn inactieve bestaan leek eerder gedwongen dan vrijwillig. Hij had wel iets van een gewonde soldaat die naar het slagveld terug verlangde, een balling die droomde van zijn achtergelaten vaderland, waar dat vaderland dan ook mocht zijn.

Volgens Jean-Marc, douanier op de luchthaven, was hij aangekomen met een vlucht uit Guadeloupe, in het bezit van een geldig Venezolaans paspoort op de eigenaardige naam van Colin Hernandez. Hij scheen te zijn voortgekomen uit een kort huwelijk tussen een Ierse moeder en een Spaanse vader. De moeder pretendeerde dichter te zijn, de vader had iets vaags met geld gedaan. Aan de man had Colin duidelijk een hekel gehad, maar de bewoordingen waarin hij over zijn moeder sprak, deden vermoeden dat haar heiligverklaring nog slechts een formaliteit was. Hij droeg haar foto altijd bij zich in zijn portefeuille. Het vlasblonde jongetje op haar schoot leek niet echt op Colin, maar zo ging dat nu eenmaal met het verstrijken van de jaren.

Volgens zijn paspoort was hij achtendertig, wat wel met zijn uiterlijk overeenkwam, en was hij van beroep 'zakenman', wat zo ongeveer alles kon betekenen. De meisjes van de *boulangerie* dachten dat hij een schrijver was op zoek naar inspiratie. Hoe viel anders te verklaren dat hij bijna nooit zonder een boek werd gezien? Maar de meisjes van het winkeltje verzonnen een woest, volkomen ongefundeerd verhaal over een moord die hij op Guadeloupe zou hebben gepleegd. Hij zou zich nu op Saint Barthélemy schuilhouden tot de storm weer een beetje was gaan liggen. De Dominicaan van JoJo Burger, zelf op de vlucht, vond het een belachelijk verzinsel. Colin Hernandez, verklaarde hij, was gewoon zo'n luie nietsnut die leefde van een trust fund van een vader die hij haatte. Hij zou blijven totdat hij zich ging vervelen, of totdat het geld begon op te raken. Dan zou hij ergens anders naartoe vliegen en na een paar dagen zouden ze zich zijn naam amper nog kunnen herinneren.

Eindelijk, op de dag af een maand na zijn aankomst, deed zich een kleine verandering voor in zijn dagelijkse routine. Na zijn lunch bij JoJo Burger ging hij naar de kapper in Saint-Jean, en toen hij weer naar buiten kwam, was zijn woeste, donkere haardos keurig geknipt en gemodelleerd en royaal in de olie gezet. De volgende ochtend verscheen hij fris geschoren bij de bakker, gekleed in een kaki broek en een onberispelijk wit overhemd. Hij nuttigde zijn gebruikelijke ontbijt – een grote kom koffie met warme melk en een stuk grof boerenbrood – en deed extra lang over de Times van de vorige dag.

Vervolgens keerde hij niet terug naar zijn huisje, zoals gewoonlijk, maar verdween hij op zijn scooter verder Gustavia in. En tegen het middaguur werd eindelijk duidelijk waarom een man die Colin Hernandez heette naar Saint Barthélemy was gekomen.

Eerst ging hij naar het statige, oude Carl Gustaf Hotel, maar zodra de chef-kok aldaar vernam dat hij geen echte opleiding had genoten, wilde hij niet eens met hem praten. De eigenaren van Maya's wezen hem beleefd de deur, net als de managers van Wall House, Ocean en La Cantina. Hij probeerde het bij La Plage, maar La Plage had geen interesse. Net zomin als Eden Rock, Guanahani, La Crêperie, Le Jardin of het afgelegen Le Grain de Sel, met uitzicht over de zoutmoerassen van La Grande Saline. Zelfs bij La Gloriette, geopend door een politiek vluchteling, wilden ze niets van hem weten.

Niet uit het veld geslagen richtte hij zijn pijlen op de nog niet ontdekte pareltjes van het eiland: de snackbar op de luchthaven, het creoolse eethuisje aan de overkant van de straat, het pizza-en-paninitentje op de parkeerplaats van de L'Oasis-supermarkt. En daar lachte het geluk hem eindelijk toe: de chef-kok van Le Piment bleek er namelijk na een reeds lang smeulend conflict over uren en salaris net vandoor te zijn gegaan. Rond vier uur die middag, na een demonstratie van zijn vaardigheden in het krap bemeten keukentje van Le Piment, was hij aangenomen. Diezelfde avond draaide hij zijn eerste dienst. Iedereen was laaiend enthousiast.

Binnen de kortste keren ging het verhaal van zijn kookkunsten als een lopend vuurtje over het eiland. Le Piment, ooit het domein van buurtbewoners en stamgasten, werd al snel overstroomd door een geheel nieuwe clientèle, die zonder uitzondering de loftrompet stak over de mysterieuze nieuwe kok met de eigenaardige Engels-Spaanse naam. Het Carl Gustaf Hotel probeerde hem alsnog weg te kapen, net als Eden Rock, Guanahani, en La Plage, maar geen van alle hadden ze succes. Reginald Ogilvy, kapitein van de Aurora, was dan ook niet erg optimistisch gestemd toen hij zich, de avond na de verdwijning van Spider Barnes, zonder reservering bij Le Piment meldde. Na een halfuur geduld oefenen aan de bar kreeg hij een tafel toegewezen. Hij bestelde drie voorgerechten en drie hoofdgerechten. Nadat hij van allemaal iets had geproefd, vroeg hij of hij de chef-kok kon spreken. Het duurde tien minuten voordat aan zijn verzoek gehoor werd gegeven.

'Honger?' vroeg de man die Colin Hernandez heette, zijn blik op de tafel vol gerechten.

'Niet echt.'

'Wat doet u hier dan?'

'Ik wilde zien of u echt zo goed was als iedereen schijnt te denken.' Ogilvy stak zijn hand uit en stelde zich voor: zijn rang en naam, gevolgd door de naam van zijn schip.

De man die Colin Hernandez heette, trok vragend een wenkbrauw op. 'Dat is de boot van Spider Barnes, toch, de Aurora?'

'U kent Spider?'

'Ik geloof dat ik weleens iets met hem heb gedronken.'

'U bent niet de enige.' Ogilvy nam de man die voor hem stond aandachtig in zich op. Hij was stevig gebouwd, enigszins gedrongen, en boezemde ontzag in. Voor het geoefende oog van de Engelsman zag hij eruit als iemand die ruwe wateren had bevaren. Zijn wenkbrauwen waren dik en donker, zijn kaak krachtig en onverzettelijk. Hij had een gezicht, dacht Ogilvy, dat erop was gebouwd een dreun te verwerken. 'U komt uit Venezuela,' zei hij.

'Wie zegt dat?'

'Iedereen die weigerde u aan te nemen toen u op zoek was naar werk.' Ogilvy's blik ging van het gezicht van de man naar de hand die op de stoel tegenover hem rustte. Geen spoor van tatoeages. Dat vond hij een goed teken. Ogilvy beschouwde de moderne inktcultuur als een vorm van zelfverminking.

'Drinkt u?'

'Niet zoals Spider.'

'Getrouwd?'

'Eén keer maar.'

'Kinderen?'

'Gelukkig niet.'

'Zwakheden?'

'Coltrane en Monk.'

'Ooit iemand vermoord?'

'Niet dat ik me kan herinneren.'

Hij zei het met een glimlach, en Reginald Ogilvy glimlachte terug.

'Ik vroeg me af of ik u kon overhalen dit alles in de steek te laten,' zei hij. 'Ik ben bereid u een royaal salaris te betalen. En wanneer we niet op zee zijn, hebt u alle tijd om de dingen te doen die u graag doet op de momenten dat u niet aan het koken bent.'

'Hoe royaal?'

'Tweeduizend per week.'

'Wat verdiende Spider?'

'Drie,' antwoordde Ogilvy na een korte aarzeling. 'Maar Spider werkte al twee seizoenen voor me.'

'En nu werkt hij niet meer voor u, nietwaar?'

Ogilvy deed alsof hij heel hard nadacht. 'Oké, drie,' zei hij toen. 'Maar dan moet u wel onmiddellijk beginnen.'

'Wanneer vaart u uit?'

'Morgenochtend.'

'In dat geval,' zei de man die Colin Hernandez heette, 'denk ik dat u me vier moet betalen.'

Reginald Ogilvy, kapitein van de Aurora, keek nog eens naar de gerechten op tafel en kwam toen overeind. 'Acht uur,' zei hij. 'Wees op tijd.'

François, de heetgebakerde, uit Marseille afkomstige eigenaar van Le Piment, nam het nieuws niet echt goed op. Er werd in rap tempo, in Zuid-Frans dialect, een scheldkanonnade afgevuurd. Er werd gedreigd met represailles. En daarna spatte er een fles, waarin een vrij goede Bordeaux had gezeten, in duizenden scherven tegen de muur van de piepkleine keuken uiteen. Later zou François ontkennen dat hij op zijn vertrekkende kok had gemikt. Maar Isabelle, een serveerster die getuige was geweest van het incident, zou zijn versie van de feiten in twijfel trekken. François, bezwoer ze, had de fles als een dolk recht naar het hoofd van Monsieur Hernandez geworpen. En Monsieur Hernandez, wist ze te vertellen, had het projectiel weten te ontwijken met zo'n snelle, subtiele beweging, dat de hele actie nauwelijks waarneembaar was geweest. Daarna had hij François lange tijd kil aangestaard, alsof hij overwoog hoe hij diens nek het best kon breken. Vervolgens had hij kalm zijn smetteloos witte schort afgedaan en was hij op zijn scooter gestapt.

De rest van die avond bracht hij op de veranda van zijn huisje door, lezend bij het licht van zijn stormlamp. En op ieder heel uur liet hij zijn boek even zakken om naar het BBC-nieuws te luisteren, terwijl de golven het strand op rolden en weer terug, en de palmbladeren ruisten in de avondbries. De volgende ochtend nam hij, na een verfrissende duik in zee, een douche, kleedde zich aan, en pakte zijn spullen in zijn canvas plunjezak: zijn kleren, zijn boeken, zijn radio. Hij voegde er twee dingen aan toe die voor hem op Tortue waren achtergelaten: een Stechkin 9mm pistool met geluiddemper en een rechthoekig pakje van dertig bij vijftig centimeter. Het pakje woog exact zeven en een kwart kilo. Hij stopte het midden in de plunjezak, zodat het zo stabiel mogelijk lag wanneer hij zich verplaatste.

Om halfacht verliet hij het strand van Lorient voor de laatste keer en reed hij, met de plunjezak op schoot, Gustavia in. De Aurora lag te glinsteren aan de kade. Om tien voor acht ging hij aan boord, waar zijn souschef, een mager Engels meisje dat Amelia List bleek te heten, hem naar zijn hut bracht. Hij stopte al zijn bezittingen – inclusief het pistool en het pakje van zeven en een kwart kilo – in de kast, en trok de koksbroek en -jas aan die op zijn bed waren klaargelegd.

Amelia List stond in de gang op hem te wachten om hem naar de kombuis te begeleiden en hem een rondleiding te geven langs de voorraadkast met houdbare artikelen, de inloopkoelkast en de wijnopslag.

Daar, in de koele, duistere ruimte, had hij zijn eerste seksuele gedachte over het Engelse meisje in het frisse witte uniform. Hij deed geen moeite die te onderdrukken. Hij leefde al zoveel maanden celibatair dat hij zich amper nog kon herinneren hoe het voelde het haar van een vrouw aan te raken of de huid van een weerloze borst te strelen.

Een paar minuten voor tien werden alle bemanningsleden via de intercom opgeroepen zich op het achterdek te melden. De man die Colin Hernandez heette volgde Amelia List naar buiten en stond naast haar toen twee zwarte Range Rovers bij de achtersteven van de Aurora tot stilstand kwamen.

Uit de eerste kwamen twee giechelende, door de zon gebruinde meisjes en een bleke man van in de veertig met hoogrode blossen op zijn wangen, die met zijn ene hand de hengsels van een roze strandtas omklemde, en met de andere de hals van een reeds geopende fles champagne. Twee gespierde mannen stapten uit de tweede Range Rover, een ogenblik later gevolgd door een vrouw die eruitzag of ze leed aan een vorm van ongeneeslijke melancholie. Ze droeg een perzikroze jurk waarin ze gedeeltelijk naakt leek, een hoed met brede rand die haar slanke schouders overschaduwde, en een grote donkere zonnebril, waarachter een flink deel van haar bijna doorschijnend bleke gezicht schuilging. Toch was ze onmiddellijk te herkennen. Haar profiel verraadde haar, het profiel dat zo werd bejubeld door de modefotografen en door de paparazzi die haar overal op de hielen zaten. Die ochtend waren er geen paparazzi te bekennen. Voor één keer had ze aan hen weten te ontsnappen.

Ze stapte aan boord van de Aurora alsof ze over een open graf heen stapte, en liep zonder ook maar een woord of een blik langs de verzamelde bemanning. Daarbij ging ze zo rakelings langs de man die Colin Hernandez heette dat hij de aanvechting moest onderdrukken haar aan te raken om zich ervan te overtuigen dat ze echt was, en geen hologram.

Vijf minuten later maakte de Aurora zich los van de kade, en tegen het middaguur was het paradijselijke eiland Saint Barthélemy nog slechts een bruin-groene vlek aan de horizon. Op het voordek lag een van de beroemdste vrouwen ter wereld, topless, een drankje in haar hand, haar vlekkeloze huid koesterend in de zon. En één dek lager, bezig met het bereiden van een amuse van tonijntartaar, komkommer en ananas, stond de man die haar ging vermoorden.

2

TER HOOGTE VAN DE BENEDENWINDSE EILANDEN

IEDEREEN KENDE HET VERHAAL. EN zelfs degenen die deden of het hen niet interesseerde, of die zich geringschattend uitlieten over haar wereldwijde cultstatus, kenden alle smeuïge details.

Zij was het timide, mooie meisje uit de middenklasse van Kent dat erin was geslaagd op Cambridge te belanden, en hij was de knappe, iets oudere toekomstige koning van Engeland. Ze hadden elkaar ontmoet tijdens een campusdebat over iets wat met het milieu te maken had, en de toekomstige koning was, volgens de overlevering, als een baksteen voor haar gevallen. Een lange verkeringstijd volgde, in alle rust en discretie. Het meisje werd doorgelicht door de mensen rondom de toekomstige koning; de toekomstige koning door die rondom haar. Uiteindelijk lukte het een van de brutalere roddelbladen een foto te maken van het stel, op het moment dat ze het jaarlijkse zomerbal van de Hertog van Rutland op Belvoir Castle verlieten. Daarop gaf Buckingham Palace een nietszeggende verklaring, die alleen maar bevestigde wat inmiddels overduidelijk was: dat de toekomstige koning en het burgermeisje zonder aristocratisch bloed het gezellig met elkaar hadden. Een maand later, terwijl de roddelbladen al wekenlang bol stonden van de geruchten en veronderstellingen, kondigde het paleis aan dat het burgermeisje en de toekomstige koning trouwplannen hadden.

Ze trouwden in St. Paul's Cathedral op een ochtend in juni terwijl de regen in het zuiden van Engeland met bakken uit de hemel kwam. Later, toen het misliep, schreven sommige journalisten dat de relatie van het begin af aan gedoemd was geweest te mislukken. Het meisje was, qua karakter en afkomst, volkomen ongeschikt voor een leven in het koninklijke aquarium. En de toekomstige koning was, om dezelfde redenen, net zo ongeschikt voor het huwelijk. Hij had de ene minnares na de andere, te veel om bij te houden, en uit wraak dook het meisje met een van de veiligheidsagenten het bed in. Zodra de toekomstige koning daarachter kwam, verbande hij de agent naar een eenzame buitenpost in Schotland.

In een wanhoopsdaad probeerde het meisje zich van het leven te beroven met een overdosis slaappillen, waarna ze werd afgevoerd naar de spoedeisende hulp van het St. Anne-ziekenhuis. Buckingham Palace verklaarde dat ze aan uitdroging leed als gevolg van een stevige griep. Op de vraag waarom haar man haar in het ziekenhuis niet had bezocht, had het paleis iets vaags gezegd over niet in de planning passen. Dat riep meer vragen op dan het beantwoordde.

Nadat ze uit het ziekenhuis was ontslagen, werd het voor de koningshuiskenners wel duidelijk dat het nog lang niet goed ging met de mooie vrouw van de toekomstige koning. Toch kweet ze zich van haar huwelijkse plicht en baarde twee erfgenamen, een zoon en een dochter, allebei te vroeg geboren na een moeilijke zwangerschap.

De toekomstige koning betoonde haar zijn dankbaarheid door terug te keren naar het bed van een vrouw die hij ooit ten huwelijk had gevraagd, en de prinses sloeg terug door een wereldwijde beroemdheid te verwerven, die die van de overleden moeder van de koning nog overschaduwde. Ze reisde de wereld over om allerlei goede doelen te steunen, een horde journalisten en fotografen in haar kielzog, maar niemand leek te merken dat ze langzaam een beetje gek werd.

Uiteindelijk, met haar goedkeuring en heimelijke medewerking, werd het allemaal breed uitgemeten in een alles onthullend boek: de ontrouw van haar man, de depressieve buien, de zelfmoordpogingen, de eetstoornis veroorzaakt door haar voortdurende blootstelling aan de pers en het publiek.

De toekomstige koning was woest en lekte uit wraak allerlei dingen naar de pers over het labiele gedrag van zijn vrouw. De genadeslag kwam in de vorm van de opname van een hartstochtelijk telefoongesprek tussen de prinses en haar favoriete minnaar.

Tegen die tijd was de *Queen* het meer dan zat. Omwille van de monarchie verzocht ze het stel zo snel mogelijk te scheiden.

Dat deden ze een maand later, waarna Buckingham Palace doodleuk een verklaring uitgaf dat ze 'als vrienden' uit elkaar waren gegaan.

De prinses mocht haar vertrekken in Kensington Palace houden, maar werd niet langer met Hare Koninklijke Hoogheid aangesproken. De *Queen* bood haar nog een lagere titel aan, maar die wees ze af, er de voorkeur aan gevend haar eigen naam te gebruiken. Ook de koninklijke beveiligers wilde ze niet meer, aangezien ze die eerder zag als spionnen dan als beschermers van haar veiligheid.

Het paleis bleef sowieso alles wat ze deed onopvallend in de gaten houden, net als de Britse geheime dienst, die haar overigens alleen maar lastig vond en beslist geen bedreiging voor het koninkrijk. In het openbaar toonde ze het stralende gezicht van iemand die begaan was met de hele wereld, achter gesloten deuren dronk ze te veel en omringde ze zich met mensen die door een van de koninklijke adviseurs werden omschreven als *eurotrash*.

Voor deze trip had ze daarentegen slechts een select gezelschap meegenomen. De twee door de zon gebruinde vrouwen waren jeugdvriendinnen; de man die aan boord van de Aurora was gestapt met een geopende fles champagne in zijn hand was Simon Hastings-Clarke, de absurd rijke burggraaf die haar onderhield in de stijl waaraan ze gewend was geraakt. Het was Hastings-Clarke die haar de wereld rond vloog in zijn privévliegtuigen, en het was ook Hastings-Clarke die haar bodyguards betaalde.

De twee mannen die hen naar het Caraïbisch gebied vergezelden, waren in dienst van een particulier beveiligingsbedrijf in Londen.

Voordat ze uit Gustavia waren vertrokken, hadden ze de Aurora en haar bemanning aan een bijzonder vluchtig onderzoek onderworpen. Van de man die Colin Hernandez heette, wilden ze maar één ding weten: 'Wat eten we?'

Op verzoek van de voormalige prinses was het een licht buffet geworden, alhoewel niemand daarvoor bijster veel belangstelling toonde. Er werd vooral veel gedronken die middag, en gebakken in de genadeloze zon, totdat er een bui losbarstte en iedereen lachend naar zijn of haar luxehut vluchtte.

Om negen uur die avond kwamen ze pas weer tevoorschijn, uitgedost en opgedoft alsof ze naar een tuinfeest in Somerset gingen. Ze nuttigden cocktails en hapjes op het achterdek en verplaatsten zich toen naar de grote salon voor het diner: salade met truffelvinaigrette, gevolgd door risotto met kreeft en lamsrack met artisjokken, citroen, courgette en *piment d'argile.* De voormalige prinses en haar gezelschap genoten van het diner, en ze vroegen of de chef-kok aan tafel kon komen. Toen hij eindelijk verscheen, beloonden ze hem met een kinderlijk applaus.

'Wat gaat u morgenavond voor ons maken?' vroeg de voormalige prinses.

'Dat is een verrassing,' antwoordde hij met dat aparte accent van hem.

'O, mooi,' zei ze met een glimlach die hij reeds op talloze tijdschriftcovers had gezien. 'Ik ben dol op verrassingen.'

Ze hadden maar een kleine bemanning, acht personen in totaal, en dus moesten de kok en zijn assistente er ook voor zorgen dat het servies, de glazen, het bestek, de schalen en de pannen weer schoon in de kast kwamen. De voormalige prinses en haar gezelschap waren allang weer naar hun hutten vertrokken toen zij nog naast elkaar aan het aanrecht stonden. Af en toe raakten hun handen elkaar in het warme, schuimende water en drukte haar heupbot tegen zijn bovenbeen. En één keer, toen ze zich langs elkaar heen persten bij de linnenkast, voelde hij haar tepels langs zijn rug strijken, waarop zijn onderlichaam onmiddellijk reageerde.

Beiden vertrokken ze naar hun eigen hut, maar al snel klonk er een zachte klop op zijn deur. Zonder een woord te zeggen deed ze het met hem. Het was alsof hij de liefde bedreef met iemand die niet kon praten.

'Misschien was dit niet zo slim,' fluisterde ze na afloop in zijn oor.

'Hoezo niet?'

'Omdat we nog heel lang samen moeten werken.'

'Zo lang nu ook weer niet.'

'Ben je niet van plan te blijven?'

'Dat hangt ervan af.'

'Waarvan?'

Hij gaf geen antwoord.

Ze legde haar hoofd op zijn borst en deed haar ogen dicht.

'Je kunt hier niet blijven,' zei hij.

'Dat weet ik,' beaamde ze slaperig. 'Heel even nog.'

Lange tijd bleef hij bewegingloos liggen, terwijl Amelia List sliep op zijn borst, de Aurora op en neer deinde onder hem, en hij in gedachten alle details doorliep van wat komen ging. Uiteindelijk, om drie uur, stapte hij uit bed en liep naakt de hut door naar de kast. Zonder geluid te maken trok hij een zwarte broek, een wollen trui en een donkere regenjas aan. Toen haalde hij de verpakking van het pakketje – het pakketje van dertig bij vijftig centimeter dat precies zeven en een kwart kilo woog – en schakelde de stroom en de timer van de ontsteking in. Hij legde het pakketje terug in de kast en wilde net de Stechkin pakken, toen hij het meisje achter zich hoorde bewegen. Hij draaide zich langzaam om en bleef in het duister naar haar staan staren.

'Wat was dat?' vroeg ze.

'Ga maar weer slapen.'

'Ik zag een rood lichtje.'

'Dat was mijn radio.'

'Waarom luister je om drie uur 's nachts naar de radio?'

Voordat hij daarop antwoord had kunnen geven, ging het bedlampje aan.

Haar ogen gleden over zijn donkere kleding en bleven rusten op het wapen in zijn hand. Ze deed haar mond open om te schreeuwen, maar zijn hand lag al op haar gezicht voordat ze een geluid had kunnen produceren.

Terwijl zij worstelde om los te komen, fluisterde hij op sussende toon in haar oor: 'Maak je geen zorgen, liefje. Het doet maar heel even pijn.'

Haar ogen werden groot van angst.

Met een gewelddadige ruk draaide hij haar hoofd naar links, haar ruggengraat brekend, waarna hij haar in zijn armen hield terwijl ze stierf.

Het was niet de gewoonte van Reginald Ogilvy de eenzame uren van de middelste wacht op zich te nemen, maar zijn bezorgdheid om de veiligheid van zijn beroemde passagier maakte dat hij die ochtend al vroeg naar de brug van de Aurora ging. Hij bekeek net de weersvoorspellingen op de boordcomputer, een beker verse koffie in zijn hand, toen de man die Colin Hernandez heette boven aan de trap verscheen, geheel in het zwart gekleed. Abrupt keek Ogilvy op, en hij vroeg: 'Wat kom jij hier doen?'

Het enige antwoord dat hij kreeg, waren twee kogels uit de Stechkin met geluiddemper, die zijn uniform doorboorden en zijn hart aan flarden scheurden.

De koffiebeker kletterde met veel kabaal op de grond; Ogilvy, die op slag dood was, viel er met een doffe bons naast.

Kalm liep zijn moordenaar naar de computer. Hij bracht een kleine wijziging aan in de koers van het schip en daalde de trap toen weer af. Het hoofddek was verlaten, er waren geen andere bemanningsleden te bekennen. Hij liet een van de rubberboten in het donkere water zakken, ging aan boord en maakte het touw los.

Dobberend onder een schitterende sterrenhemel zag hij de Aurora oostwaarts in de richting van de scheepvaartroutes van de Atlantische Oceaan gaan, stuurloos, een spookschip. Hij keek op zijn horloge. Toen de teller daarop op nul stond, keek hij weer op. Er gingen nog vijftien seconden voorbij, genoeg tijd om heel even te gaan denken dat er om onverklaarbare redenen iets was misgegaan met de bom. Maar daar was de flits aan de horizon, de verblindend witte flits van het krachtige explosief, gevolgd door de oranje-gele gloed van de daaruit voortkomende ontploffingen en de brand.

Het geluid was als het rollen van donder in de verte. Daarna was er alleen nog het geluid van het klotsende water tegen de rubberboot, en van de wind. Met een druk op de knop startte hij de buitenboordmotor, en hij keek hoe de Aurora naar de bodem van de zee begon te verdwijnen. Vervolgens wendde hij de rubberboot naar het westen en draaide de gashendel open.

3

CARAÏBISCH GEBIED – LONDEN

De eerste aanwijzing dat er iets mis was, kwam toen Pegasus Global Charters uit Nassau op een routinebericht aan een van zijn schepen, het luxe motorjacht Aurora, geen reactie kreeg. Onmiddellijk vroegen ze assistentie aan alle bedrijfs- en pleziervaartuigen in de buurt van de Benedenwindse Eilanden, en binnen een paar minuten al meldde de bemanning van een in Liberia geregistreerde olietanker dat ze een vreemde lichtflits hadden waargenomen rond kwart voor vier die ochtend. Niet lang daarna zag de bemanning van een containerschip een van de rubberboten van de Aurora leeg en stuurloos ronddrijven op bijna tweehonderd kilometer zuidzuidoost van Gustavia. Tegelijkertijd kwam een particulier zeilschip een paar kilometer ten westen daarvan reddingsboeien en ander drijvend materiaal tegen.

Het ergste vrezend belde de directie van Pegasus de Britse vertegenwoordiging in Kingston om aan de honorair consul mede te delen dat de Aurora werd vermist en vermoedelijk was vergaan. De directie stuurde ook de passagierslijst, met daarop de meisjesnaam van de voormalige prinses. 'Zeg alstublieft dat zij het niet is,' zei de honorair consul op ongelovige toon, maar de directie van Pegasus bevestigde dat de passagier inderdaad de ex-vrouw van de voormalige koning was. De consul nam onmiddellijk contact op met zijn superieuren bij Buitenlandse Zaken in Londen, de superieuren besloten dat de situatie ernstig genoeg was om premier Jonathan Lancaster uit bed te bellen, en toen begon de crisis pas echt.

De premier stelde de toekomstige koning om halfeen telefonisch op de hoogte, maar wachtte tot negen uur alvorens het nieuws kenbaar te maken aan het Britse volk en de rest van de wereld. Voor de zwarte deur van Downing Street 10 vertelde hij met een grimmig gezicht wat er tot dan toe bekend was. De voormalige vrouw van de toekomstige koning was naar het Caraïbisch gebied vertrokken, samen met Simon Hastings-Clarke en twee jeugdvriendinnen. Op het toeristische eiland Saint Barthélemy was het gezelschap aan boord gegaan van het luxe motorjacht Aurora voor een cruise van een week. Ieder contact met het schip was verbroken, en er waren losse drijvende onderdelen aangetroffen. 'We hopen en bidden dat de prinses levend zal worden gevonden,' zei de premier op plechtige toon, 'maar we moeten op het ergste voorbereid zijn.'

De eerste dag van de zoektocht leverde geen wrakstukken of overlevenden op. Net zomin als de tweede en de derde. Na overleg met de *Queen* verklaarde premier Lancaster dat zijn regering ervan uitging dat de zo geliefde prinses dood was. In het Caraïbisch gebied zouden de zoekteams zich nu vooral concentreren op het vinden van wrakstukken, niet van lichamen. Die aanpak had al snel resultaat. Amper achtenveertig uur later ontdekte een onbemande duikboot van de Franse marine de Aurora zo'n zeshonderd meter onder de zeespiegel. Een van de experts die de videobeelden bekeken, zei dat het wel duidelijk was dat er zich aan boord van het schip iets rampzaligs had voltrokken, naar alle waarschijnlijkheid een explosie. 'De vraag is alleen,' zei hij, 'of het een ongeluk was, of kwade opzet.'

De meerderheid van de bevolking – volgens een betrouwbaar onderzoek – weigerde te geloven dat ze er niet meer was. Mensen vestigden hun hoop op het feit dat nog maar een van de twee rubberboten van de Aurora was gevonden. Ze dreef vast nog ergens op zee, zeiden ze, of misschien was ze inmiddels aangespoeld op een onbewoond eiland. Een website met een nogal twijfelachtige reputatie ging zelfs zover te melden dat ze op Montserrat was gezien. En volgens een andere website had ze zich in alle stilte aan de kust van Dorset gevestigd.

Ook de complottheorieën tierden welig: het zou om een plan gaan de prinses te doden, bedacht door de Geheime Raad van de *Queen*, en uitgevoerd door de Britse geheime dienst, beter bekend als MI6. Er werd een dringend beroep gedaan op het hoofd van de dienst, Graham Seymour, deze beschuldigingen categorisch te ontkennen, maar dat weigerde hij pertinent. 'Dit zijn geen beschuldigingen,' zei hij tegen de minister van Buitenlandse Zaken, tijdens een beladen bespreking op het aan de rivier gelegen hoofdkwartier van de dienst. 'Dit zijn sprookjes, verzonnen door mensen die niet goed bij hun hoofd zijn, en ik verwaardig me niet daarop te reageren.'

Voor zichzelf was Seymour echter al tot de conclusie gekomen dat de explosie aan boord van de Aurora geen ongeluk was geweest, net als zijn collega van de DGSE, de buitengewoon vakkundige Franse geheime dienst. Uit een Franse analyse van de video van het wrak was gebleken dat de Aurora was opgeblazen door een bom die benedendeks was ontploft. Maar wie had dat explosief aan boord gesmokkeld? En wie had de ontsteking op scherp gezet?

Voor de DGSE was de voornaamste verdachte de man die op de avond voordat het jacht zou uitvaren was ingehuurd om de verdwenen chef-kok van de Aurora te vervangen. De Fransen stuurden MI6 een korrelig filmpje van diens aankomst op de luchthaven van Gustavia, en wat foto's van slechte kwaliteit, afkomstig van particuliere beveiligingscamera's. De beelden toonden een man die niet van camera's hield.

'Dat lijkt me niet het type om met het schip ten onder te gaan,' zei Seymour tegen de medewerkers uit de hoogste regionen van de dienst die hij om zich heen had verzameld. 'Hij loopt nog ergens rond. Zoek uit wie hij in werkelijkheid is en waar hij zich schuilhoudt, bij voorkeur voordat de fransozen daarachter zijn.'

Hij was een fluistering in een schemerige kapel, een losse draad aan de zoom van een afgedankt kledingstuk. Ze haalden de foto's door de computer. Toen dat niets opleverde, zetten ze hun speurtocht op de ouderwetse manier voort, in eigen persoon, met enveloppen met geld – Amerikaans geld uiteraard, aangezien in het schimmenrijk der spionnen nog altijd met dollars werd betaald.

De man van MI6 in Caracas kon geen enkel spoor van hem vinden. Ook niet van een Ierse moeder met een poëtische inborst of een Spaanse vader die in zaken zat. Het adres op het paspoort bleek een verwaarloosd stukje grond in een van de sloppenwijken van Caracas; het laatst bekende telefoonnummer was allang niet meer in gebruik.

Iemand op de loonlijst van de Venezolaanse geheime politie zei dat hij een gerucht had gehoord over een link met Castro, maar een bron met connecties met de Cubaanse inlichtingendienst mompelde iets over Colombiaanse kartels.

'Ooit misschien,' zei een onomkoopbare politieman in Bogotá, 'maar hij heeft al lang geleden met de drugsbaronnen gebroken. Het laatste wat ik heb gehoord is dat hij in Panama samenwoonde met een van de voormalige maîtresses van Noriega. Hij had een paar miljoen op een louche Panamese bank en een strandhuis aan Playa Farallón.'

De voormalige maîtresse zei hem niet te kennen, en de manager van de bank in kwestie kon, nadat hij zich had laten omkopen met tienduizend dollar, niets vinden over rekeningen die op zijn naam stonden. En wat dat strandhuis betrof, het enige wat een buurman zich van hem kon herinneren, was zijn stem. 'Hij praatte met een eigenaardig accent,' zei hij. 'Alsof hij uit Australië kwam. Of was het Zuid-Afrika?'

Graham Seymour volgde de zoektocht naar de ongrijpbare verdachte vanuit zijn comfortabele kantoor, het mooiste kantoor van de spionagewereld, met het als Engelse tuin ingerichte atrium, het gigantische mahoniehouten bureau dat al door alle hoofden vóór hem was gebruikt, de enorme hoge ramen die uitzicht boden op de Theems, en de statige, oude staande klok, gemaakt door niemand minder dan Sir Mansfield Smith Cumming, de eerste 'C' van de Britse geheime dienst. De grandeur van zijn omgeving maakte Seymour rusteloos. In een ver verleden had hij een zekere reputatie opgebouwd als man in het veld – niet voor MI6, maar voor MI5, de iets minder sexy Britse bínnenlandse geheime dienst, waar hij zich meer dan bewezen had alvorens de korte oversteek te maken van Thames House naar Vauxhall Cross.

Er waren mensen bij MI6 die verbolgen waren over de aanstelling van een buitenstaander, maar de meeste zagen 'de oversteek', zoals het in de wandelgangen werd genoemd, als een soort van thuiskomst. Seymours vader was een legendarisch MI6-man geweest die de nazi's te slim af was geweest en zijn stempel op de gebeurtenissen in het Midden-Oosten had gedrukt. En nu zat zijn zoon, in de bloei van zijn leven, achter het bureau waaraan Seymour senior zich ooit nederig had gemeld.

Macht brengt echter maar al te vaak een gevoel van machteloosheid met zich mee, en daaraan viel Seymour, de opperspion, de geheim-agent-achter-het-bureau, dan ook al snel ten prooi. Naarmate de zoektocht moeizamer en vruchtelozer verliep, en de druk vanuit Downing Street en het paleis verder werd opgevoerd, werd hij steeds kribbiger. Er lag een foto van hun doelwit op zijn bureau, naast de victoriaanse inktpot en een Parker-vulpen die hij gebruikte om documenten van zijn persoonlijke code te voorzien. Het gezicht had iets bekends. Seymour vermoedde dat hun wegen elkaar ooit ergens – op een ander slagveld, in een ander land – hadden gekruist. Dat dat volgens de databases niet zo was, deed er niet toe. Seymour had meer vertrouwen in zijn eigen geheugen dan in het geheugen van welke overheidscomputer dan ook.

En dus startte hij, terwijl zijn mensen doodlopende aanwijzingen natrokken en opgedroogde bronnen aanboorden, zijn eigen zoektocht vanuit zijn gouden kooi in de hoogste regionen van Vauxhall Cross. Hij begon met graven in zijn buitengewoon goede geheugen en toen dat hem in de steek liet, vroeg hij toestemming een berg oude dossiers bij MI5 in te zien en ploos die uit. Ook daarin vond hij geen sporen naar de man die hij zocht.

Toen, op de ochtend van de tiende dag, liet de telefoon op Seymours bureau een beschaafd geluidje horen. Uit de ringtone kon hij opmaken dat de beller Uzi Navot was, het hoofd van de veelgeprezen Israëlische geheime dienst.

Na een korte aarzeling nam Seymour op.

Zoals gewoonlijk verspilde de Israëlische spionnenbaas geen tijd aan beleefdheden. 'Ik denk dat we de man hebben gevonden die jullie zoeken.'

'Wie is hij?'

'Een oude vriend.'

'Van jullie of van ons?'

'Van jullie,' zei de Israëliër. 'Wij hebben geen vrienden.'

'Kun je me zijn naam geven?'

'Niet via de telefoon.'

'Hoe snel kun je in Londen zijn?'

De verbinding werd verbroken.

4

VAUXHALL CROSS, LONDEN

EVEN VOOR ELVEN DIE AVOND kwam Uzi Navot bij Vauxhall Cross aan, en als een pakketje in de buizenpost werd hij met de lift naar de directievertrekken op de bovenste verdieping gelanceerd. Hij droeg een grijs pak dat strak om zijn enorme schouders sloot, een wit overhemd dat openstond bij zijn gedrongen nek, en een bril met een randloos montuur die op zijn boksersneus stond geklemd. Op het eerste gezicht zouden niet veel mensen Navot voor een Israëliër of zelfs voor een Jood aanzien, een eigenaardigheid die hem tijdens zijn carrière goed van pas was gekomen. Ooit was hij een *katsa* geweest, de term die zijn dienst gebruikte voor undercoveragenten. Gewapend met een uitgebreide talenkennis en een stapel valse paspoorten was Navot erin geslaagd in diverse terroristische organisaties te infiltreren en een wereldwijd vertakt netwerk van spionnen en informanten op te bouwen.

In Londen was hij bekend geweest onder de naam Clyde Bridges, de Europese marketingdirecteur van een vaag softwarebedrijf. Hij had verschillende succesvolle operaties uitgevoerd op Britse bodem, in een tijd dat het Seymours taak was geweest zulke activiteiten te verhinderen.

Seymour koesterde geen wrok, want zo ging dat tussen spionnen: het ene moment vijanden, het volgende bondgenoten.

Aangezien Navot heel regelmatig een bezoek bracht aan Vauxhall Cross, maakte hij geen woorden meer vuil aan Seymours prachtige kantoor. Ook liet hij de beroepsroddels die meestal voorafgingen aan een gesprek tussen twee bewoners van de geheime wereld, achterwege.

Seymour wist waarom de Israëliër zo zwijgzaam was. Navots eerste termijn als hoofd van de geheime dienst liep ten einde, en de premier had hem gevraagd plaats te maken voor een andere man, een legendarische agent met wie Seymour bij talloze gelegenheden had samengewerkt. Het gerucht ging dat de legende had geregeld dat Navot ook zou aanblijven. Dat was volkomen onorthodox, je voorganger gewoon op je terrein laten rondlopen, maar de legende trok zich zelden iets aan van wat orthodox was of niet. Zijn bereidheid risico's te nemen was zijn grootste kracht – en soms, dacht Seymour, zijn valkuil.

Aan Navots grote rechterhand bungelde een roestvrijstalen koffertje met combinatiesloten. Daaruit haalde hij een dunne dossiermap, die hij op het mahoniehouten bureau legde. Het document dat erin zat, bestond uit één pagina – de Israëliërs gingen prat op de bondigheid van hun berichtgeving.

Seymour las de onderwerpregel. Toen keek hij naar de foto die naast zijn inktpot lag en vloekte zacht.

Aan de andere kant van het imposante bureau veroorloofde Uzi Navot zich een glimlachje. Het gebeurde niet vaak dat iemand erin slaagde het hoofd van MI6 iets te vertellen wat hij nog niet wist.

'Wie is de bron van deze informatie?' vroeg Seymour.

'Mogelijk een Iraniër,' antwoordde Navot vaag.

'Heeft MI6 toegang tot wat hij levert?'

'Nee,' antwoordde Navot. 'Hij is exclusief van ons.'

MI6, de CIA en de Israëlische geheime dienst hadden meer dan tien jaar lang nauw samengewerkt om de ontwikkeling van kernwapens in Iran tegen te werken. De drie diensten hadden hun pijlen gezamenlijk op de Iraanse nucleaire toeleveringsketen gericht en grote hoeveelheden technische gegevens en geheime informatie gedeeld. Maar de Israëliërs hadden duidelijk de beste mensen in Teheran, en tot grote ergernis van de Amerikanen en de Britten beschermden ze die ook angstvallig. Uit de formulering van het bericht maakte Seymour op dat Navots spion voor de VEVAK werkte, de Iraanse geheime dienst. Bronnen van de VEVAK waren per definitie lastig te beoordelen. Soms was de informatie die ze voor westerse contanten gaven volkomen betrouwbaar. En soms had het alles te maken met *taqiyya*, de Iraanse gewoonte de ene bedoeling te laten zien en de andere te koesteren.

'Geloof je hem?' vroeg Seymour.

'Anders zou ik hier niet zijn.' Na een korte stilte voegde Navot eraan toe: 'En iets zegt me dat jij hem ook gelooft.'

Toen Seymour daarop niet reageerde, haalde Navot een tweede document uit zijn koffertje en legde dat naast het eerste. 'Een kopie van een rapport dat we drie jaar geleden naar MI6 hebben gestuurd,' verklaarde hij. 'We wisten van zijn connectie met de Iraniërs destijds. We wisten ook dat hij werkte voor Hezbollah, Hamas, Al Qaida, en voor wie er verder ook maar iets van hem wilde,' voegde Navot eraan toe. 'Je vriend is niet echt kieskeurig wat betreft de mensen met wie hij omgaat.'

'Dat was vóór mijn tijd,' merkte Seymour op.

'Maar nu is het wel jouw probleem.' Navot wees op een passage aan het eind van het document. 'Zoals je kunt zien, hadden we een operatie voorgesteld om hem uit de roulatie te halen. We hebben zelfs aangeboden de klus te klaren. En hoe denk je dat je voorganger op ons gulle aanbod reageerde?'

'Blijkbaar heeft hij het afgewezen.'

'En hoe. Om precies te zijn heeft hij ons op niet mis te verstane wijze verboden hem ook maar met een vinger aan te raken. Hij was bang dat dan de doos van Pandora zou opengaan.' Traag schudde Navot zijn hoofd. 'En nu zitten wij er dus mee.'

Even deden ze er allebei het zwijgen toe en was alleen het tikken van C's oude staande klok te horen. Uiteindelijk vroeg Navot op zachte toon: 'Waar was jij die dag, Graham?'

'Welke dag?'

'15 augustus 1998.'

'De dag van de bomaanslag?'

Navot knikte.

'Je weet verdomd goed waar ik toen was,' antwoordde Seymour. 'Ik zat bij Vijf.'

'Je was hoofd terrorismebestrijding.'

'Ja.'

'Het was dus jouw verantwoordelijkheid.'

Seymour zei niets.

'Wat is er gebeurd, Graham? Hoe is hij erdoorheen geglipt?'

'Er zijn fouten gemaakt. Ernstige fouten. Ernstig genoeg om carrières kapot te maken, zelfs nu nog.' Seymour pakte de twee documenten en gaf ze aan Navot terug. 'Heeft je Iraanse bron ook verteld waarom hij het heeft gedaan?'

'Het zou kunnen dat hij is teruggekeerd naar de oude strijd. Het zou ook kunnen dat hij uit naam van anderen handelde. Hoe dan ook, hij moet worden aangepakt, liefst zo snel mogelijk.'

Seymour reageerde niet.

'Ons aanbod is nog steeds van kracht, Graham.'

'Welk aanbod?'

'Wij rekenen met hem af,' antwoordde Navot. 'En dan begraven we hem in een gat dat zo diep is, dat niets van de oude problemen ooit nog boven zal komen.'

Seymour was even in gedachten verzonken. 'Er is maar één iemand aan wie ik zo'n klus zou toevertrouwen,' zei hij uiteindelijk.

'Dat zou weleens moeilijk kunnen worden.'

'De zwangerschap?'

Navot knikte.

'Wanneer is ze uitgerekend?'

'Ik ben bang dat dat vertrouwelijke informatie is.'

Seymour slaagde erin een glimlachje te produceren.

'Denk je dat hij over te halen is om de opdracht aan te nemen?'

'Niets is onmogelijk,' antwoordde Navot op neutrale toon. 'Ik wil hem met alle plezier voor je benaderen.'

'Nee,' zei Seymour. 'Dat doe ik zelf wel.'

'Er is nog één ander probleem,' zei Navot na een tijdje.

'Eén maar?'

'Hij weet niet veel van dat deel van de wereld.'

'Ik weet wel iemand die voor gids kan spelen.'

'Hij werkt nooit samen met iemand die hij niet kent.'

'Dat komt goed uit, want ze kennen elkaar bijzonder goed.'

'Is hij van MI6?'

'Nee,' antwoordde Seymour. 'Nog niet.'

5

LUCHTHAVEN FIUMICINO, ROME

'WAAROM HEEFT MIJN VLUCHT VERTRAGING, denk je?' vroeg Chiara.

'Misschien een technisch probleem,' antwoordde Gabriel.

'Zou kunnen,' herhaalde ze zonder veel overtuiging.

Ze zaten in een rustig hoekje van een luxe vertreklounge. In welke stad je ook zat, dacht Gabriel, het zag er altijd hetzelfde uit. Ongelezen kranten, flessen lauwe pinot grigio van twijfelachtige kwaliteit, CNN International geluidloos op een grote flatscreentelevisie. Volgens eigen berekeningen had Gabriel ongeveer een derde van zijn werkzame leven op dit soort plekken doorgebracht. In tegenstelling tot zijn vrouw was hij buitengewoon goed in wachten.

'Ga eens aan dat knappe meisje achter de balie vragen waarom mijn vlucht nog niet is omgeroepen,' zei ze.

'Ik wil niet met het knappe meisje achter de balie praten.'

'Waarom niet?'

'Omdat ze ook niets weet en ze me gewoon zal vertellen wat ze denkt dat ik wil horen.'

'Waarom moet je altijd zo fatalistisch doen?'

'Dat voorkomt teleurstellingen achteraf.'

Glimlachend deed Chiara haar ogen dicht.

Gabriel keek naar de televisie. Een Britse verslaggever met een helm op en een kogelvrij vest aan berichtte over de laatste luchtaanval op Gaza. Gabriel vroeg zich af waarom CNN zo gek was op Britse verslaggevers. Het was het accent, vermoedde hij. Het nieuws klonk altijd betrouwbaarder als het met een Brits accent werd gebracht, zelfs wanneer er geen woord van waar was.

'Wat zegt hij?' vroeg Chiara.

'Wil je het echt weten?'

'Dan gaat de tijd misschien sneller.'

Gabriel tuurde naar de ondertiteling. 'Hij zegt dat een Israëlisch gevechtsvliegtuig een aanval heeft uitgevoerd op een school waarin een paar honderd Palestijnen dekking hadden gezocht voor het oorlogsgeweld. Hij zegt dat er minstens vijftien doden zijn en dat er tientallen mensen ernstig gewond zijn geraakt.'

'Hoeveel van hen waren vrouwen en kinderen?'

'Allemaal, naar het schijnt.'

'Was de school ook echt het doel van de luchtaanval?'

Gabriel typte een kort bericht in zijn BlackBerry en stuurde het via een beveiligde verbinding naar King Saul Boulevard, het hoofdkwartier van de Israëlische buitenlandse geheime dienst. Dat had een lange, misleidende naam die bar weinig te maken had met wat er in werkelijkheid werd gedaan. Mensen die er werkten, noemden het kortweg het Bureau.

'Het echte doel,' zei hij, zijn ogen op het scherm van zijn BlackBerry gericht, 'was een huis aan de overkant van de straat.'

'Wie woont er in dat huis?'

'Muhammad Sarkis.'

'Dé Muhammad Sarkis?'

Gabriel knikte.

'Is Muhammad nog onder de levenden?'

'Ik ben bang van niet.'

'En hoe zit het met die school?'

'Die is niet geraakt. De enige slachtoffers waren Sarkis en leden van zijn familie.'

'Misschien moet iemand die verslaggever de waarheid vertellen.'

'Wat heeft dat voor zin?'

'Nog meer fatalisme,' zei Chiara.

'Geen teleurstelling.'

'Zoek alsjeblieft even uit waarom mijn vlucht is vertraagd.'

Gabriel tikte nog een bericht in zijn BlackBerry.

Het antwoord kwam per omgaande. 'Een van de Hamas-raketten is dicht bij Ben-Gurion geland.'

'Hoe dichtbij?' vroeg Chiara.

'Een beetje té dichtbij.'

'Denk je dat het knappe meisje achter de balie weet dat mijn bestemmingsluchthaven onder raketvuur ligt?'

Gabriel zei niets.

'Weet je zeker dat je ermee door wilt gaan?' vroeg Chiara.

'Waarmee?'

'Ik hoef het toch niet hardop te zeggen, hè?'

'Vraag je nu of ik nog steeds hoofd wil worden, op zo'n moment?'

Ze knikte.

'Op zo'n moment,' zei hij, kijkend naar de beelden van strijd en explosies die over het scherm gingen, 'zou ik het liefst naar Gaza vertrekken om samen met onze jongens te strijden.'

'Ik dacht dat je een hekel had aan het leger.'

'Dat had ik ook.'

Ze hield haar hoofd een beetje scheef en deed haar ogen open. Die waren caramelkleurig, met gouden vlekjes. De tijd had nog geen sporen achtergelaten op haar mooie gezicht. Als je die dikke buik en die gouden ring om haar vinger wegdacht, zou ze nog hetzelfde meisje kunnen zijn dat hij een eeuwigheid geleden had leren kennen in het oude getto van Venetië.

'Wel toepasselijk, hè?'

'Wat?'

'Dat de kinderen van Gabriel Allon worden geboren in oorlogstijd.'

'Met een beetje geluk is de oorlog voorbij tegen de tijd dat ze geboren worden.'

'Daar ben ik nog niet zo zeker van.' Chiara keek naar het scherm met vertrektijden. Bij vlucht 386 naar Tel Aviv stond als status VERTRAAGD. 'Als mijn vliegtuig niet snel vertrekt, worden ze nog hier in Italië geboren.'

'Echt niet.'

'Waarom zou dat zo verkeerd zijn?'

'We hadden een plan. En daar houden we ons aan.'

'Om precies te zijn,' zei ze op licht spottende toon, 'was het plan dat we samen naar Israël zouden teruggaan.'

'Dat is waar,' zei Gabriel met een glimlach. 'Maar er kwam iets tussen.'

'Zoals wel vaker.'

Tweeënzeventig uur geleden hadden Gabriel en Chiara in een eenvoudige parochiekerk aan het Comomeer een van de beroemdste gestolen schilderijen van de wereld ontdekt: de Geboorte van Christus met de Heiligen Laurentius en Franciscus van Assisi, van Caravaggio. Het zwaar beschadigde doek bevond zich inmiddels in het Vaticaan, in afwachting van restauratie. Gabriel was vast van plan de eerste fases daarvan zelf uit te voeren. Zijn talenten vormden een unieke combinatie. Hij was kunstrestaurateur, én hij was meesterspion en huurmoordenaar, een legende die de leiding had gehad over een aantal van de grootste operaties in de geschiedenis van de Israëlische geheime dienst. Binnenkort zou hij opnieuw vader worden, en daarna zou hij aantreden als hoofd. Over mensen die aan het hoofd stonden werden geen verhalen geschreven, dacht hij. Er werden verhalen geschreven over de mensen die door de mensen die aan het hoofd stonden op pad werden gestuurd om het vuile werk op te knappen.

'Ik snap niet waarom je zo koppig bent over dat schilderij,' zei Chiara.

'Ik heb het gevonden, ik wil het restaureren.'

'Om precies te zijn hebben wíj het gevonden. Maar dat verandert niets aan het feit dat je het onmogelijk kunt afmaken vóór de geboorte van de kinderen.'

'Of ik het kan afmaken of niet doet er niet toe. Ik wil alleen –'

'Je handtekening erop achterlaten?'

Hij knikte traag. 'Het is misschien wel het laatste schilderij dat ik ooit restaureer. Bovendien ben ik het hem verschuldigd.'

'Wie?'

Hij gaf geen antwoord. Zijn aandacht was bij de ondertiteling op de televisie.

'Waarover heeft hij het nu?' vroeg Chiara.

'Over de prinses.'

'Wat is er met haar?'

'Het lijkt erop dat de explosie waardoor de boot is gezonken een ongeluk was.'

'Geloof jij dat?'

'Nee.'

'Waarom zouden ze dat dan zeggen?'

'Ik neem aan dat ze zichzelf een beetje tijd en ruimte willen geven.'

'Waarvoor?'

'Om de man te vinden die ze zoeken.'

Chiara deed haar ogen weer dicht en liet haar hoofd op zijn schouder zakken. Haar donkere haar met de glanzende roodbruine en kastanjekleurige plukken rook intens naar vanille.

Zacht kuste Gabriel haar haar, de geur opsnuivend. Plotseling wilde hij niet meer dat ze alleen aan boord zou gaan.

'Wat staat er op het bord over mijn vlucht?' vroeg ze.

'Vertraagd.'

'Kun je niet iets doen om te zorgen dat het allemaal wat sneller gaat?'

'Nu overschat je mijn invloed.'

'Valse bescheidenheid staat je niet, lieve schat.'

Gabriel typte weer een kort bericht in zijn BlackBerry en stuurde het naar King Saul Boulevard. Een ogenblik later kwam het antwoord met een zacht zoemend geluid binnen.

'En?' vroeg Chiara.

'Kijk maar naar het bord.'

Chiara deed haar ogen open. Bij vlucht 386 van El Al stond nog steeds VERTRAAGD. Dertig seconden later veranderde dat in BOARDEN.

'Jammer dat je niet ook zo makkelijk een einde kunt maken aan de oorlog,' zei Chiara.

'Alleen Hamas kan een einde maken aan de oorlog.'

Ze pakte haar tas en een stapeltje tijdschriften en kwam voorzichtig overeind. 'Gedraag je,' zei ze. 'En mocht iemand je om een gunst vragen, denk dan aan die drie magische woorden.'

'Zoek iemand anders.'

Chiara glimlachte. Vervolgens kuste ze Gabriel ongewoon dringend. 'Kom naar huis, Gabriel.'

'Binnenkort.'

'Nee,' zei ze. 'Kom nu mee naar huis.'

'Je moet echt opschieten, Chiara. Anders mis je je vlucht nog.'

Ze kuste hem een laatste keer. Toen draaide ze zich zonder nog een woord te zeggen om en liep in de richting van het vliegtuig.

Pas nadat Chiara's vliegtuig veilig was opgestegen, verliet Gabriel de terminal en zette koers naar de chaotische parkeergarage van Fiumicino. Zijn onopvallende Duitse sedan stond aan het eind van de derde verdieping, met zijn neus naar voren voor het geval hij overhaast zou moeten vertrekken. Zoals gewoonlijk controleerde hij de onderkant op eventuele verborgen explosieven alvorens achter het stuur te gaan zitten en de motor te starten. Een Italiaans popliedje knalde uit de radio, het soort liedje dat Chiara graag zong wanneer ze dacht dat niemand haar kon horen.

Gabriel zette de radio op de BBC, maar aangezien het daar alleen maar over de oorlog ging, draaide hij het geluid zacht. Voor oorlog zou er straks nog tijd genoeg zijn, dacht hij. De komende weken was er voor hem alleen de Caravaggio.

Hij stak de Tiber over via de Ponte Cavour en reed naar de Via Gregoriana. Het oude safehouse van het Bureau lag aan het eind van de straat, bijna boven aan de Spaanse Trappen. Nadat hij de auto in een leeg plekje langs de stoeprand had gepropt, pakte hij zijn Beretta 9mm uit het dashboardkastje en stapte uit. De koele avondlucht rook naar gebakken knoflook en vaag ook naar natte bladeren, de geur van Rome in de herfst. Er was iets aan die geur wat Gabriel altijd aan de dood deed denken.

Hij liep de ingang van zijn gebouw voorbij, langs de luifels van het Hassler Villa Medici Hotel, naar de Trinità dei Monti-kerk. Even later, nadat hij had vastgesteld dat hij niet werd gevolgd, keerde hij terug naar zijn appartementsgebouw.

De hal werd schaars verlicht door een enkele spaarlamp. Door de vage lichtkring liep hij naar de donkere trap. Op de derde verdieping aangekomen bleef hij abrupt en doodstil staan. De deur van de flat stond op een kier en binnen hoorde hij iemand laden open- en dichtschuiven. Kalm haalde hij de Beretta tevoorschijn, en met de loop duwde hij de deur langzaam open.

In eerste instantie kon hij de indringer nog niet zien. Toen de deur een paar centimeter verder openging, zag hij Graham Seymour bij het aanrecht staan, een fles Gavi in de ene hand, een kurkentrekker in de andere. Gabriel liet het wapen weer in zijn zak verdwijnen en liep naar binnen, denkend aan de drie magische woorden.

Zoek iemand anders.

6

VIA GREGORIANA, ROME

'Misschien kun jij dit beter doen, Gabriel. Voordat er gewonden vallen.' Seymour overhandigde Gabriel de fles wijn en de kurkentrekker en bleef tegen het aanrecht geleund staan. Hij droeg een grijze flanellen broek, een jasje met visgraatmotief, en een blauw overhemd met dubbele manchetten. Dat hij geen assistenten of beveiligers bij zich had, wees erop dat hij onder een andere naam naar Rome was gekomen. Dat was een slecht teken. Het hoofd van MI6 reisde alleen in het geheim wanneer hij een serieus probleem had.

'Hoe ben je hier binnengekomen?' vroeg Gabriel.

Seymour haalde een sleutel uit zijn broekzak, met daaraan de eenvoudige zwarte penning waarop de huishoudelijke afdeling van het Bureau, de afdeling die over de safehouses ging, zo dol was.

'Hoe kom je daaraan?'

'Die heeft Uzi me gisteren in Londen gegeven.'

'En de code van het alarm? Ik neem aan dat hij je die ook heeft gegeven?'

Seymour dreunde de acht cijfers op.

'Dat is een ernstige schending van het Bureau-protocol.'

'Er waren verzachtende omstandigheden. En na al die operaties die we samen hebben uitgevoerd,' voegde Seymour eraan toe, 'ben ik praktisch lid van de familie.'

'Zelfs familieleden kloppen nog voordat ze ergens naar binnen gaan.'

'Dat moet jij zeggen.'

Gabriel trok de kurk uit de fles, schonk twee glazen in en gaf er een aan Seymour.

De Engelsman hief zijn glas nauwelijks merkbaar. 'Op het vaderschap.'

'Het brengt ongeluk te drinken op kinderen die nog niet zijn geboren, Graham.'

'Waarop zullen we dan drinken?'

Toen een reactie van Gabriel uitbleef, liep Seymour de woonkamer in. Door het grote raam kon je de klokkentoren van de kerk en de bovenkant van de Spaanse Trappen zien. Een ogenblik lang bleef hij daar over de daken staan uitkijken, alsof hij vanaf het terras van zijn landhuis het golvende landschap van zijn bezittingen stond te bewonderen. Met zijn donkergrijze lokken en krachtige kaken was Graham Seymour het klassieke voorbeeld van een Brits staatsdienaar, een man die was geboren, opgevoed en geschoold om te leiden. Hij zag er goed uit, maar niet té; hij was lang, maar niet te opvallend. Hij bezorgde anderen het gevoel minderwaardig te zijn, vooral Amerikanen.

'Weet je,' zei hij uiteindelijk, 'je moet echt een ander onderkomen gaan zoeken voor wanneer je in Rome bent. De hele wereld is op de hoogte van dit safehouse, wat wil zeggen dat het absoluut niet safe meer is.'

'Ik ben erg op het uitzicht gesteld.'

'Dat begrijp ik.'

Seymour richtte zijn blik weer op de donkere daken.

Gabriel voelde dat hij ergens mee zat. Op een gegeven moment zou hij er wel mee komen. Zoals gewoonlijk.

'Ik hoorde dat je vrouw vandaag is vertrokken,' zei Seymour na een tijdje.

'Welke vertrouwelijke informatie heeft het hoofd van mijn dienst nog meer met je gedeeld?'

'Hij had het over een schilderij.'

'Niet zomaar een schilderij, Graham. Het is de –'

'Caravaggio,' zei Seymour, Gabriels zin afmakend. Met een glimlach voegde hij eraan toe: 'Daar ben je nogal goed in, hè? Dingen vinden?'

'Mag ik dat als een compliment opvatten?'

'Dat mag.' Seymour nam een slok van zijn wijn.

Gabriel vroeg waarom Uzi Navot naar Londen was gekomen.

'Hij had een informatiedocument dat hij me wilde laten zien. Ik moet zeggen,' voegde Seymour eraan toe, 'dat hij opvallend opgewekt was, voor een man in zijn positie.'

'Welke positie?'

'Iedereen in de business weet dat Uzi op het punt staat eruit te vliegen,' antwoordde Seymour. 'En dat hij een ongelooflijke puinhoop achterlaat. Het hele Midden-Oosten staat in brand, en dat zal in eerste instantie alleen nog maar erger worden, voordat het weer beter wordt.'

'Uzi is niet degene die er een puinhoop van heeft gemaakt.'

'Nee,' beaamde Seymour, 'dat hebben de Amerikanen gedaan. De president en zijn adviseurs hebben te snel afstand genomen van de Arabische leiders. Nu wordt de president geconfronteerd met een wereld die volkomen is doorgedraaid, en hij heeft geen idee wat hij daaraan moet doen.'

'En als jij de president zou moeten adviseren, Graham?'

'Dan zou ik zeggen dat hij de Arabische leiders in ere moet herstellen. Eerder heeft dat ook gewerkt, het zou weer kunnen werken.'

'*All the king's horses, and all the king's men.*'

'Wat wil je daarmee zeggen?'

'De oude orde is kapot en kan niet meer worden gerepareerd. Bovendien,' voegde Gabriel eraan toe, 'hebben we aan die oude orde juist Bin Laden en de jihadisten te danken.'

'En wanneer de jihadisten nu de Joodse staat uit het Huis van de Islam proberen te verdrijven?'

'Dat proberen ze ook, Graham. En voor het geval het je nog niet was opgevallen, het Verenigd Koninkrijk vinden ze ook maar niks. Of je het nu leuk vindt of niet, we zitten in hetzelfde schuitje.'

Gabriels BlackBerry trilde. Hij keek op het scherm en fronste zijn voorhoofd.

'Wat is er?' vroeg Seymour.

'Weer een staakt-het-vuren.'

'Hoelang zal het deze keer duren?'

'Tot Hamas zich er niet meer aan houdt, neem ik aan.' Gabriel legde de BlackBerry op de salontafel en keek Seymour vragend aan. 'Je ging me vertellen wat je in mijn appartement kwam doen.'

'Ik heb een probleem.'

'Hoe heet hij?'

'Quinn,' antwoordde Seymour. 'Eamon Quinn.'

Gabriel haalde de naam door de database van zijn geheugen, maar vond geen match. 'Een Ier?' vroeg hij.

Seymour knikte.

'Republikein?'

'Van de ergste soort.'

'En wat is het probleem?'

'Lang geleden heb ik een fout gemaakt en zijn er mensen doodgegaan.'

'En daarvoor was Quinn verantwoordelijk?'

'Quinn heeft de lont aangestoken, maar uiteindelijk was ik verantwoordelijk. Dat is het mooie van onze business. Onze fouten blijven ons achtervolgen en uiteindelijk moeten alle schulden worden ingelost.' Seymour hief zijn glas naar Gabriel. 'Kunnen we daarop drinken?'

7

VIA GREGORIANA, ROME

De lucht had er de hele middag al dreigend uitgezien en rond halfelf veranderde een stortbui de Via Gregoriana voor korte tijd in een Venetiaans kanaal. Graham Seymour stond bij het raam te kijken naar de enorme waterdruppels die op het wegdek roffelden, maar zijn gedachten waren bij de van hoop vervulde zomer van 1998. De Sovjet-Unie was nog slechts een herinnering. De economie van Europa en Amerika bloeide als nooit tevoren. Over de jihadisten van Al Qaida werd alleen gesproken in overheidsrapporten en doodsaaie seminars over toekomstige dreigingen. 'We maakten onszelf wijs dat we het einde van de geschiedenis hadden bereikt,' zei hij. 'Er gingen zelfs stemmen op in het parlement om de veiligheidsdienst en MI6 maar helemaal op te doeken en ons er allemaal bij.' Hij keek over zijn schouder. 'Toen leek alles rozengeur en maneschijn. Een waanidee.'

'Daar was ik niet bij, Graham. Ik deed toen even niet meer mee.'

'Dat herinner ik me nog wel.' Seymour verplaatste zijn blik weer van Gabriel naar de tegen de ramen kletterende regen. 'Je woonde destijds in Cornwall, toch? In dat huisje aan de rivier, aan de Helford. Je eerste vrouw was opgenomen in de psychiatrische kliniek in Stafford, en om dat te bekostigen maakte jij schilderijen schoon voor Julian Isherwood. Er woonde zo'n jongetje in het huis naast het jouwe. Ik kan even niet op zijn naam komen.'

'Peel,' zei Gabriel. ' Timothy Peel heette hij.'

'O, ja, jongeheer Peel. Eerst begrepen we niet waarom je zoveel tijd met hem doorbracht. Totdat we ons realiseerden dat hij net zo oud was als de zoon die jij door die bom in Wenen bent kwijtgeraakt.'

'Ik dacht dat we het over jou hadden, Graham.'

'Dat is ook zo,' beaamde Seymour. Vervolgens herinnerde hij Gabriel er – volkomen onnodig – aan dat hij in de zomer van 1998 hoofd terrorismebestrijding was geweest bij MI5. Uit hoofde van die functie was het zijn verantwoordelijkheid het Britse vaderland te beschermen tegen de terroristen van de IRA, het Ierse Republikeinse Leger. En toch waren er zelfs in Ulster, toneel van een eeuwenlange strijd tussen protestanten en katholieken, tekenen van hoop. De kiezers van Noord-Ierland hadden de Goede Vrijdag-akkoorden goedgekeurd, en de Provisional IRA hield zich aan de voorwaarden van het staakt-het-vuren. Alleen de Real IRA, een kleine groep dissidenten die een harde aanpak voorstonden, ging verder met de gewapende strijd. Hun leider was Michael McKevitt, de voormalige kwartiermeester-generaal van de IRA. Zijn vrouw Bernadette Sands-McKevitt, met wie hij overigens niet voor de wet getrouwd was, bestierde de politieke vleugel: de 32 County Sovereignty Movement, de beweging voor soevereiniteit van de 32 graafschappen. Ze was de zus van Bobby Sands, het lid van de Provisional IRA dat in 1981 in de Maze-gevangenis was gestorven aan de gevolgen van een hongerstaking.

'En dan had je ook nog Eamon Quinn,' zei Seymour. 'Quinn plande de operaties. Quinn maakte de bommen. Helaas was hij goed in zijn werk. Erg goed.'

Een zware donderslag deed het gebouw trillen. Onwillekeurig kromp Seymour even ineen, alvorens verder te gaan. 'Quinn bezat het talent bijzonder doeltreffende bommen te maken en die op de juiste plaats af te leveren. Maar wat hij niet wist,' voegde Seymour eraan toe, 'was dat ik iemand had die over zijn schouder meekeek.'

'Hoelang is hij daar geweest?'

'Het was een vrouw,' antwoordde Seymour. 'En ze is er van het begin af aan bij geweest.'

Hoe met deze agente en de informatie die ze doorgaf om te gaan, was zoeken naar een delicaat evenwicht gebleken. Aangezien de vrouw hoog in de organisatie zat, had ze vaak voorkennis van aanslagen, inclusief het doelwit, het tijdstip, en de omvang van de bom.

'Wat moesten we doen?' vroeg Seymour. 'De aanslagen verhinderen en daardoor de agente in gevaar brengen? Of de aanslagen gewoon laten doorgaan en proberen ervoor te zorgen dat daarbij geen slachtoffers vielen?'

'Het laatste,' antwoordde Gabriel.

'Hier spreekt de ware spion.'

'We zijn niet van de politie, Graham.'

'Godzijdank niet, nee,' zei Seymour.

Na een korte pauze vervolgde hij: 'Over het algemeen werkte die strategie goed. Een aantal grote autobommen werd onschadelijk gemaakt en een aantal ontplofte, met een minimum aan slachtoffers, al was er in februari 1998 wel een bom die de High Street van Portadown, een loyalistisch bolwerk, letterlijk met de grond gelijkmaakte. Maar toen, een halfjaar later, berichtte de spion van MI5 dat de groep een grote aanslag voorbereidde. Iets ingrijpends, waarschuwde ze. Iets wat geen spaan heel zou laten van het hele vredesproces van Goede Vrijdag. Wat moesten we doen?' vroeg hij nogmaals.

Buiten lichtte de hemel op bij de zoveelste flits. Seymour dronk zijn glas leeg en vertelde Gabriel de rest.

Op de avond van 13 augustus 1998 verdween in de Ierse Republiek bij een wooncomplex in Carrickmacross een donkerrode Vauxhall Cavalier, met nummerbord 91 DL 2554. De auto werd naar een afgelegen boerderij aan de grens gereden en van valse Noord-Ierse nummerplaten voorzien. Vervolgens plaatste Quinn de bom erin: tweehonderdenvijfentwintig kilo kunstmest, een op een draaibank vervaardigde buis gevuld met brisante springstof, een ontstekingsmechanisme, een stroombron verstopt in een plastic etensbakje, een schakelaar in het dashboardkastje. Op zondagochtend 15 augustus reed hij de auto de grens over naar Omagh en parkeerde hem voor het warenhuis van S.D. Kells aan Lower Market Street.

'Uiteraard was Quinn niet alleen,' zei Seymour. 'Er zat nog een man in de Vauxhall, twee andere in een verkenningsauto, en iemand achter het stuur van de vluchtauto. Ze communiceerden met elkaar via mobiele telefoons. En wij volgden alles wat ze zeiden.'

'De Security Service?'

'Nee,' antwoordde Seymour. 'Wij kunnen geen telefoons aftappen buiten de grenzen van het Verenigd Koninkrijk. De Omagh-aanslag werd in de Ierse Republiek beraamd, dus moesten we het afluisteren aan de GCHQ overlaten.' De GCHQ, oftewel de Government Communications Headquarters, was de Britse variant van de NSA.

Om tien voor halfdrie die middag vingen ze een telefoongesprek op van een man die klonk als Eamon Quinn. Zes woorden sprak hij: 'De stenen zitten in de muur.' Uit ervaringen in het verleden wisten ze bij MI5 dat dat betekende dat de bom was geplaatst.

Twaalf minuten later ontving Ulster Television een anoniem telefoontje met de waarschuwing: 'Er is een bom, rechtbank, Omagh, hoofdweg, tweehonderdenvijfentwintig kilo, ontploft over een halfuur.'

Onmiddellijk begon de politie de straten rond de rechtbank van Omagh te ontruimen, intussen koortsachtig zoekend naar de bom. Wat ze niet wisten, was dat ze op de verkeerde plaats zochten.

'Die telefonische waarschuwing was onjuist,' zei Gabriel.

Seymour knikte traag. 'De Vauxhall stond helemaal niet bij de rechtbank in de buurt. Hij stond een paar honderd meter verderop langs Lower Market Street. Zonder het te weten stuurde de politie de mensen juist naar de bom toe in plaats van ervandaan.' Na een korte pauze voegde Seymour eraan toe: 'Maar dat was ook precies wat Quinn wilde. Hij wilde dat er doden zouden vallen, en dus parkeerde hij de auto met opzet op de verkeerde plaats. Hij speelde dubbel spel met zijn eigen organisatie.'

Om tien over drie ontplofte de bom. Negentwintig mensen kwamen om, nog eens tweehonderd raakten gewond. Het was de bloedigste terroristische actie in de geschiedenis van het conflict. De afkeer was zo intens dat de Real IRA zich genoodzaakt zag excuses te maken. Op de een of andere manier wist het vredesproces overeind te blijven. Na dertig jaar bloedvergieten en bommen had de bevolking van Noord-Ierland er eindelijk genoeg van.

'En toen begonnen de media en de families van de slachtoffers ongemakkelijke vragen te stellen,' verklaarde Seymour. 'Hoe was het mogelijk dat de Real IRA een bom in het centrum van Omagh had kunnen plaatsen zonder dat de politie of de geheime diensten daarvan iets hadden geweten? En waarom was er nog niemand gearresteerd?'

'Wat hebben jullie gedaan?'

'Wat we altijd doen. We hebben de gelederen gesloten, onze dossiers verbrand, en vervolgens gewacht tot de storm weer een beetje was gaan liggen.'

Seymour kwam overeind, liep met zijn glas naar de keuken en pakte de fles Gavi uit de koelkast. 'Heb je ook iets sterkers dan dit?'

'Zoals?'

'Iets gedistilleerds.'

'Ik drink nog liever aceton dan gedistilleerde drankjes.'

'Met aceton met een schijfje citroen zouden we op dit moment al een heel eind komen.' Seymour schonk wijn in zijn glas en zette de fles op het aanrecht.

'Wat is er met Quinn gebeurd na Omagh?'

'Quinn is voor zichzelf begonnen. Quinn is de internationale markt op gegaan.'

'Wat voor werk deed hij?'

'Het gebruikelijke,' antwoordde Seymour. 'Beveiligingswerk voor schurken en potentaten, workshops bommen maken voor revolutionairen en godsdienstfanaten. Zo nu en dan vingen we een glimp van hem op, maar het grootste deel van de tijd vloog hij onder de radar. Op een gegeven moment werd hij door het hoofd van de Iraanse inlichtingendienst in Teheran uitgenodigd en begon King Saul Boulevard zich ermee te bemoeien.' Seymour klikte zijn koffertje open, haalde er een enkel velletje papier uit en legde dat op de salontafel.

Gabriel wierp er een blik op en fronste zijn voorhoofd. 'Nog een schending van het Bureau-protocol.'

'Hoezo?'

'Een geheim Bureau-telegram vervoeren in een niet beveiligd koffertje.'

Gabriel pakte het papier van tafel en begon te lezen. Er stond dat Eamon Quinn, voormalig lid van de Real IRA en het meesterbrein achter het bloedbad in Omagh, door de Iraanse inlichtingendienst was ingehuurd om buitengewoon dodelijke bermbommen te ontwikkelen, bedoeld om te worden gebruikt tegen de Britse en Amerikaanse troepen in Irak. Diezelfde Eamon Quinn had soortgelijke diensten verleend aan Hezbollah in Libanon en Hamas in de Gazastrook. Ook was hij in Jemen geweest, waar hij Al Qaida op het Arabisch schiereiland had geholpen met het maken van een kleine vloeistofbom om aan boord van een Amerikaans vliegtuig te smokkelen. Hij was, zo werd in de laatste alinea geconcludeerd, een van de gevaarlijkste mannen ter wereld en hij moest dan ook zo snel mogelijk worden uitgeschakeld.

'Je had het aanbod van Uzi moeten aannemen.'

'Achteraf is het altijd makkelijker praten,' zei Seymour. 'Maar ik zou maar niet zo bijdehand doen. Per slot van rekening zou Uzi de klus hoogstwaarschijnlijk aan jou hebben gegeven.'

Gabriel begon het papier systematisch in kleine stukjes te scheuren.

'Dat is niet genoeg,' zei Seymour.

'Ik zal het later verbranden.'

'Als je toch bezig bent, doe me een lol en verbrand meteen ook Eamon Quinn.'

Gabriel zweeg even. 'Mijn dagen in actieve dienst zijn voorbij,' verklaarde hij uiteindelijk. 'Voortaan zit ik achter een bureau, Graham, net als jij. Bovendien ben ik nooit echt thuis geweest in Noord-Ierland.'

'Dan moeten we een partner voor je zoeken. Iemand die het terrein kent. Iemand die zo nodig voor een local kan doorgaan. Iemand die Eamon Quinn zelfs persoonlijk kent.' Na een korte stilte vroeg Seymour: 'Ken jij per ongeluk iemand die aan die beschrijving voldoet?'

'Nee,' antwoordde Gabriel op scherpe toon.

'Ik wel,' zei Seymour. 'Er is alleen een klein probleem.'

'En dat is?'

Seymour glimlachte. 'Hij is dood.'

8

VIA GREGORIANA, ROME

'OF MISSCHIEN TOCH OOK NIET.' Seymour haalde twee foto's uit zijn koffertje en legde er een op de salontafel. Daarop stond een man van gemiddelde lengte en bouw die de paspoortcontrole van Heathrow passeerde.

'Herken je hem?' vroeg Seymour.

Gabriel zei niets.

'Dat ben jij, uiteraard.' Seymour wees op de tijdcode onder op de foto. 'Die is afgelopen winter gemaakt, tijdens de affaire Madeline Hart. Je was onaangekondigd het Verenigd Koninkrijk binnengeglipt om het een en ander uit te zoeken.'

'Ik was erbij, Graham. Ik herinner het me nog goed.'

'Dan weet je vast ook nog wel dat je zoektocht naar Madeline op Corsica is begonnen; heel logisch, aangezien dat de plek was waar ze was verdwenen. Kort na aankomst ben je bij een man langsgegaan die Anton Orsati heet. Don Orsati staat aan het hoofd van de machtigste georganiseerde misdaadfamilie van het eiland, een familie gespecialiseerd in huurmoord. Hij heeft je waardevolle informatie gegeven over haar ontvoerders. Je mocht ook zijn beste huurmoordenaar lenen.' Seymour glimlachte. 'Gaat er een belletje rinkelen?'

'Blijkbaar hield je me in de gaten.'

'Van een discrete afstand. Je was nu eenmaal op zoek naar de maîtresse van de Britse premier, op mijn verzoek.'

'Ze was niet alleen zijn maîtresse, Graham. Ze was –'

'Die Corsicaanse huurmoordenaar is een interessante kerel,' viel Seymour hem in de rede. 'In werkelijkheid is hij helemaal geen Corsicaan, al klinkt hij wel zo. Hij is een Engelsman, een voormalig lid van de Special Air Forces, en hij is in januari 1991 weggelopen van het slagveld in West-Irak, na een incident met eigen vuur. Het Britse leger denkt dat hij dood is. Zijn ouders treurig genoeg ook. Maar dat wist je natuurlijk allemaal al.'

Seymour legde de tweede foto op de salontafel. Net als op de eerste foto stond hierop ook een man die op Heathrow rondliep. Hij was een stukje langer dan Gabriel en hij had kort, blond haar, een diep gebruinde huid en vierkante, gespierde schouders. 'Deze foto is op dezelfde dag genomen als de eerste, een paar minuten later. Je vriend kwam het land binnen op een vals Frans paspoort, een van de vele paspoorten die hij bezit. Die dag was hij Adrien Leblanc. Zijn echte naam is –'

'Het is duidelijk, Graham.'

Seymour pakte de foto's en gaf ze aan Gabriel.

'Wat moet ik daarmee?'

'Bewaren als herinnering aan jullie vriendschap.'

Gabriel scheurde de foto's doormidden en legde de stukken naast het versnipperde Bureau-memo. 'Hoelang weet je dit al?'

'Binnen de Britse geheime dienst gaan al jaren geruchten over een Engelsman die als beroepsmoordenaar in Europa werkt. We slaagden er maar niet in zijn naam te achterhalen. En dat hij op de loonlijst van het Bureau stond, hadden we al helemaal nooit kunnen vermoeden.'

'Hij staat niet op de loonlijst.'

'Hoe wil je hem dan omschrijven?'

'Een oude vijand die nu een vriend is.'

'Vijand?'

'Een consortium van Zwitserse bankiers heeft hem ooit ingehuurd om mij te vermoorden.'

'Dan mag je van geluk spreken,' zei Seymour. 'Het komt zelden voor dat Christopher Keller een opdracht niet tot een bevredigend einde brengt. Hij is erg goed in wat hij doet.'

'Hij laat zich over jou ook lovend uit, Graham.'

Seymour deed er even het zwijgen toe, terwijl beneden in de straat een sirene aanzwol en weer wegebde. 'Keller en ik waren nogal close,' zei hij toen. 'Ik bestreed de IRA comfortabel van achter mijn bureau, en Keller moest het vuile werk voor me opknappen. Hij deed het soort dingen dat nodig was om het vaderland veilig te houden. En uiteindelijk heeft hij daarvoor een vreselijke prijs moeten betalen.'

'Wat is zijn connectie met Quinn?'

'Dat deel van het verhaal moet Keller je zelf maar vertellen. Ik ben bang dat ik het anders geen recht doe.'

Een windvlaag sloeg de regen tegen het raam. De lampen in de kamer flikkerden even.

'Ik heb nog helemaal nergens ja op gezegd, Graham.'

'Maar dat ga je wel doen. Anders,' voegde Seymour eraan toe, 'sleep ik je vriend in de boeien terug naar Groot-Brittannië en draag ik hem over aan de regering, zodat hij vervolgd kan worden.'

'Op welke gronden?'

'Hij is een deserteur en een beroepsmoordenaar. We verzinnen vast wel iets.'

Gabriel glimlachte slechts. 'Een man in jouw positie zou geen loze dreigementen moeten uiten.'

'Dat doe ik ook niet.'

'Christopher Keller weet veel te veel van het privéleven van de Britse premier om ooit ook maar ergens voor te worden aangeklaagd. Bovendien,' voegde Gabriel eraan toe, 'vermoed ik dat jij andere plannen hebt met Keller.'

Toen Seymour niet reageerde, vroeg Gabriel: 'Wat heb je nog meer in dat koffertje?'

'Een dik dossier over de handel en wandel van Eamon Quinn.'

'Wat wil je dat we doen?'

'Wat we jaren geleden al hadden moeten doen. Hem zo snel mogelijk uit de roulatie halen. En misschien kunnen jullie in één moeite door uitzoeken wie die opdracht heeft gegeven de prinses te vermoorden en dat heeft gefinancierd.'

'Misschien is Quinn teruggekeerd naar de strijd.'

'De strijd voor een verenigd Ierland?' Seymour schudde zijn hoofd. 'Die strijd is voorbij. Als je het mij vraagt, heeft hij die moord gepleegd in opdracht van een van zijn klanten. En we weten allebei wat de belangrijkste regel is bij moorden: het gaat er niet om wie het schot lost, het gaat erom wie de kogel betaalt.'

Een nieuwe windvlaag rammelde aan de ramen. De lampen dimden en gingen toen helemaal uit. Minutenlang zaten de twee spionnen in het donker, zonder dat een van hen iets zei.

'Wie heeft dat gezegd?' vroeg Gabriel uiteindelijk.

'Wat?'

'Dat van die kogel.'

'Ik geloof dat het Ambler was.'

Weer bleef het even stil.

'Ik heb andere plannen, Graham.'

'Dat weet ik.'

'Mijn vrouw is zwanger. Erg zwanger.'

'Dan zul je snel te werk moeten gaan.'

'Ik neem aan dat Uzi zijn goedkeuring al heeft gegeven?'

'Het was zijn idee.'

'Help me herinneren dat ik Uzi een rotopdracht geef zodra ik ben geïnstalleerd als hoofd.'

Een bliksemflits verlichtte Seymours grijns, een grijns als die van de kat uit Alice in Wonderland. Toen werd het weer donker.

'Volgens mij ben ik in de keuken ergens kaarsen tegengekomen, toen ik op zoek was naar de kurkentrekker.'

'Ik hou wel van het donker,' zei Gabriel. 'Het helpt me helderder te denken.'

'Waar denk je aan?'

'Aan wat ik tegen mijn vrouw moet zeggen.'

'Is dat het enige?'

'Nee,' zei Gabriel. 'Ik vraag me ook af hoe Quinn wist dat de prinses op die boot zou zitten.'

9

BERLIJN - CORSICA

Hotel Savoy lag aan het iets minder populaire uiteinde van een van de populairste straten van Berlijn. Er lag een rode loper voor de deur, en voor de gevel stonden rode tafeltjes onder rode parasols. De vorige middag had Keller nog een beroemd acteur aan een van de tafeltjes koffie zien drinken, maar deze keer zat er niemand toen hij het hotel uit kwam. De grijze wolken hingen laag, en een koude wind rukte de laatste blaadjes van de bomen die langs het trottoir stonden. De korte herfst van Berlijn liep ten einde. Het zou al snel weer winter zijn.

'Taxi, *monsieur?*'

'Nee, bedankt.' Keller duwde de hotelbediende een briefje van vijf euro in zijn hand en liep de straat in. Hij had zich in het hotel ingeschreven onder een Franse naam en gedaan alsof hij een freelancejournalist was die over films schreef en maar één nacht zou blijven. De nacht daarvoor had hij geslapen in een bescheiden hotel dat Seifert heette, en dáárvoor had hij een slapeloze nacht doorgebracht in een naargeestig pensionnetje, Belle Berlin genaamd.

De drie onderkomens hadden één ding gemeen: ze lagen allemaal in de buurt van het Kempinski Hotel, wat Kellers uiteindelijke bestemming was. Daar ging hij iemand opzoeken, een Libiër, een voormalig bondgenoot van Kadhafi, die na de revolutie naar Frankrijk was gevlucht met twee koffers vol geld en juwelen. De Libiër had twee miljoen dollar geïnvesteerd bij een paar Franse zakenlui die hem een substantiële winst hadden beloofd. Maar de Fransen wilden alweer van hun overeenkomst met de Libiër af. Het gewelddadige verleden van de man baarde hun ook zorgen. Er werd gezegd dat de man er genoegen in had geschept spijkers door de ogen van de tegenstanders van het regime te slaan. De Franse zakenlui hadden Don Anton Orsati om hulp gevraagd en die had zijn beste huurmoordenaar gestuurd.

Keller moest toegeven dat hij ernaar uitkeek deze klus te klaren. Hij had nooit veel opgehad met de inmiddels overleden Libische dictator en de schurken die zijn regime aan de macht hielden. Kadhafi had terroristen met onverschillig welke overtuiging laten trainen in zijn woestijnkampen, inclusief leden van de Provisional Irish Republican Army. Ook had hij wapens en explosieven aan de IRA geleverd. Sterker nog, alle semtex die in bommen van de IRA was gebruikt, was rechtstreeks uit Libië afkomstig geweest.

Keller stak de Kantstrasse over en liep de inrit van een ondergrondse parkeergarage af. Op het tweede niveau, in een deel van de garage dat buiten het bereik van de beveiligingscamera's lag, stond een zwarte BMW die daar voor hem was achtergelaten door een lid van de organisatie van Orsati. In de kofferbak bevond zich een Heckler & Koch 9mm pistool met demper. In het dashboardkastje lag een keycard die toegang gaf tot iedere kamer in het Kempinski Hotel. Die sleutel was voor vijfduizend euro gekocht van een Gambiaan die in de wasserij van het hotel werkte. De Gambiaan had de man van Orsati verzekerd dat de keycard het nog achtenveertig uur zou doen. Daarna zou de code worden veranderd en zouden er nieuwe keycards worden uitgedeeld aan de personeelsleden die die nodig hadden. Keller hoopte maar dat de man uit Gambia de waarheid had gesproken. Anders zou er binnenkort een vacature zijn in de wasserij van het Kempinski.

Nadat Keller het wapen en de keycard in zijn koffertje had laten verdwijnen, zette hij zijn weekendtas in de kofferbak van de BMW en liep weer terug naar de straat. Het Kempinski lag zo'n honderd meter verderop aan de Fasanenstrasse, een groot hotel met glamourverlichting bij de ingang en een café in Parijse stijl met uitzicht op de Kurfürstendamm. Aan een van de tafeltjes op het terras zat de Libiër. Hij was in gezelschap van een man van een jaar of zestig en een vrouw met gitzwart haar en Cleopatra-make-up die ooit mooi was geweest. De man zag eruit als een oude kameraad van de Kadhafi-clan; de vrouw zag eruit alsof er goed voor haar werd gezorgd en alsof ze zich stierlijk verveelde. Keller nam aan dat ze bij de vriend van de Libiër hoorde, want de Libiër zelf gaf de voorkeur aan professionals, liefst blond en duur.

Terwijl Keller het hotel binnenliep, was hij zich bewust van de bewakingscamera's, die hem in de gaten hielden. Erg druk maakte hij zich daar niet over: hij droeg een donkere pruik en een dikke bril. Vijf hotelgasten, net aangekomen zo te zien, stonden voor een lift te wachten. Keller liet hen eerst gaan en nam zelf, in zijn eentje, de volgende lift tot de vijfde verdieping. Hij hield zijn hoofd gebogen, zodat de trekken van zijn gezicht voor de bewakingscamera niet goed zichtbaar zouden zijn. Toen de deuren openschoven, stapte hij uit met de houding van iemand die zich niet echt verheugde op de eenzaamheid van de zoveelste hotelkamer. Op een enkele huishoudelijk medewerker na, die hem een afwezig knikje gaf, was de gang leeg. De keycard zat inmiddels in het borstzakje van zijn jas. Bij kamer 518 haalde hij hem tevoorschijn en stak hem in de gleuf. Het groene lichtje ging aan, het elektronische slot sprong open. De man uit Gambia hoefde nog niet dood.

De kamer was pas schoongemaakt, maar de doordringende, weerzinwekkende geur van de eau de toilette van de Libiër was nog duidelijk aanwezig. Keller liep naar het raam en keek naar beneden. De Libiër zat nog steeds met zijn gezelschap op het terras, al leek de vrouw wat rusteloos. Hun borden waren inmiddels weggehaald, en er was koffie geserveerd. Tien minuten, schatte hij. Misschien ook minder.

Hij wendde zich van het raam af en nam kalm de kamer in zich op. Volgens het Kempinski moest dit doorgaan voor superieur, maar hij vond het nogal gewoontjes: een tweepersoonsbed, een bureautje, een televisiemeubel, een koningsblauwe stoel. De muren waren dik genoeg om geen geluid uit de aangrenzende kamers door te laten, maar niet dik genoeg om een normale kogel tegen te houden, zelfs niet wanneer die kogel eerst door een menselijk lichaam was gegaan. Daarom was Kellers HK geladen met 124 grain-kogels met holle punt, die bij inslag uiteen zouden spatten. Iedere kogel die het doelwit raakte, zou daarin ook blijven steken. En in het onwaarschijnlijke geval dat Keller zou missen, zou de kogel met een doffe plof in de muur belanden.

Terug bij het raam zag hij dat de Libiër en de twee anderen overeind waren gekomen. De man van een jaar of zestig drukte de Libiër de hand. De vrouw met het gitzwarte haar die ooit mooi was geweest, staarde vol verlangen naar de aaneenschakeling van exclusieve winkels aan de Ku-Damm.

Keller deed de zwarte gordijnen dicht, liet zich in de koningsblauwe stoel zakken en haalde de HK uit zijn koffertje. Op de gang hoorde hij het karretje van een huishoudelijk medewerker piepen. Toen werd het weer stil. Hij wierp een blik op zijn horloge. Vijf minuten, dacht hij. Misschien ook minder.

Een welwillend zonnetje bescheen Corsica, toen de nachtveerboot uit Marseille de haven van Ajaccio binnenvoer. Samen met de andere passagiers ging Keller van boord, en hij liep naar de parkeerplaats waar hij zijn gedeukte, oude Renault station had achtergelaten. De motorkap en de ramen waren bedekt met een dun laagje stof, wat Keller als een slecht teken beschouwde. Hoogstwaarschijnlijk had de sirocco dat stof meegenomen uit Noord-Afrika. Instinctief raakte hij even het bloedkoralen handje aan dat aan een leren veter om zijn nek hing. De Corsicanen geloofden dat de talisman de *occhju*, het boze oog, kon afwenden. Keller geloofde dat ook, al deed de aanwezigheid van Noord-Afrikaans stof op zijn auto, de ochtend nadat hij een Libiër had vermoord, vermoeden dat de talisman zijn beschermende uitwerking had gemist.

In zijn dorp woonde een oude vrouw, een *signadora,* die de gave had het kwaad uit zijn lichaam te halen. Keller keek er niet naar uit naar haar toe te gaan, aangezien de oude vrouw ook het vermogen had zowel in het verleden als in de toekomst te kijken. Ze was een van de weinigen op het eiland die de waarheid over hem kenden. Ze kende de hele waslijst aan zonden en misdrijven die hij had begaan, en beweerde zelfs te weten wanneer en hoe hij zou doodgaan. Dat was ook het enige wat ze hem weigerde te vertellen. 'Dat is niet aan mij,' fluisterde ze dan in haar met kaarsen verlichte kamer. 'Te weten hoe het leven eindigt, zou bovendien het verhaal verpesten.'

Keller stapte achter het stuur van de Renault en reed even later langs de ruige kustlijn aan de westkant van het eiland in zuidelijke richting, met rechts de turquoise-blauwe zee en links de bergen van het binnenland. Om maar wat te doen te hebben luisterde hij naar het nieuws op de radio. Geen berichten over een dode Libiër in een luxehotel in Berlijn. Waarschijnlijk was het lijk nog niet eens gevonden. Hij was geruisloos te werk gegaan en had bij het verlaten van de kamer het bordje met NIET STOREN aan de deur gehangen. Uiteindelijk zou het management van het Kempinski Hotel wel opdracht geven op de deur te kloppen. En wanneer er geen reactie zou komen, zouden ze zich toegang verschaffen tot de kamer en daar een gewaardeerde gast aantreffen met twee kogelgaten bij zijn hart en een derde in zijn voorhoofd. Uiteraard zouden ze onmiddellijk de politie bellen en zou er een haastige zoektocht worden gestart naar een man met donker haar en een snor die bij die kamer was gesignaleerd. Maar het spoor zou al snel doodlopen in het duistere struikgewas van de Tiergarten. De politie zou nooit achter zijn identiteit komen. Sommigen zouden ervan uitgaan dat hij een Libiër was, net als zijn slachtoffer, maar een paar slimmere oudgedienden zouden vermoeden dat hij de dure huurmoordenaar was die al jaren in Europa actief was. En dan zouden ze hun handen ervan aftrekken, omdat ze wisten dat moorden begaan door professionele huurmoordenaars maar heel zelden werden opgelost.

Ter hoogte van Porto reed Keller het binnenland in. Het was zondag: het was rustig op de weg, en in de dorpen tegen de heuvels luidden kerkklokken. Midden op het eiland, vlak bij het hoogste punt, lag het dorpje van de familie Orsati. Dat lag er al, zo werd gezegd, sinds de tijd van de Vandalen, toen de mensen die aan de kust woonden een veilig heenkomen hadden gezocht in de heuvels. Het leek of de tijd er had stilgestaan. Kinderen speelden er de hele dag door op straat, omdat er geen gevaarlijke types rondliepen. Illegale drugs waren er ook niet, omdat geen enkele dealer het risico wilde lopen de toorn van de Orsati's over zich af te roepen door met verdovende middelen te gaan leuren in hun dorpje. Er gebeurde sowieso niet veel, en soms was er ook niet genoeg werk te doen. Maar het was er schoon en mooi en veilig, en de mensen die er woonden leken er volmaakt tevreden mee lekker te eten, hun wijn te drinken, en tijd door te brengen met hun kinderen en hun ouders. Keller miste ze altijd wanneer hij lang niet op Corsica was. Hij kleedde zich net als zij, sprak hun Corsicaanse dialect en wanneer hij 's avonds met de mannen op het dorpsplein *boules* speelde, schudde ook hij afkeurend met zijn hoofd zodra iemand over de Fransen, of erger nog de Italianen begon. Ooit hadden de mensen uit het dorp hem 'de Engelsman' genoemd. Nu was hij gewoon Christopher. Hij was een van hen.

Het landgoed van de familie Orsati lag net buiten het dorp, in een klein dal met olijfbomen die de beste olie van het eiland produceerden. Bij de ingang stonden twee gewapende bewakers op wacht, die in een gebaar van respect hun Corsicaanse pet even aantikten, toen Keller het hek binnenreed, de lange oprijlaan naar de villa op. Corsicaanse dennen wierpen hun schaduw over het plein voor het huis, maar in de ommuurde tuin stond de lange, voor de traditionele zondagse familielunch gedekte tafel in de stralende zon.

Op dit moment zat er nog niemand aan tafel. De familie was in de kerk, en de don, die niet meer in de kerk kwam, was boven in zijn kantoor. Hij zat aan een grote eiken tafel in een in leer gebonden boek te kijken, toen Keller binnenkwam. Naast hem op tafel stond een mooie fles Orsati-olijfolie – olijfolie was het legale product waarmee de don zijn inkomsten uit de dood witwaste.

'Hoe was het in Berlijn?' vroeg hij zonder op te kijken.

'Koud,' zei Keller. 'Maar productief.'

'Nog complicaties?'

'Nee.'

Orsati glimlachte. Het enige wat hij erger vond dan complicaties waren de Fransen. Hij deed het boek dicht en richtte zijn donkere ogen op Kellers gezicht. Zoals gewoonlijk droeg Don Orsati een smetteloos wit overhemd, een makkelijk zittende lichte, katoenen broek en leren sandalen die eruitzagen alsof ze op de plaatselijke markt waren gekocht, wat ook inderdaad het geval was. Zijn volle snor was keurig geknipt, en zijn borstelige grijs-zwarte haar glansde van de tonicum. Op zondag besteedde de don altijd buitengewoon veel aandacht aan zijn uiterlijk. In God geloofde hij niet meer, maar hij vond wel dat het een heilige dag moest blijven. Hij vloekte niet op de dag des Heren, hij probeerde alleen maar aan goede dingen te denken en, het belangrijkst van alles, hij verbood zijn *taddunaghiu* op die dag opdrachten uit te voeren.

Zelfs Keller, die anglicaans was opgevoed en om die reden als ketter werd beschouwd, moest zich aan de verordeningen van de don houden. Pas nog had hij een nacht extra in Warschau moeten doorbrengen, omdat Don Orsati hem geen dispensatie had willen geven om het doelwit, een Russische maffiafiguur, op de rustdag te vermoorden.

'Je blijft lunchen,' zei de don.

'Dank u, Don Orsati,' zei Keller beleefd, 'maar ik wil me niet opdringen.'

'Jij? Je opdringen?' De Corsicaan maakte een wegwuivend gebaar met zijn hand.

'Ik ben moe,' zei Keller. 'Het was een nogal heftige overtocht.'

'Heb je niet geslapen op de veerboot?'

'Blijkbaar bent u lang niet op een veerboot geweest,' zei Keller.

Dat was waar. Anton Orsati kwam maar zelden buiten de goed bewaakte muren van zijn landgoed. De wereld kwam met problemen naar hem toe, en hij zorgde dat die verdwenen – tegen betaling van een aanzienlijk bedrag, uiteraard. Nu pakte hij een dikke envelop en legde die voor Keller neer.

'Wat is dat?'

'Zie het maar als een kerstbonus.'

'Het is oktober.'

De don haalde zijn schouders op.

Keller keek in de envelop, die vol bleek te zitten met pakjes honderdeurobiljetten. Hij vouwde de envelop weer dicht en schoof hem naar het midden van de tafel.

'Hier op Corsica,' zei de don met gefronst voorhoofd, 'is het onbeleefd een gift te weigeren.'

'Die gift is niet nodig.'

'Neem het nu maar aan, Christopher. Je hebt het verdiend.'

'U hebt me rijk gemaakt, Don Orsati, rijker dan ik ooit had kunnen dromen.'

'Maar?'

Keller deed er het zwijgen toe.

'Een dichte mond vangt vliegen noch eten,' zei de don, citerend uit zijn schier eindeloze voorraad Corsicaanse spreekwoorden.

'En daarmee wilt u zeggen?'

'Zeg op, Christopher. Vertel me wat je dwarszit.'

Keller staarde naar het geld, de blik van de don zorgvuldig ontwijkend.

'Heb je genoeg van je werk?'

'Dat is het niet.'

'Misschien moet je even iets anders gaan doen. Je zou je energie in de legale kant van de zaak kunnen stoppen. Daar valt ook genoeg te verdienen.'

'Olijfolie is niet de oplossing, Don Orsati.'

'Er ís dus een probleem.'

'Dat zei ik niet.'

'Dat hoefde je ook niet te zeggen.' De don keek Keller aandachtig aan. 'Wanneer je een kies trekt, Christopher, is de pijn over.'

'Tenzij je een slechte tandarts hebt.'

'Het enige wat nog erger is dan een slechte tandarts is slecht gezelschap.'

'Je kunt beter alleen zijn,' zei Keller filosofisch, 'dan in slecht gezelschap.'

De don glimlachte. 'Je mag dan geboren zijn als Engelsman, Christopher, je hebt een Corsicaanse ziel.'

Keller kwam overeind.

De don schoof de envelop over de tafel naar hem toe. 'Weet je zeker dat je niet blijft lunchen?'

'Ik heb plannen.'

'Wat die ook zijn,' zei de don, 'ze zullen even moeten wachten.'

'Waarom?'

'Je hebt bezoek.'

Keller hoefde niet naar de naam van zijn bezoek te vragen. Er was maar een handjevol mensen dat wist dat hij nog leefde, en er was er maar één die hem onaangekondigd durfde lastig te vallen. 'Wanneer is hij aangekomen?'

'Gisteravond,' zei de don.

'Wat wil hij?'

'Dat kon hij me niet vertellen.' De don keek Keller aan met de scherpe blik van een roofdier. 'Verbeeld ik het me nu,' zei hij uiteindelijk, 'of is je stemming plotseling een stuk beter geworden?'

Keller vertrok zonder antwoord te geven.

Don Orsati keek hem na. Toen richtte hij zijn blik weer op de tafel en mompelde een verwensing. De Engelsman was de envelop vergeten.

10

CORSICA

Christopher Keller was altijd heel zorgvuldig met zijn geld omgesprongen. Volgens eigen berekeningen had hij met zijn werk voor Don Anton Orsati meer dan twintig miljoen dollar verdiend, en verstandige investeringen hadden hem steenrijk gemaakt. Het leeuwendeel van zijn fortuin stond op banken in Genève en Zürich, maar er waren ook nog rekeningen in Monaco, Liechtenstein, Brussel, Hong Kong, en op de Kaaimaneilanden. Een klein deel van zijn geld had hij ondergebracht bij een gerenommeerde bank in Londen. Zijn Britse accountmanager dacht dat hij zich had teruggetrokken op Corsica en dat hij het eiland, net als Don Orsati, maar zelden verliet. De Franse overheid verkeerde in dezelfde veronderstelling. Keller betaalde belasting over zijn wettige inkomsten uit investeringen en over het aanzienlijke salaris dat hij verdiende bij Orsati Olijfolie, waar hij de functie van verkoopdirecteur Centraal-Europa vervulde. Hij stemde bij de Franse verkiezingen, doneerde aan Franse goede doelen, juichte voor Franse sportteams en was zo nu en dan genoodzaakt geweest gebruik te maken van de Franse gezondheidszorg. Hij was nooit beschuldigd van welk misdrijf dan ook en, een opvallende prestatie voor iemand uit het zuiden, zijn rijgeschiedenis was voorbeeldig. Kortom, Christopher Keller was een modelburger. Op één belangrijke uitzondering na dan.

Als volleerd skiër en klimmer was hij al een tijdje in stilte op zoek naar een chalet in de Franse Alpen. Op dat moment bezat hij slechts een enkel huis, een villa van beschaafde afmetingen in een dal naast het dal van de familie Orsati. Het huis had geelbruine muren, een rood pannendak, een groot blauw zwembad, en een royaal terras dat

’s ochtends zon had en ’s middags in de schaduw van de dennenbomen lag. Binnen waren de ruime kamers comfortabel en rustiek ingericht, in de kleuren wit, beige, en zachtgeel. Er waren planken vol serieuze boeken – Keller had een blauwe maandag militaire geschiedenis gestudeerd aan Cambridge en verslond alles wat met politiek en actualiteiten te maken had – en aan de muren hing een bescheiden collectie moderne en impressionistische kunst. Het kostbaarste werk was een klein landschap van Monet, dat Keller, via een tussenpersoon, had aangeschaft bij Christie’s in Parijs. Voor dat schilderij, een hand tegen zijn kin, zijn hoofd een beetje scheef, stond Gabriel. Hij likte aan het puntje van zijn wijsvinger, wreef ermee over het oppervlak en schudde traag zijn hoofd.

‘Wat is er mis mee?’ vroeg de Engelsman.

‘Er zit een laag vuil op. Laat mij hem voor je schoonmaken. Dat duurt maar –’

‘Ik vind hem mooi zoals hij is.’

Gabriel veegde zijn vinger af aan zijn spijkerbroek en draaide zich naar Keller om. De Engelsman was tien jaar jonger dan Gabriel, tien centimeter langer en een kilo of vijftien zwaarder, wat vooral in zijn schouders en armen zat, een dodelijke hoeveelheid kracht en spiermassa. Zijn korte haar was blond gebleekt door de zee, zijn huid donker gebruind door de zon. Hij had helderblauwe ogen, hoekige kaken, en een stevige kin met een diepe gleuf in het midden. Zijn mond leek permanent vertrokken tot een spottende glimlach. Keller was een man zonder loyaliteit, zonder angst en zonder geweten, behalve wanneer het op vriendschap en liefde aankwam. Hij had het leven geleefd op zijn eigen voorwaarden, en op de een of andere manier had hij gewonnen.

‘Ik dacht dat jij geacht werd in Rome te zijn,’ zei hij.

‘Was ik ook,’ verklaarde Gabriel. ‘Maar Graham Seymour kwam langs. Hij wilde me iets laten zien.’

‘Wat dan?’

'Een foto van een man op Heathrow.'

Kellers glimlachje verdween, en hij kneep zijn blauwe ogen een stukje dicht. 'Hoeveel weet hij?'

'Alles, Christopher.'

'Loop ik gevaar?'

'Dat hangt ervan af.'

'Waarvan?'

'Of je een klus voor hem wilt opknappen.'

'Wat wil hij precies van me?'

Gabriel glimlachte. 'Datgene waar jij het best in bent.'

Op Kellers terras had de zon nog vrij spel. Ze gingen in een paar gemakkelijke tuinstoelen zitten, een gietijzeren tafeltje tussen hen in. Op het tafeltje lag het dikke dossier van Graham Seymour over de professionele handel en wandel van een zekere Eamon Quinn. Keller had er nog niet eens naar gekeken. Geboeid luisterde hij naar Gabriels relaas over Quinns rol in de moord op de prinses.

Zodra Gabriel was uitgesproken, hield Keller de foto van zijn recente bezoek aan Heathrow omhoog. 'Je had me je woord gegeven,' zei hij. 'Je had gezworen Graham nooit over onze samenwerking te vertellen.'

'Daarover hoefde ik hem niets te vertellen. Hij wist het al.'

'Hoe?'

Gabriel legde het uit.

'Sluwe klootzak,' bromde Keller.

'Hij is een Brit,' zei Gabriel. 'Dat is aangeboren.'

Keller keek Gabriel aandachtig aan. 'Grappig,' zei hij toen. 'Het lijkt je niet veel te doen.'

'Het biedt jou een interessante mogelijkheid, Christopher.'

Aan de rand van het dal luidde een kerkklok het middaguur. Keller legde de foto op het dossier en stak een sigaret op.

'Moet dat?' vroeg Gabriel, de rook wegwuivend.

'Heb ik een keus?'

'Je kunt stoppen met roken en een paar jaar langer leven.'

'Wat Graham betreft,' zei Keller geïrriteerd.

'Je zou hier op Corsica kunnen blijven en hopen dat hij besluit niets over jou aan de Fransen te vertellen.'

'Of?'

'Of je zou mij kunnen helpen Eamon Quinn te vinden.'

'En dan?'

'Dan kun je weer naar huis, Christopher.'

Keller gebaarde naar het dal om hen heen. 'Dit is mijn thuis.'

'Het is niet echt, Christopher. Een fantasiewereld. Het is maar schijn.'

'Net als jij.'

Gabriel glimlachte, maar hij zei niets. De kerkklok zweeg inmiddels; de middagschaduwen rukten op vanaf de rand van het terras.

Keller drukte zijn sigaret uit en keek naar het ongeopende dossier. 'Interessant leesvoer?' vroeg hij.

'Nogal.'

'Nog bekenden?'

'Een MI5-man die Graham Seymour heet,' zei Gabriel, 'en iemand van de SAS naar wie alleen met een codenaam wordt verwezen.'

'En dat is?'

'Merchant.'

'Leuk.'

'Vond ik ook.'

'Wat staat er over hem?'

'Dat hij ongeveer een jaar undercover in West-Belfast heeft gewerkt in de tweede helft van de jaren tachtig.'

'Waarom is hij gestopt?'

'Hij raakte zijn dekmantel kwijt. Er was een vrouw in het spel, naar het schijnt.'

'Wordt haar naam ook genoemd?'

'Nee.'

'Wat gebeurde er daarna?'

'Merchant werd ontvoerd door de IRA en naar een afgelegen boerderij gebracht voor verhoor en executie. De boerderij was in South Armagh. Quinn was er ook.'

'Hoe is het afgelopen?'

'Slecht.'

Een windvlaag streek door de den. Keller keek uit over zijn Corsicaanse dal, alsof dat op het punt stond hem te ontglippen. Toen stak hij nog een sigaret op en vertelde Gabriel de rest van het verhaal.

11

CORSICA

Kellers taalvaardigheid was, vertelde hij, uniek – niet met vreemde talen, maar met de verschillende manieren waarop de Engelse taal in de straten van Belfast en in de zes graafschappen van Noord-Ierland werd gesproken. De subtiele eigenaardigheden van plaatselijke accenten maakten het voor de SAS bijna onmogelijk onopgemerkt te werk te gaan in de hechte plattelandsgemeenschappen. En dus waren de meeste SAS-mensen genoodzaakt gebruik te maken van de diensten van een Fred – de term waarmee ze lokale hulp aanduidden – wanneer ze IRA-leden probeerden op te sporen of mensen op straat in de gaten wilden houden. Maar dat gold niet voor Keller. Hij ontwikkelde het vermogen de verschillende dialecten van Ulster te imiteren, met de snelheid en trefzekerheid van iemand die in het betreffende graafschap was geboren. Hij kon zelfs van het ene op het andere moment van accent wisselen: eerst dat van een katholiek uit Armagh, dan van een protestant van Shankill Road in Belfast, dan weer van een katholiek uit de woningbouwcomplexen van Ballymurphy. Zijn bijzondere taalgaven ontgingen zijn superieuren niet. En het duurde niet lang voordat ze werden opgemerkt door een jonge, ambitieuze MI5-agent die Noord-Ierland onder zijn hoede had.

'Ik neem aan,' zei Gabriel, 'dat die jonge MI5-agent Graham Seymour was?'

Keller knikte. Vervolgens legde hij uit dat Seymour destijds, in de tweede helft van de jaren tachtig, niet echt tevreden was geweest met het niveau van de inlichtingen die hij via MI5-informanten in Noord-Ierland kreeg. Hij wilde een eigen agent in het IRA-moeras van West-Belfast, die zou kunnen vertellen wat de leiders en vrijwilligers van de IRA deden en met wie ze omgingen. Dat was geen klus voor een willekeurige MI5-agent. Het moest iemand zijn die wist hoe hij zich staande moest houden in een wereld waarin één misstap, één verkeerde blik dodelijk kon zijn.

In een safehouse in Londen vond een ontmoeting plaats tussen Seymour en Keller, waarna Keller de opdracht aanvaardde. Twee maanden later was hij terug in Belfast in de gedaante van de katholieke Michael Connelly. Hij nam zijn intrek in een tweekamerflat in het Divis Tower-complex aan Falls Road. Zijn buurman was een lid van de West Belfast Brigade van de IRA. Het Britse leger had een observatiepost op het dak en gebruikte de twee bovenste verdiepingen als verblijfs- en kantoorruimte. Op het dieptepunt van de *Troubles* werden de soldaten per helikopter aan- en afgevoerd. 'Het was je reinste waanzin.' Traag schudde Keller zijn hoofd. 'Absolute waanzin.'

Terwijl heel veel inwoners van West-Belfast werkeloos waren en van een uitkering leefden, vond Keller al snel werk als bezorger van een wasserij aan Falls Road. Die baan gaf hem de vrijheid zich door alle buurten en enclaves van West-Belfast te bewegen zonder argwaan te wekken en verschafte hem toegang tot de huizen en de was van beruchte IRA-leden. Een opmerkelijke prestatie, maar geenszins toeval. De wasserij werd gerund door de Britse geheime dienst.

'Het was een van onze geheimste operaties,' zei Keller. 'Zelfs de premier was er niet van op de hoogte. We hadden een aantal busjes, afluisterapparatuur, en een lab achterin. We testten ieder stuk wasgoed dat we in handen kregen op sporen van explosieven. En bij een positieve uitslag lieten we de eigenaar en zijn huis in de gaten houden.'

Langzaam maar zeker begon Keller vriendschap te sluiten met mensen uit de verstoorde gemeenschap om hem heen. Zijn IRA-buurman nodigde hem uit voor het eten, en één keer, in een IRA-bar aan Falls Road, probeerde iemand Keller op niet al te subtiele wijze te rekruteren, waarvoor hij beleefd bedankte. Hij woonde regelmatig de mis bij in de St. Paul's-kerk – als onderdeel van zijn training had hij zich vertrouwd gemaakt met de rituelen en beginselen van het katholicisme – en op een regenachtige zondag in de vastentijd ontmoette hij daar een mooi meisje dat Elizabeth Conlin heette. Haar vader was Ronnie Conlin, actief IRA-leider voor Ballymurphy.

'Een belangrijke figuur.'

'Heel belangrijk.'

'Je besloot de relatie voort te zetten.'

'Ik had weinig keus.'

'Je was verliefd op haar.'

Keller knikte langzaam.

'Hoe spraken jullie af?'

'Ik glipte ongemerkt haar slaapkamer in. Ze hing een paarse sjaal voor het raam wanneer het veilig was. Het was een piepklein rijtjeshuis van grindsteen, met muren die wel van papier leken. Ik kon haar vader in de kamer ernaast horen. Het was –'

'Waanzin,' zei Gabriel.

Keller zei niets.

'Wist Graham ervan?'

'Uiteraard.'

'Je had het hem verteld?'

'Dat was niet nodig. Ik werd voortdurend in de gaten gehouden door MI5 en de SAS.'

'Ik neem aan dat hij zei dat je ermee moest kappen?'

'In niet mis te verstane bewoordingen.'

'Wat heb je gedaan?'

'Ik heb ermee ingestemd,' antwoordde Keller. 'Op één voorwaarde.'

'Je wilde haar nog een laatste keer zien.'

Keller verzonk in stilzwijgen. En toen hij eindelijk zijn mond weer opendeed, was zijn stem veranderd. Van zijn lippen rolden de uitgerekte klinkers en ruwe klanken van de arbeidersklasse uit West-Belfast. Hij was niet langer Christopher Keller, hij was Michael Connelly, de bezorger van de wasserij aan Falls Road die verliefd was geworden op de mooie dochter van een IRA-leider uit Ballymurphy. Op zijn laatste avond in Ulster parkeerde hij zijn busje op Springfield Road en klom hij over de tuinmuur van het huis van de Conlins. De paarse sjaal hing op de gebruikelijke plaats, maar in de kamer van Elizabeth was het donker. Geluidloos schoof Keller het raam open, veegde de vitrage opzij en glipte naar binnen. Onmiddellijk voelde hij een dreun tegen de zijkant van zijn hoofd, alsof hij een klap met het blad van een bijl had gekregen, en hij begon het bewustzijn te verliezen. Het laatste wat hij zich herinnerde voordat alles zwart werd, was het gezicht van Ronnie Conlin.

'Hij praatte tegen me,' zei Keller. 'Hij zei dat ik zo goed als dood was.'

Keller werd gekneveld, kreeg een prop in zijn mond en een zak over zijn hoofd en werd in de kofferbak van een auto gestopt. Die auto voerde hem van de krottenwijken van West-Belfast naar een boerderij in South Armagh. Daar werd hij naar een schuur gebracht, waar hij stevig werd mishandeld. Vervolgens werd hij op een stoel vastgebonden voor ondervraging en veroordeling. Vier mannen van de beruchte South Armagh Brigade van de IRA zouden als jury fungeren. Eamon Quinn was openbaar aanklager, rechter en beul. Hij was van plan het vonnis te voltrekken met een mes dat hij van een dode Britse soldaat had gestolen. Quinn was de beste bommenmaker van de IRA, een briljant technicus, maar wanneer het om doden van man tot man ging, gaf hij de voorkeur aan een mes.

'Als ik een beetje meewerkte, zei hij, zou hij me op een redelijke manier ombrengen. Als ik dat niet deed, zou hij me aan stukken snijden.'

'Wat is er gebeurd?'

'Ik had geluk,' zei Keller. 'Ze hadden me nogal beroerd vastgebonden, en ik heb hén aan stukken gesneden. En dat deed ik zo snel dat ze niet wisten wat hun overkwam.'

'Hoeveel?'

'Twee,' antwoordde Keller. 'Toen wist ik een van hun wapens te pakken te krijgen en heb ik er nog twee doodgeschoten.'

'En Quinn?'

'Quinn was zo verstandig het slagveld te ontvluchten. Quinn is de dans ontsprongen.'

De daaropvolgende ochtend verklaarde het Britse leger dat vier leden van de South Armagh Brigade waren gedood bij een inval in een afgelegen IRA-safehouse. In het officiële rapport werd geen melding gemaakt van een ontvoerde undercover SAS-agent die Christopher Keller heette. Ook werd er niet gesproken over een wasserij op Falls Road die eigendom was van de Britse geheime dienst. Keller werd teruggevlogen om te worden behandeld; de wasserij werd in alle stilte gesloten. Het was een zware slag voor de Britten in Noord-Ierland.

'En Elizabeth?' vroeg Gabriel.

'Haar lichaam werd twee dagen later gevonden. Haar hoofd was kaalgeschoren. Haar keel doorgesneden.'

'Wie heeft dat gedaan?'

'Ik heb gehoord dat het Quinn was,' zei Keller. 'Blijkbaar stond hij erop het zelf te doen.'

Nadat Keller uit het ziekenhuis was ontslagen, keerde hij terug naar het SAS-hoofdkwartier in Hereford om uit te rusten en te herstellen. Hij maakte lange, loodzware tochten door de Brecon Beacons en bracht nieuwe rekruten de kunst van het geluidloos doden bij, maar het was voor zijn superieuren wel duidelijk dat hij door de gebeurtenissen in Belfast was veranderd. Toen, in augustus 1990, viel Saddam Hoessein Irak binnen. Keller voegde zich weer bij zijn oude eskader en werd uitgezonden naar het Midden-Oosten. In de avond van 28 januari 1991 werd zijn eenheid, op zoek naar lanceerinrichtingen voor scudraketten in het westelijk woestijngebied van Irak, onder vuur genomen door vliegtuigen van de coalitie, in een tragisch geval van friendly fire. Keller was de enige die het overleefde. Vervuld van woede verliet hij het slagveld en ging, vermomd als Arabier, heimelijk de Syrische grens over. Vandaar trok hij naar het westen, via Turkije, Griekenland en Italië, totdat hij uiteindelijk op Corsica belandde, in de wachtende armen van Don Anton Orsati.

'Ben je ooit naar hem op zoek gegaan?'

'Naar Quinn?'

Gabriel knikte.

'Dat heeft de don me verboden.'

'Maar daardoor heb jij je niet laten tegenhouden, toch?'

'Laten we zeggen dat ik zijn carrière op de voet heb gevolgd. Ik wist dat hij zich had aangesloten bij de Real IRA na de Goede Vrijdag-vredesakkoorden, en ik wist dat hij die bom in het centrum van Omagh had geplaatst.'

'En toen hij Ierland ontvluchtte?'

'Toen heb ik beleefd navraag gedaan naar zijn verblijfplaats. Onbeleefd ook, trouwens.'

'En leverde dat iets op?'

'Jazeker.'

'Maar je hebt nooit een poging gedaan hem te doden?'

'Nee.' Keller schudde zijn hoofd. 'Dat heeft de don me verboden.'

'Nu krijg je de kans.'

'Met de zegen van Her Majesty's Secret Service.' Keller glimlachte even. 'Als dat geen ironie is...'

'Wat?'

'Door Quinn was ik uit het wereldje gestapt, en door Quinn stap ik er nu weer in.' Keller keek Gabriel even ernstig aan. 'Weet je zeker dat je hierbij betrokken wilt worden?'

'Waarom zou ik dat niet willen?'

'Omdat het iets persoonlijks is,' antwoordde Keller. 'En met persoonlijke dingen gaat het meestal niet al te netjes.'

'Ik doe zo vaak persoonlijke dingen.'

'En zaken die niet al te netjes gaan.' De schaduwen hadden het terras inmiddels weer opgeëist. Het blauwe oppervlak van Kellers zwembad rimpelde in de wind. 'En als ik het doe?' vroeg hij. 'Wat dan?'

'Dan geeft Graham je een nieuwe Britse identiteit. En een baan.' Na een korte stilte voegde Gabriel eraan toe: 'Als je daarin geïnteresseerd bent.'

'Wat voor baan?'

'Gebruik je fantasie.'

Keller fronste zijn voorhoofd. 'Wat zou jij doen als je mij was?'

'Ik zou ervoor gaan.'

'En dit allemaal opgeven?'

'Dit is niet echt, Christopher.'

De kerkklok verderop luidde één uur.

'Wat moet ik tegen de don zeggen?' vroeg Keller.

'Ik ben bang dat ik je daarmee niet kan helpen.'

'Waarom niet?'

'Omdat dat iets persoonlijks is,' antwoordde Gabriel. 'En met persoonlijke dingen gaat het meestal niet al te netjes.'

Om zes uur die avond vertrok er een veerboot naar Nice. Gabriel ging om halfzes aan boord, dronk een kop koffie, en liep naar het observatiedek om op Keller te wachten. Om kwart voor zes was hij er nog niet. Er gingen nog vijf minuten voorbij zonder een spoor van hem. Toen zag Gabriel een gedeukte Renault het parkeerterrein op rijden. Even later kwam Keller de boot op lopen, een weekendtas aan een van zijn massieve schouders. Naast elkaar stonden ze aan de reling naar de lichtjes van Ajaccio te kijken, die langzaam in het duister oplosten. De zachte avondbries rook naar *macchia*, het dikke kreupelhout bestaande uit dwergeik, rozemarijn en lavendel, waarmee een groot deel van het eiland was bedekt.

Keller haalde eens diep adem en stak een sigaret op.

De wind stond zo, dat de eerste rook die hij uitblies langs Gabriels gezicht streek.

'Moet dat?'

Keller zei niets.

'Ik dacht al dat je van gedachten was veranderd.'

'Jij dacht dat ik jou in je eentje achter Quinn aan zou laten gaan?'

'Denk je dat ik hem niet aankan?'

'Zei ik dat?' Keller bleef even in stilte staan roken.

'Hoe nam de don het op?'

'Hij kwam met een hele rits Corsicaanse spreekwoorden over ondankbare kinderen. En toen liet hij me gaan.'

De lichtjes van het eiland vervaagden steeds meer; de wind rook alleen nog maar naar zee.

Keller stak zijn hand in zijn zak, haalde er een Corsicaanse talisman uit en hield die voor Gabriel omhoog. 'Een cadeautje van de *signadora*.'

'Wij geloven niet in dat soort dingen.'

'Als ik jou was, zou ik hem maar aannemen. De oude vrouw liet doorschemeren dat het nogal onaangenaam kon worden.'

'Hoe onaangenaam?'

Keller gaf geen antwoord.

Gabriel pakte de talisman aan en hing hem om zijn nek. Een voor een verdwenen de laatste lichtjes. Toen was het eiland weg.

12

DUBLIN

Technisch gesproken was de operatie waaraan Gabriel en Christopher Keller de volgende dag begonnen een samenwerkingsverband tussen het Bureau en MI6. De Britse rol was echter zo geheim, dat alleen Graham Seymour ervan wist. Daarom regelde het Bureau alle reiszaken en was het dus ook het Bureau dat ervoor had gezorgd dat er op het terrein voor langparkeerders van Dublin Airport een Škoda sedan voor hen klaarstond.

Gabriel bekeek de onderkant van de auto uitgebreid, voordat hij achter het stuur stapte.

Keller kwam naast hem zitten, het portier met gefronste wenkbrauwen dichttrekkend. 'Hadden ze niet iets beters dan een Škoda kunnen regelen?'

'Het is een van de populairste auto's in Ierland, wat betekent dat hij niet zal opvallen.'

'Hoe zit het met wapens?'

'Maak het dashboardkastje maar open.'

Dat deed Keller. Erin lag een geladen 9mm Beretta, samen met een extra magazijn en een geluiddemper. 'Eentje maar?'

'We gaan geen oorlog voeren, Christopher.'

'Dat denk jij.'

Terwijl Keller het dashboardkastje weer dichtdeed, stak Gabriel de sleutel in het contact. De motor aarzelde even, maakte een pruttelend geluid en sloeg toen eindelijk aan.

'Nog steeds blij dat ze een Škoda hebben gehuurd?' vroeg Keller.

Gabriel zette de auto in de versnelling. 'Waar beginnen we?'

'Ballyfermot.'

'Bally-waar?'

Keller gebaarde naar het uitgangbordje en zei: 'Bally-daar.'

De Ierse Republiek was ooit een land met nauwelijks geweldsmisdrijven. Tot de late jaren zestig telde het nationale politiekorps van Ierland, de Garda Síochána, amper zevenduizend agenten, en in Dublin waren er slechts zeven surveillanceauto's. De meeste misdrijven waren het kleinere werk: inbraak, zakkenrollen, heel af en toe een overval. En als er al geweld aan te pas kwam, was dat meestal het gevolg van passie, alcohol, of een combinatie van die twee.

Dat veranderde toen aan de andere kant van de grens, in Noord-Ierland, de *Troubles* uitbraken. Aangezien de Provisional IRA heel hard geld en wapens nodig had om tegen het Britse leger te vechten, begonnen ze banken in het zuiden te beroven. De kruimeldieven uit de arme wijken en sociale woningbouw van Dublin leerden van hun werkwijze en begonnen zelf ook brutale gewapende overvallen te plegen. De Gardaí, die te weinig personeel en kennis hadden, konden de dubbele dreiging van de IRA en de plaatselijke criminelen al snel niet meer aan. Tegen 1970 was het gedaan met de vredige rust in Ierland. Het was een onderwereldland geworden, waar criminelen en revolutionairen ongestraft hun gang gingen.

In 1979 bespoedigden twee gebeurtenissen ver buiten de grenzen van Ierland de neergang van het land tot wetteloosheid en sociale chaos. De eerste was de revolutie in Iran. De tweede de Sovjet-invasie in Afghanistan. Beide gebeurtenissen resulteerden in een enorm aanbod van goedkope heroïne in de straten van de West-Europese steden. In 1980 overspoelde de drug de arme wijken in het zuiden van Dublin. Een jaar later werden de achterbuurten aan de noordkant van de stad erdoor geteisterd. Levens werden kapotgemaakt, families uit elkaar geslagen, en de misdaadcijfers schoten omhoog doordat wanhopige verslaafden probeerden in hun behoeften te voorzien. Hele buurten veranderden in sinistere, nauwelijks bewoonbare gebieden waar junks openlijk op straat zaten te spuiten en dealers de dienst uitmaakten.

Met het economisch wonder van de jaren negentig onderging Ierland een gedaantewisseling van een van de armste landen van Europa naar een van de rijkste, maar de welvaart ging gepaard met een nog grotere behoefte aan verdovende middelen, met name cocaïne en ecstasy. De oude criminele leiders maakten plaats voor drugsbaronnen van een heel nieuw slag, die bloedig strijd leverden om territoria en marktaandelen. Tot die tijd hadden de Ierse gangsters een geweer met afgezaagde loop gebruikt om anderen hun wil op te leggen, maar de nieuwe onderwereldfiguren waren uitgerust met AK-47's en ander zwaar wapentuig. Op straat werden met kogels doorzeefde lichamen gevonden. Volgens een schatting van de Garda in 2012 waren er in Ierland zo'n vijfentwintig gewelddadige drugsbendes actief. Verschillende daarvan, waaronder restanten van de Real IRA, hadden lucratieve banden met de georganiseerde misdaad in het buitenland.

'Ik dacht dat die tegen drugs waren,' zei Gabriel.

'Dáár misschien wel,' zei Keller, naar het noorden wijzend, 'maar hier in de Republiek is dat een heel ander verhaal. Feitelijk is de Real IRA gewoon een drugsbende. Soms handelen ze rechtstreeks in drugs. Soms treden ze op als bescherming. Maar wat ze voornamelijk doen, is de dealers geld afpersen.'

'Wat doet Liam Walsh?'

'Van alles wat.'

De regen maakte vage vlekken van het licht van de koplampen van het spitsverkeer, dat overigens minder druk was dan Gabriel had verwacht. Dat lag ongetwijfeld aan de economie. Die was in Ierland harder en sneller verslechterd dan in de meeste landen. Zelfs de drugsdealers hadden daaronder te lijden.

'Walsh heeft republikeins bloed in zijn aderen,' zei Keller. 'Zijn vader zat bij de IRA, net als zijn ooms en zijn broers. Na de breuk sloot hij zich aan bij de Real IRA, en toen er een einde aan de oorlog kwam, vertrok hij naar Dublin om rijk te worden in de drugsbusiness.'

'Wat is zijn connectie met Quinn?'

'Omagh.' Keller wees naar rechts. 'Daar moet je de hoek om.'

Gabriel stuurde de auto Kennelsfort Road in. Aan beide kanten van de straat stonden kleine rijtjeshuizen van twee verdiepingen. Niet bepaald de Ierse droom, maar ook geen achterbuurt. 'Is dit Ballyfermot?'

'Palmertown.'

'Welke kant op?'

Keller gebaarde dat Gabriel rechtdoor moest blijven rijden.

Ze kwamen langs een industrieterrein met lage, grijze pakhuizen, en plotseling waren ze op Ballyfermot Road. Even later reden ze langs een tamelijk treurige verzameling winkels: een discountwarenhuis, een discountwinkel in beddengoed, een discountopticien, een snackbar. Aan de overkant nog een Tesco-supermarkt met daarnaast een bookmakerskantoor. Bij de ingang daarvan stonden vier mannen in zwarte leren jassen. Liam Walsh was de kleinste van het stel. Hij rookte een sigaret. Ze stonden allemaal te roken. Gabriel draaide de parkeerplaats van Tesco op en zette de auto op een lege plaats. Ze hadden vrij zicht op het bookmakerskantoor.

'Misschien moet je de motor laten draaien,' zei Keller.

'Waarom?'

'Straks start hij niet meer.'

Gabriel zette de motor uit en doofde de koplampen. Regen sloeg tegen de voorruit. Na een paar seconden was Liam Walsh verdwenen in een wazige caleidoscoop van licht. Toen zette Gabriel de ruitenwissers aan en dook Walsh weer op. Voor het bookmakerskantoor was inmiddels een verlengde, zwarte Mercedes sedan gestopt. Het was de enige Mercedes in de straat, waarschijnlijk de enige in de buurt. Walsh stond door het geopende raampje met de chauffeur te praten.

'Hij ziet eruit als een echte steunpilaar van de maatschappij,' zei Gabriel zacht.

'Zo doet hij zich graag voor, ja.'

'Waarom staat hij dan voor een bookmakerskantoor?'

'Hij wil de andere gangs laten weten dat hij zijn territorium in de gaten houdt. Vorig jaar heeft een rivaal nog geprobeerd hem te vermoorden, op diezelfde plek. Wanneer je goed kijkt, kun je de kogelgaten in de muur zien.'

De Mercedes reed weg.

Liam Walsh keerde terug naar de beschutting van de ingang.

'Wie zijn die aardige types die bij hem staan?'

'Die twee links zijn zijn bodyguards. De ander is zijn rechterhand.'

'Real IRA?'

'Door en door.'

'Gewapend?'

'Zeker weten.'

'Wat gaan we nu doen?'

'Wachten tot hij in actie komt.'

'Hier?'

Keller schudde zijn hoofd. 'Als ze ons in een geparkeerde auto zien zitten, denken ze dat we Garda zijn of leden van een rivaliserende bende. En als ze dat denken, zijn we dood.'

'Dan kunnen we hier misschien beter niet blijven zitten.'

Keller knikte naar de snackbar aan de overkant van de straat en stapte uit.

Gabriel volgde zijn voorbeeld.

Naast elkaar stonden ze aan de kant van de weg, handen in de zakken gepropt, hoofden gebogen tegen de striemende regen, wachtend op een gaatje in het verkeer om over te steken.

'Ze staan naar ons te kijken,' zei Keller.

'Dat was je ook opgevallen?'

'Moeilijk te missen.'

'Kent Walsh jouw gezicht?'

'Nu wel.'

Het verkeer werd even iets minder. Ze staken over en liepen naar de ingang van de snackbar. 'Jij kunt misschien beter je mond houden,' zei Keller. 'Dit is geen buurt waar veel bezoekers uit exotische oorden komen.'

'Ik spreek perfect Engels.'

'Dat is nu juist het probleem.'

Keller deed de deur open en ging als eerste naar binnen. Het was een benauwde ruimte met gebarsten linoleum op de vloer en afbladderende muren. Het rook er zwaar naar vet en zetmeel, en vaag naar natte wol. Achter de toonbank stond een knap meisje, en er was een leeg tafeltje bij het raam. Gabriel ging met zijn rug naar de straat zitten, terwijl Keller een bestelling plaatste met een accent alsof hij uit het zuiden van Dublin kwam.

'Heel indrukwekkend,' bromde Gabriel toen Keller bij hem kwam zitten. 'Ik dacht heel even dat je zou uitbarsten in When Irish Eyes Are Smiling.'

'Dat knappe meiske denkt dat ik net zo Iers ben als zij.'

'Ja,' zei Gabriel, niet overtuigd. 'En ik ben Oscar Wilde.'

'Jij denkt dat ik niet voor een Ier kan doorgaan?'

'Dan wel een die heel lang op vakantie is geweest in een zonnig land.'

'Dat is ook mijn verhaal.'

'Waar ben je geweest?'

'Mallorca,' antwoordde Keller. 'De Ieren zijn dol op Mallorca, vooral de criminele Ieren.'

Gabriel keek eens om zich heen. 'Ik vraag me af waarom.'

Het meisje zette een bord patat en twee piepschuimen bekers thee met melk voor hen neer. Terwijl ze terugliep naar de toonbank, ging de deur open en kwamen er twee bleke mannen van halverwege de twintig binnen, even later gevolgd door een vrouw in een natte jas. De twee mannen gingen aan een tafeltje vlak bij Keller en Gabriel zitten en begonnen te praten in een dialect dat voor Gabriel bijna onverstaanbaar was. De vrouw installeerde zich achter in de zaak. Ze bestelde alleen thee en las een beduimelde paperback.

'Wat gebeurt er buiten?' vroeg Gabriel.

'Er staan vier mannen voor een bookmakerskantoor. Eén man lijkt schoon genoeg te hebben van de regen.'

'Waar woont hij?'

'Niet ver weg,' antwoordde Keller. 'Hij is graag onder de mensen.'

Gabriel nam een slok thee en trok een gezicht.

Keller schoof het bord naar hem toe. 'Eet wat.'

'Nee.'

'Waarom niet?'

'Ik wil mijn kinderen nog graag geboren zien worden.'

'Goed argument.' Keller glimlachte, waarna hij eraan toevoegde: 'Mannen van jouw leeftijd moeten inderdaad uitkijken met wat ze eten.'

'Kijk naar jezelf.'

'Hoe oud ben je eigenlijk?'

'Dat kan ik me niet meer herinneren.'

'Last van geheugenverlies?'

Gabriel nam nog een slok thee.

Keller at wat van de patat. 'Niet zo lekker als die in Zuid-Frankrijk,' zei hij.

'Heb je een bonnetje gekregen?'

'Waarom zou ik een bonnetje willen?'

'De boekhouders bij MI6 schijnen nogal pietluttig te zijn.'

'Laten we wat MI6 betreft niet op de zaken vooruitlopen. Ik heb nog niks besloten.'

'De beste besluiten worden soms voor ons genomen.'

'Nu klink je als de don.' Keller at nog een frietje. 'Is het waar wat je over die boekhouders van MI6 zei?'

'Ik probeerde alleen maar het gesprek gaande te houden.'

'Zijn die van jullie moeilijk?'

'Vreselijk.'

'Maar niet voor jou.'

'Niet echt.'

'Waarom hebben ze je dan niet iets beters gegeven dan een Škoda?'

'Die Škoda is prima.'

'Ik hoop dat hij in de kofferbak past.'

'Desnoods slaan we de klep een paar keer extra dicht.'

'En hoe zit het met het safehouse?'

'Dat is vast helemaal goed, Christopher.'

Keller leek niet overtuigd. Hij pakte nog een frietje, bedacht zich en liet het weer op het bord vallen. 'Wat gebeurt er achter me?' vroeg hij.

'Twee mannen die in een niet bestaande taal praten. Eén vrouw die zit te lezen.'

'Wat leest ze?'

'Ik geloof dat het John Banville is.'

Keller knikte nadenkend, zijn ogen op Ballyfermot Road gericht.

'Wat zie jij?' vroeg Gabriel.

'Eén man die voor een bookmakerskantoor staat. Drie mannen die in een auto stappen.'

'Wat voor auto?'

'Een zwarte Mercedes.'

'Beter dan een Škoda.'

'Veel beter.'

'Wat gaan we doen?'

'We laten de frieten staan en nemen de thee mee.'

'Wanneer?'

Keller stond op.

13

BALLYFERMOT, DUBLIN

Ze gooiden de piepschuimen bekers in een vuilnisbak op de parkeerplaats van Tesco en stapten in de Škoda. Deze keer reed Keller. Dit was zijn terrein. Hij draaide Ballyfermot Road weer op en manoeuvreerde de auto zo door het verkeer dat er uiteindelijk twee auto's tussen hen en de Mercedes zaten. Hij reed rustig, een hand aan het stuur, de ander op de automatische versnelling. Zijn ogen waren op het verkeer voor hen gericht.

Gabriel had de spiegel zo gedraaid dat hij het verkeer achter hen in de gaten kon houden.

'En?' vroeg Keller.

'Je bent erg goed, Christopher. Je zult een prima MI6-agent worden.'

'Ik wilde weten of we werden gevolgd.'

'Dat worden we niet.'

Keller haalde zijn hand van de versnelling om een sigaret uit zijn jaszak te vissen.

Gabriel tikte op de zwart-gele sticker op de zonneklep en zei: 'Dit is een niet-roken auto.'

Keller stak de sigaret aan en Gabriel deed het raampje een paar centimeter open om de rook naar buiten te laten.

'Ze stoppen,' zei hij.

'Dat zie ik.'

De Mercedes draaide een parkeerplaatsje voor een kranten- en tijdschriftenwinkel op. Een paar seconden gebeurde er niets. Toen stapte Liam Walsh uit, aan de bijrijderskant, van de achterbank, en liep de winkel in.

Keller reed een meter of vijftig verder en parkeerde voor een afhaalpizzazaak. Hij doofde de lichten, maar liet de motor lopen. 'Hij moest zeker nog wat halen onderweg naar huis.'

'Zoals?'

'Een Herald,' opperde Keller.

'Niemand leest tegenwoordig nog een krant, Christopher. Wist je dat niet?'

Keller wierp een blik op de pizzatent. 'Misschien moet je een paar stukken voor ons gaan halen.'

'Hoe moet ik iets bestellen zonder mijn mond open te doen?'

'Je verzint wel iets.'

'Wat voor pizza vind jij lekker?'

'Ga,' zei Keller.

Gabriel stapte uit en liep de zaak binnen. Er stonden drie mensen vóór hem in de rij. In een geur van warme kaas en gist bleef hij staan wachten. Tot er buiten op een claxon werd gedrukt en hij, toen hij zich omdraaide, de zwarte Mercedes voorbij zag rijden. Hij liep naar buiten en schoof op de passagiersstoel.

Keller draaide de auto achteruit de weg weer op en trok langzaam op.

'Heeft hij iets gekocht?' vroeg Gabriel.

'Een paar kranten en een pakje Winstons.'

'Hoe zag hij eruit toen hij weer naar buiten kwam?'

'Alsof hij niet echt kranten en sigaretten nodig had.'

'Ik neem aan dat de Garda hem heel regelmatig in de gaten houdt?'

'Dat mag ik hopen.'

'Wat wil zeggen dat hij er wel aan gewend is zo nu en dan te worden gevolgd door mannen in onopvallende auto's.'

'Dat zou je denken.'

'Hij gaat de hoek om,' zei Gabriel.

'Dat zie ik.'

De auto was een donkere straat met rijtjeshuizen in gereden. Geen verkeer, geen winkels, geen enkele plek waar twee mensen die daar niet thuishoorden zich konden verbergen.

Keller stopte aan de stoeprand en doofde de koplampen.

Honderd meter verderop draaide de Mercedes een oprit op. De lichten van de auto gingen uit. Vier portieren werden geopend, vier mannen stapten uit.

'Chez Walsh?' vroeg Gabriel.

Keller knikte.

'Getrouwd?'

'Niet meer.'

'Vriendin?'

'Zou kunnen.'

'En een hond?'

'Heb je iets tegen honden?'

Gabriel gaf geen antwoord. In plaats daarvan keek hij naar de vier mannen die door de voordeur naar binnen verdwenen.

'Wat doen we nu?' vroeg hij.

'We zouden kunnen afwachten of zich de komende dagen een betere gelegenheid voordoet.'

'Of?'

'We pakken hem nu.'

'Zij zijn met zijn vieren, wij met twee.'

'Eén,' zei Keller. 'Jij gaat niet mee.'

'Waarom niet?'

'Omdat de toekomstige baas van het Bureau niet bij zoiets betrokken mag worden. Bovendien,' voegde Keller eraan toe, op de uitstulping onder zijn jas kloppend, 'hebben we maar één wapen.'

'Vier tegen één,' zei Gabriel na een korte stilte. 'Dat klinkt niet heel goed.'

'Eerlijk gezegd schat ik mijn kansen, gebaseerd op mijn ervaring, wel aardig in.'

'Hoe ben je van plan het aan te pakken?'

'Zoals we dat in Noord-Ierland gewend waren,' antwoordde Keller. 'Als grote jongens onder elkaar, volgens grotejongensregels.' Na die woorden stapte hij uit, het portier geluidloos achter zich sluitend.

Gabriel zwaaide zijn been over de middenconsole om achter het stuur te schuiven. Hij liet de ruitenwissers een keer heen en weer gaan en zag Keller weglopen, zijn handen in zijn zakken, zijn schouders gebogen tegen de wind. Hij wierp een blik op zijn BlackBerry. Het was drie minuten voor halfnegen in Dublin, drie minuten voor halfelf in Jeruzalem. Hij dacht aan zijn mooie, jonge vrouw, alleen in hun appartement aan Narkiss Street, en aan zijn twee ongeboren kinderen, veilig in haar schoot genesteld. En hij stond hier in een troosteloze straat in het zuiden van Dublin, wakend in het donker, wachtend op een vriend die een oude rekening te vereffenen had. De regen kletterde tegen de voorruit, de donkere straat nog slechts een waterig fata morgana. Gabriel liet de ruitenwissers nog een keer over de ruit gaan en zag Keller door de lichtkring van een natriumlamp lopen. En toen hij de ruitenwissers een derde keer in beweging bracht, was Keller verdwenen.

Het huis stond aan Rossmore Road, op nummer 48. De buitenkant was afgewerkt met grijs grindpleister, met beneden een raam met een wit kozijn, en daarboven nog twee. Op de smalle oprit paste net één auto. Naast de oprit was een doorgang met een hek erlangs, en daarnaast een grasveldje met een lage heg eromheen. Allemaal even keurig, afgezien dan van de man die er woonde.

Net als alle huizen aan die kant van de straat had nummer 48 een achtertuin die grensde aan de sportvelden van een katholieke jongensschool. De ingang van de school was om de hoek, aan Le Fanu Road. Het hek stond open. Zo te zien was er een ouderavond. Onopgemerkt liep Keller naar binnen. Terwijl hij een geasfalteerd plein voorzien van belijning voor allerlei spellen overstak, was hij in gedachten weer even terug op de vreselijke school in Surrey waarnaar zijn ouders hem hadden verbannen toen hij tien was. Hij was de jongen van wie veel werd verwacht – een goed nest, een uitstekende leerling, een geboren leider. De oudere jongens lieten hem met rust, omdat ze bang voor hem waren. Het hoofd van de school had er ooit van afgezien hem te slaan omdat ook hij stiekem bang voor hem was.

Aan de rand van het geasfalteerde plein stond een rij druipende bomen. Keller liep eronderdoor, de sportvelden op. Deze werden aan de noordkant begrensd door een door klimplanten overwoekerde muur van zo'n twee meter hoog. Achter die muur lagen de achtertuinen van de huizen aan Rossmore Road. Keller liep naar de uiterste hoek van het veld, nam daarvandaan zevenenvijftig nauwkeurig afgemeten stappen. Toen klom hij geruisloos op de muur en liet zich aan de andere kant op de grond vallen. Tegen de tijd dat zijn schoenen de vochtige aarde raakten, had hij zijn van een geluiddemper voorziene Beretta al getrokken en op de achterdeur van het huis gericht. Binnen was licht aan; schaduwen bewogen over de dichte gordijnen. Keller hield het wapen stevig in zijn hand, kijkend, luisterend. Als grote jongens onder elkaar, dacht hij. Volgens grotejongensregels.

Om tien over negen trilde Gabriels BlackBerry zacht. Hij bracht de telefoon naar zijn oor, luisterde en verbrak toen de verbinding. De regen had plaatsgemaakt voor een druilerige mist. Op Rossmore Road was geen verkeer of voetganger te bekennen. Hij reed naar nummer 48, parkeerde de auto aan de straat, en zette de motor af. Weer trilde zijn BlackBerry, maar deze keer nam hij niet op. In plaats daarvan trok hij een paar huidkleurige rubber handschoenen aan, stapte uit, en deed de bescheiden kofferbak open. Daarin lag een koffertje, achtergelaten door de koerier van de afdeling van het Bureau in Dublin. Gabriel liep ermee naar de voordeur, die zonder problemen openging. Hij liep naar binnen en deed de deur zachtjes achter zich dicht.

Keller stond in de hal, de Beretta in zijn hand. Het rook naar cordiet en, vaag, naar bloed. Een lucht die Gabriel maar al te vertrouwd was. Zonder een woord te zeggen liep hij langs Keller de woonkamer in. Er hing een rookwolk. Drie mannen met alle drie een keurig kogelgat midden in hun voorhoofd, een vierde met een kapot geslagen neus en een kaak die eruitzag alsof hij met een moker was ontwricht. Gabriel boog zich voorover om in zijn hals naar een hartslag te zoeken. Toen hij die voelde, ritste hij het koffertje open en ging aan het werk.

In het koffertje zaten drie rollen extra sterk ducttape, een stuk of tien wegwerphandboeien, een nylon zak waar een man van één meter vijfentachtig in paste, een blauwwit trainingspak, espadrilles, twee setjes onderkleding, een eerstehulpset, oordopjes, ampullen met kalmerende middelen, injectiespuiten, ontsmettingsalcohol, en een exemplaar van de Koran. Het Bureau noemde dat een mobiel gedetineerdenpakket. Onder oudgedienden uit het veld stond het echter bekend als een terroristenreisset.

Nadat Gabriel had vastgesteld dat er geen gevaar bestond dat Walsh het loodje zou leggen, begon hij hem met ducttape te omwikkelen. De wegwerphandboeien liet hij voor wat ze waren, hij was meer van de traditionele aanpak. Op het moment dat hij de laatste stukken tape op de mond en ogen van Walsh plakte, kwam de Ier enigszins bij bewustzijn. Met een dosis van het kalmerende middel legde Gabriel hem onmiddellijk weer het zwijgen op. Vervolgens stopte hij Walsh met de hulp van Keller in de zak en trok de rits dicht.

Het huis had geen garage, wat wilde zeggen dat ze geen andere keus hadden dan Walsh via de voordeur naar buiten te brengen, in het zicht van de buren. Op een van de dode lichamen vond Gabriel de sleutels van de Mercedes. Nadat hij die auto naar de straat had verplaatst, reed hij de Škoda achteruit de oprit op. Keller droeg Walsh naar buiten en legde hem in de openstaande kofferbak. Vervolgens stapte hij aan de passagierskant in de auto, ermee instemmend dat Gabriel reed. Dat was maar goed ook. De ervaring had Gabriel geleerd dat het niet verstandig was een man die net drie mensen had gedood een motorvoertuig te laten besturen. 'Heb je het licht uitgedaan?'

Keller knikte.

'En de deuren?'

'Die zijn op slot.'

Keller verwijderde de geluiddemper en het magazijn van de Beretta en legde alle drie de dingen in het dashboardkastje.

Gabriel draaide de straat op, weer koers zettend naar Ballyfermot Road. 'Hoeveel schoten heb je gelost?' vroeg hij.

'Drie,' antwoordde Keller.

'Hoelang zal het duren voordat de Garda die lijken vindt?'

'Het is niet de Garda waarover we ons zorgen moeten maken.' Keller gooide zijn sigaret de duisternis in.

Gabriel zag de vonkjes in de achteruitkijkspiegel. 'Hoe voel je je?' vroeg hij.

'Alsof ik nooit ben weggeweest.'

'Dat is het probleem met wraak, Christopher. Je gaat je er nooit beter van voelen.'

'Dat is waar.' Keller stak nog een sigaret op. 'En ik ben nog maar net begonnen.'

14

CLIFDEN, GRAAFSCHAP GALWAY

Het huis stond aan Doonen Road, boven op een hoog, rotsachtig klif, dat uitzicht bood op het donkere water van Salt Lake. Het had drie slaapkamers, een grote keuken met moderne apparatuur, een aparte eetkamer, een kleine bibliotheek en werkkamer, en een kelder met stenen muren. De eigenaar, een succesvol advocaat uit Dublin, had er duizend euro per week voor willen hebben. De huishoudelijke afdeling had een tegenbod gedaan van vijftienhonderd euro voor twee weken, en de advocaat, die in de winter maar zelden kon verhuren, was daarmee akkoord gegaan. De ochtend daarna had het geld op zijn bankrekening gestaan. Het geld was afkomstig van Taurus Global Entertainment, een televisieproductiebedrijf gevestigd in het Zwitserse Montreux. De advocaat was verteld dat de twee mannen die in zijn huis zouden verblijven topmensen van Taurus waren die naar Ierland kwamen om aan een project van nogal gevoelige aard te werken. Dat laatste was in ieder geval waar.

Het huis lag zo'n honderd meter van de weg. Er was een niet al te stevig aluminium hek, dat handmatig open en dicht moest worden gedaan, en een oprit met kiezelstenen die tussen bremstruiken en hei steil omhoog slingerde. Op het hoogste punt van de tuin stonden drie oude bomen, krom gewaaid in de wind die vanuit de Noordelijke Atlantische Oceaan de baai van Clifden in blies. De wind was koud en meedogenloos. Hij rammelde aan de ramen van het huis, haalde uit naar de dakpannen en sloop de kamers binnen telkens wanneer er ergens een deur openging. Het kleine terras was weinig uitnodigend, een stukje niemandsland. Zelfs de meeuwen bleven er niet lang zitten.

Doonen Road was geen echte straat, maar eerder een smal verhard pad, nauwelijks breed genoeg voor een auto, met een strook gras in het midden. Het pad werd zo nu en dan gebruikt door vakantiegangers, maar diende vooral als sluipweg naar Clifden. Dat was een nog jong stadje naar Ierse maatstaven, gesticht in 1814 door een landeigenaar en rechter die John d'Arcy heette en die een eiland van orde en rust wilde creëren in de gewelddadige en wetteloze woestenij van Connemara. Voor zichzelf bouwde d'Arcy een kasteel en voor de dorpelingen een mooi stadje met geplaveide straten en pleinen en een paar kerken met torens waarvan de spitsen van kilometers afstand al te zien waren. Het kasteel was inmiddels een ruïne, maar het dorp, dat ooit bijna volledig ontvolkt was geraakt als gevolg van de Ierse hongersnood, behoorde tot de bruisendste dorpen in het westen van Ierland.

Een van de mannen uit het gehuurde huis, de kleinste van de twee, liep iedere dag, meestal aan het eind van de ochtend, naar het dorp, gehuld in een groene oliejas, met een rugzak over zijn schouder en een pet tot net boven zijn ogen getrokken. Dan haalde hij wat dingen bij de supermarkt en kocht hij een paar flessen wijn bij Ferguson Fine Wines, meestal Italiaans, soms Frans. Nadat hij zijn aankopen had gedaan liep hij langs de etalages van Main Street met de houding van iemand die belangrijker zaken aan zijn hoofd had. Eén keer ging hij bij de Lavelle Art Gallery naar binnen om te kijken wat ze in huis hadden. De eigenaar wist later nog te vertellen dat hij opvallend veel verstand van schilderkunst leek te hebben. Zijn accent was moeilijk te plaatsen. Misschien Duits, misschien iets anders. Het deed er ook niet toe: voor de mensen van Connemara had iederéén die ergens anders vandaan kwam een accent.

De vierde dag van hun verblijf was zijn bezoek aan Main Street korter dan de andere dagen. Hij ging maar bij één winkel naar binnen, de kranten- en tijdschriftenwinkel, waar hij vier pakjes Amerikaanse sigaretten en een Independent kocht. De hele voorpagina werd in beslag genomen door het nieuws dat in Dublin drie leden van de Real IRA vermoord waren gevonden in een huis in Ballyfermot. Een vierde man werd vermist, waarschijnlijk was hij ontvoerd. De Garda was naar hem op zoek. Net als elementen van de Real IRA.

'Drugsbendes,' bromde de man achter de toonbank.

'Vreselijk,' beaamde de man met het accent dat niemand kon plaatsen.

Hij stopte de krant in zijn rugzak, en vervolgens ook met enige tegenzin de sigaretten. Daarna liep hij terug naar het huis van de advocaat uit Dublin, die trouwens niet erg goed bleek te liggen bij de vaste inwoners van Clifden.

De andere man, de man met de gelooide huid, zat aandachtig naar het nieuws op RTÉ te luisteren. 'We zijn er bijna,' was het enige wat hij zei.

'Wanneer?'

'Misschien vanavond.'

De kleinste van de twee mannen liep naar buiten, het terras op, terwijl de andere man rookte. Donkere wolken dreven de baai van Clifden binnen, en de wind voelde aan alsof hij granaatscherven meevoerde. Meer dan vijf minuten hield hij het niet uit. Toen ging hij weer naar binnen, de met rook en gespannen afwachting gevulde ruimte in. Hij schaamde zich niet. Zelfs de meeuwen bleven niet lang op het terras zitten.

In de loop van zijn lange carrière was Gabriel helaas al heel wat terroristen tegengekomen: Palestijnse terroristen, Egyptische terroristen, Soedische terroristen, terroristen gedreven door geloof, terroristen gedreven door verlies, terroristen geboren in de ergste sloppenwijken van de Arabische wereld, en terroristen opgegroeid in de materiële luxe van het Westen. Regelmatig had hij zich afgevraagd wat deze mensen zouden hebben kunnen bereiken als ze een andere weg hadden gekozen. Velen van hen waren bijzonder intelligent, en in hun onverzoenlijke ogen zag hij levensreddende behandelingen die nooit waren ontdekt, software die nooit was ontwikkeld, muziek die nooit was gecomponeerd en gedichten die nooit waren geschreven. Maar bij Liam Walsh zag hij dat niet. Walsh was een gewetenloze moordenaar zonder opleiding van betekenis, wiens enige ambitie in het leven het vernietigen van levens en eigendommen was. In zijn geval was een carrière in terrorisme, zelfs volgens de lage eisen van de harde kern van de Ierse republikeinen, het beste waarop hij had kunnen hopen.

Lichamelijke angst kende hij niet, en hij bezat een natuurlijke onverzettelijkheid die maakte dat hij moeilijk te breken was. De eerste achtenveertig uur was hij aan zijn lot overgelaten in de kille, vochtige kelder, geblinddoekt, een prop in zijn mond, doppen in zijn oren en stevig vastgebonden met ducttape. Eten kreeg hij niet, alleen water, dat hij weigerde. Keller voorzag in zijn sanitaire behoeften, die minimaal waren gezien wat hij binnenkreeg. Indien nodig sprak Keller tegen Walsh met het accent van een protestant uit de arbeidersklasse van Oost-Belfast. Een uitweg uit zijn hachelijke situatie werd de Ier niet geboden, en hij vroeg er ook niet om. Na de snelle, onverwachte dood van drie van zijn kameraden, had hij zich neergelegd bij zijn lot. Net als SAS-mensen speelden Ierse terroristen en drugscriminelen het spel volgens grotejongensregels.

Op de ochtend van de derde dag nam hij, gek van de dorst, wat van het water op kamertemperatuur. Rond het middaguur dronk hij thee met melk en suiker en 's avonds kreeg hij weer thee en een enkel sneetje geroosterd brood.

Op dat moment begon Keller ook pas echt tegen hem te praten. 'Je zit diep in de stront, Liam,' zei hij met zijn Oost-Belfast-accent. 'En de enige manier om daaruit te komen is mij vertellen wat ik weten wil.'

'Wie ben jij?' vroeg Walsh, de pijn van zijn gebroken kaak verbijtend.

'Dat ligt helemaal aan jou,' antwoordde Keller. 'Als je tegen me praat, ben ik je beste vriend ter wereld. Als je dat niet doet, eindig je als je drie vrienden.'

'Wat wil je weten?'

'Omagh,' was alles wat Keller zei.

Op de ochtend van de vierde dag haalde Keller de doppen uit de oren van Walsh en de prop uit zijn mond en vertelde hem meer over de situatie waarin hij zich bevond. Hij beweerde dat hij lid was van een kleine groep verontruste protestanten die gerechtigheid wilde voor de slachtoffers van het republikeinse terrorisme. Hij suggereerde dat de groep banden had met de Ulster Volunteer Force, de loyalistische paramilitaire organisatie die op zijn minst vijfhonderd mensen had gedood, met name katholieke burgers, tijdens de heftigste periode van de *Troubles* in Noord-Ierland. De UVF stemde in met een staakt-het-vuren in 1994, maar hun muurschilderingen met gewapende, gemaskerde mannen waren nog steeds te vinden op muren in protestantse wijken en steden in Ulster. Veel van die muurschilderingen droegen als bijschrift de slogan PREPARED FOR PEACE, READY FOR WAR. Datzelfde kon ook over Keller worden gezegd.

'Ik zoek degene die de bom heeft gemaakt,' verklaarde hij. 'Je weet over welke bom ik het heb, Liam. De bom die negenentwintig onschuldige mensen doodde in Omagh. Jij was daar die dag. Je zat bij hem in de auto.'

'Ik weet niet waarover je het hebt.'

'Je was erbij, Liam,' herhaalde Keller. 'En je hebt nog contact met hem gehad nadat alles in de shit was gelopen. Hij kwam naar Dublin. Jij hebt voor hem gezorgd totdat het te link werd.'

'Dat is niet waar. Dat is allemaal niet waar.'

'Hij is weer opgedoken, Liam. Zeg me waar ik hem kan vinden.'

Even zweeg Walsh. 'En als ik je dat vertel?' vroeg hij toen.

'Dan zul je een tijdje in gevangenschap doorbrengen, een hele tijd om precies te zijn, maar je blijft wel leven.'

'Bullshit,' beet Walsh hem toe.

'We zijn niet in jou geïnteresseerd, Liam,' zei Keller kalm. 'Alleen in hem. Vertel ons waar we hem kunnen vinden, en we laten je in leven. Hou je lippen op elkaar, en ik vermoord je. En niet netjes met een simpele kogel in je hoofd. Het zal pijnlijk worden, Liam. Heel pijnlijk.'

Die middag barstte er een hevig noodweer los boven Connemara. Gabriel zat bij het vuur een boek van Fitzgerald te lezen, terwijl Keller rondreed, de storm trotserend, om te kijken of hij ergens ongewone activiteiten van de Garda zag.

Liam Walsh lag weer alleen in de kelder, vastgebonden, geblinddoekt, een prop in zijn mond, doppen in zijn oren. Hij kreeg niets te drinken of te eten. Tegen de avond was hij zo verzwakt door honger en uitdroging dat Keller hem bijna naar het toilet moest dragen.

'Hoelang nog?' vroeg Gabriel onder het eten.

'We zijn er bijna,' zei Keller.

'Dat zei je eerder ook al.'

Keller zweeg.

'Kunnen we de zaken op de een of andere manier een beetje versnellen? Ik ben hier graag weg tegen de tijd dat de Garda op de deur klopt.'

'Of de Real IRA,' voegde Keller eraan toe.

'Nou?'

'Op dit moment is hij immuun voor pijn.'

'En water?'

'Water werkt altijd goed.'

'Weet hij het?'

'Hij weet het.'

'Heb je hulp nodig?'

'Nee,' zei Keller, overeind komend. 'Het is persoonlijk.'

Nadat Keller was vertrokken, liep Gabriel het terras op, waar hij in de stromende regen bleef staan.

Het duurde maar vijf minuten. Zelfs een keiharde man als Liam Walsh kon het water niet lang verdragen.

15

THAMES HOUSE, LONDEN

IEDERE VRIJDAGAVOND, MEESTAL OM ZES uur, soms wat later als er in Londen of ergens anders op de wereld een crisis was, dronk Graham Seymour een drankje met Amanda Wallace, de directeur-generaal van MI5. Het was zonder twijfel de afspraak waarnaar hij iedere week het minst uitkeek. Wallace was de voormalige baas van Seymour. Ze waren tegelijkertijd bij MI5 begonnen en waren langs parallelle wegen in de organisatie opgeklommen, Seymour op de afdeling terrorismebestrijding, Wallace in de contraspionage. Uiteindelijk had Amanda de race naar de directiekamer gewonnen. Maar nu, vrij onverwacht en aan het eind van zijn loopbaan, had Seymour de hoofdprijs gekregen. Amanda nam hem dat ongelooflijk kwalijk, aangezien hij nu de machtigste spion van Londen was. In stilte probeerde ze zijn macht bij iedere gelegenheid die zich voordeed te ondermijnen.

Net als Seymour had Amanda Wallace spionage in haar DNA. Haar moeder had zich in de oorlog afgebeuld in de archieven van MI5, en Amanda had, nadat ze was afgestudeerd aan Cambridge, niets anders gewild dan de geheime dienst in. De overeenkomsten in hun achtergrond zouden hen tot bondgenoten gemaakt moeten hebben. In plaats daarvan had Amanda in Seymour onmiddellijk een rivaal gezien. Hij was de knappe schurk die het succes in de schoot geworpen leek te krijgen, zij was het onhandige, nogal verlegen meisje dat hem steeds te snel af zou zijn. Ze kenden elkaar nu dertig jaar, en samen hadden ze de hoogste toppen van de Britse geheime dienst bereikt. Toch was de aard van hun relatie nooit veranderd.

De vorige vrijdag was Amanda naar Vauxhall Cross gekomen, wat betekende dat het volgens de ongeschreven regels nu Seymours beurt was zich te verplaatsen. Dat vond hij niet erg. Hij genoot er altijd wel van naar Thames House terug te keren. Zijn dienst-Jaguar werd om vijf voor zes in de parkeergarage geregistreerd, en twee minuten later leverde Amanda's lift hem af op de bovenste verdieping. De gang was verlaten. Seymour veronderstelde dat het leidinggevende personeel ook wat zat te drinken met hun agenten in een van de privébars van het gebouw. Zoals gewoonlijk bleef hij even staan om een blik in zijn oude kantoor te werpen.

Miles Kent, zijn opvolger als plaatsvervangend chef, zat niets ziend naar zijn beeldscherm te staren. Hij zag eruit alsof hij een week niet had geslapen.

'Hoe is het met haar?' vroeg Seymour behoedzaam.

'Niet meer te houden. Maar ik zou maar opschieten,' voegde Kent eraan toe. 'Je kunt de bijenkoningin beter niet laten wachten.'

Seymour liep verder de gang in, naar de kamers van de directeur-generaal. Een lid van Amanda's uitsluitend uit mannen bestaande team ontving hem in de wachtkamer en bracht hem onmiddellijk naar haar royale kantoor.

Ze stond voor een raam dat uitzicht bood op de Houses of Parliament peinzend naar buiten te staren. Terwijl ze zich naar hem omdraaide, wierp ze een blik op haar horloge. Amanda vond punctualiteit erg belangrijk. 'Graham,' zei ze op vlakke toon, alsof ze zijn naam voorlas uit een van de dikke informatiemappen die haar team altijd voor haar maakte voor een belangrijke bespreking. Toen glimlachte ze kort. Het zag eruit alsof ze zichzelf dat voor de spiegel had aangeleerd. 'Fijn dat je er bent.'

Op de lange, glanzende vergadertafel stond een blad met glazen en flessen drank. Voor Seymour maakte Amanda een gin-tonic en voor zichzelf een kurkdroge martini met olijven en cocktailuitjes. Ze ging er prat op goed tegen drank te kunnen, een kwaliteit die in haar ogen onmisbaar was voor een spion. Het was een van haar weinige sympathieke eigenschappen.

'Proost,' zei Seymour, zijn glas een heel klein stukje heffend, maar weer glimlachte Amanda slechts. Op een grote flatscreentelevisie stond de BBC aan, zonder geluid. Een hoge functionaris van de Garda Síochána stond voor een klein huis in Ballyfermot waar drie mannen, allemaal leden van een drugsbende van de Real IRA, dood waren aangetroffen.

'Nogal onaangenaam,' zei Amanda.

'Kennelijk een territoriumoorlog,' mompelde Seymour over de rand van zijn glas.

'Daarvan zijn onze vrienden van de Garda nog niet zo zeker.'

'Wat hebben ze?'

'Niets, om precies te zijn, vandaar dat ze zich zorgen maken. Normaal gesproken staan alle telefoons roodgloeiend na een grote afrekening in de bendewereld, maar nu niet. En,' voegde ze eraan toe, 'dan is er ook nog de manier waarop ze zijn gedood. Gangsters doorzeven meestal de hele ruimte met een automatisch wapen. Maar degene die dit heeft gedaan was heel nauwkeurig. Drie schoten, drie lijken. De Garda is ervan overtuigd dat het hier om professionals gaat.'

'Hebben ze enig idee waar Liam Walsh is?'

'Ze gaan ervan uit dat hij ergens in de Republiek is, maar ze hebben geen idee wáár.' Ze keek Seymour aan, trok een wenkbrauw op. 'Hij zit toch niet vastgebonden aan een stoel in een of ander safehouse van MI6, hè Graham?'

'Helaas niet.' Seymour keek naar de televisie. De BBC was verdergegaan met het volgende item. Premier Jonathan Lancaster was in Washington voor een ontmoeting met de Amerikaanse president. Het was niet zo goed gegaan als hij had gehoopt. Groot-Brittannië was op dat moment niet zo populair in Washington, althans niet in het Witte Huis.

'Je vriend,' zei Amanda op koele toon.

'De Amerikaanse president?'

'Jonathan.'

'En de jouwe,' zei Seymour.

'Mijn relatie met de premier is goed,' verklaarde Amanda op bedachtzame toon, 'maar niets vergeleken bij die van jou. Jonathan en jij zijn dikke maatjes.' Het was wel duidelijk dat Amanda eigenlijk meer wilde zeggen over Seymours bijzondere band met de premier, maar in plaats daarvan maakte ze nog een drankje voor hem, intussen een smeuïge roddel met hem delend over de vrouw van een ambassadeur van een rijk Arabisch olie-emiraat.

Seymour vertelde op zijn beurt over een bericht dat hij had gekregen over een man met een Brits accent die op een wapenmarkt in Libië op zoek was geweest naar luchtdoelraketten die je vanaf de schouder kon afvuren.

Nadat het ijs op die manier was gebroken, praatten ze ontspannen verder, zoals alleen twee door de wol geverfde meesterspionnen dat konden. Ze deelden nieuwtjes, deden onthullingen, adviseerden elkaar, en tot twee keer toe moesten ze zelfs lachen. Heel even leek er van rivaliteit geen sprake. Ze spraken over de situatie in Irak en Syrië, ze spraken over China, ze spraken over de wereldeconomie en de impact daarvan op de veiligheid, en ze spraken over de Amerikaanse president, die ze de schuld gaven van veel van de problemen in de wereld. Uiteindelijk hadden ze het ook nog over de Russen. Dat was tegenwoordig vaste prik.

'Hun cyberstrijders,' zei Amanda, 'bestoken onze financiële instellingen met alles wat dat akelige arsenaal van hen te bieden heeft. Ze hebben hun pijlen ook gericht op onze overheidssystemen en de computernetwerken van onze belangrijkste militaire bedrijven.'

'Is het hen om iets specifieks te doen?'

'Eerlijk gezegd,' antwoordde ze, 'lijken ze niet echt op zoek naar iets. Ze proberen gewoon zoveel mogelijk schade aan te richten. Er is sprake van een ongekende roekeloosheid.'

'Enige verandering in de stand van zaken hier in Londen?'

'D4 bericht over beduidend meer activiteit in de *rezidentura.* Wat dat precies betekent, weten we niet, maar het is wel duidelijk dat ze met iets groots bezig zijn.'

'Groter dan een illegale Russin die bij de premier in bed kruipt?'

Amanda trok een wenkbrauw op, een olijf langs de rand van haar glas duwend.

Op de televisie verscheen het gezicht van de prinses. Haar familie had aangekondigd dat ze een fonds hadden opgericht ter ondersteuning van doelen die haar na aan het hart hadden gelegen. Jonathan Lancaster had de eerste donatie mogen doen.

'Nog iets nieuws gehoord?' vroeg Amanda.

'Over de prinses?'

Ze knikte.

'Niets. Jij?'

Ze zette haar glas neer en keek Seymour een tijdje zwijgend aan. Toen vroeg ze: 'Waarom heb je me niet verteld dat het Eamon Quinn was?' Ze tikte met een nagel op de armleuning van haar stoel, in afwachting van een antwoord. Nooit een goed teken.

Seymour besloot dat hij geen andere keus had dan haar de waarheid te vertellen, of in ieder geval een versie daarvan. 'Dat heb ik je niet verteld,' zei hij uiteindelijk, 'omdat ik je er niet bij wilde betrekken.'

'Omdat je me niet vertrouwde?'

'Omdat ik niet wilde dat jij daardoor op de een of andere manier een smet zou oplopen.'

'Waarom zou ik een smet oplopen? Per slot van rekening was jij hoofd terrorismebestrijding ten tijde van de bom in Omagh, Graham, niet ik.'

'Daarom ben jij hier ook directeur-generaal geworden.' Na een korte stilte voegde hij eraan toe: 'Niet ik.'

Er viel een geladen stilte. Seymour wilde weg, maar dat kon nog niet. Eerst moesten ze dit op de een of andere manier afhandelen.

'Handelde Quinn uit naam van de Real IRA,' vroeg Amanda uiteindelijk, 'of van iemand anders?'

'Als het goed is, kunnen we die vraag over een paar uur beantwoorden.'

'Zodra Liam Walsh instort?'

Seymour gaf geen antwoord.

'Is dit een officiële MI6-operatie?'

'Officieus.'

'Jouw specialiteit,' zei Amanda met een zuur gezicht. 'Ik neem aan dat je met de Israëli's samenwerkt? Die wilden Quinn immers lang geleden al uit de roulatie halen.'

'Een aanbod dat we hadden moeten aannemen.'

'Hoeveel weet Jonathan?'

'Niets.'

Ze vloekte zacht, iets wat ze zelden deed. 'Ik zal je hierin redelijk de vrije hand laten,' zei ze ten slotte. 'Niet omwille van jou, dat zeker niet, maar omwille van de Secret Service. Dan verwacht ik wel dat je me waarschuwt wanneer je operatie op Britse bodem dreigt te komen. En mocht er iets faliekant misgaan, dan gaat jouw kop eraf, niet de mijne.' Ze glimlachte. 'Dat daarover geen misverstanden bestaan.'

'Ik had niet anders verwacht.'

'Goed dan.' Ze wierp een blik op haar horloge. 'Ik vrees dat ik ervandoor moet, Graham. Volgende week bij jou?'

'Ik kijk er al naar uit.' Seymour kwam overeind en stak zijn hand naar haar uit. 'Het was me weer een genoegen, Amanda.'

16

CLIFDEN, GRAAFSCHAP GALWAY

Ze haalden hem uit de kelder naar boven en lieten hem, met de ducttape nog steeds op zijn ogen, voor de eerste keer douchen. Toen trokken ze hem het blauwwitte trainingspak aan en gaven hem een paar happen eten en wat zoete thee met melk. Uiterlijk knapte hij er niet echt van op. Met zijn gezwollen gezicht, zijn bleke huid en zijn uitgemergelde lichaam zag hij eruit als een lijk dat op de snijtafel in het mortuarium weer tot leven was gekomen.

Zodra de Ier klaar was met eten, herhaalde Keller zijn waarschuwing. De man zou goed worden behandeld zolang hij de vragen van Keller naar waarheid en op normale toon beantwoordde. Wanneer hij zou liegen, ontwijkende antwoorden zou geven, zou schreeuwen of zo dwaas zou zijn te proberen te ontsnappen, zou hij worden teruggebracht naar de kelder en zouden de omstandigheden nog een stuk onaangenamer worden dan daarvoor.

Gabriel zei niets, maar Walsh, zijn gehoor aangescherpt door blindheid en angst, was zich duidelijk wel bewust van zijn aanwezigheid. Dat wilde Gabriel ook. Hij wilde niet dat Walsh zou denken dat hij was overgeleverd aan slechts één man, ook al was dat dan wel een van de gevaarlijkste mannen ter wereld.

Keller had geen officiële opleiding in verhoortechnieken gehad, maar net als alle goede ondervragers kreeg hij Walsh zover dat hij de vragen naar waarheid, zonder aarzelen en zonder omwegen beantwoordde. In eerste instantie waren het simpele vragen, met antwoorden die eenvoudig te verifiëren waren. Geboortedatum. Geboorteplaats. Namen van zijn ouders en zijn broers en zussen. De scholen waarop hij had gezeten. Zijn inlijving bij de IRA.

Walsh verklaarde dat hij was geboren in Ballybay, in het graafschap Monaghan, op 16 oktober 1972. Zijn geboorteplaats was veelzeggend, aangezien die op zo'n drie kilometer van Noord-Ierland lag, in het onrustige grensgebied. Ook de dag waarop hij was geboren was veelzeggend: dat was ooit ook de verjaardag geweest van Michael Collins, de Ierse revolutionaire leider. Tot zijn achttiende had hij op katholieke scholen gezeten, en daarna was hij lid geworden van de IRA. Degene die hem daarvoor had gerekruteerd had niet geprobeerd het leven waarvoor Walsh had gekozen mooier voor te stellen dan het was. Hij zou het met heel weinig geld moeten doen en het gevaar zou altijd op de loer liggen. Waarschijnlijk zou hij wel een aantal jaar in de gevangenis doorbrengen. En er was een grote kans dat hij een gewelddadige dood zou sterven.

'En de naam van degene die je heeft gerekruteerd?' vroeg Keller met zijn Ulster-accent.

'Die mag ik niet zeggen.'

'Nu wel.'

'Seamus McNeil,' zei Walsh na een korte aarzeling. 'Hij was –'

'Lid van de South Armagh Brigade,' viel Keller hem in de rede. 'Hij werd gedood in een hinderlaag door Britse soldaten en is begraven met IRA-eer, moge hij rusten in vrede.'

'Eerlijk gezegd,' zei Walsh 'is hij omgekomen bij een shoot-out met de SAS.'

'Alleen cowboys en gangsters doen aan shoot-outs,' verklaarde Keller. 'Maar je ging me over je training vertellen.'

En dat deed Walsh. Hij was naar een afgelegen kamp in de Republiek gestuurd voor een training met handwapens en lessen in het maken en plaatsen van bommen. Hij moest stoppen met drinken en mocht niet meer met niet-IRA-mensen omgaan. Zes maanden na zijn rekrutering werd hij geplaatst in een elite-eenheid in actieve dienst. Tot die eenheid behoorde ook een bommenexpert en operationeel planner die Eamon Quinn heette. Tijdens een training in een kamp in de woestijn van Libië, vertelde Walsh, was het Quinn die het grootste deel van de instructie had gegeven, in plaats van de Libiërs. Sterker nog, het was ook Quinn die de Libiërs het ontwerp had gegeven voor de bom die vlucht 103 van Pan Am boven Lockerbie in Schotland had laten verongelukken.

'Bullshit,' zei Keller.

'Wat jij wilt,' zei Walsh.

'Wie waren er nog meer in dat kamp?'

'Vooral PLO, en een paar mannen van een van de splinterorganisaties.'

'Welke?'

'Ik geloof dat het het Volksfront voor de bevrijding van Palestina was.'

'Je zit goed in de Palestijnse terreurorganisaties.'

'We hebben veel gemeen met de Palestijnen.'

'Hoe dat zo?'

'We hebben allebei te maken met bezetting door racistische, koloniale machten.'

Keller keek naar Gabriel, die onaangedaan naar zijn handen staarde.

Walsh, nog steeds geblinddoekt, leek de spanning in de ruimte te voelen. Buiten rammelde de wind aan de deuren en de ramen van het huis, alsof hij een plek zocht om binnen te komen. 'Waar ben ik?' vroeg Walsh.

'In de hel,' antwoordde Keller.

'Wat moet ik doen om daaruit te komen?'

'Blijven praten.'

'Wat wil je weten?'

'De details van je eerste operatie.'

'Die was in 1993.'

'Welke maand?'

'April.'

'Ulster of de overkant?'

'De overkant.'

'Welke stad?'

'De enige stad die ertoe doet.'

'Londen?'

'Ja.'

'Bishopsgate?'

Walsh knikte. Bishopsgate...

De truck, een Ford Iveco kiepwagen, verdween in maart uit Newcastle-under-Lyme in Staffordshire. In een gehuurd pakhuis verfden ze hem donkerblauw. Vervolgens installeerde Quinn de bom van duizend kilo op basis van ammoniumnitraat en benzine die hij in South Armagh had gemaakt en Engeland in had gesmokkeld. Op de ochtend van 24 april reed Walsh de vrachtwagen naar Londen en parkeerde hem voor Bishopsgate 99, een kantoortoren waarin de bank HSBC was gevestigd. De explosie sloeg vijfhonderd ton glas aan diggelen, deed een kerk instorten, en doodde een persfotograaf.

Als reactie op de aanslag legde de Britse overheid een 'cordon van staal' aan rond de financiële wijk van Londen.

Verre van ontmoedigd keerde de IRA in februari 1996 in Londen terug met een nieuwe vrachtwagenbom, ontworpen en vervaardigd door Eamon Quinn. Deze keer was het doelwit Canary Wharf in de Docklands. De explosie was zo krachtig dat zo'n acht kilometer verderop nog ruiten in hun sponningen rammelden.

Haastig kondigden de premiers van Groot-Brittannië en Ierland de hervatting van de vredesbesprekingen aan. Anderhalf jaar later, in juli 1997, accepteerde de IRA een staakt-het-vuren. 'Het was een fucking teringzooi,' zei Liam Walsh.

'En toen de IRA later die herfst uit elkaar viel,' zei Keller, 'ben jij met McKevitt en Bernadette Sands meegegaan?'

'Nee,' antwoordde Walsh. 'Ik ben met Eamon Quinn meegegaan.'

Van het begin af aan, ging Walsh verder, was de Real IRA vergeven geweest van informanten die verslag uitbrachten bij MI5 en een schimmige afdeling van de Garda Síochána, Misdaad en Veiligheid geheten, die opereerde vanuit een onopvallend kantoor in het stadsdeel Phoenix Park van Dublin. Desondanks was het de groep gelukt een aantal bomaanslagen uit te voeren, inclusief een vernietigende aanval op Banbridge op 1 augustus 1998. De bom woog tweehonderdvijfentwintig kilo en was verborgen in een rode Vauxhall Cavalier. De gecodeerde telefonische waarschuwingen waren onduidelijk: geen locatie, geen tijd. Als gevolg daarvan vielen er drieëndertig zwaargewonden, onder wie twee agenten van de Royal Ulster Constabulary. Stukken van de Vauxhall werden tot zeshonderd meter verderop gevonden. Het was een voorproefje geweest, zei Walsh, van het spektakel dat nog zou komen.

'Omagh,' zei Keller zacht.

Walsh zei niets.

'Jij maakte deel uit van het uitvoerende team?'

Walsh knikte.

'Welke auto?' vroeg Keller. 'Bom, verkenning of vlucht?'

'Bom.'

'Chauffeur of passagier?'

'Ik zou de chauffeur zijn, maar dat werd op het laatste moment veranderd.'

'Wie reed er?'

Walsh aarzelde heel even. Toen zei hij: 'Quinn.'

'Vanwaar de verandering?'

'Hij zei dat hij gespannener was dan normaal voor een operatie. Hij zei dat rijden een kalmerende uitwerking op hem had.'

'Maar dat was niet de werkelijke reden, hè, Liam? Quinn wilde de touwtjes in handen nemen. Quinn wilde een nagel in de doodskist van het vredesproces slaan.'

'Een kogel door het hoofd, noemde hij het.'

'Hij had de bom voor de rechtbank moeten achterlaten?'

'Dat was het plan.'

'Heeft hij überhaupt naar een parkeerplaats gezocht?'

'Nee.' Walsh schudde zijn hoofd. 'Hij reed rechtstreeks naar Lower Market Street en parkeerde voor S.D. Kells.'

'Waarom heb je niets gedaan?'

'Ik heb geprobeerd het hem uit zijn hoofd te praten, maar hij wilde niet luisteren.'

'Dan had je beter je best moeten doen, Liam.'

'Het is wel duidelijk dat je Eamon Quinn niet kent.'

'Waar was de vluchtauto?'

'Op de parkeerplaats van de supermarkt.'

'En toen jullie daarin zaten?'

'Toen ging er een telefoontje de grens over.'

' "De stenen zitten in de muur".'

Walsh knikte.

'Waarom heb je tegen niemand gezegd dat de bom zich op de verkeerde plaats bevond?'

'Als ik mijn mond zou hebben opengedaan, zou Quinn me hebben vermoord. Bovendien,' voegde Walsh eraan toe, 'was het toch al te laat.'

'En toen de bom afging?'

'Toen brak de pleuris uit.'

Op de dood en verwoesting die het gevolg waren, werd aan beide zijden van de grens en over de hele wereld met afkeer gereageerd. De Real IRA maakte excuses en kondigde een staakt-het-vuren aan, maar het was al te laat: de beweging had onherstelbare schade opgelopen.

Walsh vestigde zich in Dublin om de belangen van de Real IRA in de snelgroeiende drugshandel te behartigen. Quinn dook onder.

'Waar?'

'In Spanje.'

'Wat deed hij daar?'

'Hij vermaakte zich op het strand totdat het geld op was.'

'En toen?'

'Toen belde hij een oude vriend en zei dat hij weer aan de slag wilde.'

'Wie was die vriend?'

Weer aarzelde Walsh even. 'Muammar Kadhafi.'

17

CLIFDEN, GRAAFSCHAP GALWAY

Niet Kadhafi zelf, voegde Walsh er haastig aan toe. Het was een van zijn naaste vertrouwelingen van de Libische inlichtingendienst geweest, met wie Quinn bevriend was geraakt in het trainingskamp in de woestijn. Quinn had asiel gevraagd, en de man van de Libische inlichtingendienst had er, na overleg met de heerser, in toegestemd Quinn in zijn land toe te laten.

Hij woonde in een ommuurde villa in een van de betere wijken van Tripoli en deed zo nu en dan een klusje voor de Libische veiligheidsdiensten. Ook was hij regelmatig te vinden in de ondergrondse bunker van Kadhafi, waar hij de Libische leider vermaakte met verhalen over de strijd tegen de Britten.

Na verloop van tijd deelde Kadhafi Quinn met een paar van zijn minder frisse regionale bondgenoten. Zo kwam Quinn in contact met alle schurken van het continent: dictators, militaire leiders, huurmoordenaars, diamantsmokkelaars, islamitische strijders in alle soorten en maten. Ook leerde hij een Russische wapenhandelaar kennen die iedere burgeroorlog en opstand in de landen ten zuiden van de Sahara van wapens en munitie voorzag. De wapenhandelaar stemde erin toe een kleine container met AK-47's en plastische explosieven naar de Real IRA te sturen.

Walsh nam de zending in Dublin in ontvangst.

'Weet je de naam nog van die man van de Libische inlichtingendienst?' vroeg Keller.

'Hij noemde zich Abu Muhammad.'

Keller keek naar Gabriel, die langzaam knikte. 'En van de Russische wapenhandelaar?' vroeg hij toen.

'Dat was Ivan Kharkov, de man die een paar jaar geleden in Saint-Tropez is gedood.'

'Weet je dat zeker, Liam? Weet je zeker dat het Ivan was?'

'Wie zou het anders kunnen zijn? Ivan beheerste de wapenhandel in Afrika, en hij vermoordde iedereen die probeerde een graantje mee te pikken.'

'En die villa in Tripoli? Weet je waar die was?'

'In een wijk die al-Andalus heet.'

'Welke straat?'

'Via Canova. Nummer zevenentwintig,' voegde Walsh eraan toe. 'Maar daar hoef je niet te zoeken. Quinn is jaren geleden al uit Libië vertrokken.'

'Wat is er gebeurd?'

'Kadhafi besloot zijn leven te beteren. Hij gaf zijn wapenprogramma op en zei tegen de Amerikanen en Europeanen dat hij de betrekkingen wilde herstellen. Tony Blair schudde hem de hand in een tent buiten Tripoli. BP kreeg boorrechten op Libische bodem. Weet je nog?'

'Dat weet ik nog, Liam.'

Blijkbaar wist MI6 dat Quinn in het geheim in Tripoli woonde, vervolgde Walsh. Het hoofd van MI6 wist Kadhafi met succes over te halen Quinn het land uit te zetten. Kadhafi belde wat van zijn vrienden in Afrika, maar niemand wilde Quinn hebben. Toen belde hij een van zijn beste vrienden ter wereld, en het was voor elkaar. Een week later gaf hij Quinn een gesigneerd exemplaar van zijn Groene boek en zette hem op een vliegtuig.

'En wie was die vriend die Quinn wel wilde hebben?'

'Drie keer raden,' zei Walsh. 'De eerste twee keer tellen niet.'

De vriend was Hugo Chavez, president van Venezuela, bondgenoot van Rusland, Cuba en de moellahs van Teheran, doorn in het oog van

Amerika. Chavez zag zichzelf als een leider van de revolutionaire beweging in de wereld en hij had een niet al te geheim trainingskamp voor terroristen en naar links lonkende rebellen op Isla Margarita. Daar werd Quinn al snel de hoofdattractie. Hij werkte met iedereen, van het Lichtend Pad van Peru tot Hamas en Hezbollah, hun de dodelijke kneepjes van het vak bijbrengend die hij zich had eigengemaakt tijdens zijn lange carrière van krachtmetingen met de Britten. Net als Kadhafi behandelde Chavez Quinn goed. Hij gaf hem een villa aan zee en een diplomatiek paspoort om de wereld rond te reizen. Hij gaf hem zelfs een nieuw gezicht.

'Wie heeft dat gedaan?'

'De arts van Kadhafi.'

'De Braziliaan?'

Walsh knikte. 'Hij heeft Quinn geopereerd in een ziekenhuis in Caracas. Een totale reconstructie. De oude foto's zijn volkomen nutteloos geworden. Zelfs ik herkende hem nauwelijks.'

'Je hebt hem gezien tijdens zijn verblijf in Venezuela?'

'Twee keer.'

'Ben je in het kamp geweest?'

'Nee.'

'Waarom niet?'

'Ik mocht daar niet komen. Ik heb hem op het vasteland gesproken.'

'Ga door, Liam.'

Een jaar nadat Quinn in Venezuela was aangekomen bracht een hooggeplaatst man van de VEVAK, de Iraanse inlichtingendienst, in het geheim een bezoek aan het eiland. Hij kwam niet om zijn bondgenoten van Hezbollah op te zoeken. Hij kwam om Quinn te spreken. De man van de VEVAK bleef een week op het eiland. En toen hij terugging naar Teheran, ging Quinn met hem mee.

'Waarom?'

'De Iraniërs wilden dat Quinn een wapen voor hen maakte.'

'Wat voor wapen?'

'Een wapen dat Hezbollah zou kunnen gebruiken tegen Israëlische tanks en gepantserde voertuigen in het zuiden van Libanon.'

Keller keek naar Gabriel, die aandachtig een scheur in het plafond leek te bestuderen.

Walsh, zich niet bewust van de ware identiteit van zijn kleine publiek, praatte gewoon verder. 'De Iraniërs installeerden Quinn in een wapenfabriek in Lavizan, een voorstad van Teheran. Hij maakte een versie van een antitankwapen waaraan hij al jaren werkte. Het produceerde een vuurbal die een snelheid had van zo'n driehonderd meter per seconde en een optrekkend pantservoertuig compleet in lichterlaaie zette. Hezbollah gebruikte het tegen de Israëliërs in de zomer van 2006. De Israëlische tanks fikten als luciferhoutjes. Het leek de Holocaust wel.'

Weer wierp Keller een snelle blik op Gabriel, wiens ogen nu op Liam Walsh waren gericht.

'En toen hij klaar was met dat antitankwapen?' vroeg Keller.

'Toen ging hij naar Libanon om rechtstreeks met Hezbollah te werken.'

'Wat voor soort werk?'

'Met name bermbommen.'

'En daarna?'

'De Iraniërs stuurden hem naar Jemen om samen te werken met Al Qaida op het Arabisch schiereiland.'

'Ik wist niet dat er banden waren tussen de Iraniërs en Al Qaida.'

'Wie heeft je dat in vredesnaam verteld?'

'Waar is hij nu?'

'Ik heb geen idee.'

'Je liegt, Liam.'

'Echt niet. Ik zweer dat ik niet weet waar hij is of voor wie hij werkt.'

‘Wanneer heb je hem voor het laatst gezien?’

‘Een halfjaar geleden.’

‘Waar?’

‘In Spanje.’

‘Spanje is een groot land, Liam.’

‘Het was in het zuiden, in Sotogrande.’

‘Bijzonder geliefd bij de Ieren.’

‘Het is net Dublin, maar dan met zon.’

‘Waar hebben jullie elkaar ontmoet?’

‘Een klein hotel bij de jachthaven. Heel rustig.’

‘Wat wilde hij?’

‘Hij wilde dat ik een pakketje zou bezorgen.’

‘Wat voor pakketje?’

‘Geld.’

‘Voor wie was dat geld?’

‘Voor zijn dochter.’

‘Ik wist niet dat hij getrouwd was.’

‘Dat weten de meeste mensen niet.’

‘Waar is zijn dochter?’

‘In Belfast, bij haar moeder.’

‘Ga door, Liam.’

De verschillende afdelingen van de Britse geheime dienst hadden samen een enorme berg informatie over de handel en wandel van Eamon Quinn verzameld, maar nergens in hun lijvige dossiers werd over een vrouw of een kind gerept. Dat was geen toeval, zei Walsh. Operationeel planner Quinn had er alles aan gedaan zijn gezin geheim te houden. Walsh verklaarde dat hij aanwezig was geweest bij de trouwplechtigheid, en dat hij later, in de jaren dat Quinn in het buitenland het leven van een superster van het internationaal terrorisme leefde, had geholpen de financiële zaken van het gezin te regelen. Het pakketje dat

Quinn in het Spaanse resort Sotogrande aan Walsh had gegeven bevatte honderdduizend pond in gebruikte biljetten. Het was het grootste bedrag dat Quinn zijn oude vriend ooit had toevertrouwd.

'Waarom zoveel geld?' vroeg Keller.

'Hij zei dat het voorlopig de laatste betaling zou zijn.'

'Zei hij ook waarom?'

'Nee.'

'En jij hebt er niet naar gevraagd?'

'Ik keek wel uit.'

'En je hebt het hele bedrag afgeleverd?'

'Tot op het laatste pond.'

'Je hebt niet een klein bedrag voor de moeite voor jezelf achtergehouden? Per slot van rekening zou Quinn dat nooit te weten komen.'

'Het is wel duidelijk dat je Eamon Quinn niet kent.'

Keller vroeg of Quinn ooit stilletjes Belfast in was geglipt om zijn gezin op te zoeken.

'Nooit.'

'En zij zijn ook nooit het land uit gegaan om hem te zien?'

'Hij was bang dat de Britten hen zouden volgen. Trouwens,' voegde Walsh eraan toe, 'ze zouden hem niet eens hebben herkend. Quinn had een nieuw gezicht. Quinn was iemand anders.'

Wat hen weer op het met plastische chirurgie veranderde uiterlijk van Quinn bracht. Gabriel en Keller hadden wel de beschikking over beeldmateriaal dat de Fransen op Saint Barthélemy hadden gemaakt – een paar beelden van de camera's op het vliegveld, een paar korrelige stills van bewakingscamera's bij winkels – maar nergens was het gezicht van Quinn duidelijk zichtbaar. Hij was een bos donker haar en een baard, een man die je een keer vluchtig zag en onmiddellijk weer was vergeten. Liam Walsh kon Quinns portret compleet maken, aangezien Walsh een halfjaar geleden tegenover hem had gezeten in een Spaanse hotelkamer.

Gabriel had wel vaker compositietekeningen onder uitdagende omstandigheden gemaakt, maar nooit met een getuige die geblinddoekt was. Eerlijk gezegd was hij er bijna zeker van dat het onmogelijk was.

Keller legde uit hoe het in zijn werk zou gaan. Er was nog een man aanwezig, vertelde hij, een man die net zo goed met een schetsboek en potlood kon omgaan als met zijn vuisten en een wapen. De man was geen Ier en kwam ook niet uit Ulster. Walsh moest aan hem beschrijven hoe Quinn eruitzag. Hij mocht naar het schetsboek van de man kijken, maar onder geen beding naar zijn gezicht.

'En als ik nu per ongeluk kijk?'

'Niet doen.' Keller haalde de ducttape van de ogen van Walsh.

De Ier knipperde een paar keer met zijn ogen. Toen richtte hij zijn blik op de man die aan de andere kant van de tafel zat, een schetsboek en een doos kleurpotloden voor zich.

'Je hebt zojuist de regels overtreden,' zei Gabriel kalm.

'Willen jullie weten hoe hij eruitziet of niet?'

Gabriel pakte een potlood. 'Laten we met zijn ogen beginnen.'

'Die zijn groen,' verklaarde Walsh. 'Net als die van jou.'

De daaropvolgende twee uur werkten ze aan één stuk door. Walsh beschreef, Gabriel tekende, Walsh verbeterde, Gabriel bracht veranderingen aan. Uiteindelijk, rond middernacht, was het portret compleet. De Braziliaanse plastisch chirurg had goed werk geleverd. Hij had Quinn een gezicht gegeven zonder karakter of opvallende trekken die bleven hangen. Toch was het een gezicht dat Gabriel zou herkennen, wanneer hij het op straat voorbij zag komen.

Als Walsh al nieuwsgierig was naar de identiteit van de man met de groene ogen en het schetsboek, liet hij dat niet merken. Ook bood hij geen weerstand toen Keller zijn ogen weer afdekte met ducttape, of toen Gabriel hem een dosis van het kalmerende middel inspoot die hem een paar uur rustig moest houden.

Zodra hij buiten westen was, deden ze hem weer in de zak en ritsten die dicht. Vervolgens veegden ze ieder oppervlak en ieder voorwerp in het huis dat een van hen had aangeraakt zorgvuldig af. Toen hesen ze Walsh in de kofferbak van de Škoda en stapten zelf voorin. Keller reed. Het was zijn terrein.

De wegen waren verlaten, de regen kwam met vlagen, het ene moment viel het nog met bakken uit de lucht, het volgende was het een soort striemende mist. Keller rookte de ene sigaret na de andere en luisterde naar het nieuws op de radio.

Gabriel staarde uit het raam, naar de donkere heuvels en de winderige heide- en moerasgebieden. In zijn gedachten was alleen maar plaats voor Eamon Quinn. Sinds Quinn Ierland was ontvlucht, had hij met een paar van de gevaarlijkste mensen ter wereld gewerkt. Het was mogelijk dat zijn geweten of politieke overtuiging daarbij een rol hadden gespeeld, maar dat betwijfelde Gabriel. Dat stadium had Quinn allang achter zich gelaten. Hij was dezelfde weg in geslagen als Carlos en Abu Nidal vóór hem. Hij was een in te huren terrorist die doodde op verzoek van machtige leiders. Maar wie had de kogel van Quinn betaald? Wie had hem opdracht gegeven een prinses te doden? Gabriel had al een lange lijst potentiële verdachten. Op dit moment ging het vinden van Quinn echter voor alles. Liam Walsh had hun genoeg plaatsen gegeven om te zoeken, maar geen daarvan was zo veelbelovend als een huis in West-Belfast. Een deel van Gabriel wilde liever ergens anders beginnen, omdat hij vrouwen en kinderen als verboden terrein beschouwde. Maar Quinn had hun weinig keus gelaten.

Aan het oostelijke uiteinde van Killary Harbour draaide Keller een onverhard pad op, dat tussen hei en doornstruiken door leidde. Hij stopte op een kleine open plek, deed de lichten en de motor uit en ontsloot de kofferbak van binnenuit.

Gabriel wilde het portier al opendoen, maar Keller hield hem tegen. 'Blijf zitten,' was alles wat hij zei voordat hij zelf uitstapte, de regen in.

Walsh was inmiddels weer bij bewustzijn gekomen. Gabriel hoorde Keller vertellen wat er ging gebeuren. Omdat Walsh had meegewerkt, zou hij zonder dat hem verder iets werd aangedaan worden vrijgelaten. Onder geen beding mocht hij ook maar met iemand over zijn ondervraging praten. Ook moest hij vooral niet proberen Quinn te waarschuwen. Als hij dat deed, zei Keller, was hij er geweest. 'Is dat duidelijk, Liam?'

Gabriel hoorde de Ier iets bevestigends mompelen. Vervolgens voelde hij de achterkant van de Škoda een beetje omhooggaan, toen Keller de Ier de kofferbak uit hielp. De klep ging weer dicht. Walsh schuifelde, nog steeds geblinddoekt, het struikgewas in, Kellers hand stevig om een van zijn ellebogen. Heel even was er alleen maar regen en wind. Toen kwamen er van diep uit het struikgewas twee gedempte lichtflitsen.

Snel daarna dook Keller weer op. Hij schoof achter het stuur, startte de motor, en reed achteruit terug naar de weg.

Gabriel staarde uit het raam, terwijl de radio zacht het nieuws uit de getroebleerde wereld verspreidde. Deze keer vroeg hij Keller niet hoe hij zich voelde. Het was iets persoonlijks. Hij deed zijn ogen dicht en viel in slaap. En toen hij wakker werd, was het inmiddels weer licht en passeerden ze de grens met Noord-Ierland.

18

OMAGH, NOORD-IERLAND

Het eerste stadje aan de andere kant van de grens was Aughnacloy. Keller stopte om te tanken naast een mooie vuurstenen kerk en volgde toen de A5 in noordelijke richting naar Omagh, net als Quinn en Liam Walsh hadden gedaan die middag van 15 augustus 1998.

Het was een paar minuten over negenen toen ze de stad aan de zuidkant binnenreden. Het regende niet meer, en een helder oranje zon scheen door een opening in de wolken. Ze parkeerden de auto in de buurt van de rechtbank en liepen naar een café aan Lower Market Street. Keller bestelde een traditioneel Iers ontbijt, maar Gabriel hield het bij thee en brood. De glimp die hij van zichzelf opving in het raam was niet bepaald fraai. Keller zag er nog beroerder uit, constateerde hij. Zijn ogen waren roodomrand en bloeddoorlopen, en zijn gezicht schreeuwde om een scheerbeurt. Op geen enkele wijze was echter uit zijn uitdrukking op te maken dat hij nog niet zo lang geleden te midden van de hei en het struikgewas van het graafschap Mayo een man had vermoord.

'Waarom zijn we hier?' vroeg Gabriel, zijn blik op de mensen die zich doelbewust over het trottoir voortbewogen, voornamelijk winkelpersoneel naar hij veronderstelde.

'Het is een leuk stadje.'

'Je bent hier al eerder geweest?'

'Verschillende keren om precies te zijn.'

'Wat bracht je hier?'

'Ik sprak hier altijd af met een informant.'

'IRA?'

‘Min of meer.’

‘Waar is die informant nu?’

‘Op de Greenhill-begraafplaats.’

‘Wat is er gebeurd?’

Keller vormde zijn hand tot een wapen en zette de loop tegen zijn slaap.

‘IRA?’ vroeg Gabriel.

Keller haalde zijn schouders op. ‘Min of meer.’

Het eten werd op tafel gezet. Keller viel erop aan alsof hij in dagen niet had gegeten, maar Gabriel plukte zonder veel animo aan zijn brood. Buiten speelden de wolken een spelletje met het licht. Het ene moment was het ochtend, het volgende begon het alweer te schemeren. Gabriel stelde zich de straat voor bezaaid met glas en lichaamsdelen. Hij keek Keller aan en vroeg nog een keer waarom ze in Omagh waren.

‘Voor het geval je je had bedacht.’

‘Waarover?’

Keller richtte zijn blik op de overblijfselen van zijn ontbijt en zei: ‘Liam Walsh.’

Gabriel reageerde niet. Aan de overkant van de straat probeerde een vrouw met één arm en littekens van brandwonden in haar gezicht de deur van een kledingwinkel open te maken. Gabriel nam aan dat zij een van de gewonden was. Er waren er die dag meer dan tweehonderd geweest: mannen, vrouwen, tieners, kleine kinderen. Politici en media leken zich na een bomaanslag altijd te focussen op de doden, maar de gewonden werden maar al te snel vergeten: de mensen die ernstig waren verbrand, de mensen die herinneringen hadden die zo vreselijk waren dat geen enkele therapie en geen enkel medicijn de rust in hun hoofd konden terugbrengen. Dat was wat een man als Eamon Quinn aanrichtte, een man die een vuurbal een snelheid van driehonderd meter per seconde kon geven.

'En?' vroeg Keller.

'Nee,' zei Gabriel. 'Ik heb me niet bedacht.'

Een rode Vauxhall sedan stopte voor het café, en twee mannen stapten uit.

Gabriel voelde het bloed naar zijn hoofd stijgen, terwijl hij de weglopende mannen nakeek. Vervolgens staarde hij naar de auto, alsof hij wachtte tot de timer in het dashboardkastje op nul zou staan. 'Wat zou jij hebben gedaan?' vroeg hij plotseling.

'Waaraan?'

'Als je had geweten waar de bom was die dag.'

'Ik zou geprobeerd hebben ze te waarschuwen.'

'En als de bom op het punt had gestaan af te gaan? Zou je je leven op het spel hebben gezet?'

Voordat Keller antwoord had kunnen geven legde de serveerster de rekening op tafel.

Gabriel betaalde contant, stak de bon in zijn zak en liep achter Keller aan naar buiten. De rechtbank was rechts, maar Keller ging naar links en leidde Gabriel langs vrolijke, kleurrijke etalages naar een toren van blauw-groen glas die als een grafsteen uit het wegdek oprees. Het was het gedenkteken voor de slachtoffers van de bomaanslag, op de exacte plek waar de auto was ontploft. Gabriel en Keller bleven even staan, zonder iets te zeggen, terwijl voetgangers zich langs hen heen haastten. De meesten wendden hun ogen af.

Aan de overkant van de straat hield een vrouw met lichtblond haar en een zonnebril een smartphone omhoog, alsof ze een foto wilde nemen. Snel keerde Keller haar de rug toe. Gabriel ook.

'Wat zou je hebben gedaan, Christopher?'

'Met die bom?'

Gabriel knikte.

'Ik zou alles gedaan hebben wat ik maar kon om mensen in veiligheid te brengen.'

'Zelfs wanneer dat je dood zou zijn geworden?'

'Zelfs wanneer dat mijn dood zou zijn geworden.'

'Hoe kun je dat zo zeker weten?'

'Omdat ik anders niet met mezelf zou hebben kunnen leven.'

Gabriel zweeg even. Toen zei hij zacht: 'Jij zult een uitstekend MI6-man worden, Christopher.'

'MI6-mensen vermoorden geen terroristen en laten hun lijken niet ergens in de natuur achter.'

'Nee,' zei Gabriel. 'Dat doen alleen de goeie.' Hij keek over zijn schouder. De vrouw met de smartphone was verdwenen.

Er waren vijfentwintig jaar verstreken sinds Christopher Keller voor het laatst in Belfast was geweest, en het stadscentrum was behoorlijk veranderd in zijn afwezigheid. Sterker nog, zonder oriëntatiepunten als het Opera House en het Europa Hotel zou hij het nauwelijks hebben herkend. Er patrouilleerden geen Britse soldaten door de straten, er waren geen legersurveillanceposten op hoge gebouwen, en op de gezichten van de voetgangers in Great Victoria Street stond geen angst te lezen. De stad was geografisch nog steeds in duidelijke stukken verdeeld, en in sommige ruigere buurten waren nog wel paramilitaire muurschilderingen te vinden. Maar voor het grootste deel waren de sporen van de lange en bloedige oorlog uitgewist. Belfast profileerde zich als toeristenmekka. En om de een of andere reden, dacht Keller, kwamen de toeristen er nog op af ook.

Een van de belangrijkste attracties van de stad was een bruisende Keltische muziekscene, die, nu de oorlog was afgelopen, weer helemaal was opgebloeid. Het grootste deel van de bars en pubs met livemuziek bevond zich in de straten rond de St. Anne-kathedraal.

Tommy O'Boyle's lag aan Union Street, op de onderste verdieping van een oude, uit rode baksteen opgetrokken victoriaanse fabriek. Het was nog voor twaalven en de deur zat op slot. Keller drukte op de bel van de intercom en ging met zijn rug naar de beveiligingscamera staan. Aangezien er niets gebeurde, drukte hij nog een keer.

'We zijn gesloten,' zei een stem.

'Ik kan lezen,' verklaarde Keller met zijn Belfast-accent.

'Wat moet je?'

'Billy Conway even spreken.'

Een paar seconden bleef het stil. 'Hij heeft het druk,' klonk het toen.

'Ik weet zeker dat hij tijd voor me kan maken.'

'Hoe heet je?'

'Michael Connelly.'

'Zegt me niets.'

'Zeg maar tegen hem dat ik destijds voor wasserij Sparkle Clean reed.'

'Die is al jaren dicht.'

'We denken erover de zaak te heropenen.'

Weer bleef het even stil. Toen zei de stem: 'Laat me eens even netjes je gezicht zien.'

Na een korte aarzeling keek Keller in de lens van de beveiligingscamera.

Tien seconden later werd de deur ontgrendeld. 'Kom binnen,' zei de stem.

'Ik blijf liever hier buiten.'

'Wat jij wilt.'

Een prop krantenpapier buitelde over het donkere wegdek, voortgestuwd door een koude wind vanuit de rivier de Lagan. Keller zette de kraag van zijn jas omhoog. Hij dacht aan zijn zonnige terras met uitzicht over zijn dal op Corsica. Dat leek plotseling heel ver weg, een plek die hij ooit in zijn jeugd had bezocht. Hij kon zich de geur van de heuvels niet meer voor de geest halen, of het gezicht van de don. Hij was opnieuw Christopher Keller. Hij deed weer mee.

Hij hoorde iets rammelen en toen hij zich omdraaide, zag hij de deur van Tommy O'Boyle's langzaam opengaan. In de smalle opening stond een kleine, magere man van achter in de vijftig, met grijze stoppels op zijn gezicht en iets méér boven op zijn hoofd. Hij zag eruit alsof hij zojuist een geest had gezien. In zekere zin was dat ook zo.

'Hallo, Billy,' zei Keller opgewekt. 'Goed je weer te zien.'

'Ik dacht dat jij dood was.'

'Ik ben ook dood.' Keller legde een hand op de schouder van de man. 'Laten we een wandelingetje maken, Billy. We moeten praten.'

19

GREAT VICTORIA STREET, BELFAST

Ze moesten ergens heen waar niemand hen zou herkennen. Billy stelde een Amerikaanse donutshop aan Great Victoria Street voor: geen IRA-man zou daar zelfs maar dood gevonden willen worden. Hij bestelde twee grote koppen koffie en zette koers naar een leeg tafeltje achterin, naast de nooduitgang. Dat was een kwaal waaraan veel mensen in Belfast leden. Nooit te dicht bij het raam zitten, voor het geval er op straat een bom ontploft. En altijd direct een vluchtroute bepalen, mochten de verkeerde personen binnenkomen. Keller zat met zijn rug naar de rest van de zaak. Conway bestudeerde de andere gasten over de rand van zijn koffiekop.

'Je had eerst even moeten bellen,' zei hij. 'Je hebt me bijna een hartverlamming bezorgd.'

'Zou je me hebben willen spreken?'

'Nee,' zei Billy Conway. 'Dat denk ik niet.'

Keller glimlachte. 'Eerlijk ben je altijd geweest, Billy.'

'Té eerlijk. Doordat ik jou heb geholpen zijn er heel wat mannen in de bak beland.' Na een korte stilte voegde Conway eraan toe: 'En onder de grond.'

'Dat is lang geleden.'

'Zo lang nu ook weer niet.' Weer liet Conway zijn ogen door de zaak gaan. 'Na jouw vertrek uit de stad hebben ze me behoorlijk aan de tand gevoeld. Ze zeiden dat jij hun mijn naam had gegeven, in die boerderij in South Armagh.'

'Dat heb ik niet gedaan.'

'Dat weet ik,' zei Conway. 'Als jij me had verraden, zou ik nu niet meer leven, toch?'

'Geen schijn van kans, Billy.'

Conways ogen gingen weer in het rond. Hij had geholpen talloze levens te redden en miljoenen aan materiële schade te voorkomen. En als beloning, dacht Keller, moest hij de rest van zijn leven bedacht zijn op een kogel van de IRA. De IRA was net een olifant. Ze vergaten nooit iets. En ze zouden zeker nooit een informant vergeven.

'Hoe gaan de zaken?' vroeg Keller.

'Prima. En bij jou?'

Keller haalde in een nietszeggend gebaar zijn schouders op.

'Wat voor zaken doe je eigenlijk tegenwoordig, Michael Connelly?'

'Dat doet er niet toe.'

'Ik neem aan dat dat niet je echte naam was?'

Keller trok een gezicht om duidelijk te maken dat dat inderdaad zo was.

'Hoe heb je geleerd zo te praten?'

'Hoe?'

'Als een van ons,' zei Conway.

'Dat is een gave, denk ik.'

'Je hebt nog wel meer gaven,' zei Conway. 'Het was vier tegen één in die boerderij, en zelfs toen was het nog geen eerlijke strijd.'

'Om precies te zijn,' zei Keller, 'was het vijf tegen één.'

'Wie was de vijfde?'

'Quinn.'

Er viel een stilte.

'Dapper van je om na al die jaren terug te komen,' zei Conway na een tijdje. 'Als ze erachter komen dat je in de stad bent, heeft je laatste uur geslagen. Vredesakkoord of geen vredesakkoord.'

De deur van de zaak ging open en een groepje toeristen – Denen of Zweden, Keller wist het niet zeker – kwam binnen.

Met gefronst voorhoofd nam Conway een slok koffie. 'De reisgidsen nemen ze mee de wijken in en laten de plekken zien waar de ergste gruweldaden hebben plaatsgevonden. En daarna komen ze naar Tommy O'Boyle's voor de muziek.'

'Het is goed voor de zaken.'

'Dat zal wel.' Hij keek Keller aan. 'Ben je daarvoor teruggekomen? Voor een terugblik op de *Troubles*?'

Keller keek naar de toeristen op straat. Toen richtte hij zijn blik weer op Conway en vroeg: 'Wie heeft jou ondervraagd nadat ik uit Belfast was vertrokken?'

'Dat was Quinn.'

'Waar heeft hij dat gedaan?'

'Weet ik niet precies. Eerlijk gezegd herinner ik me alleen nog het mes. Hij zei dat hij mijn ogen eruit zou snijden als ik niet zou toegeven dat ik voor de Britten spioneerde.'

'Wat heb je hem verteld?'

'Dat heb ik natuurlijk ontkend. En misschien dat ik ook wel een beetje heb gesmeekt of hij me in leven wilde laten. Dat leek hij wel leuk te vinden. Hij was altijd al een sadistische klootzak.'

Keller knikte traag, alsof Conway diepzinnige woorden had gesproken.

'Gehoord van Liam Walsh?' vroeg Conway.

'Daar kon je moeilijk omheen.'

'Wat denk jij dat erachter zat?'

'De Garda zegt dat het om drugs gaat.'

'De Garda lult maar wat,' zei Conway.

'Wat weet jij ervan?'

'Ik weet dat iemand het huis van Walsh in Dublin binnen is gewandeld en daar moeiteloos drie keiharde kerels heeft omgelegd.' Conway zweeg even en vroeg toen: 'Klinkt dat je bekend in de oren?'

Keller zei niets.

'Waarom ben je teruggekomen?'

'Quinn.'

'Die ga je in Belfast niet vinden.'

'Wist je dat hij hier een vrouw en dochter had?'

'Ik heb wel geruchten gehoord, ja, maar nooit een naam.'

'Maggie Donahue.'

Nadenkend staarde Conway naar het plafond. 'Logisch.'

'Ken je haar?'

'Iedereen kent Maggie.'

'Werk?'

'Aan de overkant van de straat, bij het Europa Hotel. Om precies te zijn,' voegde Conway er met een blik op zijn horloge aan toe, 'is ze daar nu waarschijnlijk.'

'En het kind?'

'Zit op school, Our Lady of Mercy. Zal nu een jaar of zestien zijn.'

'Weet je waar ze wonen?'

'Een zijstraat van Crumlin Road, in Ardoyne.'

'Ik moet het adres hebben, Billy.'

'Geen probleem.'

20

ARDOYNE, WEST-BELFAST

HET KOSTTE BILLY CONWAY NOG geen halfuur om erachter te komen dat Maggie Donahue aan Stratford Gardens woonde op nummer 8, met haar enige kind, een dochter die Catherine heette, naar Quinns moeder zaliger. De buren hadden geen idee waar die naam vandaan kwam, al vermoedden de meeste wel dat de afwezige man van Maggie Donahue, of hij nu dood was of nog leefde, een IRA-man was, waarschijnlijk een dissident die de principes van de Goede Vrijdag-akkoorden had verworpen. Dat soort gevoelens zaten diep in Ardoyne. Op het dieptepunt van de *Troubles* had de Royal Ulster Constabulary de wijk als no-goarea beschouwd, te gevaarlijk om te patrouilleren of om er zelfs maar te komen. Meer dan tien jaar na de vredesakkoorden was de wijk nog steeds het toneel van rellen en botsingen tussen katholieken en protestanten.

Ter aanvulling van het geld dat ze van haar man kreeg, werkte Maggie Donahue als serveerster in de Lobby Bar van het Europa Hotel, het meest gebombardeerde hotel ter wereld. Die middag had ze de pech een nogal kieskeurige gast te moeten bedienen, Herr Johannes Klemp genaamd. Bij zijn registratie in het hotel stond een adres in München, maar zijn werk – iets met binnenhuisarchitectuur – bracht met zich mee dat hij nogal vaak van huis was. Net als veel ervaren reizigers was hij niet snel tevreden. Zijn sla was te slap, zijn sandwich te koud, de melk in zijn koffie was geschift. Maar het ergste was nog dat hij de arme vrouw die de zware taak had het hem naar de zin te maken aardig leek te vinden. Zijn pogingen een praatje te maken vielen bij haar niet in goede aarde. Net als bij de meeste vrouwen.

'Lange dag?' vroeg hij, terwijl ze zijn koffiekopje nog eens volschonk.

'Ik begin net.' Ze glimlachte vermoeid.

Ze had ravenzwart haar, een bleke huid, en blauwe ogen boven brede jukbeenderen. Ooit was ze knap geweest, maar nu had haar gezicht iets hards. Hij nam aan dat Belfast haar ouder had gemaakt. Of misschien, dacht hij, was het Quinn die haar uiterlijk had verpest.

'Ben je van hier?' vroeg hij.

'Iedereen is van hier.'

'Oost of west?'

'U stelt wel veel vragen.'

'Ik ben gewoon nieuwsgierig.''

'Waarnaar?'

'Belfast,' zei hij.

'Is dat de reden dat u hier bent? Dat u nieuwsgierig bent?'

'Werk, ben ik bang. Maar ik heb de rest van de dag vrij, dus ik wilde de stad een beetje gaan bekijken.'

'Waarom huurt u geen reisgids? Die hebben er verstand van.'

'Ik snij nog liever mijn polsen door.'

'Dat gevoel ken ik.' Haar spot ketste van hem af als een kiezelsteentje dat tegen een hogesnelheidstrein wordt gegooid. 'Kan ik nog iets voor u doen?'

'Je zou de rest van de dag vrij kunnen nemen om me de stad te laten zien.'

'Dat kan niet,' was het enige wat ze zei.

'Hoe laat ben je klaar met werken?'

'Acht uur.'

'Dan kom ik later nog wat drinken om je over mijn dag te vertellen.'

Ze glimlachte treurig en zei: 'Ik ga nergens heen.'

Hij betaalde contant en liep naar buiten Great Victoria Street in, waar Keller achter het stuur van de Škoda zat te wachten. Op de achterbank lag een in cellofaan verpakt boeket. Op het envelopje dat erbij zat stond MAGGIE DONAHUE.

'Hoe laat is ze klaar met werken?' vroeg Keller.

'Ze zei acht uur, maar misschien dat ze me probeerde af te poeieren.'

'Ik had toch gezegd dat je aardig moest doen.'

'Het zit niet in mijn DNA om aardig te doen tegen de vrouw van een terrorist.'

'Het zou kunnen dat ze het niet weet.'

'Hoe komt haar man aan honderdduizend pond in gebruikte biljetten?'

Daarop had Keller geen antwoord.

'En het meisje?' vroeg Gabriel.

'Zit tot drie uur op school.'

'En daarna?'

'Een hockeywedstrijd tegen Belfast Model School.'

'Protestant?'

'Overwegend.'

'Vast interessant.'

Weer zweeg Keller.

'Wat gaan we doen?'

'Bloemen bezorgen op Stratford Gardens 8.'

'En dan?'

'Gaan we even binnen rondkijken.'

Maar eerst besloten ze nog een rondje te maken langs Kellers gewelddadige verleden. Zo was er de oude Divis Tower, waar hij als Michael Connelly tussen de IRA-leden had gewoond, en het nu verlaten schoonmaakbedrijf annex wasserij aan Falls Road, waar diezelfde Michael Connelly de was van de IRA had getest op sporen van explosieven. Verderop aan die straat was het ijzeren hek van de Milltown begraafplaats, waar Elizabeth Conlin, de vrouw van wie Keller in het geheim had gehouden, lag begraven in een graf dat Eamon Quinn voor haar had gegraven.

'Ben je daar nooit geweest?' vroeg Gabriel.

'Te gevaarlijk.' Keller schudde zijn hoofd. 'De IRA houdt de graven in de gaten.'

Van Milltown reden ze langs de huizenblokken van Ballymurphy naar Springfield Road. Aan de noordkant daarvan verhief zich een hek dat een protestantse enclave scheidde van een aangrenzende katholieke wijk. De eerste van de zogenaamde 'vredeslijnen' verscheen in 1969 in Belfast als tijdelijke oplossing voor het bloedvergieten tussen de verschillende bevolkingsgroepen van de stad. Nu maakten ze permanent deel uit van het stadsgezicht. Sinds de Goede Vrijdag-akkoorden waren ze zelfs nog in lengte en aantal toegenomen. Op Springfield Road was de afscheiding een doorzichtig groen hek. Maar op Cupar Way, een deel van Ardoyne waar de spanningen bijzonder hoog opliepen, was het een Berlijnse Muur-achtige constructie met prikkeldraad erop, aan beide kanten door bewoners bedekt met muurschilderingen. Het had wel iets weg van de afscheiding tussen Israël en de westelijke Jordaanoever.

'Vind jij dit er als vrede uitzien?' vroeg Keller.

'Nee,' antwoordde Gabriel. 'Het ziet eruit als thuis.'

Uiteindelijk, om halfeen, reed Keller Stratford Gardens in.

Nummer 8 was, net als de huizen ernaast, een bakstenen huis van twee verdiepingen met een witte deur en op iedere verdieping één raam. In de voortuin tierde het onkruid welig; een groene vuilnisbak was omgeblazen door de wind.

Keller parkeerde de auto aan de stoeprand en zette de motor uit.

'Je vraagt je af wat Quinn heeft doen besluiten in een luxe villa in Venezuela te gaan wonen in plaats van hier,' zei Gabriel.

'Heb je de deur gezien?'

'Een enkel slot, geen grendels.'

'Hoelang heb je nodig om binnen te komen?'

'Dertig seconden,' zei Gabriel. 'Minder nog als ik die stomme bloemen niet hoef mee te nemen.'

'Dat moet.'

'Ik neem liever het wapen mee.'

'Het wapen hou ik hier.'

'Wat nu als ik daarbinnen een paar vrienden van Quinn tegen het lijf loop?'

'Dan doe je alsof je een katholiek uit West-Belfast bent.'

'Ik weet niet of ze dat wel zullen geloven.'

'Dat hoop ik maar voor je,' zei Keller. 'Anders ben je er geweest.'

'Nog andere nuttige adviezen?'

'Vijf minuten, en geen minuut méér.'

Gabriel opende het portier en stapte uit.

Keller vloekte zacht. De bloemen lagen nog op de achterbank.

21

ARDOYNE, WEST-BELFAST

Een kleine Ierse vlag hing futloos aan een verroeste houder aan de deurpost. Verkleurd en rafelig, net als de droom van een verenigd Ierland. Gabriel probeerde de deurknop, maar zoals hij al had verwacht was de deur op slot. Hij haalde een dun metalen instrumentje uit zijn zak en begon daarmee, gebruikmakend van de techniek die hij in zijn jonge jaren had geleerd, het mechaniek van het slot te bewerken. Het duurde maar een paar seconden totdat het slot zich gewonnen gaf. Toen hij de deurknop nog een keer probeerde, gaf hij uitnodigend mee. Hij stapte naar binnen en sloot de deur zacht achter zich. Geen alarm dat afging, geen hond die begon te blaffen.

De ochtendpost lag over de kale vloer verspreid. Hij raapte de enveloppen, reclamefolders en tijdschriften op en bladerde er even snel doorheen. Alles was geadresseerd aan Maggie Donahue, op een modeblad voor tieners na, dat voor haar dochter was bestemd. Zo te zien zat er geen echte privépost tussen, alleen de gebruikelijke commerciële rotzooi waarmee de post over de hele wereld is dichtgeslibd. Gabriel stak een creditcardafrekening in zijn zak en liet de rest weer op de grond vallen. Toen liep hij de huiskamer in.

Het was een kleine ruimte, slechts een paar vierkante meter, waar de bank, het televisiemeubel en de twee gebloemde stoelen amper in pasten. Op de salontafel lag een stapel oude tijdschriften en plaatselijke kranten, en nog meer post, geopend en ongeopend. Er zat onder andere een nieuws- en bedelbrief bij van de 32 County Sovereignty Movement, de politieke vleugel van de Real IRA. Gabriel vroeg zich af of degenen die die brief hadden gestuurd zich ervan bewust waren dat de geadresseerde in dit geval de geheime echtgenote was van een van de kundigste bommen- en explosievenmakers van de beweging.

Hij deed de brief terug in de envelop en legde de envelop terug op tafel. De muren van de kamer waren kaal, op een heftig zeetafereel van rommelmarktkwaliteit na dat boven de bank hing. Op een van de tafeltjes stond een foto van een moeder en een kind, gemaakt ter gelegenheid van de eerste communie van het kind in de Holy Crosskerk. Gabriel herkende niets van Quinn in het gezicht van het kind. Daarmee bofte ze dan in ieder geval.

Hij wierp een blik op zijn horloge. Sinds hij binnen was, waren er negentig seconden verstreken. Hij trok een van de dunne gordijnen een stukje opzij en gluurde naar buiten, net op het moment dat er langzaam een auto voorbijreed. Er zaten twee mannen in. Ze leken Keller aandachtig in zich op te nemen, terwijl ze de geparkeerde Škoda passeerden. Even later was de auto om de hoek verdwenen. Gabriel keek naar de Škoda. De lichten waren nog steeds gedoofd. Toen keek hij op zijn BlackBerrry. Geen waarschuwende berichten, geen gemiste oproepen.

Hij liet het gordijn weer los en verplaatste zich naar de keuken. Een koffiekopje met lippenstiftafdruk stond op het aanrecht, in de gootsteen lagen borden in sopwater te weken. Hij deed de koelkast open, waarin alleen het hoognodige leek te staan. Geen groente, geen fruit, geen bier, alleen een halflege fles Italiaanse supermarktwijn van Tesco.

Nadat hij de koelkast had dichtgedaan, begon hij laden open te trekken en weer dicht te schuiven. In een daarvan vond hij een onbeschreven, crèmekleurige envelop, met daarin een handgeschreven briefje van Quinn. *In kleine bedragen storten, alsof het om fooien gaat... Doe C de groeten van mij...*

Gabriel deed het briefje in zijn zak bij de creditcardafrekening en keek weer op zijn horloge. Tweeënhalve minuut. Hij liep de keuken uit en ging naar boven.

Om drie minuten over halftwee kwam de auto terug. Weer reed hij langzaam langs nummer 8, maar deze keer stopte hij naast de Škoda.

In eerste instantie deed Keller of hij niets had gemerkt. Toen liet hij met een onverschillig gebaar zijn raampje zakken.

'Wat doe je hier?' vroeg de chauffeur met een vet West-Belfast-accent.

'Ik wacht op een vriendin,' antwoordde Keller in hetzelfde dialect.

'Hoe heet die vriendin?'

'Maggie Donahue.'

'En jij?' vroeg de passagier in de auto.

'Gerry Campbell.'

'Waar kom je vandaan, Gerry Campbell?'

'Dublin.'

'En daarvoor?'

'Derry.'

'Wanneer ben je vertrokken?'

'Gaat je geen moer aan.' Keller glimlachte niet langer.

De mannen in de andere auto ook niet. Het raampje ging weer omhoog, de auto reed verder de rustige straat door en verdween nogmaals om de hoek.

Keller vroeg zich af hoelang het zou duren voor ze erachter waren dat Maggie Donahue, de geheime vrouw van Eamon Quinn, op dat moment aan het werk was in de Lobby Bar van het Europa Hotel. Twee minuten, dacht hij. Misschien minder. Hij pakte zijn telefoon en drukte een paar toetsen in. 'De inboorlingen beginnen rusteloos te worden.'

'Misschien kun je ze de bloemen geven.'

Nadat de verbinding was verbroken, startte Keller de motor, de Beretta stevig in zijn hand. Toen richtte hij zijn blik op de achteruitkijkspiegel en wachtte tot de auto zou terugkomen.

Boven aan de trap waren twee slaapkamerdeuren. Gabriel ging de kamer aan de rechterkant binnen. Dat was de grootste van de twee, maar allesbehalve een *master suite*. Kleren lagen over de vloer verspreid en op het onopgemaakte bed. De gordijnen waren stijf dichtgetrokken: het enige licht kwam van de rode cijfers van de wekker, die tien minuten voorliep. Gabriel trok de bovenste la van het nachtkastje open en liet het licht van zijn zaklantaarn over de inhoud gaan. Uitgedroogde pennen, lege batterijen, een envelop met een paar honderd pond in gebruikte biljetten, nog een brief van Quinn. Klaarblijkelijk wilde hij zijn dochter zien. Over waar hij woonde of waar ze elkaar zouden kunnen ontmoeten werd met geen woord gerept. Wel leek het erop dat Liam Walsh niet echt de waarheid had gesproken toen hij had beweerd dat Quinn geen persoonlijk contact met zijn familie had gehad sinds hij uit Ierland was gevlucht, na de bomaanslag in Omagh.

Gabriel voegde de brief toe aan zijn kleine verzameling bewijsmateriaal. Vervolgens doorzocht hij de kleerkast, waarin hij verschillende kledingstukken aantrof die duidelijk van een man waren. Het zou kunnen dat Maggie Donahue iets met een andere man was begonnen tijdens de lange afwezigheid van haar echtgenoot. Het zou ook kunnen dat de kleren van Quinn waren. Gabriel pakte een wollen broek en hield die voor zijn eigen lichaam. Quinn was bijna één meter tachtig, herinnerde hij zich, niet groot, maar groter dan hijzelf. Hij keek of er nog iets in de zakken zat. In een zak vond hij drie munten, euro's, en een klein blauw-geel toegangskaartje. Het was gescheurd, de helft ontbrak. Het enige wat hij nog kon lezen waren vier cijfers, 5846, meer niet. Aan de achterkant was een paar centimeter van een magneetstrook zichtbaar.

Nadat Gabriel het kaartje in zijn zak had gedaan en de broek weer op zijn plaats had gehangen, ging hij naar de badkamer. In het kastje trof hij een mannenscheermes, mannenaftershave en mannendeodorant aan.

Tot slot stak hij de overloop over om de tweede slaapkamer te bekijken. Wat netheid betrof, was Quinns dochter het tegenovergestelde van haar moeder. Haar bed was keurig opgemaakt, haar kleren hingen netjes in de kast. Gabriel doorzocht de laden van haar ladekast. Geen drugs of sigaretten, geen enkel bewijs van een leven dat ze voor haar moeder verborgen moest houden. Ook niets wat naar Eamon Quinn verwees.

Gabriel controleerde de tijd. Er waren vijf minuten verstreken. Hij liep naar het raam en zag de auto met de twee mannen weer langzaam voorbijrijden. Zodra de auto was verdwenen, trilde zijn BlackBerry. Hij bracht hem naar zijn oor en hoorde de stem van Christopher Keller die zei dat de tijd om was.

'Nog twee minuten.'

'We hebben geen twee minuten meer.'

Nadat Keller had opgehangen, keek Gabriel de kamer nog eens rond. Hij was gewend bezittingen van beroepsmisdadigers te doorzoeken, niet van tieners. Beroepsmisdadigers waren er goed in dingen te verstoppen, tieners niet echt. Die waren ervan overtuigd dat alle volwassenen sukkels waren en dat iets te grote zelfvertrouwen werd hen meestal fataal.

Hij bekeek de binnenkant van haar schoenen. Vervolgens bladerde hij een stapel tijdschriften door, wat niets anders opleverde dan aanbiedingen om abonnee te worden en geurmonstertjes. Tot slot richtte hij zijn aandacht op haar kleine verzameling boeken. Zijn oog viel op een boek over de geschiedenis van de *Troubles*, van een auteur die de IRA en het Iers nationalisme een warm hart toedroeg. En in dat boek, tussen twee bladzijden, vond hij datgene waarnaar hij op zoek was.

Het was een foto van een tienermeisje en een man met een hoed en een zonnebril. Ze stonden in een straat met lichtelijk vervallen, oude gebouwen, mogelijk Europees, mogelijk ook Zuid-Amerikaans. Het meisje was Catherine Donahue. De man naast haar was haar vader, Eamon Quinn.

Het was rustig in Stratford Gardens toen Gabriel het huis op nummer 8 uit kwam. Hij ging het ijzeren hek door, liep naar de Škoda en stapte in aan de passagierskant.

Keller keerde via de armoedige straten van het katholieke Ardoyne zo snel mogelijk terug naar Crumlin Road. Daar sloeg hij haastig rechts af, Cambrai Street in en liet het gas toen weer een beetje los. Britse vlaggen wapperden aan de lantaarnpalen. Ze waren een van de onzichtbare grenzen van Belfast over gegaan. Ze waren veilig terug op protestantse bodem.

'Heb je iets gevonden?' vroeg Keller uiteindelijk.

'Dat denk ik wel.'

'Wat dan?'

Gabriel glimlachte en zei: 'Quinn.'

22

WARRING STREET, BELFAST

'Het zou iedereen kunnen zijn,' zei Keller.

'Dat zou kunnen,' verklaarde Gabriel, 'maar dat is niet zo. Het is Quinn.'

Ze waren in Kellers kamer in de Premiere Inn aan Warring Street. Het was om de hoek van het Europa Hotel en een stuk minder luxueus. Hij had ingecheckt als Adrien LeBlanc en tegen het personeel Engels met een Frans accent gesproken. Gabriel had toen hij door de kleurloze lobby was gelopen zijn mond gehouden.

'Waar denk je dat ze zijn?' vroeg Keller, de foto aandachtig bekijkend.

'Goeie vraag.'

'Op de gebouwen en auto's die je ziet staat helemaal niets te lezen. Het is bijna alsof –'

'Hij de plaats met de grootst mogelijke zorg heeft uitgekozen.'

'Misschien is het Caracas.'

'Of misschien is het Santiago of Buenos Aires.'

'Weleens geweest?'

'Waar?'

'Buenos Aires?' zei Keller.

'Verschillende keren zelfs.'

'Voor zaken of voor de lol?'

'Ik doe niet aan lol.'

Glimlachend keek Keller weer naar de foto. 'Het lijkt wel een beetje op het oude centrum van Bogotá.'

'Dat zal ik van je moeten aannemen.'

'Of misschien is het Madrid.'

'Misschien.'

'Laat dat stukje van dat kaartje nog eens zien?'

Gabriel gaf het hem.

Keller bestudeerde de voorkant zorgvuldig. Toen draaide hij het kaartje om en liet zijn vinger over het stukje van de magneetstrip gaan. 'Een paar jaar geleden,' zei hij uiteindelijk, 'had de don een opdracht aangenomen om een man uit de weg te ruimen die heel veel geld had gestolen van mensen die het niet prettig vinden wanneer hun geld wordt gestolen. De man hield zich schuil in een stad die erg leek op de stad op de foto. Een oude stad met een vergane schoonheid, een stad met heuvels en trams.'

'Hoe heette die man?'

'Dat zeg ik liever niet.'

'Waar hield hij zich schuil?'

'Dat vertel ik je zo.' Keller keek weer naar de voorkant van het kaartje. 'Omdat deze man geen auto had, maakte hij noodgedwongen veel gebruik van het openbaar vervoer. Voordat ik hem doodde, heb ik hem een week gevolgd, wat betekende dat ik ook noodgedwongen veel gebruik van het openbaar vervoer maakte.'

'Herken je het kaartje, Christopher?'

'Misschien wel.'

Keller pakte Gabriels BlackBerry, opende Google, en typte iets in het zoekvenster. Toen de resultaten verschenen, klikte hij er een aan en glimlachte.

'Gevonden?' vroeg Gabriel.

'Een stad met heuvels en trams.'

'Ik neem aan dat je het niet over San Francisco hebt?'

'Nee,' zei Keller. 'Het is Lissabon.'

'Dat wil nog niet zeggen dat de foto daar is genomen,' zei Gabriel na een korte stilte.

'Mee eens,' zei Keller. 'Maar als we kunnen bewijzen dat Catherine Donahue daar is geweest…'

Gabriel zei niets.

'Je bent niet toevallig haar paspoort tegengekomen, toen je in dat huis was?'

'Toevallig niet, nee.'

'Dan zullen we een andere manier moeten bedenken om er een blik op te kunnen werpen.'

Gabriel pakte zijn BlackBerry en stuurde een kort bericht naar Graham Seymour in Londen met het verzoek om informatie over alle reizen naar het buitenland van Catherine Donahue, woonachtig Stratford Gardens 8, Belfast, Noord-Ierland. Een uur later, terwijl het snel donker werd in de stad, hadden ze een antwoord.

Het paspoort was uitgegeven op 10 november 2013. Een week later was ze met een vlucht van British Airways naar Londen gevlogen, naar Heathrow, waar ze was overgestapt op een andere vlucht van British Airways met bestemming Lissabon. Volgens de Portugese immigratiedienst was ze maar drie dagen in het land gebleven. Het was de enige buitenlandse reis die ze ooit had gemaakt.

'Wat op geen enkele manier bewijst dat Quinn daar destijds woonde,' merkte Keller op.

'Waarom zou hij haar dan in vredesnaam naar Lissabon halen? Waarom niet naar Monaco, of Cannes, of St. Moritz?'

'Misschien moest Quinn een beetje op zijn geld letten.'

'Of misschien heeft hij daar een appartement, iets in een mooi, oud gebouw in zo'n buurt waarin een komende en gaande buitenlander niemand opvalt.'

'Ken je dat soort plekken?'

'Ik heb mijn hele leven op dat soort plaatsen gewoond.'

Keller zweeg even. 'Wat nu?' vroeg hij uiteindelijk.

'We zouden met de foto en mijn compositietekening naar Lissabon kunnen vertrekken en daarmee langs de deuren kunnen gaan.'

'Of?'

'We roepen de hulp in van iemand die gespecialiseerd is in het vinden van mensen die niet gevonden willen worden.'

'Kandidaten op het oog?'

'Eentje maar.' Gabriel pakte zijn BlackBerry en belde Eli Lavon.

23

BELFAST - LISSABON

Ze besloten de tijd te nemen voor hun reis naar Lissabon. Het was verstandig niet overhaast te vertrekken, zei Gabriel. Het was verstandig heel zorgvuldig om te springen met het regelen van de reis en het spoor dat ze achterlieten. Voor het eerst kwam Quinn in zicht. Hij was niet langer slechts een gerucht. Hij was een man die ergens op straat stond, een dochter naast zich. Een man met vlees op zijn botten en bloed in zijn aderen. Hij kon gevonden worden. En dan kon hij naar de andere wereld worden geholpen.

En dus verlieten ze Belfast op dezelfde manier als ze er waren aangekomen, in alle stilte en onder valse voorwendselen. Monsieur LeBlanc zei tegen de receptionist van de Premiere Inn dat hij moest vertrekken vanwege een kleine persoonlijke crisis; Herr Klemp vertelde een soortgelijk verhaal in het Europa Hotel. Terwijl hij de lobby door liep, zag hij Maggie Donahue een royaal glas whisky serveren aan een reeds beschonken zakenman. Ze ontweek de blik van Herr Klemp, en Herr Klemp die van haar.

Ze reden naar Dublin, lieten de auto bij de luchthaven achter en namen twee kamers in het Radisson. 's Ochtends bij het ontbijt deden ze alsof ze elkaar niet kenden, waarna ze allebei een andere vlucht naar Parijs namen: Gabriel vloog met Aer Lingus, Keller met Air France.

Gabriel kwam als eerste aan. Hij haalde een in alle opzichten schone Citroën op van de parkeerplaats, waarmee hij Keller voor de terminal opwachtte.

Die nacht brachten ze door in Biarritz, waar Gabriel ooit een wraakmoord had gepleegd, en de volgende nacht sliepen ze in de

Spaanse stad Vitoria, waar Keller ooit, uit naam van Don Anton Orsati, een lid van de Baskische afscheidingsbeweging ETA had gedood.

Gabriel zag dat Kellers banden met zijn oude leven rafels begonnen te vertonen, dat hij met de dag méér leek te wennen aan het vooruitzicht voor Graham Seymour te gaan werken, bij MI6. Het was Quinn geweest die de gebeurtenissen in gang had gezet waardoor Kellers banden met Engeland waren verbroken. En nu, vijfentwintig jaar later, was het ook Quinn die Keller terug naar huis bracht.

Van Vitoria reden ze naar Madrid, en van Madrid naar Badajoz, aan de grens met Portugal. Keller wilde het liefst zo snel mogelijk naar Lissabon, maar op aandringen van Gabriel gingen ze eerst nog naar het westen om zich te koesteren in de laatste zonnestralen van het seizoen in Estoril. Ze logeerden allebei in een ander hotel aan het strand, en leidden allebei afzonderlijk het leven van een man zonder vrouw, zonder kinderen, zonder zorgen of verantwoordelijkheden.

Iedere dag was Gabriel een paar uur bezig met zich ervan te verzekeren dat ze niet in de gaten werden gehouden. Het liefst zou hij een berichtje sturen naar Chiara in Jeruzalem, maar dat deed hij niet. Ook nam hij geen contact op met Eli Lavon. Lavon was een van de meest ervaren mensen op het gebied van het opsporen van personen. In zijn jonge jaren had hij jacht gemaakt op de leden van Zwarte September die de moordpartij tijdens de Olympische Spelen van 1972 in München op hun geweten hadden. Nadat hij bij het Bureau was vertrokken, was hij voor zichzelf begonnen met het opsporen van tijdens de Holocaust buitgemaakte bezittingen en zo nu en dan een nazioorlogsmisdadiger. Als er ook maar een spoortje van Quinn te bekennen was in Lissabon – een huis, een schuilnaam, een andere vrouw, nog een kind – zou Lavon dat vinden.

Maar toen er nog twee dagen verstreken zonder dat hij iets hoorde, begon zelfs Gabriel te twijfelen, niet aan de kwaliteiten van Lavon, maar aan zijn eigen overtuiging dat Quinn op de een of andere manier connecties met Lissabon had. Misschien had Catherine Donahue de stad wel met vrienden bezocht, of met een reis van school. Misschien was de broek die Gabriel in de kast van Maggie Donahue had aangetroffen wel van een andere man geweest, net als het gescheurde tramkaartje uit Lissabon. Ze zouden ergens anders naar hem op zoek moeten gaan, dacht hij – in Iran, of Libanon, of Jemen, of Venezuela, of een van de vele andere plaatsen waar Quinn zich van zijn dodelijke taak had gekweten. Quinn was een man van de onderwereld. Quinn kon overal zijn.

Op de derde ochtend van hun verblijf ontving Gabriel echter een kort maar veelbelovend bericht van Eli Lavon, waarin werd geopperd dat de man in kwestie waarschijnlijk een regelmatig bezoeker was van de betreffende stad. Tegen het middaguur was Lavon daarvan overtuigd, en aan het eind van de middag had hij een adres. Gabriel belde Keller in zijn hotel en zei dat het tijd was om te gaan. Ze verlieten Estoril op dezelfde manier als ze er waren aangekomen, in alle stilte en onder valse voorwendselen, en reden naar Lissabon.

'Hij noemt zich Alvarez.'

'Portugese of Spaanse spelling?'

'Dat hangt van zijn stemming af.' Eli Lavon glimlachte. Ze zaten aan een tafeltje in Café Brasileira in Chiado, een wijk van Lissabon. Het was halftien en het café zat bomvol. Niemand leek aandacht te besteden aan de twee mannen van middelbare leeftijd die in een hoek koffie zaten te drinken. Ze praatten zacht in het Duits, een van de vele talen die ze allebei beheersten. Gabriel sprak met het Berlijnse accent van zijn moeder, maar het Duits van Lavon was duidelijk Weens. Hij droeg een gebreide trui onder zijn gekreukte tweedjasje en een halsdoek om zijn nek. Zijn haar was piekerig en onverzorgd, en hij had een onopvallend gezicht dat iedereen onmiddellijk weer vergat. Dat was een van zijn grootste troeven. Eli Lavon zag eruit als een doetje. In werkelijkheid was hij een geboren roofdier en was hij in staat een door de wol geverfde agent van de geheime dienst of een keiharde terrorist overal ter wereld te volgen zonder ook maar de minste aandacht te trekken.

'Voornaam?' vroeg Gabriel.

'Soms José. Soms ook Jorge.'

'Nationaliteit?'

'Soms Venezolaans, soms Ecuadoraans.' Lavon glimlachte. 'Begin je er al een patroon in te zien?'

'Maar hij probeert nooit voor een Portugees door te gaan?'

'Daarvoor beheerst hij de taal niet goed genoeg. Zelfs zijn Spaans is niet geweldig. Hij schijnt een behoorlijk accent te hebben.'

Blijkbaar had iemand aan de bar iets grappigs gezegd, want een bulderend gelach weerkaatste op de tegelvloer en stierf weg tegen het hoge plafond, tussen de kroonluchters die een wazige, gouden gloed verspreidden.

Gabriel keek over de schouder van Lavon en beeldde zich in dat Quinn aan het tafeltje naast hen zat. Maar het was niet Quinn, het was Christopher Keller. Hij had een kop koffie in zijn rechterhand. De rechterhand betekende dat alles veilig was, de linker dat er problemen waren. Gabriel richtte zijn blik weer op Lavon en vroeg naar de locatie van Quinns appartement.

Lavon gebaarde met zijn hoofd in de richting van de Bairro Alto.

'Wat is het voor gebouw?'

Met een handgebaar maakte Lavon duidelijk dat het ergens tussen acceptabel en beroerd was.

'Huismeester?'

'In de Bairro Alto?'

'Welke verdieping?'

'Eerste.'

'Kunnen we er binnenkomen?'

'Dat je dat nog vraagt. De werkelijke vraag,' ging Lavon verder, 'is of we er naar binnen wíllen.'

'Willen we dat?'

Lavon schudde zijn hoofd. 'Wanneer je het geluk hebt het pied-à-terre van een man als Eamon Quinn te vinden, doe je dat niet teniet door er onmiddellijk naar binnen te stormen. Dan zoek je een observatiepost en wacht je geduldig tot je doelwit opduikt.'

'Tenzij er andere factoren meespelen.'

'Zoals?'

'De kans dat er nog een bom ontploft.'

'Of dat je vrouw op het punt staat te bevallen van een tweeling.'

Gabriel fronste zijn voorhoofd maar zei niets.

'Voor het geval je het je afvraagt,' zei Lavon, 'het gaat goed met haar.'

'Is ze boos?'

'Ze is zevenenhalve maand zwanger en haar man zit in een café in Lissabon. Hoe denk je dat ze zich voelt?'

'Hoe staat het met haar veiligheid?'

'Narkiss Street zou weleens de veiligste straat in Jeruzalem kunnen zijn. Uzi heeft een permanent beveiligingsteam voor de deur gezet.' Na een korte aarzeling voegde Lavon eraan toe: 'Maar alle bodyguards in de wereld kunnen nooit een echtgenoot vervangen.'

Gabriel zei niets.

'Mag ik een suggestie doen?'

'Als je dat per se wilt.'

'Ga voor een paar dagen terug naar Jeruzalem. Je vriend en ik houden dat appartement wel in de gaten. Mocht Quinn opduiken, dan ben jij de eerste die het hoort.'

'Als ik naar Jeruzalem ga,' verklaarde Gabriel, 'zal ik niet meer weg willen.'

'Daarom stelde ik het ook voor.' Lavon schraapte zacht zijn keel, een waarschuwing dat hij iets vertrouwelijks ging zeggen. 'Je vrouw wil dat je weet dat je over een maand, misschien al eerder, weer vader wordt. Ze wil graag dat je daarbij aanwezig bent. Anders zal je leven niet veel meer waard zijn.'

'Heeft ze nog meer gezegd?'

'Ze heeft het misschien ook nog even over Eamon Quinn gehad.'

'Wat dan?'

'Blijkbaar heeft Uzi haar ingelicht over de operatie. Je vrouw moet niets hebben van mannen die onschuldige vrouwen en kinderen opblazen. Ze wil graag dat je Quinn vindt voordat je naar huis komt. En,' voegde Lavon eraan toe, 'dat je hem dan doodt.'

Gabriel wierp een blik op Keller en zei: 'Dat zal niet nodig zijn.'

'Inderdaad,' zei Lavon. 'Je boft maar.'

Glimlachend nam Gabriel een slok koffie.

Lavon stak een hand in de zak van zijn jas en haalde er een zilverkleurige USB-stick uit. Die legde hij op tafel, waarna hij hem naar Gabriel toe schoof. 'Het door jou gevraagde complete Bureau-dossier van Tariq al-Hourani, geboren in Palestina tijdens de grote Arabische catastrofe, doodgeschoten in het trappenhuis van een appartementsgebouw in Manhattan, vlak voordat de Twin Towers naar beneden kwamen.' Lavon zweeg even. Toen voegde hij eraan toe: 'Ik geloof dat jij daar op dat moment ook was. Om de een of andere reden was ik niet uitgenodigd.'

Zwijgend staarde Gabriel naar de USB-stick. Er waren delen van dat dossier die hij niet meer wilde lezen – Tariq al-Hourani was namelijk degene geweest die op een avond in januari 1991, een avond dat het sneeuwde, in Wenen een bom onder Gabriels auto had geplaatst. Bij de explosie was Gabriels zoon Dani om het leven gekomen en was Leah, zijn eerste vrouw, verminkt geraakt. Ze woonde nu in een psychiatrische kliniek op de Herzlberg, gevangen in herinneringen en een door het vuur verwoest lichaam. Nog niet zo lang geleden had Gabriel haar tijdens een bezoek verteld dat hij binnenkort weer vader zou worden.

'Ik had gedacht,' zei Lavon op zachte toon, 'dat je dit dossier wel uit je hoofd zou kennen.'

'Dat is ook zo,' zei Gabriel. 'Maar over een bepaald deel van zijn carrière wilde ik mijn geheugen graag even opfrissen.'

'Welk deel?'

'De tijd die hij in Libië heeft doorgebracht.'

'Heb je een vermoeden?'

'Misschien.'

'Is er nog iets wat je me wilt vertellen?'

'Ik ben blij dat je er bent, Eli.'

Lavon roerde traag in zijn koffie. 'Dan is er tenminste iemand blij.'

Door de beroemde groene deur van Brasileira liepen ze naar buiten, een betegeld plein op waar Fernando Pessoa in brons was vereeuwigd. Dat kreeg je ervan wanneer je de beroemdste dichter en schrijver van Portugal was. Een koude wind vanuit de Taag blies langs de in een cirkel gebouwde, elegante gele huizen. In de Largo Chiado ratelde een tram langs. Gabriel stelde zich voor dat Quinn voor het raam zat, Quinn met het chirurgisch veranderde gezicht, Quinn de hoer van de dood.

Langzaam, flanerend bijna, liep Lavon tegen de helling op. Gabriel kwam naast hem lopen en samen slingerden ze zich door een doolhof van donkere straatjes. Geen enkele keer bleef Lavon staan om zich te oriënteren of een plattegrond te raadplegen. In het Duits vertelde hij over een ontdekking die hij laatst had gedaan bij een opgraving onder de Oude Stad van Jeruzalem. Wanneer hij niet voor het Bureau werkte, was hij wetenschappelijk medewerker Bijbelse archeologie aan de Hebreeuwse Universiteit. Sinds een monumentale vondst onder de Tempelberg werd Eli Lavon zelfs als de Indiana Jones van Israël beschouwd.

Nu bleef hij abrupt staan en vroeg: 'Herken je het?'

'Wat moet ik herkennen?'

'Deze plek.' Toen het stil bleef, draaide Lavon zich om. 'En nu?'

Ook Gabriel draaide zich om. Nergens in de straat brandde licht. In het donker waren de gebouwen een vormeloze massa, zonder karakter of details.

'Hier stonden ze.' Lavon liep een paar stappen verder over de keienstraat. 'En degene die de foto heeft genomen stond hier.'

'Ik vraag me af wie dat is geweest.'

'Misschien gewoon een toevallige voorbijganger.'

'Quinn lijkt me niet iemand die een volslagen vreemde een foto van hem laat nemen.'

Zonder nog een woord te zeggen liep Lavon weer door, steeds verder omhoog de wijk in. Nadat hij een paar keer de hoek om was gegaan, links en rechts, was Gabriel alle gevoel voor richting kwijt. Zijn enige oriëntatiepunt was de Taag, waarvan hij af en toe tussen de huizen door een glimp opving, het water glinsterend als de schubben van een vis.

Eindelijk ging Lavon langzamer lopen en bleef toen, met een bijna onmerkbaar knikje naar de ingang van een appartementsgebouw, staan. Het was iets hoger dan de meeste gebouwen in de Bairro Alto, vier verdiepingen in plaats van drie, en het was beklad met graffiti. Op de eerste verdieping hing een luik aan nog maar één scharnier te klapperen en een bloeiende klimplant had zich om het roestige balkonhekje geslingerd.

Gabriel liep naar de deur om de intercom te bestuderen. Het naamplaatje van 2B was leeg. Hij drukte met zijn duim op de bel, die duidelijk hoorbaar was, alsof het geluid door een open raam kwam, of door muren van karton. Vervolgens legde hij zijn hand op de deurknop. 'Weet je hoelang ik erover zou doen hier binnen te komen?'

'Zo'n vijftien seconden,' antwoordde Lavon. 'Maar wachten loont.'

Gabriel tuurde de straat af, naar beneden. Op de hoek was een piepklein restaurant waar Keller aan een tafeltje buiten onverschillig de menukaart zat te bestuderen. Recht tegenover het gebouw stonden een paar plompe, vierkante huisjes, met daarnaast nog een appartementsgebouw van vier verdiepingen, met een kanariegele gevel. Naast de voordeur, opgekruld als een plakje vlees dat te lang in de zon had gelegen, hing een papier waarop in het Portugees en in het Engels te lezen stond dat er in het gebouw nog een appartement te huur was.

Gabriel rukte het van de muur en stopte het in zijn zak. Daarna liep hij samen met Lavon, zonder Keller ook maar een woord of blik waardig te keuren, naar beneden, in de richting van de rivier.

De volgende ochtend belde hij, terwijl hij koffie zat te drinken bij Café Brasileira, het nummer dat op het papier stond. En rond het middaguur, na betaling van zes maanden huur vooruit plus een borg, was het appartement van hem.

24

BAIRRO ALTO, LISSABON

TEGEN HET VALLEN VAN DE avond betrok Gabriel het appartement met het air van een man wiens vrouw zijn gezelschap niet langer kon verdragen. Het enige wat hij bij zich had was een versleten reistas, en het enige wat hij uitstraalde was dat hij met rust gelaten wenste te worden.

Eli Lavon kwam een uur later met twee zakken boodschappen, ogenschijnlijk de ingrediënten voor een troostrijke maaltijd.

Keller arriveerde als laatste. Stilletjes sloop hij het gebouw binnen, als een dief in de nacht, en hij installeerde zich voor een raam alsof hij zich verschanste in een schuilplaats in Bandit Country, het 'bandietenland' in South Armagh. En zo begon de lange wake.

Het appartement was gemeubileerd, zij het bijzonder schaars. De kleine verzameling niet bij elkaar passende stoelen in de huiskamer zag eruit alsof hij van een rommelmarkt in de buurt kwam, de twee slaapkamers leken wel sobere monnikencellen. Dat ze een slaapkamer tekortkwamen, maakte niets uit, aangezien één man altijd de wacht hield bij het raam. Om precies te zijn was dat de hele tijd Keller. Hij had lang moeten wachten voordat Quinn weer boven de grond was gekomen, en nu wilde hij de eerste zijn die hem zag.

Gabriel hing de compositietekening van Quinn als een familieportret aan de muur en iedere keer dat er een man van de juiste leeftijd en lengte – halverwege de veertig, ongeveer één meter tachtig – door de smalle straat liep, keek Keller daarnaar. De derde ochtend, bij zonsopgang, was hij ervan overtuigd dat hij Quinn zag naderen uit de richting van het nog gesloten restaurantje. Het was het gezicht van Quinn, fluisterde hij opgewonden tegen Lavon. Belangrijker nog, het was het loopje van Quinn. Maar het was Quinn niet. Het was een Portugese man die, zoals ze later ontdekten, in een winkel een paar straten verderop werkte.

Lavon, door de wol geverfd als het om het fysiek in de gaten houden van mensen ging, verklaarde dat zo'n vergissing het risico was van een lange wake. Soms zag je dan wat je wilde zien. En soms was je te zeer verblind door vermoeidheid of ambitie om te beseffen dat degene die je zocht voor je neus stond.

Aangezien de verhuurder dacht dat Gabriel het appartement in zijn eentje bewoonde, was hij de enige die zich in het openbaar vertoonde. Hij was een man met een gebroken hart, een man die te veel tijd had en te weinig te doen. Hij zwierf over de hellende straten van de Bairro Alto, maakte ogenschijnlijk doelloze tramritjes, bracht een bezoek aan het Museu do Chiado, dronk 's middags koffie bij Café Brasileira. En in een lommerrijk park aan de Taag ontmoette hij een koerier van het Bureau, die hem een koffertje gaf met de benodigde uitrusting: een camera op statief met een nachtzichttelelens, een richtmicrofoon, beveiligde radio's, een makkelijk te verstoppen mini-zender, en een laptop met een beveiligde satellietverbinding met King Saul Boulevard. Ook was er een briefje van het hoofd Operaties waarin Gabriel vriendelijk werd berispt omdat hij zelf een safehouse had geregeld in plaats van gebruik te maken van de diensten van het Bureau. Verder was er nog een handgeschreven brief van Chiara. Die las Gabriel twee keer, alvorens hem in de wasbak in de badkamer te verbranden. Daarna was zijn stemming net zo donker als de as die hij had weggespoeld.

'Mijn aanbod geldt nog steeds,' zei Lavon.

'En dat is?'

'Ik blijf hier met Keller. Jij gaat naar huis om bij je vrouw te kunnen zijn.'

Gabriels antwoord was nog hetzelfde als de vorige keer, en daarna begon Lavon er niet meer over – zelfs niet 's avonds laat, toen de tafeltjes van het restaurant op de hoek waren opgeruimd en de stille straat glansde in de regen. Ze dimden het licht in het appartement zodat hun schaduwen van buitenaf niet zichtbaar waren, en in het donker leken de jaren op hun gezicht te vervagen. Ze zouden zo weer de jongens van twintig hebben kunnen zijn die het Bureau in de herfst van 1972 had gestuurd om de daders van de moordpartij tijdens de Olympische Spelen in München te pakken. De codenaam van de operatie was Toorn van God geweest. In de uit het Hebreeuws afkomstige terminologie van het team was Lavon een *ayin*, een speurhond geweest, en Gabriel een *aleph*, een moordenaar. Drie jaar lang hadden ze hun prooi door heel Europa achternagezeten, dodend bij nacht én op klaarlichte dag, voortdurend bang dat ze zouden worden gearresteerd en berecht voor moord. Eindeloze nachten hadden ze doorgebracht in sjofele kamers, deuren en mensen in de gaten houdend, in het geheim deel uitmakend van het leven van anderen. Stress en beelden van bloed hadden ervoor gezorgd dat slapen zo goed als onmogelijk was geworden. Een transistorradio had hun enige verbinding met de echte wereld gevormd. Die had hun verteld over oorlogen die werden gewonnen of verloren, over een Amerikaanse president die eerloos moest aftreden, en soms, op warme zomeravonden, had het apparaat hun muziek gebracht – dezelfde muziek als die waarnaar normale jongens van twintig luisterden, jongens die niet door hun land waren gestuurd om als beul te dienen, als engel der wrake voor elf vermoorde Joden.

Al snel werd er in het kleine appartement in de Bairro Alto nauwelijks nog geslapen. Ze waren van plan geweest om de beurt twee uur de wacht bij het raam te houden, maar naarmate de tijd verstreek, en een algehele slapeloosheid zich van hen meester maakte, waren de drie veteranen eigenlijk permanent gezamenlijk actief. Iedereen die onder hun raam voorbijkwam werd gefotografeerd, ongeacht leeftijd, geslacht of vermoedelijke afkomst. Degenen die het betreffende gebouw in gingen werden nog eens extra onder de loep genomen, net als de bewoners. Langzaam maar zeker werden al hun geheimen in de observatiepost blootgelegd. Dat was wat er onvermijdelijk gebeurde wanneer je mensen lange tijd in de gaten hield: negen van de tien keer waren het de zonden van de onschuldigen die naar boven kwamen.

Het appartement had een televisie met een schotelantenne die het signaal kwijtraakte bij de eerste druppel regen of het minste zuchtje wind. Dat apparaat was hun verbinding met een wereld die met de dag stuurlozer leek te worden. De wereld die Gabriel zou erven op het moment dat hij werd ingezworen als het nieuwe hoofd van het Bureau. En het zou ook Kellers wereld worden, als hij daarvoor zou kiezen. Keller was Gabriels recentste restauratiewerk. Zijn vuile vernis was verwijderd, zijn doek bijgewerkt en opgefrist. Hij was niet langer de Engelse huurmoordenaar. Binnenkort zou hij de Engelse spion zijn.

Net als alle goede waarnemers was Keller gezegend met een grote dosis aangeboren geduld. Maar na zeven dagen begon dat geduld hem toch in de steek te laten. Lavon stelde voor een eind langs de rivier te gaan lopen of naar de kust te rijden om de monotonie te doorbreken, maar Keller weigerde het appartement of zijn observatiepost bij het raam te verlaten. Hij fotografeerde de gezichten die hij onder zich zag langsgaan – de oude bekenden, de nieuwkomers, de voorbijgangers – en hij wachtte tot een man van halverwege de veertig, die bijna één meter tachtig lang was, in de deuropening van het appartementsgebouw aan de overkant van de smalle straat zou verschijnen.

Op Lavon kwam het over alsof Keller op de uitkijk stond op Lower Market Street in Omagh, wachtend tot een rode Vauxhall Cavalier die nogal laag op de achteras hing, aan de stoeprand zou stoppen, wachtend tot twee mannen, Quinn en Walsh, zouden uitstappen. Walsh was gestraft voor zijn zonden. Nu was Quinn aan de beurt.

Maar nadat er nog een dag was verstreken zonder ook maar een spoor van Quinn, stelde Keller voor ergens anders te gaan zoeken. Zuid-Amerika, zei hij, was een logische plaats. Ze konden ongemerkt Caracas binnenglippen en daar net zo lang deuren intrappen tot ze die van Quinn hadden gevonden.

Gabriel leek serieus over het idee na te denken. Maar in werkelijkheid was zijn aandacht bij de vrouw van een jaar of dertig die in haar eentje bij het restaurantje aan het eind van de straat zat. Ze had haar tas op de stoel naast zich gezet. Het was een grote tas, groot genoeg om toiletartikelen te bevatten en zelfs een schoon setje kleren. De rits was open en de tas stond zo, dat de vrouw makkelijk bij de inhoud kon. Een vrouwelijke agent van het Bureau zou haar tas precies zo hebben neergezet, dacht Gabriel. Zeker als er in die tas een wapen zat.

'Luister je wel?' vroeg Keller.

'Ik hang aan je lippen,' loog Gabriel.

Het laatste restje licht was inmiddels verdwenen, maar de vrouw van een jaar of dertig had nog steeds haar zonnebril op. Gabriel richtte de telelens op haar gezicht, zoomde in en nam een foto. Die bekeek hij vervolgens aandachtig op de camera. Het was een goed gezicht, dacht hij, een gezicht dat het waard was geschilderd te worden. Brede jukbeenderen, een kleine, tere kin, een gave, bleke huid. Door de zonnebril waren haar ogen niet zichtbaar, maar Gabriel gokte dat ze blauw waren. Haar haar, dat tot op haar schouders hing, was heel erg zwart. Hij vermoedde dat dat niet de natuurlijke kleur was.

Op het moment dat Gabriel de foto had genomen was de blik van de vrouw op de menukaart gericht geweest. Nu keek ze omhoog, de straat in. Dat was niet het mooiste uitzicht. De meeste gasten van het restaurant keken de andere kant op, naar het uitzicht over de stad.

Er verscheen een ober. Te laat pakte Gabriel de microfoon en richtte die op de tafel. Hij hoorde de ober in het Engels 'dank u' zeggen, gevolgd door een plotselinge uitbarsting van luide muziek: de ringtone van haar mobiel. Ze drukte de oproep weg, deed de telefoon weer in haar tas, en haalde er een reisgids van Lissabon uit.

Nogmaals zoomde Gabriel in met de camera, niet op het gezicht van de vrouw, maar op het boek in haar hand. Het was een gids van Frommer's, in het Engels. Na een paar seconden liet ze het boek zakken en keek de straat weer in.

'Waar kijk je naar?' vroeg Keller.

'Dat weet ik nog niet precies.'

Keller liep naar het raam en volgde Gabriels blik. 'Mooi,' zei hij.

'Misschien.'

'Nieuwkomer of vaste gast?'

'Toeriste, zo te zien.'

'Waarom zou een mooie, jonge toeriste alleen eten?'

'Goeie vraag.'

De ober kwam terug met een glas witte wijn dat hij op tafel zette, naast de gids van Lissabon. Hij pakte zijn notitieblokje om haar bestelling op te nemen, maar de vrouw zei iets waardoor hij vertrok zonder iets op te schrijven. Even later kwam hij terug met een rekening. Die legde hij op tafel, waarna hij weer verdween. Er werd geen woord gezegd.

'Wat gebeurde daar?' vroeg Keller.

'Onze mooie, jonge toeriste lijkt van gedachte te zijn veranderd.'

'Ik vraag me af waarom.'

'Misschien heeft het iets te maken met dat telefoontje dat ze niet heeft opgenomen.'

De hand van de vrouw verdween in de tas naast haar en kwam even later weer tevoorschijn met een bankbiljet, dat ze op de rekening legde. Ze zette het wijnglas erbovenop zodat het niet zou wegwaaien, en kwam overeind.

'Blijkbaar vond ze het niet lekker,' zei Gabriel.

'Misschien heeft ze hoofdpijn.'

De vrouw pakte haar tas. Terwijl ze die aan haar schouder hing, wierp ze nog een laatste blik omhoog, de straat in. Vervolgens liep ze de andere kant op, ging de hoek om en was verdwenen.

'Jammer,' zei Keller.

'We zullen zien,' zei Gabriel.

Hij zag de ober het geld pakken, maar in gedachten berekende hij hoelang het zou duren voordat hij haar weer zou zien. Twee minuten, schatte hij: zolang zou ze nodig hebben om via een evenwijdig lopende straat terug te keren naar haar bestemming. Hij keek op zijn horloge, en toen er negentig seconden waren verstreken hield hij zijn oog weer tegen de zoeker van de camera en begon langzaam te tellen. Bij twintig zag hij haar opduiken uit het duister, de tas over haar schouder, de zonnebril voor haar ogen. Ze bleef staan voor de ingang van het gebouw dat ze in de gaten hielden, stak een sleutel in het slot en duwde de deur open. Terwijl zij naar binnen liep, kwam een andere huurder, een man van halverwege de twintig, naar buiten. Over zijn schouder wierp hij haar nog een blik toe, maar of dat uit bewondering of nieuwsgierigheid was, kon Gabriel niet zeggen. Hij maakte een foto van de huurder en richtte zijn blik toen op de ramen op de eerste verdieping. Tien seconden later ging achter de jaloezieën het licht aan.

25

BAIRRO ALTO, LISSABON

Ze zagen haar pas weer de volgende ochtend om halfacht, toen ze op het balkon verscheen in een badjas – de badjas van Quinn, dacht Gabriel, aangezien hij veel te groot was voor haar tengere figuur. Ze bracht bedachtzaam een sigaret naar haar lippen, haar blik op de door kil ochtendlicht beschenen straat gericht.

Haar ogen waren niet langer bedekt, en ze waren inderdaad blauw, zoals Gabriel al had verwacht. Blauw als het weer. Vermeer-blauw. Hij maakte verschillende foto's en stuurde die naar King Saul Boulevard. Vervolgens zag hij de vrouw weer naar binnen verdwijnen, achter de balkondeuren.

Het licht bleef nog twintig minuten branden. Toen ging het uit, en even later kwam ze het gebouw uit lopen. Haar tas hing aan haar schouder, haar rechterschouder, en haar handen zaten diep weggestopt in de zakken van haar jas. Het was een schoolmeisjesachtige houtje-touwtjejas, niet het stoere leren jack dat ze de avond daarvoor had gedragen. Ze liep met kordate passen, de hakken van haar laarzen luid klakkend op de keien. Het geluid nam toe op het moment dat ze onder het raam van de observatiepost door liep, en vervaagde toen ze het gesloten restaurant passeerde en uit het zicht verdween.

De Citroën die Gabriel vanuit Parijs had meegenomen stond om de hoek geparkeerd, in een straat die daarvoor breed genoeg was. Keller ging hem halen, terwijl Gabriel de vrouw te voet volgde, door een ander keienstraatje met winkels en cafés. Aan het eind van die straat was een bredere boulevard, die de heuvel af golfde als een soort zijrivier van de Taag.

De vrouw ging een koffietentje binnen, bestelde iets aan de bar en ging toen aan de lange tafel aan het raam zitten.

Gabriel ging een café aan de overkant van de boulevard binnen en deed hetzelfde.

Keller bleef aan de stoeprand staan wachten, totdat een politieagent zei dat hij een stukje verder moest rijden.

Vijftien minuten lang veranderde er niets aan hun posities: de vrouw zat in het café, Gabriel aan de overkant, Keller achter het stuur van de Citroën. De vrouw staarde naar haar mobiele telefoon, terwijl ze haar koffie dronk, en leek op zijn minst één telefoontje te plegen. Om halftien stopte ze de telefoon in haar tas en liep naar buiten. Ze had al een paar passen in zuidelijke richting, de richting van de rivier gedaan, toen ze abrupt bleef staan en een taxi aanriep die de andere kant op ging.

Haastig verliet Gabriel het café en sprong naast Keller in de Citroën.

Keller maakte een bocht van honderdtachtig graden en drukte het gaspedaal in.

Het duurde dertig seconden voordat ze de taxi weer in het oog hadden. Die reed in noordelijke richting, zijn weg zoekend in de ochtendspits, tussen de vrachtwagens, de bussen, de glanzende Duitse sedans van het nieuwe geld en de kreunende rammelkasten van de minder gefortuneerde inwoners van Lissabon. Gabriel was nog maar een paar keer in Lissabon geweest, dus meer dan de grote lijnen van de stad kende hij niet. Toch had hij wel een idee waarheen de taxi op weg was. De route die hij volgde, wees als de naald van een kompas naar de luchthaven.

Ze bereikten een moderne wijk van de stad en werden door de verkeersstroom meegevoerd naar een grote rotonde aan de rand van een weelderig park. Daarvandaan reden ze in noordoostelijke richting naar een volgende rotonde, die hen op de Avenida da República bracht. Aan het eind van die brede weg zagen ze de eerste borden voor de luchthaven. De taxi volgde ze allemaal en kwam uiteindelijk tot stilstand voor het vertrekdeel van terminal 1.

De vrouw stapte uit en liep haastig naar de ingang, alsof ze al laat was voor haar vlucht.

Gabriel zei tegen Keller dat hij de Citroën op het kortparkeerterrein moest zetten met het wapen in de kofferbak en de sleutels in het magnetische bakje boven het linkerachterwiel. Toen stapte hij uit en liep de terminal in, de vrouw achterna.

Binnen bleef ze even staan om om zich heen te kijken en een blik te werpen op het enorme scherm met vertrektijden dat boven de glanzende hal hing. Vervolgens liep ze naar de balie van British Airways, waar ze in de korte rij voor de businessclass ging staan. Ze boften dat British Airways vanuit Lissabon maar op één bestemming vloog. Vlucht 501 vertrok over een uur. De volgende vlucht was pas om zeven uur die avond.

Gabriel haalde zijn BlackBerry uit zijn jaszak en stuurde een bericht naar de reisafdeling van King Saul Boulevard met het verzoek om twee businessclasstickets voor vlucht BA 501, een op naam van Johannes Klemp, de ander op naam van Adrien LeBlanc. Gabriel werd om een momentje geduld verzocht en amper twee minuten later verschenen de reserveringsnummers. Er was nog maar één businessclassplek. Die reserveerde de reisafdeling in haar oneindige wijsheid voor Gabriel. Monsieur LeBlanc kreeg een van de weinige stoelen in economy die nog over waren. Het was een stoel achter in het vliegtuig, tussen de huilende kinderen en de toiletgeurtjes.

Gabriel stuurde nog een bericht naar King Saul Boulevard waarin hij om een gereedstaande auto op Heathrow vroeg. Toen stopte hij de telefoon weer in zijn zak en keek naar de vrouw, die inmiddels met een ticket in haar hand naar de veiligheidscontrole liep.

Keller wachtte totdat ze uit het zicht was verdwenen alvorens zich bij Gabriel te voegen. 'Waar gaan we naartoe?' vroeg hij.

'Naar huis,' antwoordde Gabriel met een glimlach.

Afzonderlijk van elkaar checkten ze in, allebei zonder ruim- of handbagage. Bij de paspoortcontrole werd weinig aandacht besteed aan hun valse paspoorten en bij de veiligheidscontrole werden ze nonchalant door gewuifd. Ze hadden nog drie kwartier voordat hun vlucht vertrok, dus liepen ze een rondje langs de naar dure parfum ruikende taxfreeshops en kochten wat tijdschriften om niet met lege handen aan boord te hoeven gaan.

De vrouw was al bij de gate toen zij daar aankwamen, haar hemelsblauwe ogen op het scherm van haar mobiel gericht. Gabriel ging achter haar zitten, wachtend tot hun vlucht werd afgeroepen. De eerste aankondiging was in het Portugees, de tweede in het Engels. Pas bij de tweede kwam de vrouw overeind. Ze gooide haar telefoon in haar tas en liep naar de doorgang voor de businessclass.

Niet veel later deed Gabriel hetzelfde. Terwijl hij zijn ticket ter controle overhandigde, wierp hij een blik op Keller, die een stuk minder riant tussen de grote, opeengepakte massa stond. Keller krabde met zijn middelvinger aan zijn neus en keek met gefronst voorhoofd naar de stevig ingebakerde baby die straks zijn kwelgeest zou worden.

Tegen de tijd dat Gabriel het vliegtuig betrad, had de vrouw zich al in haar stoel geïnstalleerd en was ze al voorzien van een glaasje champagne. Ze zat op de tweede rij aan het raam, aan de linkerkant van het toestel. Haar tas stond bij haar voeten, nog niet helemaal goed weggestopt. Op haar schoot lag het boordtijdschrift. Ze had het nog niet opengeslagen.

Ze schonk geen enkele aandacht aan Gabriel, die zich langs een bejaarde man met overgewicht perste om bij zijn stoel te komen: rij vier, gangpad, rechterkant van het toestel.

Een te zwaar opgemaakte stewardess drukte hem een glas champagne in zijn hand. Er was een reden dat het gratis was: het smaakte als terpentijn met bubbels. Hij zette het glas voorzichtig op het tafeltje in het midden en knikte even naar de man naast hem, een Britse zakenman met een Yorkshire-accent die iets in zijn mobiele telefoon schreeuwde over een vermiste lading.

Gabriel pakte zijn eigen mobiel en typte nog een bericht aan King Saul Boulevard, deze keer om te vragen of ze de identiteit wilden natrekken van een vrouw van een jaar of dertig die op dat moment op stoel 2A van vlucht 501 van British Airways zat.

Het antwoord kwam vijf minuten later, op het moment dat Keller langs Gabriel schuifelde als een gevangene op weg naar de verplichte arbeid. De passagier in kwestie was Anna Huber, tweeëndertig jaar, Duits staatsburger, laatst bekende adres Lessingstrasse 11, Frankfurt.

Nadat Gabriel zijn BlackBerry had uitgezet, keek hij nog eens aandachtig naar de vrouw aan de andere kant van het gangpad. Wie ben je, vroeg hij zich af. En wat doe je in dit vliegtuig?

26

LUCHTHAVEN HEATHROW, LONDEN

De vlucht duurde twee uur en zesenveertig minuten. De vrouw die Anna Huber heette, at en dronk niets gedurende de reis, afgezien van dat glas champagne. Een halfuur voordat ze zouden landen verdween ze in het toilet met haar handtas.

Gabriel dacht aan Quinns bezoek aan Jemen, waar hij met Al Qaida had gewerkt aan een bom die een vliegtuig kon laten neerstorten. Misschien was dit hoe het zou eindigen, dacht hij. Hij zou morsdood in een groen, Engels weiland belanden, samen met een zakenman uit Yorkshire.

Maar plotseling ging de deur van het toilet open en kwam de vrouw weer tevoorschijn. Ze had een borstel door haar donkere haar gehaald en nog wat kleur op haar bleke wangen aangebracht. Terwijl ze naar haar stoel terug liep, gleden haar blauwe ogen zonder enig teken van herkenning over Gabriel.

Het vliegtuig zakte uit een wolk en raakte met zo'n harde bons de landingsbaan dat zo hier en daar een klep van de bagageruimte boven de stoelen openschoot. Het was een paar minuten over één, maar buiten was het zo donker dat het wel avond leek.

De zakenman zat al snel weer in zijn telefoon te bulderen. Blijkbaar had de zakelijke crisis zich nog niet vanzelf opgelost.

Gabriel zette zijn BlackBerry weer aan en vernam dat er vóór terminal 3 een zilverkleurige Volkswagen Passat op hen stond te wachten. Hij stuurde een bevestiging en zodra het gordels-vast-lampje uitging, kwam hij langzaam overeind en schoof in de rij om naar buiten te gaan.

De vrouw die Anna Huber heette stond klem tegen het raam, een beetje voorovergebogen, haar tas onhandig voor zich. Toen de deuren opengingen, wachtte Gabriel in het gangpad om haar voor te laten gaan. Ze bedankte hem met een stijf knikje – nog steeds geen teken van herkenning – en liep naar de slurf.

Met haar Duitse paspoort kon ze gebruikmaken van de snelle EU-rij om Groot-Brittannië in te komen. Gabriel stond vlak achter haar toen haar werd gevraagd naar het doel van haar bezoek. Het antwoord kon hij niet verstaan, maar het leverde haar een warme glimlach op van de man tegenover haar.

Zo'n warm welkom was voor Gabriel niet weggelegd. De beambte bekeek zijn paspoort en gaf het terug zonder oogcontact te maken, al bromde hij wel iets over een aangenaam verblijf.

'Dank u,' zei Gabriel, waarna hij achter de vrouw aan ging. Hij zag haar weer in de gang waardoor alle passagiers onvermijdelijk in de aankomsthal kwamen.

Daar stond een mannetje van de afdeling Londen bij het hekje, naast een paar zwartgesluierde vrouwen. Met een verveelde uitdrukking op zijn gezicht hield hij een papier met ASHTON op. Dat stopte hij in zijn zak, terwijl hij zich samen met Gabriel door een emotionele familiehereniging werkte.

'Waar is de auto?'

De man knikte naar de deur helemaal aan de linkerkant.

'Ga terug naar het hekje en hou je papier omhoog. Over een paar minuten komt er nog iemand.'

De man maakte rechtsomkeert.

Buiten stond een rij taxi's en shuttlebusjes te wachten in het duistere middaglicht. Tussen het verkeer door zocht de vrouw haar weg naar het kortparkeerterrein. Dat was nu precies het enige scenario waarmee Gabriel geen rekening had gehouden. Hij pakte zijn BlackBerry en belde Keller. 'Waar ben je?'

'Paspoortcontrole.'

'In de aankomsthal staat een man met een papier waar Ashton op staat. Vraag hem je naar de auto te brengen.'

Gabriel verbrak de verbinding en volgde de vrouw naar de parkeergarage. Haar auto stond op niveau twee, een blauwe BMW sedan, Brits kenteken. Ze viste de sleutel uit haar tas, klikte de sloten open en liet zich op de bestuurdersstoel zakken.

Gabriel belde Keller nog een keer. 'Waar ben je nu?'

'Achter het stuur van een zilverkleurige Passat.'

'Kom naar de uitgang van de kortparkeergarage.'

'Makkelijker gezegd dan gedaan.'

'Als je er niet binnen twee minuten bent, raken we haar kwijt.'

Weer verbrak Gabriel de verbinding, zich verbergend achter een betonnen pilaar toen de BMW langsreed. Haastig rende hij naar beneden, terug naar het niveau van de aankomsthal.

De BMW kwam de uitgang uit, passeerde Gabriel en verdween uit het zicht.

Gabriel wilde net Keller voor de derde keer gaan bellen, toen hij de knipperende koplampen van een snel naderende Volkswagen zag. Hij sprong op de passagiersstoel, gebarend dat Keller door moest rijden. Ze zagen de BMW weer op het moment dat die de A4 op draaide, richting West-Londen.

Keller nam gas terug en stak een sigaret op.

Gabriel deed zijn raam een stukje open en belde Graham Seymour.

Het telefoontje kwam in een korte pauze tussen een bespreking met zijn staf en een bezoek van het hoofd van de Jordaanse inlichtingendienst, een man aan wie Seymour stiekem een enorme hekel had. Snel schreef hij de belangrijkste gegevens op. Later zou hij willen dat hij dat niet had gedaan. Een vrouw die Anna Huber heette, Duits paspoort, adres in Frankfurt, net aangekomen in Londen via Lissabon, waar ze een nacht had doorgebracht in een appartement dat iets met Eamon Quinn te maken had. Op Heathrow was ze in een blauwe BMW gestapt, Brits kenteken AG62VDR, die in de kortparkeergarage had gestaan. Die auto reed nu richting Londen, gevolgd door het toekomstige hoofd van de Israëlische geheime dienst en een deserteur van de SAS die professioneel huurmoordenaar was geworden.

Seymour had het gesprek gevoerd op een telefoon bestemd voor privécommunicatie. Daarnaast was zijn directe lijn met Amanda Wallace in Thames House. Hij aarzelde een paar seconden en bracht toen de hoorn daarvan naar zijn oor. De telefoon ging over zonder dat hij een nummer hoefde in te toetsen.

Onmiddellijk was daar de stem van Amanda. 'Graham,' zei ze opgewekt. 'Wat kan ik voor je doen?'

'Ik ben bang dat die operatie van mij op Britse bodem is beland.'

'In welke vorm?'

'Een auto die richting het centrum van Londen rijdt.'

Nadat Amanda Wallace had opgehangen, nam ze haar privélift naar de commandoruimte. Daar ging ze op haar vaste plaats bovenin zitten, en pakte een telefoon die haar nogmaals met Graham Seymour verbond. 'Waar zijn ze?' vroeg ze.

Het duurde tien lange seconden voordat Seymour antwoord gaf. De BMW naderde de Hammersmith fly-over.

Amanda Wallace gaf een van de technici opdracht de beelden van de bewakingscamera op het centrale scherm te laten zien. Twintig seconden later zag ze de blauwe BMW langs schieten in een waas van nat verkeer. 'Wat voor auto heeft Allon?'

Seymour gaf antwoord, terwijl de Passat door het beeld ging, drie auto's achter de BMW.

Amanda gaf de mannen van de commandoruimte opdracht de twee auto's te blijven volgen. Vervolgens belde ze de chef van A4, de afdeling van MI5 die zich bezighield met geheime surveillance en observatie en zei dat hij de auto's fysiek moest laten volgen.

Er kwamen nog meer mensen de commandoruimte binnenrennen, onder wie Miles Kent, de plaatsvervangend directeur. Amanda vroeg hem het kenteken van de BMW na te trekken. In minder dan een minuut had Kent een antwoord. AG62VDR kwam in de database niet voor. De nummerborden waren vals.

'Zoek uit of er blauwe BMW's als gestolen zijn opgegeven,' snauwde Amanda.

Die zoektocht duurde iets langer dan de eerste: bijna drie minuten. Een BMW van hetzelfde type en model was vier dagen daarvoor verdwenen in de kustplaats Margate. Maar die was grijs geweest, niet blauw.

'Ze hebben hem vast overgespoten,' zei Amanda. 'Zoek uit wanneer hij op Heathrow is achtergelaten, en zorg dat ik de beelden krijg.'

Ze keek naar het scherm in het midden. De BMW passeerde de kruising West Cromwell Road - Earl's Court Road. De Passat zat er drie auto's achter. Op de passagiersstoel was Gabriel Allon, die Amanda slechts één keer had ontmoet, duidelijk zichtbaar. Ook de man achter het stuur kwam in beeld.

'Wie is de chauffeur van de achtervolgende auto?' vroeg ze aan Graham Seymour.

'Dat is een lang verhaal.'

'Dat geloof ik graag.'

De BMW naderde het Natural History Museum. Overal in de buurt liepen schoolkinderen rond. Amanda's vingers klemden zich zo stevig om de telefoon dat het bloed uit haar knokkels wegtrok. Maar toen ze weer iets zei, slaagde ze erin kalm en zelfverzekerd te klinken. 'Ik ben niet bereid dit nog erg veel langer te laten duren, Graham.'

'Wat je ook beslist, ik zal achter je staan.'

‘Heel aardig van je.’ Haar stem had een licht minachtende ondertoon. Haar ogen waren nog steeds op het scherm gericht. ‘Zeg tegen Allon dat hij zich moet terugtrekken. Wij nemen het over.’

Ze luisterde terwijl Seymour de boodschap doorgaf. Toen pakte ze de hoorn van de telefoon die haar rechtstreeks met de hoofdcommissaris van de Metropolitan Police Service verbond. Hij kwam onmiddellijk aan de lijn.

‘Er rijdt een donkerblauwe BMW sedan in oostelijke richting op Cromwell Road. Brits kenteken AG62VDR. De kentekenplaten zijn vals, de auto is bijna zeker gestolen en de vrouw achter het stuur heeft banden met een beruchte terrorist.’

‘Wat is uw advies?’

Amanda Wallace staarde naar het scherm. De BMW reed op Brompton Road, richting Hyde Park Corner. En drie auto’s daarachter, rijdend met dezelfde snelheid, zat de Passat.

Op de hoek van Brompton Square stond een Londense motoragent. Hij besteedde geen enkele aandacht aan de BMW die voorbij scheurde. Ook reageerde hij niet op de naderende zilverkleurige Passat.

Gabriel bracht de BlackBerry naar zijn oor. ‘Wat gebeurt er?’ vroeg hij aan Graham Seymour.

‘Amanda heeft de Met gevraagd in te grijpen en de vrouw in hechtenis te nemen.’

‘Waar zijn ze?’

‘Eén team is onderweg via Park Lane. Een tweede team nadert Hyde Park Corner vanaf Piccadilly.’

Een rij exclusieve winkels trok aan Gabriels natte raampje voorbij. Een kunstgalerie, een interieurzaak, een makelaar, een terras waar toeristen aan de drank zaten onder een groene luifel. In de verte gilde een sirene. In Gabriels oren klonk het als een kind dat om zijn moeder riep.

Plotseling trapte Keller op de rem. Het verkeer vóór hen stond stil voor een rood stoplicht. Twee auto's – een taxi en een gewone auto – scheidden Gabriel en Keller van de BMW. Brompton Road strekte zich voor hen uit. Aan de rechterkant van de straat verhieven zich de opzichtige torentjes van warenhuis Harrods. Het geluid van de sirenes werd luider, maar de politie was nog niet in zicht.

Het licht ging op groen, het verkeer kwam weer in beweging. Ze reden langs Montpelier Street en nog een rij winkels en cafés. Toen draaide de BMW abrupt de baan op die voor bussen bestemd was en stopte voor een kantoor van de HSBC-bank. Het portier aan de bestuurderskant ging open en de vrouw stapte uit en liep rustig weg. In een oogwenk was ze verdwenen onder het baldakijn van paraplu's dat over het trottoir deinde als een zee van champignons.

Gabriel staarde naar de blauwe auto die aan de stoeprand stond geparkeerd, en naar de massa's toeristen en andere voetgangers die zich door de regen voorthaastten, en naar de sprookjesachtige gevel van het markante warenhuis aan de overkant van de straat. Toen, tot slot, keek hij naar zijn BlackBerry, die trilde in zijn hand. Het was een bericht van een onbekende afzender, zes woorden lang.

De stenen zitten in de muur.

27

BROMPTON ROAD, LONDEN

Met één beweging waren ze de auto uit, als gekken met hun armen zwaaiend, allebei steeds maar weer datzelfde woord roepend boven het gegil van de naderende sirenes uit. Een paar seconden lang reageerde er niemand. Toen haalde Gabriel een Beretta uit het dashboardkastje van de auto, waarop de voetgangers angstig achteruitdeinsden. Dat bleek een effectief middel, angst. Hij jaagde de mensen bij de BMW vandaan, terwijl Keller wanhopige pogingen deed een dubbeldekker te evacueren. Doodsbange passagiers zaten klem in de deuropeningen en Keller rukte ze los, ze als lappenpoppen op straat gooiend.

Het verkeer van beide kanten was gestokt, omdat automobilisten wilden kijken wat er aan de hand was. Gabriel roffelde met zijn vuisten op de voorruiten, de chauffeurs gebarend dat ze moesten doorrijden, maar het had geen zin. Het zat hopeloos vast.

Op de achterbank van een witte Ford zat een jongetje van een jaar of twee met krullend haar stevig in zijn autostoeltje. Gabriel rukte aan het portier, maar dat zat op slot en de bange moeder, die duidelijk dacht dat hij niet spoorde, weigerde het slot te ontgrendelen. 'Er is een bom,' schreeuwde hij door het glas. 'Maak dat je wegkomt!'

Maar de vrouw staarde hem alleen maar zwijgend en niet-begrijpend aan, terwijl het kind begon te huilen.

Keller had iedereen de bus uit gekregen en beukte nu als een gek op de ramen van de HSBC-bank.

Gabriel rukte zijn blik los van het kind en staarde over de daken van de bewegingloze auto's naar de stoep aan de overkant. Voor Harrods had zich een menigte toeschouwers verzameld. Hij rende op hen af, schreeuwend, met zijn wapen zwaaiend, en de menigte begon zich in paniek te verspreiden. In de chaos verloor een zwangere vrouw haar evenwicht en viel.

Gabriel haastte zich naar haar toe en sjorde haar overeind. 'Kun je lopen?'

'Ik denk het wel.'

'Rennen!' bulderde hij. 'Voor je kind.' Terwijl hij haar een duw richting veiligheid gaf, probeerde hij in gedachten te berekenen hoeveel tijd er was verstreken sinds dat bericht op zijn BlackBerry was verschenen. Twintig seconden, dacht hij, dertig hooguit. In die korte tijdspanne waren ze erin geslaagd meer dan honderd mensen weg te krijgen uit wat spoedig het onmiddellijke explosiegebied zou zijn, maar de straat stond nog steeds vol auto's die geen kant op konden, inclusief de witte Ford.

Op dat moment begonnen ook de bezoekers van Harrods naar buiten te stromen, maar met zijn wapen in zijn hand stuurde Gabriel ze terug naar binnen, hen toeroepend zo ver mogelijk achter in het gebouw dekking te zoeken.

Terug op straat zag hij dat er nog altijd geen beweging zat in het verkeer. De Ford leek als een witte vlag naar hem te zwaaien. De vrouw zat nog steeds achter het stuur, verlamd door besluiteloosheid, zich niet bewust van wat er op het punt stond te gaan gebeuren. Op de achterbank krijste het kind ontroostbaar.

De Beretta gleed uit zijn hand en plotseling begon hij te rennen, woest met zijn handen maaiend, alsof hij daardoor sneller vooruit zou komen. Terwijl hij zijn hand uitstak naar het portier, werd hij verblind door een enorme witte lichtflits, fel als het licht van wel duizend zonnen. Hij werd opgetild door een verschroeiende windvlaag en tuimelde hulpeloos achterover in een orkaan van glas en bloed. Een kinderhandje strekte zich naar hem uit. Heel even wist hij dat vast te grijpen, maar al snel ontglipte het hem. Het werd donker om hem heen, en doodstil, en toen was er niets meer.

28

LONDEN

LATER ZOU DE METROPOLITAN POLICE vaststellen dat het zevenenveertig seconden had geduurd: zevenenveertig seconden vanaf het moment dat de vrouw de auto op Brompton Road had achtergelaten tot het moment dat de bom in de kofferbak ontplofte. De bom woog tweehonderdvijfentwintig kilo en was vakkundig in elkaar gezet. Van Quinn verwachtten ze ook niet anders.

In eerste instantie wist de politie echter helemaal niet dat Quinn erachter zat. Dat zou allemaal pas later komen, na een hoop geruzie, dreigementen met ontslag en vergeldingsmaatregelen, en de onvermijdelijke eindeloze reeks aderlatingen. De Met wist alleen wat Amanda Wallace, het hoofd van MI5, hun een paar minuten voordat het noodlot toesloeg, had verteld. Een tweeëndertigjarige vrouw met een Duits paspoort had een gestolen, nieuw model BMW opgehaald uit de kortparkeergarage bij terminal 3 van Heathrow en reed daarmee naar het centrum van Londen. MI6 had van een hooggeplaatste agent van een buitenlandse geheime dienst – de agent werd niet bij naam genoemd – gehoord dat de vrouw connecties had met een beruchte terrorist en bommenmaker. Amanda Wallace had de hoofdcommissaris van de Metropolitan Police geadviseerd alles te doen wat nodig was om de auto te stoppen en de vrouw in hechtenis te nemen. Daarop had de hoofdcommissaris eenheden ingezet van SCO19, de afdeling tactische vuurwapens van de Met. De eerste auto met gewapende agenten was aangekomen op het moment dat de bom ontplofte. De twee inzittenden behoorden tot de doden.

Van de blauwe BMW was niets over, alleen een krater van twintig meter breed en tien meter diep op de plaats waar hij had gestaan. Later werd een deel van het dak nog teruggevonden drijvend in het Serpentine-meer in Hyde Park, ruim een halve kilometer verderop. Auto's en bussen brandden als fakkels in de straat. Uit een gesprongen leiding spoot water als uit een geiser omhoog, de verminkte lichamen van doden en gewonden schoonwassend. Vreemd genoeg waren de gebouwen aan de noordkant van de straat, de kant het dichtst bij de auto, relatief maar licht beschadigd. Harrods, daarentegen, had de volle laag gekregen. De explosie had de complete voorgevel van het gebouw gerukt, zodat de binnenkant er nu open en bloot bij lag als de verdiepingen van een poppenhuis – bed en bad, meubels en accessoires, sieraden en parfum, dameskleding. Nog een hele tijd bleven de gasten van het Georgian Restaurant boven in het warenhuis als verdoofd naar de compleet vernielde straat onder hen staren. De beroemde tearoom was geliefd bij rijke vrouwen uit de olie-emiraten uit de Golfregio. In hun zwarte sluiers hadden ze wel iets van raven die naast elkaar op een kabel zaten.

Het aantal slachtoffers was in eerste instantie moeilijk in te schatten. Tegen de avond waren er tweeënvijftig doden geteld en meer dan vierhonderd gewonden, van wie vele ernstig. Verschillende deskundigen die op televisie verschenen, zeiden opgelucht – of zelfs geschokt – te zijn dat die aantallen niet nog veel hoger waren. Overlevenden hadden het over twee mannen die een wanhopige poging hadden gedaan zoveel mogelijk voorbijgangers in veiligheid te brengen in de seconden voordat de bom ontplofte. Hun pogingen waren duidelijk zichtbaar op een filmpje dat uiteindelijk ook bij de BBC terechtkwam. Een van de mannen, die gewapend was, joeg voetgangers weg van de bomauto, terwijl de ander de passagiers uit een bus trok.

Over hun identiteit bestond nog verwarring. Hun auto was, net als de bomauto, volledig de lucht in gegaan, en geen van de mannen had zich gemeld, althans niet in het openbaar. De Met zei ze niet te kennen, MI5 en de Secret Intelligence Service gaven geen commentaar. Op de filmbeelden was te zien dat een van de mannen dekking zocht vlak voordat de bom afging, maar de andere man was voor het laatst gesignaleerd toen hij naar een witte Ford Fiesta rende die vastzat in het verkeer op Brompton Road. De inzittenden van de auto, een moeder en haar zoontje, waren verbrand in de vuurbal. Er werd aangenomen dat de man ook dood was, hoewel zijn lichaam nooit werd gevonden.

De aanvankelijke schok en walging maakten al snel plaats voor woede en een intensieve zoektocht naar de daders. Boven aan de lijst van mogelijke verdachten stond ISIS, de extreem jihadistische beweging die zich met terroristische acties en onthoofdingen een weg had gebaand naar een islamitisch kalifaat dat zich uitstrekte van Aleppo bijna tot aan de poorten van Bagdad. Ze hadden gezworen het Westen aan te vallen, en onder hen bevonden zich een paar honderd ingezetenen van het Verenigd Koninkrijk die hun kostbare Britse paspoort hadden behouden. Volgens de deskundigen op televisie had ISIS zowel het motief als de mogelijkheden voor een aanslag in hartje Londen. Maar een woordvoerder van ISIS ontkende iedere betrokkenheid, net als verschillende andere elementen van het wereldwijde islamitische conglomeraat van de dood, ook wel bekend als Al Qaida.

Een Palestijnse splintergroepering eiste de verantwoordelijkheid op, net als een groep die zich de 'Martelaren van de Twee Heilige Moskeeën' noemde. Geen van beide werden ze serieus genomen.

De enige vrouw die antwoord kon geven op de vraag wie dit op zijn geweten had, was de vrouw die de bom op de plaats van bestemming had afgeleverd: Anna Huber, tweeëndertig jaar, Duits staatsburger, laatst bekende adres Lessingstrasse 11 in Frankfurt. Maar achtenveertig uur na de aanslag was het nog steeds een raadsel waar ze was gebleven. Pogingen haar met behulp van elektronische middelen op te sporen liepen op niets uit. Op de beelden van de bewakingscamera's was nog heel even te zien dat ze over Brompton Road richting Knightsbridge liep, maar na de explosie, toen de straat zich vulde met rook, brokstukken en paniek, verloren de camera's haar uit het oog. Niemand met de naam Anna Huber had het land per vliegtuig of trein verlaten. Niemand met de naam Anna Huber was een andere Europese grens overgegaan. Eenheden van de Duitse Bundespolizei vielen haar appartement binnen en troffen vier onbewoonde kamers aan zonder ook maar enig spoor van degene die daar ooit zou hebben gewoond. Buren beschreven haar als rustig en in zichzelf gekeerd. Iemand zei dat ze een internationaal hulpverlener was die veel tijd in Afrika doorbracht. Volgens een ander deed ze iets in de reiswereld. Of was het nu journalistiek?

De taak het land te beschermen tegen terroristische aanvallen rustte in eerste instantie op de schouders van MI5 en het Joint Terrorism Analysis Center. Veel van de publieke en politieke woede over de bomaanslag op Brompton Road was dan ook op Amanda Wallace gericht. Steeds vaker ging haar naam in de kranten of op televisie of radio vergezeld van de woorden 'onder vuur'. Niet bij naam genoemde bronnen bij de Metropolitan Police klaagden dat de Security Service 'allesbehalve scheutig' was geweest met informatie die met de aanslag in verband stond. Een leidinggevend rechercheur vergeleek de informatiestroom van Thames House naar Scotland Yard met de manier waarop een gletsjer zich verplaatst. Later verduidelijkte hij zijn uitspraak door de samenwerking tussen de twee organisaties 'niet-bestaand' te noemen.

Daarop verschenen er in de pers weinig vleiende verhalen over Amanda's manier van leidinggeven. Lager personeel zou bang voor haar zijn en verschillende hogere medewerkers zouden op zoek zijn naar het groenere gras elders, in een tijd dat Groot-Brittannië dat het minst kon hebben. Ook zou ze een moeizame relatie hebben met Graham Seymour, haar tegenhanger bij MI6. Er werd gezegd dat ze nauwelijks met elkaar spraken, dat ze elkaar tijdens een crisisberaad op Downingstreet 10 zelfs volledig hadden genegeerd. Een vooraanstaand voormalig geheim agent zei dat de relatie tussen de twee Britse inlichtingendiensten een absoluut dieptepunt had bereikt. Een gerespecteerd journalist die voor de Guardian veiligheidszaken behandelde, schreef dat de Britse inlichtingendiensten in een stormachtige crisis verkeerden, en voor één keer had de journalist gelijk.

Op dat moment begon er een wake bij Thames House, een wake bij het sterfbed van Amanda Wallace. Lang duurde die niet – twee, hooguit drie dagen. Toen maakte Amanda er korte metten mee. Als wapen daarvoor koos ze dezelfde gerespecteerde correspondent van de Guardian, een man die ze jarenlang stukje bij beetje had ingepalmd. Zijn verhaal begon niet met de bomaanslag op Brompton Road, maar met de dood van de prinses, en daarna ging het van kwaad tot erger. Quinns naam viel veelvuldig, net als die van Graham Seymour. Een politiek commentator noemde het het mooiste voorbeeld van moord door middel van uitgelekte informatie dat hij ooit had gezien.

Halverwege die ochtend verplaatste de wake zich naar het sterfbed van het hoofd van Her Majesty's Secret Intelligence Service. Die gaf geen verklaring uit en handhaafde zijn normale schema tot halftwaalf, toen zijn dienst-Jaguar met getinte ramen werd gesignaleerd bij het hek van Downingstreet 10. Hij was nog geen uur binnen. Achteraf weigerde Simon Hewitt, de chef Communicatie van de premier, te bevestigen dat de meesterspion überhaupt binnen was geweest.

Kort na tweeën werd de Jaguar gezien bij de ondergrondse parkeergarage van Vauxhall Cross, maar toen zat Graham Seymour, zoals later bleek, er al niet meer in. Hij bevond zich achter in een bestelbusje zonder enig opschrift, dat tegen die tijd al ver van Londen verwijderd was.

DEEL TWEE

DOOD VAN EEN SPION

29

DARTMOOR, DEVON

Het weggetje had geen naam en kwam op geen enkele kaart voor. Vanuit de ruimte gezien was het niet meer dan een krasje in het heidelandschap, wellicht het overblijfsel van een beekje dat daar had gestroomd in de tijd dat mensen nog cirkels van oversized keien maakten. Aan het begin van de weg stond een roestig, verweerd bordje dat waarschuwde dat dit privéterrein was, en aan het eind stond een hek dat in alle stilte gezag uitstraalde.

Het terrein achter het hek was kaal en somber, je moest ervan leren houden. De man die het huis daar had gebouwd, had zijn geld verdiend in de scheepvaart. Hij had het nagelaten aan zijn enige zoon, en die zoon, die geen erfgenamen had, had het toevertrouwd aan de Secret Intelligence Service, waar hij bijna een halve eeuw had gewerkt. Hij had in vele uithoeken van het Rijk gediend, onder veel verschillende namen, maar hij was vooral bekend geweest als Wormwood. De dienst noemde het huis naar hem. Degenen die er verbleven, vonden het een passende naam.

Het huis stond op een glooiing in het land en was opgetrokken uit natuursteen uit de omgeving dat donker was geworden van ouderdom en verwaarlozing. Achter het huis, aan de andere kant van een oneffen binnenplaats, lag een omgebouwde schuur met kantoren en woonruimte voor personeel. Wanneer Wormwood Cottage niet werd gebruikt, was er alleen een beheerder, Parish genaamd. Maar wanneer er een gast was – gasten werden altijd aangeduid met 'gezelschap' – kon er soms wel tien man personeel zijn. Veel hing af van de aard van de gast en van de mensen voor wie hij zich schuilhield. Iemand 'uit eigen stal' met weinig vijanden kon soms vrij over het huis beschikken.

Een overloper uit Iran of Rusland kon bijna als een gevangene worden behandeld.

De twee mannen die er op de avond van de bomaanslag op Brompton Road waren aangekomen, zaten daar ergens tussenin. Hun komst was slechts een paar minuten van tevoren aangekondigd. Ze waren vergezeld geweest van een assistent van de hoofden die werkte onder de naam Davies en een arts die gewonden behandelde die eigenlijk niet meer te behandelen waren. De arts was de rest van de avond bezig geweest de oudste van de twee mannen weer een beetje op te lappen, nauwlettend in de gaten gehouden door de jongere man.

Hij was een Engelsman, die jongere man, een expat, een man die in een ander land had gewoond, een andere taal had gesproken.

De oudste van de twee was de legende. Twee leden van het personeel hadden al eerder voor hem gezorgd, na een incident in Hyde Park waarbij de dochter van de Amerikaanse ambassadeur was betrokken. Hij was een gentleman, kunstzinnig van aard, een beetje stil, een tikje grillig, maar dat waren er wel meer in zijn tak van sport. Ze zouden over hem waken, zijn wonden verzorgen, en hem uiteindelijk weer laten gaan. En geen enkele keer zouden ze zijn naam uitspreken, aangezien hij wat hen betrof niet bestond. Hij was een man zonder verleden of toekomst. Hij was een blanco pagina. Hij was dood.

De eerste achtenveertig uur van zijn verblijf was hij stiller dan normaal. Hij sprak alleen met de arts die zijn verwondingen behandelde en met de Engelsman. Tegen het personeel zei hij niets, afgezien van een mat 'bedankt' wanneer ze hem eten of schone kleren brachten. Hij bleef in zijn kleine kamer met uitzicht over het lege heidelandschap, met als enige gezelschap de televisie en de Londense kranten. Hij had maar één verzoek: hij wilde zijn BlackBerry.

Parish, de beheerder, legde geduldig uit dat het bezoek, zelfs bezoek van zijn kaliber, niet was toegestaan privécommunicatiemiddelen te gebruiken in en rond Wormwood Cottage.

'Ik moet hun namen weten,' zei de gewonde man op de derde ochtend van zijn verblijf, toen Parish hem persoonlijk zijn thee en toast kwam brengen.

'De namen van wie, meneer?'

'Van de vrouw en het kind. De politie heeft hun namen niet vrijgegeven.'

'Ik vrees dat dat niet aan mij is, meneer. Ik ben alleen maar de beheerder.'

'Zorg dat ik hun namen krijg,' drong hij aan, en Parish, die weg wilde, beloofde zijn uiterste best te doen. 'En mijn BlackBerry?'

'Sorry,' zei Parish. 'Huisregels.'

De vierde dag was hij voldoende hersteld om zijn kamer te verlaten. Rond het middaguur zat hij in de tuin toen de Engelsman vertrok voor een wandeling. Hij zat er nog toen de Engelsman bij zonsondergang terugkwam, met een paar bodyguards in zijn kielzog die volledig kapot waren.

De Engelsman liep elke middag, ongeacht het weer – zelfs de vijfde dag toen er een harde stormwind stond. Die dag wilde hij ook per se een rugzak meedragen, verzwaard met wat het personeel maar kon vinden.

De twee bodyguards waren halfdood tegen de tijd dat ze naar het huis terug strompelden. Die avond spraken ze in de woonruimte van de omgebouwde schuur met stille bewondering over een man met een bijna bovenmenselijke kracht en uithoudingsvermogen. Een van de bodyguards had bij de SAS gezeten en dacht dat hij daarvan iets in de man herkende. Zoals hij liep, zei hij, zoals hij zijn omgeving in zich opnam. Soms leek het wel alsof hij die voor het eerst zag. Soms was het alsof hij zich afvroeg hoe hij dit ooit had kunnen verlaten. De bodyguards hadden al op allerlei soorten mensen gepast daar in het huis – overlopers, spionnen, agenten uit het veld die waren verraden, fraudeurs die zich hadden willen verrijken over de hoofden van de belastingbetalers – maar deze man was anders. Hij was bijzonder. Hij was gevaarlijk. Hij had een duister verleden. En, misschien, een mooie toekomst.

De zesde dag – de dag van het artikel in de Guardian, de dag die in de herinnering zou voortleven als de dag waarop de Britse inlichtingendiensten hun eigen doodvonnis tekenden – ging de jongste van de twee mannen op weg naar de rotspunt, een wandeling van meer dan vijftien kilometer, meer dan dertig als de dwaas ook nog eens terug wilde lopen. Toen hij bijna tien kilometer onderweg was en hij over een winderig stuk hoogland liep, stopte hij abrupt, alsof hij gevaar bespeurde. Razendsnel schoot zijn hoofd omhoog en naar links. Vervolgens bleef hij bewegingloos staan, zijn ogen op het doelwit gericht.

Dat was een bestelbusje zonder opschrift dat over de weg kwam aan gehobbeld, uit de richting van Postbridge. Hij zag het busje het weggetje zonder naam in draaien. Hij zag het tussen de heggen verdwijnen als een metalen balletje dat een doolhof in schiet. Toen liet hij zijn hoofd zakken en begon weer te lopen. Hij liep met een zware rugzak op zijn rug, in een tempo dat de bodyguards maar moeilijk konden bijhouden. Hij liep alsof hij ergens voor op de vlucht was. Hij liep alsof hij thuiskwam.

Het hek was open tegen de tijd dat het busje het eind van het weggetje had bereikt. Parish stond te wachten, in zijn eentje. Een vreselijke aanblik, dacht hij, toekijkend terwijl het hoofd van Her Majesty's Secret Service uit de achterbak van een doodgewoon busje kroop – hij kwam eruit krúípen, zou hij die avond vertellen, als de eerste de beste jihadist die van het slagveld was geplukt en God mocht weten wat hij te verduren had gekregen. Vervuld van respect schudde Parish de hand van de chef, terwijl de wind diens weelderige grijze lokken alle kanten op blies.

'Waar is hij?' vroeg de chef.

'Wie, *sir?*'

'Onze vriend uit Israël.'

'In zijn kamer, *sir.*'

'En de ander?'

'Op stap,' zei Parish met een hoofdgebaar naar het heidelandschap.

'Hoelang nog voordat hij terugkomt?'

'Moeilijk te zeggen, *sir.* Soms vraag ik me af of hij überhaupt wel terugkomt. Hij komt op me over als een man die heel ver kan lopen, als hij dat wil.'

Heel even verscheen er een spoortje van een glimlach op het gezicht van de andere man.

'Zal ik het beveiligingsteam opdracht geven hem terug te brengen, *sir?*'

'Nee,' zei Graham Seymour, terwijl hij het huis binnenging. 'Dat regel ik wel.'

30

WORMWOOD COTTAGE, DARTMOOR

In de muren van Wormwood Cottage was een geraffineerd audio- en videobewakingssysteem verborgen waarmee ieder woord en iedere beweging van de gasten konden worden vastgelegd. Graham Seymour beval Parish het systeem uit te schakelen en al het personeel weg te sturen, behalve Miss Coventry, die hun een pot Earl Grey-thee en vers gebakken scones met Devonshire *clotted cream* serveerde.

Ze zaten aan de kleine tafel in de keuken, die in een knusse uitbouw stond met ramen aan alle kanten. Op een van de stoelen lag, als een soort ongenode gast, een exemplaar van de Guardian. Seymour wierp er een blik op die net zo somber was als het landschap om hen heen. 'Ik zie dat je het nieuws hebt bijgehouden.'

'Ik had niet veel anders te doen.'

'Het was voor je eigen bestwil.'

'En die van jou.'

Seymour nam een slok thee, maar zei niets.

'Overleef je het?' vroeg Gabriel.

'Dat denk ik wel. Per slot van rekening ben ik behoorlijk close met de premier.'

'Hij heeft zijn politieke leven aan jou te danken, om nog maar te zwijgen van zijn huwelijk.'

'Om precies te zijn was jij degene die Jonathans carrière heeft gered. Ik heb het alleen maar op de achtergrond mogelijk gemaakt.' Seymour pakte de krant en keek met gefronst voorhoofd naar de kop.

'Verbazingwekkend nauwkeurig,' zei Gabriel.

'Niet zo gek. Hij had een goede bron.'

'Je lijkt het allemaal nogal laconiek op te nemen.'

'Wat heb ik voor keus? Bovendien was het niet persoonlijk. Het was pure zelfverdediging. Amanda was niet van plan de schuld op zich te nemen.'

'Het resultaat blijft hetzelfde.'

'Ja,' beaamde Seymour somber. 'De Britse inlichtingendiensten zijn een puinhoop. En voor het grote publiek ligt dat helemaal aan mij.'

'Vreemd dat het allemaal zo is gelopen.'

Er viel een stilte.

'Kunnen we nog meer verrassingen verwachten?' vroeg Seymour.

'Een lijk in het graafschap Mayo.'

'Liam Walsh?'

Gabriel knikte.

'Ik neem aan dat hij het had verdiend.'

'Inderdaad.'

Nadenkend plukte Seymour aan een scone. 'Het spijt me dat ik je hierbij heb betrokken. Ik had je gewoon rustig in Rome je Caravaggio moeten laten afmaken.'

'En ik had jou moeten vertellen dat een vrouw die net een nacht had doorgebracht in het geheime appartement van Eamon Quinn in Lissabon op een vlucht naar Londen was gestapt.'

'Zou dat iets hebben uitgemaakt?'

'Dat zou kunnen.'

'We zijn geen politiemensen, Gabriel.'

'Wat wil je daarmee zeggen?'

'Mijn instinct zou hetzelfde hebben gezegd als dat van jou. Ik zou haar niet op Heathrow hebben aangehouden. Ik zou haar hebben laten gaan in de hoop dat ze me naar de hoofdprijs zou leiden.'

Seymour legde de krant terug op de stoel. 'Ik moet zeggen,' zei hij na een tijdje, 'dat je er niet slecht uitziet voor een man die pas oog in oog heeft gestaan met een bom van ruim tweehonderd kilo. Misschien ben je uiteindelijk toch wel echt een aartsengel.'

'Als ik een aartsengel was geweest, had ik wel een manier gevonden om ze allemaal te redden.'

'Je hebt er in ieder geval een heleboel gered, minstens honderd volgens onze schattingen. En je zou er zonder een schrammetje van af zijn gekomen, als je zo verstandig was geweest dekking te zoeken in Harrods.'

Gabriel reageerde niet.

'Waarom heb je het gedaan?' vroeg Seymour. 'Waarom ben je die straat weer op gerend?'

'Ik zag ze.'

'Wie?'

'De vrouw en het kind die in die auto zaten. Ik probeerde haar te waarschuwen, maar ze begreep het niet. Ze zou –'

'Het was niet jouw schuld,' onderbrak Seymour hem.

'Weet je hun namen?'

Seymour staarde uit het raam. De ondergaande zon had de hei in vuur en vlam gezet. 'De vrouw was Charlotte Harris. Ze kwam uit Shepherd's Bush.'

'En de jongen?'

'Die heette Peter, naar zijn grootvader.'

'Hoe oud was hij?'

'Twee jaar en vier maanden.' Aandachtig keek Seymour Gabriel aan. 'Ongeveer net zo oud als jouw zoon, hè?'

'Dat doet er niet toe.'

'Natuurlijk wel.'

'Dani was een paar maanden ouder.'

'En hij zat ook vast in een autostoeltje toen de bom ontplofte.'

'Ben je klaar, Graham?'

'Nee.' Seymour liet weer een stilte vallen. 'Je staat op het punt opnieuw vader te worden. En hoofd. En vaders en hoofden gaan niet oog in oog staan met een bom van meer dan tweehonderd kilo.'

Buiten balanceerde de zon op een heuvel in de verte. Het vuur had de hei inmiddels bijna verlaten.

'Hoeveel weet mijn dienst?'

'Ze weten dat je dicht bij de bom was toen die ontplofte.'

'Hoe?'

'Je vrouw herkende je in de bewakingsbeelden. Zoals je misschien wel begrijpt, wil ze je heel graag thuis hebben. Net als Uzi. Hij dreigde al op het vliegtuig naar Londen te stappen om je persoonlijk te komen halen.'

'Waarom heeft hij dat niet gedaan?'

'Shamron heeft hem ervan overtuigd dat hij beter weg kon blijven. Dat het beter was te wachten tot het stof weer een beetje was opgetrokken.'

'Verstandige zet.'

'Had je iets anders verwacht?'

'Van Shamron niet, nee.'

Ari Shamron was tot tweemaal toe directeur-generaal van het Bureau geweest. Hij was het hoofd der hoofden, de eeuwige chef. Hij had het Bureau gevormd naar zichzelf, de taal geschreven, de geboden afgekondigd, en het een ziel gegeven. Zelfs nu hij oud werd en zijn gezondheid het een beetje liet afweten waakte hij nog angstvallig over zijn creatie. Het kwam door Shamron dat Gabriel binnenkort zijn vriend zou opvolgen als hoofd van het Bureau. En het kwam ook door Shamron dat hij als een gek op een witte Ford met een kind in een stoeltje op de achterbank af was gestormd.

'Waar is mijn telefoon?' vroeg hij.

'In ons lab.'

'Vermaken jullie techneuten zich een beetje met het ontleden van onze software?'

'Die van ons is beter.'

'Dan zijn ze er intussen vast wel achter waar Quinn was toen hij dat bericht stuurde.'

'GCHQ denkt dat het van een mobiel in Londen afkomstig was. De vraag is,' ging hij verder, 'hoe hij aan jouw privénummer is gekomen.'

'Waarschijnlijk heeft hij dat gekregen van de mensen die hem hebben ingehuurd om mij te vermoorden.'

'Verdachten?'

'Eentje maar.'

31

WORMWOOD COTTAGE, DARTMOOR

Er hingen waxjassen in de gangkast, en in de bijkeuken stonden rubber laarzen in slagorde opgesteld. Miss Coventry drong erop aan dat ze een zaklamp meenamen – het donker viel daar snel, verklaarde ze, en zelfs ervaren wandelaars raakten soms gedesoriënteerd in het eentonige landschap. De zaklamp was van militaire makelij en had een lichtbundel als een zoeklicht. Mochten ze verdwalen, grapte Gabriel terwijl ze hun jassen aantrokken, dan zouden ze daarmee altijd nog een passerend vliegtuig kunnen waarschuwen.

Tegen de tijd dat ze naar buiten liepen was de zon een herinnering geworden. Laag aan de horizon lichtte de lucht nog oranje op, maar boven hen was een flinterdun schijfje maan verschenen, en in het oosten twinkelden ijzige sterren.

Gabriel, verzwakt door zijn verwondingen, zijn lichaam pijnlijk en beurs, bewoog zich aarzelend over het voetpad voort, de gedoofde zaklamp in zijn hand.

Seymour, de langste van de twee en op dat moment de fitste, liep met hem mee, een geconcentreerde frons in zijn voorhoofd, terwijl hij luisterde naar Gabriel die vertelde wat er allemaal was gebeurd en, belangrijker nog, wat de aanleiding daartoe was geweest. Het was allemaal begonnen, zei hij, in een huis in een berkenbos, aan de oever van een bevroren meer. Daar had Gabriel iets onvergeeflijks begaan jegens een man als hijzelf – een man die zijn sporen had verdiend, een man die werd beschermd door een wraakzuchtige dienst – en daarvoor was Gabriel ter dood veroordeeld. Maar niet alleen Gabriel. Een andere man zou samen met hem sterven. En een derde man die medeplichtig was geweest aan de zaak zou ook worden gestraft. De man zou in diskrediet worden gebracht, zijn dienst zou lijden onder het schandaal.

'Ik?' vroeg Seymour.

'Jij,' zei Gabriel.

De mannen achter dit complot ging hij verder, waren niet overhaast te werk gegaan. Ze hadden alles uiterst zorgvuldig beraamd, met een politiek leider die voortdurend over hun schouder meekeek. Quinn was hun wapen. Quinn was hun volmaakte aas. De mannen achter het complot hadden geen vaste banden met de bommenmaker, maar hun wegen hadden elkaar ongetwijfeld weleens gekruist. Ze hadden hem naar hun hoofdkwartier gevlogen, hem behandeld als een held, hem bedolven onder het geld en de speeltjes. En daarna hadden ze hem op pad gestuurd om een moord te plegen – een moord die een hele natie zou schokken en die de rest van het complot in werking zou zetten.

'De prinses?'

Gabriel knikte.

'Daarvan kun je geen woord bewijzen.'

'Nee,' zei Gabriel. 'Nog niet.'

Tot enkele dagen na de moord op haar, vervolgde hij, had de Britse inlichtingendienst niet geweten dat Quinn daarbij betrokken was geweest. Toen was Uzi Navot naar Londen gekomen met informatie van een belangrijke Iraanse bron. Seymour was naar Rome gegaan, Gabriel naar Corsica. Vervolgens was hij, met Keller als zijn gids, in Quinns moordlustige verleden gaan graven. Ze hadden een geheim gezin in West-Belfast gevonden en een appartementje in de heuvels van Lissabon, waar een vrouw die Anna Huber heette één nacht had doorgebracht, in de gaten gehouden door drie mannen. Twee van de mannen waren samen met haar op het vliegtuig gestapt en het volgende deel van het complot was begonnen.

Een blauwe BMW, gestolen, overgespoten en van valse nummerplaten voorzien werd klaargezet op Heathrow. De vrouw reed ermee naar Brompton Road. Ze parkeerde tegenover een van de monumenten van Londen, zette de bom op scherp en verdween in de menigte, terwijl de twee mannen wanhopig hun best deden zoveel mogelijk levens te redden. Ze wisten dat de bom ieder moment kon afgaan, omdat Quinn hun dat had verteld. Met een cryptisch bericht had Quinn zijn handtekening gezet. En al die tijd hadden degenen die hem hadden ingehuurd toegekeken. Misschien, voegde Gabriel eraan toe, deden ze dat nog steeds.

'Jij denkt dat mijn dienst is geïnfiltreerd?' vroeg Seymour.

'Jouw dienst is lang geleden al geïnfiltreerd.'

Seymour bleef even staan en wierp een blik over zijn schouder op de vager wordende lichtjes van Wormwood Cottage. 'Ben je hier veilig?'

'Zeg jij het maar.'

'Parish heeft mijn vader nog gekend. Loyaler dan hij bestaat niet. Maar misschien,' voegde Seymour eraan toe, 'moeten we je toch maar zo snel mogelijk verplaatsen, voor alle zekerheid.'

'Ik ben bang dat het daarvoor al te laat is, Graham.'

'Hoezo?'

'Omdat ik al dood ben.'

Even staarde Seymour Gabriel verbijsterd aan. Toen begreep hij het.

'Ik wil dat je via het gebruikelijke kanaal contact opneemt met Uzi,' zei Gabriel. 'Zeg hem dat ik ben bezweken aan mijn verwondingen. Spreek je diepste medeleven uit. Zeg dat hij Shamron moet sturen om het lichaam op te halen. Ik kan dit niet zonder Shamron.'

'Wat niet?'

'Ik ga Eamon Quinn vermoorden,' verklaarde Gabriel op kille toon. 'En daarna vermoord ik de man die de kogel heeft betaald.'

'Laat Quinn maar aan mij over.'

'Nee,' zei Gabriel. 'Quinn is voor mij.'

'Jij bent nu absoluut niet in de conditie om achter wie dan ook aan te gaan, laat staan achter een van de gevaarlijkste terroristen ter wereld.'

'Dan zal ik iemand moeten meenemen om mijn bagage te dragen. Bij voorkeur iemand van MI6 waarschijnlijk,' voegde Gabriel er haastig aan toe. 'Iemand die de Britse belangen behartigt.'

'Had je iemand in gedachten?'

'Jazeker,' antwoordde Gabriel. 'Er is alleen één probleem.'

'En dat is?'

'Hij is niet van MI6.'

'Nee,' zei Seymour. 'Nog niet.'

Seymour volgde Gabriels blik, die op het donkere landschap was gericht. Eerst was er niets. Toen doken er langzaam drie figuren uit het duister op. Twee van hen leken zich uitgeput voort te slepen, maar de derde stampte over het pad alsof hij nog kilometers te gaan had.

Deze man bleef even staan, keek op en hief ter begroeting een arm in de lucht. Het volgende moment stond hij plotseling voor hen. Glimlachend stak hij een hand naar Seymour uit. 'Graham,' zei hij op vriendelijke toon. 'Dat is lang geleden. Blijf je eten? Ik heb gehoord dat Miss Coventry haar beroemde *cottage pie* maakt.'

Hij draaide zich om en liep verder, het donker weer in. Het volgende moment was hij verdwenen.

32

WORMWOOD COTTAGE, DARTMOOR

GRAHAM BLEEF DIE AVOND INDERDAAD in Wormwood Cottage, om te eten, maar ook nog lange tijd daarna. Miss Coventry serveerde hun de *cottage pie* en een goed glas rode wijn aan de keukentafel en liet hen daarna in de huiskamer alleen met het verleden bij een warm hardvuur.

Gabriel was met name toeschouwer, een getuige, degene die aantekeningen maakte.

Het was vooral Keller die aan het woord was. Hij vertelde over zijn undercoverwerk in Belfast, over de dood van Elizabeth Conlin en over Quinn. En hij vertelde ook over die nacht in januari 1991 toen zijn Sabre-eenheid in het westen van Irak onder coalitievuur kwam te liggen en over zijn lange tocht die eindigde in de wachtende armen van Don Anton Orsati.

Seymour luisterde het grootste deel van de tijd zonder Keller in de rede te vallen of te veroordelen, ook toen Keller een paar van de vele huurmoorden beschreef die hij in opdracht van de don had uitgevoerd. Seymour wilde helemaal geen oordeel vellen. Hij wilde alleen Keller.

En dus opende hij een van de beste flessen single malt die Wormwood Cottage te bieden had, gooide nog een blok op de smeulende as in de haard en kwam met een voorstel dat zou resulteren in de repatriëring van Keller. Hij zou een baan krijgen bij MI6. Daarbij hoorden ook een nieuwe naam en identiteit. Christopher Keller zou dood blijven voor iedereen behalve voor zijn naaste familie en de dienst. Hij zou zaken gaan doen die bij zijn speciale talenten aansloten. Onder geen beding zou hij achter een bureau in Vauxhall Cross belanden om rapporten te schrijven. Daarvoor had MI6 meer dan genoeg analisten in dienst.

'En wanneer ik op straat een oude maat tegen het lijf loop?'

'Dan zeg je tegen die oude maat dat hij zich vergist en loop je door.'

'Waar ga ik wonen?'

'Waar je maar wilt, zolang het maar in Londen is.'

'En mijn villa in Corsica?'

'Dat zien we nog wel.'

Op zijn geïsoleerde plekje bij het vuur stond Gabriel zich een kleine glimlach toe.

Keller had nog meer vragen. 'Voor wie ga ik werken?'

'Voor mij.'

'Wat ga ik doen?'

'Waaraan ik maar behoefte heb.'

'En wanneer jij weg bent?'

'Ik ga helemaal nergens heen.'

'Dat is niet wat ik in de kranten lees.'

'Een van de dingen die je al snel zult leren wanneer je bij MI6 werkt, is dat de kranten het bijna altijd mis hebben.' Seymour hief zijn glas en bestudeerde de kleur van de whisky bij het licht van het vuur.

'Wat zeggen we tegen personeelszaken?' vroeg Keller.

'Zo weinig mogelijk.'

'Een standaard screening ga ik echt niet overleven.'

'Dat lijkt me niet, nee.'

'En hoe moet het met mijn geld?'

'Hoeveel heb je?'

Keller antwoordde naar waarheid.

Seymour trok een wenkbrauw op. 'Daar zullen we onze advocaten iets op laten verzinnen.'

'Ik hou niet van advocaten.'

'Je kunt het niet op geheime rekeningen laten staan.'

'Waarom niet?'

'Omdat het me nogal logisch lijkt dat MI6-agenten die niet mogen hebben.'

'Ik word geen gewone MI6-agent.'

'Je zult je toch aan de regels moeten houden.'

'Dat heb ik nog nooit gedaan.'

'Inderdaad,' zei Seymour. 'Daarom ben je hier ook.'

En zo ging het verder, tot lang na middernacht, totdat de deal uiteindelijk was gesloten en Seymour met enige moeite weer achter in het hem onwaardige busje zonder opschriften kroop. Hij had een laptop achtergelaten waarmee geen contact met de buitenwereld kon worden gemaakt, en een met een wachtwoord beschermde USB-stick waarop twee filmpjes stonden.

Het eerste was een montage van beelden van bewakingscamera's waarop was te zien dat de blauwe BMW op Heathrow werd afgeleverd. De auto was voor het eerst op filmbeelden opgedoken in de buurt van Bristol, een paar uur vóór de bomaanslag. De chauffeur reed rechtstreeks naar Londen over de M4. Hij droeg een pet en een zonnebril, waardoor zijn gezicht op de beelden niet was te zien. Hij stopte één keer om te tanken, betaalde contant en zei daarbij geen woord tegen de man achter de kassa. Ook sprak hij met niemand op Heathrow, in de parkeergarage van terminal 3, waar hij de BMW om halftwaalf 's ochtends had neergezet, een halfuur nadat vlucht 501 van British Airways uit Lissabon was vertrokken. Nadat hij een koffer van de achterbank had gehaald, liep hij de terminal in en nam de sneltrein naar Paddington Station in Londen, waar een motor voor hem klaarstond. Een uur later verdween de motor van de bewakingsbeelden op een landweggetje ten zuiden van Luton. Van de motor was verder niets meer bekend. Waarvandaan de auto de dag van de bomaanslag was vertrokken was nooit vastgesteld.

Het tweede filmpje was helemaal aan de vrouw gewijd. Het begon met wat ze op Heathrow had gedaan en eindigde met haar verdwijning in de rook en chaos die ze op Brompton Road in Londen had ontketend. Gabriel voegde er nog wat beelden uit zijn eigen herinnering aan toe. Een vrouw die op een terrasje zat, een vrouw die abrupt een taxi aanriep op een drukke boulevard, een vrouw in het vliegtuig die hem recht in het gezicht keek zonder een spoor van herkenning. Ze was goed, dacht hij, een waardige tegenstander. Ze had geweten dat ze werd gevolgd door gevaarlijke mannen, en toch had ze geen moment angst of zelfs maar ongerustheid getoond. Het zou kunnen dat Quinn haar had ontmoet op een van zijn reizen door het schimmenrijk van het wereldwijde terrorisme, maar dat leek Gabriel niet erg waarschijnlijk. Ze was een professional, en een goede ook. Ze was van een hoger kaliber, een betere klasse.

Gabriel bekeek de film nogmaals vanaf het begin, zag de BMW stoppen op de busbaan voor het HSBC-gebouw, zag de vrouw uitstappen en rustig wegwandelen. Toen zag hij twee mannen uit een zilverkleurige Passat springen – de een gewapend met een vuurwapen, de ander alleen met brute kracht – die de mensen bij het gevaar vandaan begonnen te jagen. In vijfenveertig seconden werd het ineens dodelijk stil en rustig op straat. Toen kwam er een man als een gek op een kleine witte Ford af rennen, die vaststond in het verkeer. De bom liet niets van ieder verder beeld over, zoals hij ook niets van de man had moeten overlaten. Misschien had Graham Seymour gelijk. Misschien was Gabriel uiteindelijk toch een aartsengel.

De zon ging al bijna weer op tegen de tijd dat hij de computer uitzette. Zoals hem was opgedragen gaf hij hem bij het ontbijt aan Parish, samen met een handgeschreven briefje dat in Vauxhall Cross aan Graham Seymour persoonlijk moest worden overhandigd. In dat briefje vroeg Gabriel toestemming voor twee ontmoetingen: een met de meest vooraanstaande politiek journalist van Londen, en een met 's werelds beroemdste overloper.

Seymour stemde in met beide verzoeken en stuurde een busje zonder opschrift naar Wormwood Cottage.

Aan het eind van die middag reed het busje met hoge snelheid langs de kliffen van het Lizard-schiereiland in West-Cornwall. Het leek erop dat Keller niet de enige was. Wijlen Gabriel Allon ging ook naar huis.

33

GUNWALLOE COVE, CORNWALL

Hij had het voor het eerst gezien vanaf het dek van een kleine tweemaster zo'n anderhalve kilometer uit de kust, het kleine huis aan het zuidelijke uiteinde van Gunwalloe Cove, eenzaam op de rotsen gelegen, net als het huisje op Monets *La maison du douanier*. Eronder lag een stukje halvemaanvormig strand, waarop een oud scheepswrak zijn laatste rustplaats had gevonden in de verraderlijke branding. Achter het huis, voorbij de met paars Engels gras en roodzwenkgras bedekte rotsen, rees een glooiend grasland op, doorsneden met heggen.

Op dat moment zag Gabriel helemaal niets van dit alles, aangezien hij als een vluchteling ineengedoken achter in een bestelbusje zat. Maar hij wist dat ze er bijna waren, dat voelde hij aan de weg. Hij kende iedere bocht en ieder recht stuk, ieder kuiltje of gat, herkende het blaffen van iedere waakhond, de geur van de koeien in ieder weiland. En dus ging hij, toen het busje een scherpe bocht naar rechts maakte bij de pub, Lamb and Flag geheten, en aan het laatste stukje naar beneden richting strand begon, vol verwachting wat meer rechtop zitten. Het busje ging langzamer rijden, waarschijnlijk om een visser te ontwijken die vanuit de baai omhoog kwam, en maakte toen weer een scherpe bocht, naar links deze keer, het privéweggetje naar het huis op.

Plotseling zwaaiden de achterdeuren van het busje open en werd hij door een beveiligingsman van MI6 welkom geheten in zijn eigen huis, alsof hij voor het eerst in Cornwall was.

'Mr. Carlyle,' bulderde de man boven het geluid van de wind uit. 'Welkom in Gunwalloe. Ik hoop dat u een goede reis hebt gehad, *sir*. Het verkeer kan behoorlijk heftig zijn op deze tijd van de dag.'

De lucht was fris en ziltig, het licht bij het naderen van de avond schitterend oranje. De zee vol witte schuimkoppen leek wel in brand te staan. Even bleef Gabriel op de oprit staan, overvallen door een hol gevoel van verlangen, totdat de beveiligingsman hem beleefd in de richting van de deur duwde – omdat de beveiligingsman strikte orders had te zorgen dat hij niet zichtbaar was voor een wereld die spoedig zou denken dat hij dood was.

Opkijkend beeldde hij zich in dat Chiara met een verwijtende blik op haar gezicht in de deuropening stond, haar uitbundige haardos als een waterval over haar schouders, haar armen over haar kinderloze schoot geslagen. Maar terwijl hij de drie treden naar de deur op liep, ontglipte ze hem weer. Zonder erbij na te denken hing hij zijn oliejas aan een haak in de hal, en hij streek even met zijn hand over de suède pet die hij altijd droeg als hij op de kliffen wandelde. Toen hij zich omdraaide, zag hij Chiara nog een keer. Ze haalde een zware aardewerk schaal uit de oven, en op het moment dat ze de deksel optilde vulde de geur van kalfsvlees, wijn en salie de ruimte. Foto's van een vermist portret van Rembrandt lagen verspreid over het werkblad waaraan zij bezig was. Gabriel had net beloofd naar het schilderij op zoek te gaan voor een kunsthandelaar die Julian Isherwood heette, niet wetend dat hij door die zoektocht midden in het nucleaire programma van Iran terecht zou komen. Hij was erin geslaagd vier geheime uraniumverrijkingsinstallaties te lokaliseren en te vernietigen, een geweldige prestatie die de opmars van Iran naar een kernwapen aanzienlijk had vertraagd. De Iraniërs dachten overigens een stuk minder positief over Gabriels actie. Sterker nog, ze wilden hem net zo graag dood hebben als de mannen die Eamon Quinn hadden ingehuurd.

Het visioen van Chiara was verdwenen. Hij deed de deuren naar het terras open, en heel even beeldde hij zich in dat hij de kerkklokken van Lyonesse, de mythische verzonken stad, kon horen luiden onder het oppervlak van de zee. Een eenzame visser stond tot aan zijn middel in de branding. Het strand was verlaten op een vrouw na die langs het water liep, op korte afstand gevolgd door een man in een nylon jack. Ze liep in noordelijke richting, zodat hij haar op de lange, slanke rug zag. Er waaide een koude wind uit zee, koud genoeg om Gabriel te doen huiveren, en in gedachten zag hij haar weer lopen in een ijzige straat in St. Petersburg. Ook toen had hij haar van bovenaf gezien: hij had op de omloop van de koepel van een kerk gestaan. De vrouw had geweten dat hij daar stond, maar ze had niet opgekeken. Ze was een professional, en een goede ook. Ze was van een hoger kaliber, een betere klasse.

Inmiddels had ze het noordelijkste punt van het strand bereikt. Ze draaide zich om en de man in het nylon jack draaide met haar mee. De nevel van opspattend water uit zee gaf het tafereel iets sprookjesachtigs. Ze bleef even staan om te kijken naar de visser die een tegenstribbelende zeebaars uit het water trok en raapte, lachend om iets wat de man had gezegd, een steen uit de vloedlijn en gooide die in zee. Nadat ze zich had omgedraaid bleef ze weer even staan, blijkbaar afgeleid door iets onverwachts. Misschien wel door de man die aan de reling van het terras stond, zoals ooit een man op de omloop van een kerktoren in St. Petersburg had gestaan. Ze wierp nog een steen in de woeste zee, boog haar hoofd en liep weer verder. Ook nu keek Madeline Hart niet op.

Het was begonnen als een affaire tussen premier Jonathan Lancaster en een jonge vrouw die op het hoofdkwartier van zijn partij werkte. Maar de vrouw was geen gewone vrouw – ze was een slapende Russische spion die als kind in Engeland was geposteerd – en de affaire was geen gewone affaire. Die had deel uitgemaakt van een zorgvuldig voorbereid Russisch complot met als doel de premier te dwingen lucratieve boorrechten in de Noordzee te gunnen aan Volgatek Oil &

Gas, een energiebedrijf waarvan het Kremlin de eigenaar was. Van de man die de leiding had gehad over de operatie, een SVR-agent die Pavel Zhirov heette, had Gabriel vernomen hoe de vork in de steel zat. Later had Gabriel samen met een team van het Bureau Madeline Hart uit St. Petersburg weggehaald en haar het land uit gesmokkeld. Het schandaal waarmee haar overlopen gepaard was gegaan, was een van de ergste uit de Britse geschiedenis geweest.

Jonathan Lancaster, persoonlijk vernederd en politiek beschadigd, had de Noordzee-deal geannuleerd en de Russische tegoeden bij Britse banken bevroren. Er werd geschat dat dat de Russische president persoonlijk een paar miljard dollar had gekost. Eigenlijk was het nog een wonder, dacht Gabriel, dat ze zo lang hadden gewacht met represailles.

Het was de bedoeling van de KGB geweest van Madeline Hart een Engels meisje te maken, en met behulp van jarenlange training en manipulatie was dat ook gelukt. Haar beheersing van de Russische taal was beperkt, en ze voelde geen enkele loyaliteit jegens het land dat ze als kind had verlaten. Na haar terugkeer in Groot-Brittannië zou ze het liefst haar oude leventje weer hebben opgepakt, maar politiek en veiligheid hadden dat onmogelijk gemaakt. Gabriel had haar zijn geliefde cottage in Cornwall aangeboden. Hij wist dat het haar daar zou bevallen. Ze was opgegroeid in door de overheid gefinancierde armoede in een sociale huurwoning in Basildon. Ze wilde niets liever dan een kamer met een mooi uitzicht.

'Hoe heb je me gevonden?' vroeg ze met een glimlach, de treden naar het terras op klimmend. Precies dezelfde vraag had ze Gabriel die bewuste middag in St. Petersburg gesteld. Haar ogen waren blauwgrijs en stonden wijd open. Maar bij het zien van zijn gehavende gezicht kneep ze ze bezorgd een stukje dicht. 'Je ziet er echt vreselijk uit,' zei ze met haar Engelse accent, een combinatie van Londen en Essex zonder ook maar een spoortje Moskou. 'Wat is er gebeurd?'

'Een skiongeluk.'

'Skiën lijkt me nu helemaal niets voor jou.'

'Het was mijn eerste keer.'

Even was er een lichtelijk gênant moment toen zij hem uitnodigde zijn eigen huis binnen te gaan. Ze hing haar jas in de hal naast de zijne en ging naar de keuken om thee te zetten. Ze vulde de waterkoker met water uit een fles en haalde een doos thee uit de kast die Gabriel eeuwen geleden bij de Morrisons in Marazion had gekocht.

Gabriel ging op zijn lievelingskruk zitten en keek hoe een andere vrouw zich door de ruimte bewoog die doorgaans het domein was van zijn echtgenote. De Londense kranten lagen op het aanrecht, ongelezen. Allemaal hadden ze schreeuwende koppen over de bomaanslag op Brompton Road en de onderlinge strijd tussen de Britse inlichtingendiensten. Hij keek naar Madeline. De koude zeewind had kleur op haar bleke wangen getoverd. Ze zag er tevreden uit, gelukkig zelfs, en ze leek in niets meer op de gebroken vrouw die hij in St. Petersburg had aangetroffen. Plotseling had hij het hart niet meer haar te vertellen dat zij de oorzaak was van alles wat er was gebeurd.

'Ik dacht al dat ik je nooit meer zou zien,' zei ze. 'Het is –'

'Heel lang geleden,' vulde Gabriel aan.

'Wanneer ben je voor het laatst in Groot-Brittannië geweest?'

'Ik was hier afgelopen zomer.'

'Voor zaken of voor je plezier?'

Hij aarzelde even alvorens antwoord te geven. Nog lange tijd nadat Madeline was overgelopen had hij geweigerd haar zijn echte naam te vertellen. Overlopers hadden de neiging heimwee te krijgen.

'Het was iets zakelijks,' zei hij uiteindelijk.

'Succesvol, hoop ik?'

Daarover moest hij even nadenken. 'Ja,' zei hij na een tijdje. 'Dat geloof ik wel, ja.'

Madeline pakte de waterkoker en goot het kokende water in een dikbuikige, witte theepot die Chiara had uitgezocht in een winkel in Penzance.

Naar haar kijkend vroeg Gabriel: ‘Ben je gelukkig hier, Madeline?’

‘Ik ben voortdurend bang dat je me zult wegsturen.’

‘Hoe kom je daarbij?’

‘Ik heb nooit eerder een thuishaven gehad,’ zei ze. ‘Geen moeder, geen vader, alleen de KGB. En toen ik werd wie ik wilde worden, hebben ze me dat ook nog afgenomen.’

‘Je kunt hier blijven zolang je wilt.’

Ze deed de koelkast open, haalde er een pak melk uit, en schonk daaruit wat in het met bijtjes versierde kannetje van Chiara. ‘Warm of koud?’ vroeg ze.

‘Koud.’

‘Suiker?’

‘Nee, hoor.’

‘Er ligt misschien nog wel een rol biscuitjes in de kast.’

‘Ik heb gegeten.’ Gabriel schonk melk in zijn kopje en daarna thee. ‘Gedragen mijn buren zich een beetje?’

‘Ze zijn een tikje nieuwsgierig.’

‘Je meent het.’

‘Je hebt blijkbaar nogal indruk op ze gemaakt.’

‘Dat was ik niet.’

‘Nee,’ zei ze. ‘Dat was Giovanni Rossi, de geweldige Italiaanse kunstrestaurateur.’

‘Zo geweldig nu ook weer niet.’

‘Daarover denkt Vera Hobbs heel anders.’

‘Hoe zijn haar scones tegenwoordig?’

‘Bijna net zo goed als de scones van het café op Lizard Point.’

Zijn glimlach verraadde vast hoezeer hij deze plek miste.

‘Ik snap niet hoe je hier ooit hebt kunnen weggaan,’ zei ze.

‘Ik ook niet.’

Over de rand van haar kopje keek ze hem nadenkend aan. 'Ben je al hoofd van je dienst?'

'Nog niet.'

'Hoelang nog?'

'Een paar maanden, misschien minder.'

'Kan ik dat dan in de krant lezen?'

'Tegenwoordig publiceren we de naam van onze chef, net als MI6.'

'Arme Graham,' zei ze met een blik op de kranten.

'Ja,' zei Gabriel afwezig.

'Denk je dat Jonathan hem gaat ontslaan?'

Het was vreemd haar de premier bij zijn voornaam te horen noemen. Hij vroeg zich af hoe ze hem had genoemd die nachten op Downing Street dat Diana Lancaster er niet was geweest.

'Nee,' zei hij na een korte stilte. 'Dat denk ik niet.'

'Graham weet te veel.'

'Dat ook.'

'En Jonathan is erg loyaal.'

'Jegens iedereen behalve zijn vrouw.'

Die opmerking kwetste haar zichtbaar.

'Het spijt me, Madeline. Ik had niet –'

'Het geeft niet,' zei ze snel. 'Dat heb ik verdiend.' Plotseling waren haar lange gespierde handen rusteloos. Dus haalde ze de zakjes uit de pot, gooide er nog wat heet water in en deed de deksel er weer op. 'Is alles nog zoals je het je herinnert?' vroeg ze.

'De vrouw aan het aanrecht is anders. Verder is alles nog hetzelfde.'

Ze glimlachte een beetje ongemakkelijk, maar zei niets.

'Heb je in mijn spullen rondgesnuffeld?' vroeg hij.

'Ik doe niet anders.'

'Nog iets interessants gevonden?'

'Helaas niet. Het is bijna alsof de man die hier woonde nooit heeft bestaan.'

'Net als Madeline Hart.'

Even zag hij wanhoop in haar ogen, die nu langzaam de ruimte door gingen, door de kamer met het mooie uitzicht.

'Ga je me nog vertellen waarom je er zo vreselijk uitziet?'

'Ik was op Brompton Road toen de bom ontplofte.'

'Waarom?'

Gabriel vertelde haar de waarheid.

'Jij was dus die agent van een buitenlandse geheime dienst?'

'Ik ben bang van wel, ja.'

'En jij was degene die heeft geprobeerd de mensen daar weg te krijgen?'

Hij zei niets.

'Wie was de andere man?'

'Dat is niet belangrijk.'

'Dat zeg je altijd.'

'Alleen als dat ook echt zo is.'

'En de vrouw?' vroeg ze.

'Volgens haar paspoort is ze –'

'Ja,' viel ze hem in de rede. 'Dat heb ik in de krant gelezen.'

'Heb je het filmpje gezien?'

'Erg veel valt er niet te zien. Een vrouw stapt uit haar auto, een vrouw loopt rustig weg, een straat gaat de lucht in.'

'Bijzonder professioneel.'

'Bijzonder,' beaamde ze.

'Heb je dat fotobeeld van haar van Heathrow gezien?'

'Behoorlijk korrelig.'

'Denk je dat ze Duits is?'

'Half, zou ik zeggen.'

'En de andere helft?'

Madeline staarde naar de zee.

34

GUNWALLOE COVE, CORNWALL

Er waren in totaal vier foto's: één foto die Gabriel had genomen toen de vrouw op het terras van het restaurant zat en drie die hij had gemaakt op het moment dat ze op Quinns roestige balkonnetje stond. Hij legde ze op het werkblad, net zoals hij ooit de foto's van de gestolen Rembrandt voor Chiara had uitgespreid, en voelde even iets van schuldgevoel toen Madeline zich voorover-boog om ze te bekijken.

'Wie heeft deze genomen?'

'Dat is niet belangrijk.'

'Je hebt er een goed oog voor.'

'Bijna zo goed als Giovanni Rossi.'

Ze pakte de eerste foto, een vrouw met een donkere zonnebril alleen op een terrasje, haar stoel zo gedraaid dat ze het minst mooie uitzicht over de stad had.

'Ze heeft haar tas niet dichtgedaan.'

'Dat valt jou dus ook onmiddellijk op.'

'Een normale toeriste zou haar tas dichtritsen in verband met dieven en zakkenrollers.'

'Inderdaad.'

Ze legde de foto terug en pakte een volgende. Hierop stond een vrouw alleen tegen een balkonhekje, een bloeiende klimplant aan haar voeten. Doordat de vrouw een sigaret tussen haar lippen hield, was de onderkant van haar rechterarm zichtbaar.

Madeline boog haar hoofd nog iets dichter naar de foto, haar wenkbrauwen nadenkend gefronst. 'Zie je dat?' vroeg ze.

'Wat?'

Ze hield de foto omhoog. 'Ze heeft een litteken.'

'Dat zou een onvolkomenheid in het beeld kunnen zijn.'

'Dat zou kunnen, maar dat is niet zo. Het is een onvolkomenheid in de vrouw.'

'Hoe kun je daarvan zo zeker zijn?'

'Omdat ik erbij was,' zei Madeline, 'toen ze dat litteken opliep.'

'Je kent haar?'

'Nee,' zei ze, naar de foto starend. 'Maar ik ken het meisje dat ze ooit was.'

35

GUNWALLOE COVE, CORNWALL

Gabriel had het verhaal voor het eerst gehoord aan de oever van een bevroren Russisch meer, uit de mond van een man die Pavel Zhirov heette. Nu, in een cottage aan de kust, hoorde hij het nogmaals van de vrouw die Madeline Hart was geworden. Ze kende haar echte naam niet; van haar biologische ouders wist ze maar heel weinig. Haar vader was een leidinggevend generaal van de KGB geweest, misschien wel de baas van het oppermachtige Eerste Hoofddirectoraat. Haar moeder, een KGB-typiste van amper twintig jaar had na Madelines geboorte niet lang meer geleefd. Ze was bezweken aan een overdosis slaappillen en wodka, of dat was Madeline in ieder geval verteld.

Madeline was in een weeshuis geplaatst. Geen echt weeshuis, maar een KGB-weeshuis waar ze, zoals ze het zelf graag noemde, door wolven was opgevoed. Op een gegeven moment – ze wist niet meer precies wanneer – waren haar verzorgers opgehouden Russisch tegen haar te spreken. Een tijdlang groeide ze in volslagen stilte op, totdat de laatste restjes van de Russische taal uit haar geheugen waren verdwenen. Toen ging ze naar een eenheid waar alleen Engels werd gesproken. Ze keek naar video's van Britse televisieprogramma's en las Britse kinderboeken. Deze beperkte blootstelling aan de Britse cultuur kon niet voorkomen dat ze een ongelooflijk accent had. Ze sprak Engels als een nieuwslezer van Radio Moskou, zei ze.

De instelling waar ze woonde bevond zich in een van de voorsteden van Moskou, niet ver van het hoofdkwartier van het Eerste Hoofddirectoraat in Yasenevo, door de KGB Moskou Centrum genoemd. Na verloop van tijd werd ze naar een KGB-trainingskamp diep in het Russische binnenland gestuurd, vlak bij een gesloten stad die geen naam had, alleen een nummer. Het kamp bevatte een compleet Engels stadje, met een winkelstraat, een park, een bus met een Engelssprekende chauffeur, en een rijtje uit baksteen opgetrokken huizen waarin de kinderen en volwassenen in opleiding als gezinnen samenwoonden. In een ander deel van het kamp was een Amerikaans stadje met een theater waarin populaire Amerikaanse films werden vertoond. En niet ver van het Amerikaanse stadje was een Duits dorp. Dat werd gerund in samenwerking met de Oost-Duitse Stasi. Het eten werd een keer per week uit Oost-Berlijn ingevlogen: Duitse worst, bier, verse Duitse ham. De mensen die in het Duits werden opgeleid, hadden het duidelijk het best getroffen, vond iedereen.

Het grootste deel van de tijd bleef iedereen in zijn eigen nepwereld. Madeline woonde bij de man en vrouw die zich uiteindelijk ook met haar in Engeland zouden gaan vestigen. Ze ging naar een Engelse school, dronk thee en at *crumpets* in een Engelse tearoom en speelde in een Engels park dat maar al te vaak bedekt was met een centimeters dikke laag Russische sneeuw. Maar heel af en toe mocht ze naar een Amerikaanse film in het Amerikaanse stadje, of een hapje eten in de biergarten van het Duitse dorp. Tijdens een van die uitstapjes had ze Katerina ontmoet.

'Ik neem aan dat ze niet in het Amerikaanse stadje woonde?' zei Gabriel.

'Nee,' beaamde Madeline. 'Katerina was een Duits meisje.'

Ze was ouder dan Madeline, al bijna een jonge vrouw. Ze was toen al mooi, maar nog niet zo mooi als ze later zou worden. Ze sprak een beetje Engels – de mensen in het Duitse programma werden tweetalig opgeleid – en ze vond het leuk dat te oefenen met Madeline, die vloeiend Engels sprak, zij het nog steeds met een vreemd accent. Normaal gesproken werden vriendschappen tussen mensen van verschillende scholen ontmoedigd, maar in het geval van Madeline en

Katerina werd een uitzondering gemaakt. Katerina was al een tijdje nogal depressief. Haar trainers waren er nog niet van overtuigd dat ze geschikt was om illegaal in het Westen te gaan wonen.

'Hoe was ze in het programma terechtgekomen?' vroeg Gabriel.

'Een beetje op dezelfde manier als ik.'

'Haar vader was bij de KGB?'

'Haar moeder om precies te zijn.'

'En haar vader?'

'Een agent van de Duitse geheime dienst die doelwit werd van seksuele chantage. Katerina was het resultaat van die relatie.'

'Waarom heeft de moeder geen abortus laten plegen?'

'Ze wilde de baby graag houden. Maar die hebben ze haar afgenomen. En daarna hebben ze haar om het leven gebracht.'

'En dat litteken?'

Madeline gaf geen antwoord. In plaats daarvan pakte ze de foto nog een keer – de foto van het meisje dat zij als Katerina had gekend, staand op een balkon in Lissabon. 'Wat deed ze daar?' vroeg ze. 'En waarom heeft ze een bom op Brompton Road achtergelaten?'

'Ze was in Lissabon omdat de mensen voor wie ze werkt, wisten dat wij het appartement in de gaten hielden.'

'En de bom?'

'Die was voor mij bestemd.'

Abrupt keek ze naar hem op. 'Waarom wilden ze jou vermoorden?'

Na een korte aarzeling zei Gabriel: 'Vanwege jou, Madeline.'

Er viel een stilte.

'Wat had jij gedacht dat er zou gebeuren,' zei ze uiteindelijk, 'als je een KGB-agent op Russische bodem doodt en vervolgens mij helpt over te lopen naar het Westen?'

'Ik had gedacht dat de Russische president wel kwaad zou zijn, ja. Maar ik had niet gedacht dat hij een bom zou laten ontploffen op Brompton Road.'

'Je onderschat de Russische president.'

'Nooit,' verklaarde Gabriel. 'De Russische president en ik hebben samen al een lange geschiedenis.'

'Hij heeft al eerder geprobeerd je te vermoorden?'

'Ja,' zei Gabriel. 'Maar dit is de eerste keer dat hij daarin ook is geslaagd.'

Even keken haar blauwgrijze ogen hem vragend aan. Toen begreep ze het. 'Wanneer ben je doodgegaan?' vroeg ze.

'Een paar uur geleden, in een Brits militair hospitaal. Ik heb gevochten voor mijn leven, maar dat mocht niet meer baten. Mijn verwondingen waren te ernstig.'

'Wie weet het nog meer?'

'Mijn dienst, uiteraard, en mijn vrouw is ook in alle stilte op de hoogte gesteld van mijn heengaan.'

'En hoe zit het met Moskou Centrum?'

'Als ze, zoals ik vermoed, de berichten van MI6 hebben gelezen, heffen ze nu ongetwijfeld het glas wodka op mijn dood. Maar ik zal er voor de zekerheid voor zorgen dat het overduidelijk wordt.'

'Kan ik iets doen?'

'Aardige dingen over me zeggen op mijn begrafenis. En meer dan één bodyguard meenemen wanneer je op het strand gaat lopen.'

'Om precies te zijn waren er twee.'

'De visser?'

'We eten vanavond zeebaars.' Ze glimlachte en vroeg: 'Wat ga je met al die vrije tijd doen nu je dood bent?'

'De mannen vinden die mij hebben vermoord.'

Madeline pakte nogmaals de foto van Katerina op het balkon. 'En zij?' vroeg ze.

Gabriel zweeg even. Toen zei hij: 'Nu heb je me nog niet verteld over dat litteken op haar arm.'

'Dat is tijdens een training gebeurd.'

'Wat voor training?'

'Een training in sluipmoorden.' Ze keek Gabriel aan en voegde er op sombere toon aan toe: 'De KGB begint er al vroeg mee.'

'En jij?'

'Ik was nog te jong.' Ze schudde haar hoofd. 'Maar Katerina was ouder en met haar hadden ze andere plannen. Op een dag gaf haar instructeur haar een mes en zei dat ze hem moest doden. Katerina gehoorzaamde. Katerina gehoorzaamde altijd.'

'Ga verder.'

'Zelfs toen hij haar haar wapen afhandig had gemaakt, gaf ze het niet op. Uiteindelijk sneed ze zich aan haar eigen mes. Ze heeft nog geboft dat ze niet is doodgebloed.' Madeline keek weer naar de foto. 'Waar denk je dat ze nu is?'

'Ik neem aan ergens in Rusland.'

'In een stad zonder naam.' Madeline gaf de foto aan Gabriel terug. 'Laten we hopen dat ze daar blijft.'

Zodra Gabriel terug was in Wormwood Cottage, hees hij zich de trap op naar zijn kamer en liet hij zich uitgeput op zijn bed vallen. Hij wilde dolgraag zijn vrouw bellen, maar dat risico durfde hij niet te nemen. Zijn vijanden hadden ongetwijfeld alles op scherp staan om het geringste spoortje van zijn stem te ontdekken. Doden pleegden geen telefoontjes.

Toen hij eindelijk in slaap viel, werd hij geplaagd door onrustige dromen. In een van die dromen liep hij door het middenschip van een kathedraal in Wenen, in zijn handen een houten krat met daarin zijn restauratiebenodigdheden. Een Duits meisje wachtte in de deuropening om met hem te praten, zoals ze die avond had gedaan, maar in zijn droom was het Katerina met een diepe wond in haar arm waaruit onophoudelijk bloed gutste. 'Kun je dit maken?' vroeg ze, hem de wond tonend, maar hij passeerde haar zonder iets te zeggen en liep naar buiten. Door rustige Weense straatjes zette hij koers naar een plein in de oude Joodse wijk. Het plein was bedekt met sneeuw en stond vol Londense bussen. Een vrouw probeerde een Mercedes te starten, maar de motor wilde niet aanslaan omdat de bom stroom uit de accu trok. Zijn zoon zat in zijn autostoeltje op de achterbank, maar de vrouw achter het stuur was niet zijn vrouw. Het was Madeline Hart. 'Hoe heb je me gevonden?' vroeg ze door het gebroken raam. En toen ontplofte de bom.

Blijkbaar had hij het uitgeschreeuwd in zijn slaap, want toen hij wakker werd, stond Keller in de deuropening van zijn kamer.

Na het ontbijt dat Miss Coventry hun in de keuken had geserveerd, vertrokken ze voor een wandeling over de koude, mistige hei. Gabriels benen waren nog zwak van het lange nietsdoen, maar Keller was hem genadig. De eerste anderhalve kilometer liepen ze in een gematigd tempo, dat langzaam werd opgevoerd, terwijl Gabriel vertelde over Madeline en over het resultaat van een door de KGB op touw gezette verleiding, Katerina genaamd. Ze zouden haar vinden, zei Gabriel. En dan zouden ze het Kremlin een boodschap sturen die geen vertaling nodig had.

'Vergeet Quinn niet,' zei Keller.

'Misschien was er helemaal geen Quinn. Misschien was Quinn alleen maar een naam en een staat van dienst. Misschien was hij niet meer dan een stukje aas dat ze in het water hebben gegooid om ons naar de oppervlakte te lokken.'

'Dat geloof je toch zelf niet?'

'De gedachte is bij me opgekomen.'

'Quinn heeft de prinses vermoord.'

'Volgens een bron van de Iraanse inlichtingendienst,' zei Gabriel op veelbetekenende toon.

'Hoe snel kunnen we in actie komen?'

'Na mijn begrafenis.'

Terug in Wormwood Cottage trof hij op zijn bed een setje schone kleren aan. Hij nam een douche, kleedde zich aan en klom nogmaals achter in het bestelbusje. Deze keer voerde dat hem in oostelijke richting, naar een safehouse in Highgate. Het huis was hem wel bekend; hij was er vaker geweest. Zodra hij binnen was, gooide hij zijn jas over de rugleuning van een stoel in de woonkamer en liep door naar boven, naar een kleine werkkamer op de eerste verdieping. De kamer had een heel smal raampje, dat uitzicht bood op de doodlopende straat, een dodemansuitzicht. Regen klaterde in de goten, duiven koerden vanaf de dakrand. Een halfuur ging voorbij en in die tijd werd het donker en gingen de straatlantaarns aarzelend aan. Toen kwam er een grijze auto de heuvel op kruipen, overdreven behoedzaam naar het scheen. Voor het safehouse kwam de auto tot stilstand en de chauffeur, een jonge, onschuldig uitziende man, stapte uit. Er stapte ook een vrouw uit – de vrouw die de wereld op de hoogte zou stellen van zijn tragische dood. Hij keek op zijn horloge en glimlachte. Ze was te laat. Dat was ze altijd.

36

HIGHGATE, LONDEN

'Geen sprake van,' zei Samantha Cooke. 'Nu niet en nooit niet. Nog in geen miljoen jaar, verdomme.'

'Waarom niet?'

'Moet ik alle redenen voor je opnoemen?'

Ze stond midden in de woonkamer, een hand in de lucht, de handpalm naar boven gedraaid, als de ondervrager die op een antwoord wachtte. Bij binnenkomst had ze haar handtas op de versleten zitting van een oorfauteuil gegooid, maar haar doorweekte jas had ze nog aan. Haar schouderlange haar was asblond, haar blauwe ogen van nature indringend. Op dat moment waren ze ongelovig op Gabriels gezicht gericht.

Een jaar geleden had hij Samantha Cooke en haar krant, de Telegraph, een van de grootste scoops uit de geschiedenis van de Britse journalistiek gegeven: een interview met Madeline Hart, de Russische spionne die de geheime minnares van de premier was geweest. Nu vroeg hij een wederdienst. Nog een scoop, deze keer over zijn eigen dood.

'Om te beginnen,' zei ze, 'zou het niet ethisch zijn. Voor geen meter.'

'Ik vind het altijd zo leuk wanneer Britse journalisten het over ethiek hebben.'

'Ik werk niet voor een roddelblad. Ik werk voor een kwaliteitskrant.'

'Daarom heb ik jou ook nodig. Als de Telegraph het schrijft, zullen mensen denken dat het waar is. Als de –'

'Duidelijk.' Ze trok haar jas uit en gooide die boven op haar tas. 'Ik geloof dat ik drank nodig heb.'

Gabriel knikte naar de dienwagen met flessen en glazen.

'Doe je mee?'

'Het is nog een beetje vroeg voor mij, Samantha.'

'Voor mij ook. Ik moet nog een artikel schrijven.'

'Waarover?'

'Jonathan Lancasters nieuwste plan om de National Health Service op te lappen. Heel opwindend.'

'Ik heb een beter verhaal.'

'Dat zal best.' Ze pakte een fles gin, aarzelde en ging toen toch voor de whisky. Met ijs en genoeg water om haar hoofd erbij te houden. 'Van wie is dit huis?'

'Het is al jaren in de familie.'

'Nooit geweten dat jij een Engelse Jood bent.' Ze pakte een sierschaal van een dressoir en bekeek die van alle kanten.

'Wat zoek je?'

'Ongerechtigheden.'

'De schoonmaakster is pas nog geweest.'

'Ik had het over afluisterapparatuur.'

'O.'

Ze tuurde in een lampenkap.

'Doe geen moeite.'

Ze keek naar hem op, maar zei niets.

'Heb je nooit een verhaal gepubliceerd dat niet waar bleek te zijn?'

'Niet met opzet.'

'Echt niet?'

'Niet van dit kaliber.'

'Op die manier.'

'Zo nu en dan,' zei ze, het glas onderweg naar haar lippen, 'heb ik wel de behoefte gevoeld een incompleet verhaal te laten verschijnen, zodat de hoofdpersoon van het verhaal zich gedwongen voelde het af te maken.'

'Dat doen ondervragers ook.'

'Maar ik doe niet aan waterboarden en ik trek ook geen nagels uit.'

'Dat zou je eens moeten proberen. Dan zou je nog betere verhalen krijgen.'

Ondanks de situatie moest ze glimlachen. 'Waarom?' vroeg ze. 'Waarom wil je dat ik je op papier vermoord?'

'Ik ben bang dat ik je dat niet kan vertellen.'

'Maar je zult het me wel moeten vertellen. Anders heb ik geen verhaal.' Ze had gelijk en dat wist ze. 'Zullen we dan maar bij het begin beginnen? Wanneer ben je doodgegaan?'

'Gistermiddag.'

'Waar?'

'In een Brits militair hospitaal.'

'Welk?'

'Kan ik niet zeggen.'

'Lang ziekbed?'

'Om precies te zijn ben ik zwaargewond geraakt bij een bomaanslag.'

Haar glimlach vervaagde. Behoedzaam zette ze haar glas op tafel. 'Waar houden de leugens op en begint de waarheid?'

'Geen leugens, Samantha. Misleiding.'

'Waar?' vroeg ze nog een keer.

'Ik was de agent die de Britse geheime dienst waarschuwde voor de bom op Brompton Road. Ik was een van de mannen die heeft geprobeerd de voetgangers in veiligheid te brengen voordat hij afging.' Na een korte stilte voegde hij eraan toe: 'En ik was het doelwit.'

'Kun je dat bewijzen?'

'Kijk maar naar de beelden van de bewakingscamera's.'

'Die heb ik gezien. Dat zou iedereen kunnen zijn.'

'Maar het is niet iedereen, Samantha. Het was Gabriel Allon. En nu is hij dood.'

Ze dronk haar glas leeg en vulde het nogmaals: meer whisky, minder water. 'Ik moet het wel aan mijn redacteur vertellen.'

'Onmogelijk.'

'Ik zou mijn leven zo in zijn handen leggen.'

'Maar we hebben het nu niet over jouw leven. We hebben het over het mijne.'

'Jij hebt geen leven meer, weet je nog? Je bent dood.'

Gabriel staarde naar het plafond en ademde langzaam uit. Hij werd het steekspel een beetje zat. 'Het spijt me dat ik je helemaal hiernaartoe heb gehaald,' zei hij uiteindelijk. 'Mr. Davies zal je terugbrengen naar je kantoor. Laten we maar doen alsof dit nooit heeft plaatsgevonden.'

'Maar ik heb mijn drankje nog niet op.'

'Hoe zit het met je stuk over Jonathan Lancasters plan om de NHS te redden?'

'Dat is waardeloos.'

'Het plan of het stuk?'

'Allebei.' Ze liep naar de dienwagen met drank en viste met de zilveren tang een ijsklontje uit de emmer. 'Je hebt me al een vrij goed verhaal gegeven, weet je.'

'Geloof me, Samantha. Er is nog veel meer.'

'Hoe wist je dat er een bom in die auto zat?'

'Dat kan ik je nog niet vertellen.'

'Wie was de vrouw?'

'Ze was niet Anna Huber. En ze kwam niet uit Duitsland.'

'Waarvandaan dan wel?'

'Iets verder naar het oosten.'

Samantha Cooke liet het ijsblokje in haar drankje vallen en legde de tang met een bedachtzaam gebaar terug. Hoewel ze met haar rug naar Gabriel toe stond, kon hij zien dat ze in een heftige strijd met haar journalistieke geweten was verwikkeld. 'Ze is Russisch? Bedoel je dat?'

Gabriel gaf geen antwoord.

'Ik neem aan dat dat ja betekent. De vraag is waarom een Russische vrouw een autobom op Brompton Road zou achterlaten.'

'Zeg jij het maar.'

Ze deed alsof ze nadacht. 'Ik neem aan dat ze Jonathan Lancaster iets duidelijk wilden maken?'

'Zoals?'

'Fuck niet met ons,' zei ze op kille toon. 'Vooral niet als het om geld gaat. Die boorrechten in de Noordzee zouden voor het Kremlin miljarden waard zijn geweest. En Lancaster heeft ze afgepakt.'

'Eerlijk gezegd was ik degene die ze heeft afgepakt. Daarom wilden de Russische president en zijn trawanten mij ook dood hebben.'

'En nu wil jij ze laten denken dat dat is gelukt?'

Hij knikte.

'Waarom?'

'Omdat dat mijn werk makkelijker zal maken.'

'Wat voor werk?'

Hij zei niets.

'Ik begrijp het,' zei ze zacht. Ze ging zitten, nam een slokje whisky. 'Als ooit bekend zou worden dat ik –'

'Ik dacht dat je me wel beter kende.'

'Wat wil je dat ik als bron noem?'

'De Britse inlichtingendiensten.'

'Nog een leugen.'

'Misleiding,' verbeterde hij op vriendelijke toon.

'En als ik jouw dienst bel?'

'Dan nemen ze niet op. Maar als je dit nummer belt,' zei hij, haar een stukje papier gevend, 'zal een nogal zwijgzaam heerschap mijn voortijdig overlijden bevestigen.'

'Heeft hij ook een naam?'

'Uzi Navot.'

'Het hoofd van het Bureau?'

Gabriel knikte. 'Bel hem via een niet beschermde telefoonlijn. En wat je ook doet, vertel onder geen beding dat je pas nog met de overledene hebt gesproken. Moskou Centrum luistert mee.'

'Ik heb een Britse bron nodig. Een echte.'

Hij gaf haar nog een papiertje. Nog een telefoonnummer. 'Dit is zijn privénummer. Maak er geen misbruik van.'

Ze stopte allebei de nummers in haar tas.

'Hoe snel kun je het gedrukt krijgen?'

'Als ik er een haastklus van maak, kan het morgen al in de krant staan.'

'Hoe laat verschijnt het op de website?'

'Rond middernacht of zo.'

Er viel een stilte. Samantha wilde het glas al naar haar lippen brengen, maar bedacht zich toen. Ze had nog een lange avond voor de boeg. 'Wat gebeurt er wanneer de wereld ontdekt dat je niet dood bent?' vroeg ze.

'Wie zegt dat dat gaat gebeuren?'

'Je bent toch niet van plan dood te blijven, of wel?'

'Het heeft één heel groot voordeel,' zei hij.

'En dat is?'

'Niemand zal ooit nog proberen me te vermoorden.'

Ze zette haar glas op tafel en kwam overeind. 'Is er nog iets speciaals dat ik over je moet zeggen?'

'Zeg maar dat ik heel veel van mijn land en mijn volk hield. En dat Engeland me ook bijzonder dierbaar was.' Gabriel hielp Samantha in haar jas.

Ze hing haar tas over haar schouder en stak haar hand naar hem uit. 'Het was me een genoegen je bijna te leren kennen,' zei ze. 'Ik denk dat ik je ga missen.'

'Nu geen tranen meer, Samantha.'

'Nee,' zei ze. 'We richten ons op wraak.'

37

WORMWOOD COTTAGE, DARTMOOR

Toen Gabriel die avond weer bij Wormwood Cottage aankwam, trof hij een officieel uitziende auto op de oprit aan. In de keuken ruimde Miss Coventry de tafel af, en in de studeerkamer waren twee mannen verwikkeld in een verhit potje schaak. Beide spelers rookten daarbij. De stukken leken wel soldaten in de nevelen van de oorlog.

'Wie wint er?' vroeg Gabriel.

'Wie denk je?' was de wedervraag van Ari Shamron. Hij keek naar Keller en vroeg: 'Ga je ooit nog een zet doen?'

Dat deed Keller.

Shamron slaakte een treurige zucht en voegde Kellers tweede paard bij zijn kleine krijgsgevangenenkamp. De stukken stonden in twee nette rijen naast de asbak. Shamron had altijd al de gewoonte gehad degenen die de pech hadden in zijn handen te vallen een zekere discipline op te leggen. 'Eet wat,' zei hij tegen Gabriel. 'Dit duurt niet lang.'

Miss Coventry had voor Gabriel een bord lamsvlees en doperwten in de warme oven laten staan. Hij at in zijn eentje aan de keukentafel, luisterend naar het verloop van de schaakpartij in de andere kamer. Het geluid van de schaakstukken, de klik van Shamrons oude Zippo-aansteker; er ging een vreemd geruststellende werking van uit. Uit Kellers gekwelde stilte maakte hij op dat de strijd voor hem niet goed verliep. Gabriel waste zijn bord en bestek af, zette ze in het rek om te drogen en liep toen de studeerkamer weer in.

Shamron warmde zijn handen aan het vuur van kolen en hout in de haard. Hij droeg een keurig geperste kaki broek, een wit katoenen overhemd en een oud leren bomberjack met een scheur op de linkerschouder. Het licht van het vuur weerspiegelde in de glazen van zijn lelijke stalen bril.

'En?' vroeg Gabriel.

'Hij heeft hard gevochten, maar het mocht niet baten.'

'Hoe is zijn spel?'

'Onverschrokken, vakkundig, maar met te weinig strategische visie. Hij houdt erg van doden, maar is niet zo slim zich te realiseren dat het soms beter kan zijn een vijand te laten leven dan hem aan het zwaard te rijgen.' Shamron keek Gabriel glimlachend aan. 'Hij is een man van de daad, geen planner.' Vervolgens richtte hij zijn blik weer op het vuur en vroeg: 'Is dit hoe je het je had voorgesteld?'

'Wat?'

'Je laatste avond op aarde.'

'Ja,' zei Gabriel. 'Dit is precies zoals ik het me had voorgesteld.'

'Samen met mij in een safehouse. Een Brits safehouse,' voegde Shamron er op laatdunkende toon aan toe. Zijn blik ging langs de muren en het plafond. 'Luisteren ze mee?'

'Ze zeggen van niet.'

'Vertrouw je ze?'

'Ja.'

'Dat zou je beter niet kunnen doen. Sterker nog,' verklaarde Shamron, 'je had beter helemaal niet bij die zoektocht naar Quinn betrokken kunnen raken. Om precies te zijn was ik daar ook tegen. Ik moest zwichten voor Uzi.'

'Sinds wanneer luister jij naar Uzi?'

Shamron haalde zijn schouders op, in een gebaar van overgave. 'Ik had naast de naam van Eamon Quinn al heel lang een leeg hokje staan,' zei hij. 'Ik wilde dat jij en je vriend daarin een vinkje zouden plaatsen voordat er nog een vliegtuig uit de lucht zou vallen.'

'Het hokje is nog steeds leeg.'

'Niet lang meer.' Een vlam schoot omhoog uit Shamrons aansteker. De scherpe geur van Turkse tabak vermengde zich met die van Engels hout en Engelse kolen.

'Had je gedacht dat het zo zou eindigen?' vroeg Gabriel.

'Met jouw dood?'

Gabriel knikte.

'Al zo vaak dat ik de tel ben kwijtgeraakt.'

'Die nacht in de desolate zandvlakte van het Lege Kwartier bijvoorbeeld,' zei Gabriel.

'Wat dacht je van Harwich?'

'En Moskou.'

'Ja,' zei Shamron. 'Moskou zal er altijd zijn. Moskou is ook de reden dat we hier zitten.' Een ogenblik lang rookte hij zwijgend.

Normaal gesproken zou Gabriel hem dringend hebben verzocht dat niet te doen, maar nu niet. Shamron had verdriet. Hij stond op het punt een zoon te verliezen.

'Je vriendin van de Telegraph heeft net Uzi aan de telefoon gehad.'

'Hoe is dat gegaan?'

'Hij schijnt nogal hoog van je te hebben opgegeven. Een rijzende ster, een enorm verlies voor het land. Israël zou vannacht een stuk minder veilig zijn.' Na een korte pauze voegde Shamron eraan toe. 'Volgens mij vond hij het wel leuk.'

'Wat precies?'

'Alles. Per slot van rekening,' zei Shamron, 'kun jij niet het nieuwe hoofd worden als je dood bent.'

Gabriel glimlachte.

'Haal je maar niets in je hoofd,' waarschuwde Shamron. 'Zodra dit allemaal voorbij is, ga je terug naar Jeruzalem, waar je een wonderbaarlijke wederopstanding zult beleven.'

'Net als –'

Met een opgeheven hand legde Shamron hem het zwijgen op. Hij was opgegroeid in een dorpje in het oosten van Polen waar regelmatig pogroms hadden plaatsgevonden. Hij had zich nog steeds niet met het christendom verzoend.

'Het verbaast me nog dat je niet met een exfiltratieteam naar Engeland bent gekomen,' zei Gabriel.

'Die gedachte is wel bij me opgekomen.'

'Maar?'

'Het is belangrijk dat we de Russen de boodschap sturen dat ze een hoge prijs zullen moeten betalen wanneer ze onze aanstaande chef vermoorden. Het ironische is dat die boodschap door jou zal worden afgeleverd.'

'Denk je dat de Russen ironie zullen begrijpen?'

'Tolstoj deed dat in ieder geval wel. Maar het enige wat de tsaar begrijpt, is geweld.'

'En de Iraniërs?'

Shamron dacht even na alvorens antwoord te geven. 'Die hebben minder te verliezen,' zei hij uiteindelijk. 'Daarom zullen ze behoedzamer moeten worden aangepakt.' Hij gooide zijn peuk in het vuur en viste een nieuwe sigaret uit het gekreukte pakje. 'De man die je zoekt is in Wenen. Hij logeert in het InterContinental Hotel. De huishoudelijke afdeling heeft kamers geboekt voor jou en Keller. Je zult er ook twee oude vrienden aantreffen. Gebruik ze zoals je wilt.'

'En Eli?'

'Die zit nog steeds in dat krot in Lissabon.'

'Haal hem naar Wenen.'

'Wil je dat appartement in Lissabon nog onder observatie houden?'

'Nee,' zei Gabriel. 'Daar zal Quinn nooit meer komen. Lissabon heeft zijn nut gehad.'

Shamron knikte traag bij wijze van instemming. 'Qua communicatie,' zei hij, 'zullen we ouderwetse middelen moeten gebruiken, zoals tijdens Toorn van God.'

'Het valt niet mee ouderwets te zijn in een moderne wereld.'

'Jij kunt een schilderij van vierhonderd jaar oud er weer als nieuw laten uitzien. Je verzint vast wel iets.' Shamron wierp een blik op zijn horloge. 'Ik zou willen dat je nog een laatste keer met je vrouw kon bellen, maar ik vrees dat dat onder de gegeven omstandigheden niet mogelijk is.'

'Hoe heeft ze het nieuws van mijn dood ontvangen?'

'Zo goed als je zou kunnen verwachten.' Shamron keek Gabriel even aan. 'Jij boft maar. Er zijn maar weinig vrouwen die hun man in de laatste weken van hun zwangerschap ten strijde laten trekken tegen het Kremlin.'

'Dat hoort erbij.'

'Dat dacht ik ook. Ik heb mijn hele leven gewijd aan mijn volk en mijn land. En daarbij heb ik langzaam maar zeker iedereen die me ooit dierbaar is geweest van me vervreemd.' Na een korte pauze voegde Shamron eraan toe: 'Iedereen, behalve jou.'

Buiten begon het weer te regenen, een plotselinge uitbarsting waarbij grote druppels sissend op het rooster van de haard terechtkwamen.

Shamron leek het niet te merken, hij staarde naar zijn horloge. Tijd was altijd zijn vijand geweest, nu meer dan ooit. 'Hoelang nog?' vroeg hij.

'Niet lang,' antwoordde Gabriel.

Shamron rookte zwijgend, terwijl de regendruppels ten onder gingen op het roodgloeiende rooster. 'Is dit hoe je het je had voorgesteld?' vroeg hij.

'Het is precies zoals ik het me had voorgesteld.'

'Toch vreselijk, nietwaar?'

'Wat, Ari?'

'Een kind dat eerder doodgaat dan zijn ouders. Het zet de natuurlijke orde op zijn kop.' Hij gooide zijn peuk in het vuur. 'Dan kun je niet fatsoenlijk rouwen. Dan kun je alleen maar aan wraak denken.'

Ari Shamron had zich, net als Gabriel, slechts in beperkte mate aangepast aan de moderne wereld. Met tegenzin had hij een mobiele telefoon bij zich. Hij wist immers beter dan wie dan ook hoe zo'n apparaat tegen de gebruiker kon gaan werken? Op dat moment lag zijn telefoon in het houten kistje op het bureau van Parish waarin de verboden eigendommen van 'bezoek' werden bewaard.

Parish kwam er rond voor uit dat hij weinig met de oude man op had. Dat roken! Mijn God, dat roken. Erger nog dan de jonge Engelsman die altijd aan het wandelen was. De oude man rook als een asbak. Zag eruit als een wandelend lijk. En dan die tanden! Hij had een glimlach als een berenklem, in alle opzichten.

Het was niet duidelijk of de oude man zou blijven slapen. Hij had niet aangegeven wat zijn plannen waren, en Parish had ook geen instructies van Vauxhall Cross ontvangen, afgezien van een vreemd bericht betreffende de website van de Telegraph. Die moest Parish regelmatig controleren, te beginnen om middernacht. Daarop zou een artikel verschijnen dat van belang was voor de twee mannen uit Israël. Vauxhall Cross vond het niet nodig erbij te vertellen waaróm het van belang zou zijn. Blijkbaar zou dat voor zich spreken. Parish moest het artikel printen en het aan de twee mannen geven, zonder commentaar en met gepaste ernst, wat dat ook mocht betekenen. Parish werkte al bijna dertig jaar voor MI6, in verschillende functies. Hij was wel gewend aan vreemde instructies van het hoofdkantoor. De ervaring had hem geleerd dat die vaak hand in hand gingen met belangrijke operaties.

En dus bleef hij die avond tot laat achter zijn bureau zitten, lang nadat Miss Coventry naar haar huis in een saai dorpje in de buurt was gebracht, en lang nadat de beveiligers, kapot na weer een dag over de hei achter de jonge Engelsman aan rennen, hun bed in waren gedoken. De beveiliging was van mankracht overgeschakeld op elektronische middelen. Parish las wat bladzijden in een boek van P.D. James – God hebbe haar ziel – en luisterde naar Händel op de radio. Voornamelijk luisterde hij echter naar de regen. Het bleef maar hondenweer. Hield het dan nooit op?

Eindelijk, klokslag middernacht, zette hij de internetverbinding van zijn computer aan en typte het adres van de Telegraph. Het waren de gebruikelijke verhalen: onenigheid in het parlement over de NHS, een bomaanslag in Bagdad, iets over het liefdesleven van een popster wat Parish buitengewoon weerzinwekkend vond. Maar niets wat eruitzag alsof het ook maar in de verste verte van belang kon zijn voor het 'bezoek' uit het Heilige Land. O, er gloorde een heel klein beetje hoop in de onderhandelingen over de kernwapens in Iran, maar dat was nu niet iets wat Parish hun moest vertellen.

Dus wijdde hij zich weer aan P.D. James en Händel, tot het vijf over was. Toen klikte hij op VERNIEUWEN en zag precies dezelfde oninteressante rommel als daarvoor. Om tien over was er ook nog niets veranderd. Maar toen hij de pagina om kwart over vernieuwde, bleef hij onmiddellijk hopeloos vastzitten. Parish had niet echt verstand van computers, maar hij wist wel dat dit soms gebeurde wanneer er iets aan het veranderen was of wanneer het heel druk was. Hij wist ook dat het geen zin had als een gek te gaan tikken of klikken – dat hielp niet – en dus liet hij zijn ogen over nog een paar regels van het boek gaan, terwijl de webpagina zich aan haar blokkades ontworstelde.

Het gebeurde om exact zeventien over twaalf. De pagina verscheen in beeld, bovenaan drie woorden in chocoladeletters. Parish gebruikte de naam van de Heer ijdel, had daarvan onmiddellijk spijt, en klikte op AFDRUKKEN. Met de papieren in zijn jaszak stak hij de binnenplaats over naar de achterdeur van de cottage. In zijn hoofd weerklonken de vreemde instructies die hij van Vauxhall Cross had ontvangen. Gepaste ernst… zeg dat wel! Maar hoe vertelde je iemand in vredesnaam dat hij dood was?

38

LONDEN - KREMLIN

Bijna een uur zwegen de andere media, misschien hadden ze het nog niet gezien. Toen nam een producer van de BBC World Service, gewaarschuwd door een redacteur van de Telegraph, het item op in het nieuws van één uur. Dat hoorde Radio Israël en binnen een paar minuten werden er overal verslaggevers uit hun bed gebeld. Net als leden van de belangrijkste veiligheids- en inlichtingendiensten van het land, uit heden en verleden. Officieel durfde niemand een uitspraak te doen. Officieus veronderstelden ze dat het waarschijnlijk waar was. Het ministerie van Buitenlandse Zaken zei alleen maar dat ze het aan het onderzoeken waren. De woordvoerder van de premier verklaarde dat hij hoopte dat het een vergissing was. Desalniettemin gingen er, bij het eerste zonlicht dat Jeruzalem die ochtend bescheen, sombere klanken door de ether. Gabriel Allon, de engel der wrake van Israël, het aanstaande hoofd van het Bureau, was dood.

In Londen was het bericht van Allons dood eerder reden tot discussie dan tot verdriet. Hij had een lange geschiedenis op Britse bodem achter de rug, waarvan een klein deel bekend was bij het grote publiek, maar het grootste deel gelukkig niet. Zo waren er zijn operaties tegen Zizi al-Bakari, de Saoedi-Arabische financier van gruweldaden, en Ivan Kharkov, de favoriete wapenhandelaar van het Kremlin. En zijn dramatische redding van Elizabeth Halton, de dochter van de Amerikaanse ambassadeur, bij Westminster Abbey, en de nachtmerrie in Covent Garden. Maar waarom was hij die bomauto naar Brompton Road gevolgd? En waarom was hij op die witte Ford af gestormd, die vaststond in het verkeer? Werkte hij samen met MI6, of was hij op eigen initiatief naar Londen teruggekeerd? Had Israëls roemruchte geheime dienst op de een of andere manier schuld aan het tragische incident?

De Britse geheime dienst weigerde ieder commentaar, net als de Metropolitan Police. Premier Lancaster, op bezoek bij een noodlijdende school in het Londense East End, negeerde een vraag van een verslaggever over het onderwerp, wat de rest van de Britse media opvatte als bewijs dat het waar was. De oppositieleider vroeg om een parlementair onderzoek, maar de imam van de radicaalste moskee van Londen kon zijn vreugde nauwelijks verbergen. Hij noemde de dood van Allon 'hoog tijd en een welkom cadeau van Allah aan het Palestijnse volk en de islamitische wereld in het algemeen'. De aartsbisschop van Canterbury bekritiseerde zijn opmerkingen op milde wijze door te zeggen dat die 'niet hielpen'.

In Green's Restaurant en Oesterbar, een elegante kroeg in St. James's, gefrequenteerd door leden van het Londense kunstwereldje, verkeerde iedereen letterlijk in een grafstemming. Daar hadden ze Gabriel Allon niet gekend als man van de geheime dienst, maar als een van de beste kunstrestaurateurs van zijn tijd – al waren sommigen van hen onbewust wel betrokken geraakt bij zijn operaties, en waren er zelfs een paar die daaraan uit vrije wil hadden meegewerkt. Julian Isherwood, de beroemde kunsthandelaar die van de diensten van Allon gebruik had gemaakt zolang hij zich kon herinneren, was ontroostbaar. Zelfs de vadsige Oliver Dimbleby, de liederlijke handelaar uit Bury Street die niet in staat werd geacht ergens ook maar een traan om te laten, werd snikkend aangetroffen met een glas Montrachet dat hij van Roddy Hutchinson had gebietst. Jeremy Crabbe, het hoofd van de afdeling Oude meesters van het eerbiedwaardige veilinghuis Bonhams, noemde Allon 'waarlijk een van de allergrootsten'. Om niet achter te blijven zei Simon Mendenhall, de altijd even zongebruinde hoofdveilingmeester van Christie's, dat het in de kunstwereld nooit meer hetzelfde zou worden. Simon had Gabriel Allon nog nooit persoonlijk ontmoet en waarschijnlijk zou hij hem bij een confrontatie op het politiebureau onmogelijk uit een rijtje kunnen pikken, maar om de een of andere reden had hij rake, ware woorden gesproken, iets wat hij zelden deed.

Ook aan de andere kant van de grote plas, in Amerika, werd er om Gabriel getreurd. Een voormalig president aan wie Allon veel geheime diensten had bewezen, zei dat de Israëlische geheim agent een cruciale rol had gespeeld in het behoeden van de VS voor een nieuwe terroristische aanslag van het kaliber 9/11. Adrian Carter, sinds mensenheugenis het hoofd van de National Clandestine Service van de CIA, noemde hem 'een partner, een vriend, misschien wel de dapperste man die ik ooit heb gekend'. De stem van Zoe Reed, nieuwslezer bij CNBC, haperde even bij het lezen van een bericht over Allons dood. Sarah Bancroft, bijzonder curator bij het Museum of Modern Art in New York, zegde zonder opgaaf van redenen al haar afspraken voor die dag af. Een paar uur later zei ze tegen haar secretaresse dat ze de rest van de week vrij nam. Degenen die haar uit het museum zagen vertrekken, beschreven haar als overmand door verdriet.

Het was geen geheim dat Allon gek op Italië was geweest, en Italië, voor het grootste deel, ook op hem. In het Vaticaan trok Zijne Heiligheid paus Paulus VII zich, nadat hij het nieuws had gehoord, terug in zijn privékapel, terwijl zijn invloedrijke privésecretaris, Monsignor Luigi Donati, een paar dringende telefoontjes pleegde om erachter te komen of het waar was. Een van die telefoontjes was met generaal Cesare Ferrari, hoofd van het roemruchte Bureau Kunstzaken van de carabinieri. De generaal had niets te vertellen. Net zomin als Francesco Tiepolo, de eigenaar van een vooraanstaand Venetiaans restauratiebedrijf die Allon in het geheim had ingehuurd voor de restauratie van een paar van de belangrijkste altaarstukken in de stad. Allons vrouw kwam uit het oude Joodse getto, en zijn schoonvader was de opperrabbijn van de stad. Donati belde een paar keer naar het kantoor en het huis van de rabbijn. Er werd niet opgenomen, wat de privésecretaris van de paus het ergste deed vermoeden.

Op een aantal andere plekken in de wereld was de reactie op de dood van Allon totaal anders – vooral in het zwaarbewaakte complex in Yasenevo, een voorstad ten zuidwesten van Moskou. Het complex was ooit het hoofdkwartier van het Eerste Hoofddirectoraat van de KGB geweest. Nu behoorde het toe aan de SVR. Toch gebruikten de meeste mensen die er werkten nog steeds de oude KGB-naam: Moskou Centrum.

In grote delen van het complex ging het leven die dag zijn normale gangetje. Maar niet in het kantoor van kolonel Alexei Rozanov, op de tweede etage. Hij was die ochtend om drie uur in een heftige sneeuwstorm in Yasenevo aangekomen, en de rest van de ochtend waren er telegrammen over en weer gegaan tussen hem en de *rezident* van de SVR in Londen, een goede vriend die Dmitry Ulyanin heette. Hoewel de telegrammen versleuteld waren met de nieuwste SVR-code en werden verzonden via de veiligste verbinding van de dienst, bespraken Rozanov en Ulyanin de zaak alsof het een routineprobleem was met de visumaanvraag van een Brits zakenman. Tegen één uur die middag hadden Ulyanin en zijn royaal bemande Londense *rezidentura* genoeg gezien om ervan overtuigd te zijn dat het verhaal in de Telegraph waar was. Maar Rozanov, een cynicus, was nog steeds sceptisch. Uiteindelijk griste hij om twee uur de hoorn van zijn beveiligde telefoon en belde Ulyanin rechtstreeks.

Ulyanin had bemoedigend nieuws. 'We hebben de oude man ongeveer een uur geleden het grote gebouw aan de Theems zien verlaten.'

Het grote gebouw aan de Theems was het hoofdkantoor van MI6 en de oude man was Ari Shamron. De mensen van de Londense *rezidentura* hadden Shamron sinds zijn aankomst in Groot-Brittannië met tussenpozen gevolgd.

'Waar ging hij daarvandaan naartoe?'

'Naar Heathrow, waar hij op een vlucht van El Al naar Ben-Gurion is gestapt. Die vlucht had trouwens een paar minuten vertraging.'

'Waarom?'

'Het grondpersoneel moest nog een laatste stuk in het ruim laden.'

'Wat was dat?'

'Een doodkist.'

De beveiligde lijn kraakte en siste gedurende de tien lange seconden dat Alexei Rozanov niets zei.

'Weet je zeker dat het een doodkist was?' vroeg hij uiteindelijk.

'Kom op, Alexei.'

'Misschien was het een onlangs overleden Britse Jood die in het Beloofde Land begraven wilde worden.'

'Dat was niet zo,' zei Ulyanin. 'De oude man stond in de houding op het asfalt, terwijl de kist werd ingeladen.'

Rozanov verbrak de verbinding, aarzelde even en toetste toen het belangrijkste nummer in Rusland in. Een man nam op. Rozanov herkende zijn stem. Binnen het Kremlin werd de man de Poortwachter genoemd. 'Ik moet de Baas spreken,' zei Rozanov.

'De Baas is de hele middag bezig.'

'Het is belangrijk.'

'Dat is onze relatie met Duitsland ook.'

Rozanov vloekte zacht. Hij was vergeten dat de Duitse bondskanselier in de stad was. 'Ik heb maar een paar minuten nodig,' zei hij.

'Er is een korte pauze tussen de laatste bespreking en het diner. Misschien kan ik je er dan even tussen schuiven.'

'Zeg maar tegen hem dat ik goed nieuws heb.'

'Dat is je geraden,' zei de Poortwachter. 'Van de bondskanselier krijgt hij al de wind van voren over de Oekraïne.'

'Hoe laat moet ik er zijn?'

'Vijf uur,' zei de Poortwachter, en hij verbrak de verbinding.

Alexei Rozanov legde de hoorn terug op de telefoon en keek naar de vallende sneeuw. Toen dacht hij aan een kist die in een Israëlisch vliegtuig werd geladen terwijl een oude man op het asfalt in de houding stond, en voor het eerst in bijna een jaar verscheen er een glimlach op zijn gezicht.

Om precies te zijn was het op de dag af tien maanden. Tien maanden geleden had Alexei Rozanov gehoord dat zijn oude vriend en kameraad Pavel Zhirov was gevonden in een berkenbos in Tver Oblast, stijf bevroren, twee kogels in zijn hoofd. Tien maanden geleden was hij op het Kremlin ontboden voor een gesprek met de president in hoogsteigen persoon. De Baas had gewild dat Rozanov een wraakactie op touw zou zetten. Een paar bloedige moorden zouden niet genoeg zijn. De Baas wilde zijn vijanden straffen op een manier die tweedracht zou zaaien in hun gelederen en die ervoor zou zorgen dat ze er wel heel goed over zouden nadenken zich ooit nog met de zaken van Rusland te bemoeien. Maar meer dan wat dan ook had de Baas gewild dat Gabriel Allon nooit hoofd van de Israëlische geheime dienst zou worden. De Baas had grote plannen. Hij wilde de vergane glorie van Rusland in ere herstellen, de verloren wereldheerschappij weer opeisen. En Gabriel Allon, een geheim agent uit een piepklein landje, was een van zijn bemoeizuchtigste tegenstanders.

Rozanov had lang en hard over zijn plan nagedacht, had het met de grootst mogelijke zorg uitgestippeld en de benodigde onderdelen ervoor bij elkaar gezocht. Toen had hij, met de zegen van de president, opdracht gegeven tot de moord die de hele operatie in werking had gezet. Graham Seymour, de baas van MI6, had precies zo gereageerd als Rozanov had verwacht. Net als Allon. Nu lag zijn dode lichaam in het vrachtruim van een vliegtuig met bestemming Ben-Gurion Airport. Rozanov veronderstelde dat ze hem op de Olijfberg zouden begraven, naast zijn zoon. Niet dat het hem iets kon schelen. Het enige wat hem iets kon schelen was dat Allon niet langer onder de levenden was.

Hij trok de onderste la van zijn bureau open. Daarin lagen een fles, een glas en een pakje Dunhills, een zonde die hij had overgehouden aan de tijd dat hij in Londen had gewerkt, vóór de ineenstorting van de Sovjet-Unie – de grote ramp, zoals Rozanov het noemde. Hij had al tien maanden geen alcohol of sigaretten aangeraakt. Nu schonk hij zich een royaal glas wodka in en schudde een Dunhill uit het pakje. Iets maakte dat hij nog even aarzelde voordat hij die aanstak. Hij stak zijn hand nogmaals uit naar de telefoon, bedacht zich en stopte in plaats daarvan een dvd in zijn computer. Het schijfje zoemde, Brompton Road verscheen op het scherm. Hij bekeek het allemaal, van begin tot eind. Hij zag een man op een witte auto af stormen. Terwijl het beeld vergruisde, glimlachte Alexei Rozanov nogmaals. 'De dwaas,' zei hij zacht, een lucifer afstrijkend.

Rozanov bestelde een auto uit de transportpool om vier uur. Aangezien hij tegen het gekmakende verkeer van Moskou in ging, kostte het hem maar veertig minuten om de Borovitskaya-toren van het Kremlin te bereiken. Toen hij het presidentiële paleis binnenging, stond er al iemand te wachten om hem naar boven, naar het kantoor van de president te brengen.

De Poortwachter zat achter zijn bureau in de wachtruimte. Zijn gezicht stond net zo onvriendelijk als dat van de president meestal stond. 'Je bent te vroeg, Alexei.'

'Beter dan te laat.'

'Ga zitten.'

Rozanov ging zitten. Het werd vijf uur. Niets. Het werd zes uur. Nog steeds niets. Eindelijk, om halfzeven, kwam de Poortwachter hem halen.

'Hij heeft twee minuten voor je.'

'Meer heb ik niet nodig.'

De Poortwachter ging Rozanov voor door een marmeren gang naar een paar zware, gouden deuren. Een bewaker deed een van de deuren open, Rozanov ging alleen naar binnen.

Het kantoor was een spelonkachtige ruimte, helemaal donker, afgezien van een lichtbundel die het bureau van de Baas bescheen. Zijn blik was op een stapel papier gericht en dat bleef ook zo, terwijl Rozanov allang binnen was.

Zwijgend bleef de SVR-man voor het bureau staan, zijn handen beschermend ineengeslagen voor zijn genitaliën.

'En?' vroeg de Baas uiteindelijk. 'Is het waar of niet?'

'De *rezident* in Londen zegt van wel.'

'Ik vraag het niet aan de *rezident* in Londen. Ik vraag het aan jou.'

'Het is waar.'

De Baas keek op. 'Weet je dat zeker?'

Rozanov knikte.

'Zeg het, Alexei.'

'Hij is dood.'

De Baas richtte zijn blik weer op de papieren. 'Hoeveel waren we de Ier ook alweer schuldig?'

'Volgens onze afspraak,' zei Rozanov voorzichtig, 'zou hij tien miljoen krijgen bij voltooiing van de eerste fase van de operatie, en nog eens tien miljoen na de tweede.'

'Waar is hij nu?'

'In een SVR-safehouse.'

'Wáár, Alexei?'

'In Budapest.'

'En de vrouw?'

'Hier in Moskou,' antwoordde Rozanov, 'in afwachting van vertrekorders.'

Er viel een stilte, een stilte zoals 's nachts op een begraafplaats. Rozanov was blij toen de Baas eindelijk weer iets zei.

'Ik wil een kleine verandering aanbrengen,' zei hij.

'Wat voor verandering?'

'Zeg tegen de Ier dat hij de hele twintig miljoen krijgt zodra beide fases van de operatie zijn voltooid.'

'Dat zou weleens een probleem kunnen zijn.'

'Nee, hoor.' De Baas schoof hem over het massieve bureau een dossiermap toe.

Rozanov sloeg de map open en keek erin. De dood lost alle problemen op, dacht hij. Geen man, geen probleem.

39

LONDEN - WENEN

Maar Gabriel Allon was niet dood, uiteraard. Om precies te zijn stapte hij, op het moment dat Alexei Rozanov het Kremlin betrad, op Heathrow aan boord van een vlucht van British Airways. Zijn haar was zilvergrijs geverfd, zijn ogen waren niet langer groen. In zijn jaszak zat een veelgebruikt Brits paspoort en verschillende creditcards op dezelfde naam: een cadeautje van Graham Seymour, gegeven met toestemming van de premier himself. Hij vloog businessclass, en zijn stoel was op de derde rij, aan het raam. Zodra hij zat, kreeg hij iets te drinken en een krant aangeboden. Hij koos de Telegraph en las over zijn dood, terwijl de uit rode baksteen opgetrokken voorsteden van Londen onder hem uit het zicht verdwenen.

De vlucht van Heathrow naar Wenen duurde twee uur. Hij deed alsof hij las, deed alsof hij sliep, hij prikte wat in zijn vliegtuigeten, hij smoorde een vriendelijke poging tot een gesprek van de man naast hem in de kiem. Doden praatten niet in een vliegtuig. En ze hadden ook geen mobiele apparatuur bij zich. Toen het vliegtuig op Schwechat, de luchthaven van Wenen, landde, was hij de enige passagier in de businessclass die niet automatisch zijn mobiele telefoon pakte. Ja, dacht hij terwijl hij zijn tas pakte, dood zijn had zo zijn voordelen.

Hij volgde de bordjes naar de paspoortcontrole en bleef af en toe even staan alsof hij zich moest oriënteren, hoewel hij de weg daar blindelings kon vinden.

De ogen van de jonge man bij de controle bleven net iets te lang op hem rusten. 'Mr. Stewart?' vroeg hij, een blik in het paspoort werpend.

'Ja,' antwoordde Gabriel met een neutraal accent.

'Voor het eerst in Oostenrijk?'

'Nee.'

De man bladerde door het paspoort. 'Wat brengt u deze keer hier?'

'Muziek.'

De Oostenrijker gaf het paspoort zonder verder nog iets te zeggen terug.

Gabriel liep naar de aankomsthal, waar Christopher Keller naast een geldwisselkantoortje stond te wachten.

Keller liep achter Gabriel aan naar buiten, naar het kortparkeerterrein, waar een auto voor hen klaarstond. Een Audi A6, blauwgrijs. 'Beter dan een Škoda,' zei Keller.

Gabriel peuterde de sleutel uit de wielkast van het linkerachterwiel en controleerde de onderkant van de auto op explosieven. Toen ontgrendelde hij de portieren, gooide zijn tas op de achterbank en schoof achter het stuur.

'Misschien moet je mij laten rijden,' zei Keller.

'Nee,' zei Gabriel, terwijl hij de motor startte. Dit was zijn terrein.

Hij had geen kaart of navigatieapparatuur nodig. Zijn geheugen fungeerde als gids. Hij volgde de Ost Autobahn naar het Donaukanal en ging toen in westelijke richting langs de appartementenblokken van de Landstrasse naar het Stadtpark. Het InterContinental Hotel bevond zich aan de zuidkant van het park, aan de Johannesgasse. Er was opvallend veel politie in uniform op straat en rond het hotel.

'De nucleaire top,' verklaarde de parkeerjongen, terwijl Gabriel uit de auto stapte en zijn tas van de achterbank viste.

'Welke delegatie logeert hier?' vroeg Gabriel.

De jongen toverde slechts een plichtmatige glimlach op zijn gezicht en zei: 'Ik hoop dat u een prettig verblijf hebt, Herr Stewart.'

In de lobby was nog meer politie aanwezig, zowel in uniform als in burger, en er liepen ook een paar minder frisse types rond die eruitzagen als Iraanse beveiligers.

Gabriel en Keller liepen langs hen heen naar de receptie, checkten in en namen de lift naar de vierde etage. Keller had kamer 428, Gabriel 409. Nadat Gabriel het slot met de sleutelkaart had ontgrendeld aarzelde hij heel even alvorens de deur open te doen. Binnen klonk Mozart zacht uit de radio op het nachtkastje. Hij zette de radio uit, doorzocht de kamer grondig en hing zijn kleren, omwille van het huishoudelijke personeel, netjes in de kast. Toen nam hij de hoorn van de telefoon en toetste het nummer van de hotelcentrale in. 'Feliks Adler, alstublieft.'

'Een ogenblikje alstublieft.'

De telefoon ging twee keer over. Toen kwam Eli Lavon aan de lijn.

'In welke kamer zit u, Herr Adler?'

'Zevenhonderdtwaalf.'

Gabriel hing op en ging naar boven.

40

INTERCONTINENTAL HOTEL, WENEN

Eli Lavon deed de deur open en trok hem haastig naar binnen.

Lavon was niet de enige aanwezige in de kamer. Yaakov Rossman stond door een spleet tussen de gordijnen naar buiten te turen, en op het bed, zijn ogen ongeïnteresseerd op een voetbalwedstrijd op de televisie gericht, lag Mikhail Abramov. Geen van beiden leken ze ervan op te kijken dat Gabriel nog in het land der levenden verkeerde, vooral Mikhail niet. Mikhail had zelf ook al een paar keer dood moeten zijn.

'Goed nieuws van het thuisfront,' zei Lavon. 'Je lichaam is veilig aangekomen. Het is nu onderweg naar Jeruzalem.'

'Hoe ver gaan we hiermee?'

'Ver genoeg om te zorgen dat het de Russen niet ontgaat.'

'En mijn vrouw?'

'In diepe rouw gedompeld, uiteraard, maar ze heeft veel vrienden om zich heen.'

Gabriel trok de afstandsbediening tussen de vingers van Mikhail vandaan en zapte langs de nieuwskanalen. Blijkbaar waren zijn *fifteen minutes of fame* voorbij, want zelfs de BBC had het alweer over andere dingen. Hij bleef even hangen bij CNN, waar een verslaggever voor het hoofdkantoor van het IAEA, het Internationaal Atoomenergieagentschap stond, de plaats waar de besprekingen tussen de Verenigde Staten, hun Europese bondgenoten en de Islamitische Republiek Iran plaatsvonden. Helaas voor Israël en de soennitische Arabische staten van het Midden-Oosten stonden beide partijen op het punt een deal te sluiten waarbij Iran een begrensd nucleair programma zou behouden.

'Zo te horen had je niet op een slechter moment kunnen doodgaan,' zei Lavon.

'Ik heb mijn best gedaan.' Gabriels blik gleed over de andere aanwezigen in de kamer en hij voegde eraan toe: 'We hebben allemaal ons best gedaan.'

'Ja,' beaamde Lavon. 'Maar de Iraniërs ook.'

Gabriel keek weer naar het televisiescherm. 'Is onze vriend daar ook?'

Lavon knikte. 'Hij zit niet aan tafel met de onderhandelaars, maar hij maakt deel uit van het Iraanse ondersteunende team.'

'Hebben we al iets van hem gehoord sinds hij in Wenen is?'

'Dat moet je aan zijn contactpersoon vragen.'

Gabriels blik verplaatste zich naar Yaakov Rossman, die nog steeds naar buiten stond te staren.

Yaakov had kort, zwart haar en een pokdalig gezicht. Het was altijd zijn werk geweest spionnen te runnen op de gevaarlijkste plekken ter wereld: de Westelijke Jordaanoever, de Gazastrook, Libanon, Syrië, en nu dus Iran. Hij vond het vanzelfsprekend om tegen zijn spionnen te liegen en hij wist dat zij bij gelegenheid ook hem voorlogen. Sommige leugens accepteerde hij omdat die er nu eenmaal bij hoorden, maar dat gold niet voor de leugen die zijn belangrijkste Iraanse bron hem had verteld. Die was onderdeel geweest van een complot om het toekomstige hoofd van Yaakovs dienst te vermoorden, en daarvoor zou de Iraniër moeten boeten. Maar niet onmiddellijk. Eerst zou hij de kans krijgen nog iets van zijn zonden goed te maken.

'Ik breng meestal wel een bezoekje aan de stad wanneer er door de twee partijen wordt onderhandeld,' verklaarde Yaakov. 'De Amerikanen zijn nooit zo spraakzaam over wat er aan die tafel allemaal gebeurt. Reza zorgt voor de broodnodige aanvullingen.'

'Hij zal het dus niet vreemd vinden iets van jou te horen?'

'Absoluut niet. Sterker nog,' voegde Yaakov eraan toe, 'hij vraagt zich waarschijnlijk al af waarom ik nog geen contact heb opgenomen.'

'Waarschijnlijk denkt hij dat je in Jeruzalem bent om sjivve te zitten voor mij.'

'Laten we het hopen.'

'Waar is zijn gezin?'

'Die zijn een paar uur geleden de grens overgegaan.'

'Nog problemen?'

Yaakov schudde zijn hoofd.

'En Reza weet van niets?'

Yaakov glimlachte. 'Nog niet.' Hij richtte zijn blik weer op de straat.

Gabriel keek naar Lavon en vroeg: 'In welke kamer zit hij?'

Lavon knikte naar de muur.

'Hoe heb je dat voor elkaar gekregen?'

'We hebben het systeem gehackt en zijn kamernummer gevonden.'

'Binnen geweest?'

'Wanneer we maar willen.'

De wizards van de afdeling Technologie van het Bureau hadden een magische sleutelkaart ontwikkeld waarmee iedere elektronisch afgesloten hotelkamerdeur ter wereld kon worden geopend. De eerste keer dat je hem erlangs haalde werd de code gestolen. De tweede keer ging het slot open.

'En we hebben een kleinigheid achtergelaten,' zei Lavon.

Hij boog zich voorover naar een laptop om het geluid harder te zetten. Op de radio in de kamer naast hen was Bach te horen.

'Wat is het bereik?' vroeg Gabriel.

'Alleen de kamer. De telefoon hebben we gelaten voor wat hij was. Die gebruikt hij toch niet om naar buiten te bellen.'

'Nog opvallende dingen?'

'Hij praat in zijn slaap en hij is een stille drinker. Maar dat was het wel.' Lavon zette het geluid weer zachter.

Gabriel keek naar het televisiescherm. Nu stond er een verslaggever op een balkon met uitzicht over de Oude Stad van Jeruzalem.

'Ik hoor dat hij op het punt stond vader te worden,' zei Mikhail.

'Echt?' vroeg Gabriel.

'Een tweeling.'

'Je meent het.'

Mikhail deed alsof hij het allemaal maar saai vond en hij zapte terug naar de voetbalwedstrijd.

Gabriel ging terug naar zijn kamer om te wachten op een telefoontje.

Het imposante hoofdkantoor van het IAEA stond aan de andere kant van de Donau, in een wijk die het internationale centrum van Wenen werd genoemd. De besprekingen tussen de Amerikanen en de Iraniërs gingen door tot acht uur die avond, toen beide partijen het eindelijk ergens over eens waren, namelijk dat het tijd was om er voor die dag een punt achter te zetten. Het hoofd van de Amerikaanse delegatie zei in een kort commentaar tegen de verslaggevers dat er vooruitgang was geboekt.

Haar Iraanse collega was een stuk minder optimistisch. Hij mompelde iets over Amerikaanse onbuigzaamheid voordat hij in zijn gereedstaande limousine stapte.

Tegen halfnegen arriveerden de auto's met de Iraanse delegatie bij het InterContinental Hotel. Onder zware bewaking werden ze de hal door geleid naar een paar liften die voor hen waren vastgehouden, tot grote ergernis van de andere gasten van het hotel. Reza Nazari, een VEVAK-veteraan die zich voordeed als Iraans diplomaat, had als enige lid van de delegatie een kamer op de zevende verdieping. Hij liep door de lege gang naar kamer 710, opende de deur met zijn sleutelkaart en ging naar binnen.

Het geluid van de deur die open- en dichtging was hoorbaar in de kamer ernaast, waar Yaakov Rossman nog als enige aanwezig was. Dankzij de onder het bed van de Iraniër verstopte zender kon Yaakov nog meer geluiden horen. Een jas die op een stoel werd gegooid, schoenen die op de grond vielen, een telefoontje met roomservice, het doortrekken van de wc. Yaakov zette het geluid van de laptop zachter, pakte de hoorn van de kamertelefoon en toetste een nummer in.

Twee keer ging de telefoon over, toen klonk de stem van Reza Nazari.

In het Engels legde Yaakov uit wat hij wilde.

'Dat kan niet, vriend,' zei Nazari. 'Niet vanavond.'

'Alles kan, Reza. Juist vanavond.'

Na een korte aarzeling vroeg de Iraniër: 'Wanneer?'

'Over vijf minuten.'

'Waar?'

Yaakov vertelde de Iraniër wat hij moest doen, verbrak de verbinding, en zette het geluid van de laptop weer harder. Een man die zijn bestelling bij roomservice annuleerde, een man die zijn schoenen en jas aantrok, een deur die dichtging, voetstappen in de gang. Nogmaals pakte Yaakov de telefoon, deze keer om naar kamer 409 te bellen.

Twee keer ging de telefoon over, toen klonk de stem van een dode. De dode leek blij met wat hij hoorde.

Alles kon, dacht Yaakov, terwijl hij de verbinding verbrak. Juist vanavond.

Drie verdiepingen lager stond Gabriel op van zijn bed en liep rustig naar het raam. In gedachten berekende hij hoelang de man die had meegewerkt aan een complot hem te vermoorden nodig zou hebben om op het verlichte plein voor het hotel te verschijnen. Vijfenveertig seconden. Langer duurde het niet voordat hij uit het hotel opdook. Van bovenaf gezien ging er geen enkele dreiging van hem uit, hij was niet meer dan een vlekje, een man van niets. Hij liep naar de straat, wachtte op een opening in het niet erg drukke verkeer en stak over naar het Stadtpark, een donkere massa in een verder verlichte stad. Niemand van de Iraanse delegatie kwam achter hem aan, alleen een kleine man met een keurige gleufhoed die in het hotel was ingeschreven onder de naam Feliks Adler.

Gabriel liep naar de telefoon en voerde twee korte gesprekken: een met de gast in kamer 428 en een om te vragen of zijn auto kon worden voorgereden. Toen stopte hij een Beretta achter de band van zijn spijkerbroek, trok een leren jack aan, en zette een pet op waarmee hij zoveel mogelijk probeerde te bedekken van het gezicht dat die dag al op veel te veel televisieschermen te zien was geweest.

De gang voor zijn kamer was leeg, net als de lift die hem naar de lobby bracht. Onopgemerkt door politieagenten en beveiligers liep hij de koude avondlucht in. De Audi stond al klaar, met Keller achter het stuur. Gabriel gaf hem aanwijzingen om naar de oostkant van het park te rijden, en daar waren ze net aangekomen op het moment dat Reza Nazari in het licht van de lampen opdook.

Er stond een Mercedes te wachten met twee mannen erin, de koplampen gedoofd. Zodra Nazari op de achterbank zat, scheurde de auto weg. De Iraniër wist het nog niet, maar hij had zojuist de op één na grootste fout van zijn leven gemaakt.

Gabriel keek de achterlichten na, totdat ze niet langer zichtbaar waren in de elegante straat. Toen zag hij Herr Adler het park uit komen. Hij zette zijn hoed even af, als teken dat de Iraniër clean was en begon vervolgens terug te lopen naar het hotel. Herr Adler had permissie gevraagd de festiviteiten van die avond over te slaan. Herr Adler had nooit zo van het ruige werk gehouden.

41

NEDER-OOSTENRIJK

‘Waar gaan we heen?’

‘Naar een rustige plek.’

‘Ik kan niet te lang uit het hotel wegblijven.’

‘Maak je geen zorgen, Reza. Niemand verandert in een pompoen vanavond.’

Yaakov keek over zijn schouder. Wenen was nog slechts een vage vlek gele lichtjes aan de horizon. Voor hen ontrolden zich de glooiende akkers en wijngaarden van Neder-Oostenrijk. Mikhail reed iets boven de maximaal toegestane snelheid. Hij had een hand aan het stuur en met de ander tikte hij een nogal dwingend ritme op de versnellingspook.

Dat leek Reza Nazari te irriteren. ‘Wie is die kerel?’ vroeg hij aan Yaakov.

‘Je mag hem Isaac noemen.’

‘Zoon van Abraham, arme jongen. Goed dat die aartsengel verscheen, anders…’ Hij maakte zijn zin niet af. In plaats daarvan staarde hij uit het raam, naar de donkere velden. ‘Waarom ontmoeten we elkaar niet op de gebruikelijke plaats?’

‘Verandering van omgeving.’

‘Waarom?’

‘Heb je per ongeluk vandaag het nieuws gezien?’

‘Allon?’

Yaakov knikte.

‘Gecondoleerd,’ zei de Iraniër.

‘Bespaar me die onzin, Reza.’

‘Hij zou toch de nieuwe chef worden, of niet?’

'Dat gerucht ging, ja.'

'Dus nu zal Uzi zijn baan wel houden? Een goede kerel, Uzi, maar hij is geen Gabriel Allon. Na het opblazen van onze verrijkingsinstallaties ging Uzi met de eer strijken, maar iedereen weet dat het Allon was die verantwoordelijk was voor die gesaboteerde centrifuges.'

'Welke centrifuges?'

Reza Nazari glimlachte. Een beroepsmatige glimlach, voorzichtig en discreet. Hij was een kleine, tengere man met diepliggende bruine ogen en een kort, keurig verzorgd baardje. Eerder iemand voor bureauwerk dan voor actie, een gematigd man – dat had hij in ieder geval beweerd toen hij voor het eerst toenadering had gezocht tot het Bureau, tijdens een werkbezoek aan Istanbul twee jaar eerder. Hij had gezegd dat hij zijn land wilde behoeden voor nog een rampzalige oorlog, dat hij een brug wilde vormen tussen het Bureau en progressief denkende mensen zoals hij binnen de VEVAK. Aan die brug had wel een prijskaartje gehangen. Nazari had meer dan een miljoen dollar gekregen, een exorbitant bedrag naar Bureau-maatstaven. In ruil daarvoor had hij een gestage stroom hoogwaardige, uiterst vertrouwelijke informatie geleverd die Israëlische politici en militaire leiders een ongekend inzicht had verschaft in de plannen van Iran. Nazari was zo waardevol dat het Bureau een schuiladres voor zijn gezin had geregeld voor het geval zijn verraad ooit werd ontdekt. Zonder dat Nazari daarvan wist, was de vluchtprocedure eerder die dag geactiveerd.

'We waren dichter bij een wapen dan jullie je realiseerden,' zei Nazari. 'Als Allon die vier verrijkingsinstallaties niet had opgeblazen, hadden we binnen een jaar een wapen gehad kunnen hebben. Maar we hebben die installaties herbouwd, en er nog een paar aan toegevoegd. En nu...'

'Zijn jullie weer heel dichtbij.'

Nazari knikte. 'Maar dat lijkt jullie vrienden in Amerika niet te deren. De president wil zijn deal. Het is tijd voor resultaat, zoals ze zeggen.'

'Dat resultaat van de president laat het Bureau volkomen koud.'

'Maar jullie delen de conclusie van de president dat een nucleair Iran onvermijdelijk is. Uzi heeft geen zin in een militaire confrontatie. Met Allon zou dat wel anders zijn geweest. Die zou ons met de grond gelijk hebben gemaakt, als hij daarvoor de kans had gekregen.' Traag schudde de Iraniër zijn hoofd. 'Je vraagt je af waarom hij die auto in Londen volgde.'

'Ja,' zei Yaakov. 'Dat vraag je je af.'

Er flitste een bord langs Nazari's raam waarop stond dat het nog tweeënveertig kilometer was naar de Tsjechische grens. Nogmaals keek hij op zijn horloge. 'Waarom hebben we niet op onze gebruikelijke plaats afgesproken?'

'We hebben een kleine verrassing voor je, Reza.'

'Wat voor verrassing?'

'Iets waarmee we onze waardering willen tonen voor alles wat je hebt gedaan.'

'Hoever nog?'

'Niet ver.'

'Ik moet uiterlijk middernacht weer in het hotel zijn.'

'Maak je geen zorgen, Reza. Geen pompoenen.'

Over twee belangrijke dingen was Yaakov Rossman volkomen eerlijk geweest. Hij had inderdaad een verrassing in petto voor zijn gewaardeerde spion, en ze waren niet ver van hun bestemming. Dat was een villa zo'n vijf kilometer ten westen van het stadje Eibesthal, een bijzonder, keurig uitziend huis, gelegen tussen een wijngaard en een braakliggend stuk landbouwgrond. De buitenkant van het huis was warm, Italiaans aandoend geel met ramen met witte kozijnen. Er ging geen enkele dreiging vanuit, het lag alleen een beetje afgelegen. Het dichtstbijzijnde buurhuis was meer dan een kilometer verderop. Een schreeuw om hulp zou niet worden gehoord. De knal van een schot zou verloren gaan in het glooiende terrein.

Het huis lag een meter of vijftig van de weg en was bereikbaar via een onverharde oprit waarlangs dennenbomen stonden. Voor het huis stond een Audi A6, het motorblok zachtjes tikkend, de motorkap nog warm.

Mikhail parkeerde de auto ernaast, deed de motor uit en doofde de lichten.

Yaakov schonk Nazari een vriendelijke glimlach. 'Je hebt toch geen dwaze dingen meegenomen vanavond, hè, Reza?'

'Zoals?'

'Zoals een wapen.'

'Geen wapen,' zei de Iraniër. 'Alleen een bomvest.'

Yaakovs glimlach vervaagde. 'Doe je jas open,' zei hij.

'Hoelang werken we nu al samen?'

'Twee jaar,' antwoordde Yaakov. 'Maar vanavond is anders.'

'Waarom?'

'Dat zul je zo zien.'

'Wie is daarbinnen?'

'Doe je jas open, Reza.'

De Iraniër deed wat hem werd gezegd.

Yaakov fouilleerde hem snel maar grondig. Hij vond alleen een portemonnee, een mobiele telefoon, een pakje Franse sigaretten, een aansteker en de sleutel van een kamer in het InterContinental Hotel in Wenen. Yaakov stopte de spullen in de zak op de rugleuning van de voorstoel en gaf Mikhail een knikje via de achteruitkijkspiegel.

Mikhail stapte uit en deed Nazari's portier open.

In het plotselinge licht zag Yaakov de eerste sporen van iets meer dan lichte gespannenheid op het gezicht van de Iraniër.

'Is er iets, Reza?'

'Jij bent een Israëliër, ik een Iraniër. Waarom zou ik nerveus zijn?'

'Jij bent onze belangrijkste troef, Reza. Ooit wordt er een boek over ons geschreven.'

'Dat het maar lang na onze dood mag uitkomen.' Nazari stapte uit de auto en liep met Mikhail naast zich naar de ingang van de villa.

Het was ongeveer twintig passen naar de deur, ver genoeg om Yaakov de tijd te geven de auto uit te komen en zijn wapen uit zijn heupholster te halen en in zijn jaszak te doen. Tegen de tijd dat de anderen bij de deur waren, liep hij vlak achter hen.

Toen Mikhail de deur opendeed, aarzelde Nazari even, maar geholpen door een duwtje van Yaakov liep hij uiteindelijk achter Mikhail aan naar binnen.

In de hal was het halfdonker, maar uit een deuropening scheen licht, en er hing rook van een houtvuur in de lucht. Mikhail ging hen voor de woonkamer in, waar in de open haard een groot vuur brandde. Gabriel en Keller stonden ervoor, hun rug naar de kamer gekeerd, schijnbaar in gedachten verzonken.

Bij het zien van de twee mannen verstijfde Nazari even en deinsde toen achteruit.

Yaakov pakte zijn ene arm, Mikhail de andere. Samen tilden ze Nazari een klein stukje op, zodat zijn schoenen geen grip meer hadden op de houten vloer.

Gabriel en Keller wisselden een blik, een glimlach, een onuitgesproken grapje voor insiders ten koste van hun bezoeker. Toen draaide Gabriel zich langzaam om, alsof hij zich tot dat moment niet bewust was geweest van wat er achter hem gebeurde.

Nazari kronkelde als een vis aan een lijn, zijn diepliggende ogen groot van angst.

Gabriel keek hem kalm aan, zijn hoofd een beetje scheef, een hand onder zijn kin. 'Is er iets, Reza?' vroeg hij uiteindelijk.

'Jij bent –'

‘Dood?’ Gabriel glimlachte. ‘Het spijt me, Reza, maar zo te zien hebben jullie gemist.’

Op de salontafel lag een Glock .45, een wapen waarmee je iemand onmiddellijk onschadelijk kon maken, een massavernietigingswapen. Gabriel boog zich voorover, pakte het pistool op en woog het even op zijn hand. Toen bood hij het Keller aan, die een afwerend gebaar maakte, alsof Gabriel hem een stukje gloeiende kool voorhield. Vervolgens liep hij op Nazari af en bleef een meter bij hem vandaan staan. Hij had het wapen in zijn rechterhand en met zijn linkerhand greep hij Nazari, met de snelheid van een aanvallende slang, bij de keel.

Onmiddellijk kreeg het gezicht van de Iraniër de kleur van een rijpe pruim.

‘Is er nog iets wat je tegen me wilt zeggen?’ vroeg Gabriel.

‘Het spijt me,’ stamelde de Iraniër, naar adem snakkend.

‘Mij ook, Reza. Maar ik ben bang dat het daarvoor te laat is.’

Gabriel kneep harder totdat hij voelde dat het kraakbeen het begon te begeven. Toen zette hij de loop van het wapen op Nazari’s voorhoofd en haalde de trekker over.

Op het moment dat het wapen afging, wendde Keller zich af, zijn blik op het vuur richtend. Het was persoonlijk, dacht hij. En met persoonlijke dingen ging het er meestal niet al te netjes aan toe.

42

NEDER-OOSTENRIJK

Het schot dat Gabriel op Reza Nazari afvuurde bevatte geen kogel, maar de kruitlading was genoeg om een oorverdovende knal en een kleine ronde schroeiplek midden op het voorhoofd van de Iraniër te veroorzaken, zoals de plek op het voorhoofd van vrome moslims. Nazari zakte onmiddellijk als een plumpudding in elkaar. Enkele seconden lang verroerde hij zich niet en leek hij ook geen adem te halen, totdat Yaakov zich naast hem op zijn knieën liet zakken en hem met de rug van zijn hand in zijn gezicht sloeg om hem weer bij bewustzijn te brengen.

'Klootzak,' stamelde Nazari. 'Verdomde klootzak.'

'Ik zou een beetje op mijn woorden passen als ik jou was, Reza. Anders zou het volgende schot weleens menens kunnen zijn.'

Er zijn mensen die helemaal verstarren van angst, maar er zijn er ook die hun toevlucht nemen tot een zinloos vertoon van moed. Reza Nazari koos voor de tweede optie, misschien vanwege zijn training, misschien omdat hij vreesde dat hij niets meer te verliezen had. Hij haalde woest uit met zijn been, een trap die Gabriel met het grootste gemak ontweek, en sloeg toen zijn armen om Mikhails been in een poging hem onderuit te halen.

Een meedogenloze klap onder zijn schouderbladen maakte een einde aan de aanval. Vervolgens deed Mikhail een stap opzij, zodat Yaakov het kon afmaken. Twee jaar lang had Yaakov voor zijn spion gezorgd, hem in de watten gelegd, hem buitensporig veel geld betaald. Nu gaf hij hem twee gruwelijke minuten lang een afstraffing om hem te laten boeten voor de zonden die hij had begaan. Daarbij liet hij het gezicht van de Iraniër ongemoeid. Het was van het grootste belang dat Nazari toonbaar bleef.

Keller had zich niet met de afranseling van Reza Nazari bemoeid. In plaats daarvan had hij kalm een houten stoel zonder armleuningen voor het vuur gezet.

Daarop plofte Nazari krachteloos neer, geen enkele weerstand meer biedend toen Yaakov en Mikhail zijn bovenlijf met ducttape aan de rugleuning van de stoel vastbonden.

Daarna namen ze zijn benen onder handen, terwijl Gabriel kalm zijn Glock opnieuw laadde. Hij liet iedere kogel eerst aan Nazari zien, alvorens hem in het magazijn te stoppen. Geen losse flodders meer. Het wapen was geladen met scherpe patronen.

'De keus is eenvoudig,' zei Gabriel nadat hij het magazijn in het wapen had geklikt en het eerste patroon had geladen. 'Je kunt blijven leven of je kunt een martelaar worden.' Hij plaatste het uiteinde van de loop tussen Nazari's ogen. 'Wat wordt het, Reza?'

De Iraniër staarde zwijgend naar het wapen. Uiteindelijk zei hij: 'Ik zou graag blijven leven.'

'Verstandige keus.' Gabriel liet het wapen zakken. 'Maar ik ben bang dat dat niet zomaar gaat, Reza. Daar hangt wel een prijskaartje aan.'

'Hoeveel?'

'Eerst ga je me alles vertellen over het complot dat jij en je Russische vrienden hebben gesmeed om mij te vermoorden.'

'En dan?'

'Dan ga je me helpen ze te vinden.'

'Dat zou ik je niet aanraden, Allon.'

'Waarom niet?'

'Omdat de man die opdracht heeft gegeven jou te doden veel te belangrijk is om vermoord te worden.'

'Wie was het?'

'Wie denk je?'

'De baas van de SVR?'

'Ben je gek?' zei Nazari op ongelovige toon. 'Geen enkele SVR-baas zou achter jou aan gaan zonder goedkeuring van bovenaf. De opdracht kwam van de hoogste baas.'

'De Russische president?'

'Natuurlijk.'

'Hoe weet je dat?'

'Vertrouw me nu maar, Allon, dat weet ik gewoon.'

'Geloof het of niet, Reza, maar jij bent op dit moment wel de laatste persoon ter wereld die ik vertrouw.'

'Ik kan je verzekeren,' zei Nazari, starend naar het wapen, 'dat dat geheel wederzijds is.'

De Iraniër vroeg of ze hem wilden losmaken en of ze hem met enige waardigheid wilden behandelen. Gabriel weigerde gehoor te geven aan beide verzoeken, maar hij stond Nazari wel toe wat water te drinken, al was het maar om de gevolgen van het beschadigen van zijn keel weg te werken.

Yaakov hield het glas aan de lippen van de spion terwijl hij dronk en veegde daarna wat druppels van zijn jasje, iets wat de Iraniër niet ontging.

'Mag ik een sigaret?' vroeg hij.

'Nee,' antwoordde Gabriel.

Nazari glimlachte. 'Het is dus waar. De geweldige Gabriel Allon houdt niet van sigarettenrook.' Nog steeds glimlachend richtte hij zijn blik op Yaakov. 'In tegenstelling tot mijn vriend hier. Ik kan me ons eerste gesprek in die hotelkamer in Istanbul nog goed herinneren. Ik was bang dat het rookalarm ieder moment kon afgaan.'

Dat leek Gabriel een mooi punt om zijn verhoor te beginnen: die herfstdag twee jaar geleden waarop Reza Nazari naar Istanbul was gekomen voor een aantal besprekingen met mensen van de Turkse inlichtingendienst. In een van de pauzes tussen de besprekingen was hij een klein hotel aan de Bosporus binnengelopen waar hij in een kamer op een van de etages zijn eerste gesprek had gehad met een man die hij alleen als 'Mr. Taylor' zou kennen. Hij had Mr. Taylor verteld dat hij zijn land wilde verraden en als bewijs van goede trouw had hij hem een USB-stick gegeven met hoogst vertrouwelijke informatie, inclusief documenten die verband hielden met het nucleaire programma van Iran.

'Waren die documenten echt?'

'Uiteraard.'

'Had je ze gestolen?'

'Dat was niet nodig.'

'Van wie heb je ze gekregen?'

'Van mijn meerderen bij het ministerie van Inlichtingen.'

'Je was van het begin af aan te kwader trouw?'

Nazari knikte.

'Wie was je directe opdrachtgever?'

'Dat zeg ik liever niet.'

'En ik laat liever niet je hersenen tegen de muur spatten, maar dat doe ik wel, als het moet.'

'Het was Esfahani.'

Mohsen Esfahani was plaatsvervangend hoofd van de VEVAK.

'Wat was het doel van de operatie?' vroeg Gabriel.

'Invloed uitoefenen op hoe het Bureau dacht over de Iraanse capaciteiten en intenties.'

'*Taqiyya*.'

'Noem het zoals je wilt, Allon. Wij Perzen doen dit al heel lang. Langer zelfs dan de Joden.'

'Als ik jou was, Reza, zou ik het pochen maar tot een minimum beperken. Anders laat ik Mr. Taylor nog even zijn gang gaan.'

De Iraniër zweeg.

Gabriel vroeg naar de miljoen dollar die het Bureau voor Nazari op een Luxemburgse bank had gezet.

'We namen aan dat jullie het geld in de gaten hielden,' verklaarde Nazari. 'Daarom moest ik er van Esfahani wat van uitgeven. Ik heb cadeautjes gekocht voor mijn kinderen en een parelsnoer voor mijn vrouw.'

'Niets voor Esfahani?'

'Een gouden horloge, maar dat moest ik van hem terugbrengen. Mohsen is heel streng in de leer. Hij is net als jij, Allon. Met geen mogelijkheid om te kopen.'

'Hoe kom je daar in vredesnaam bij?'

'We hebben een enorm dik dossier over jou.' Na een korte pauze voegde Nazari eraan toe: 'Nog net niet zo dik als dat van Moskou Centrum. Maar ja, dat is natuurlijk ook wel begrijpelijk. Je hebt nooit voet op Iraanse bodem gezet, tenminste niet voor zover we weten. In Rusland, daarentegen...' Hij glimlachte. 'Nou ja, laten we het erop houden dat je daar nogal wat vijanden hebt, Allon.'

Een van de vele dingen die het Bureau niet van hun kostbare spion had geweten was dat hij VEVAK's belangrijkste contactpersoon met de SVR was geweest. De reden daarvoor was vrij simpel: Nazari had Russische geschiedenis gestudeerd, sprak vloeiend Russisch en had in Afghanistan gezeten tijdens de Sovjet-bezetting. In Kabul had hij veel KGB-agenten ontmoet, onder wie een jonge man die voorbestemd leek snel promotie te maken. Dat was ook inderdaad gebeurd, want de man was nu een van de machtigste figuren binnen Moskou Centrum. Nazari sprak hem regelmatig over zaken die uiteenliepen van het nucleaire programma van Iran tot de burgeroorlog in Syrië, waar de VEVAK en de SVR onvermoeibaar hun best hadden gedaan ervoor te zorgen dat het belegerde regime – dat ze tot hun klanten rekenden – het zou overleven.

'Zijn naam?' vroeg Gabriel.

'Net als jij,' antwoordde Nazari, 'gebruikt hij veel verschillende namen. Maar als ik een gok moest doen zou ik zeggen dat zijn echte naam Rozanov is.'

'Voornaam?'

'Alexei.'

'Beschrijf hem.'

De Iraniër gaf een enigszins vage beschrijving van een man van ongeveer één meter vijfentachtig met dunner wordend grijsblond haar dat hij op dezelfde manier droeg als de Russische president.

'Leeftijd?'

'Vijftig misschien.'

'Talen?'

'Hij kan iedere taal spreken, wanneer hij dat wil.'

'Hoe vaak zien jullie elkaar?'

'Een keer in de twee, drie maanden. Vaker wanneer dat nodig is.'

'Waar?'

'Soms ga ik naar Moskou. Meestal spreken we af op neutraal terrein ergens in Europa.'

'Wat voor neutraal terrein?'

'Een safehouse, een restaurant.' Hij haalde zijn schouders op. 'De gebruikelijke plekken.'

'Wanneer was de laatste keer?'

'Een maand geleden.'

'Waar?'

'In Kopenhagen.'

'Waar in Kopenhagen?'

'Een restaurantje aan de Nieuwe Haven.'

'Hebben jullie het toen over kernwapens en Syrië gehad?'

'Om precies te zijn,' zei Nazari, 'stond er maar één punt op de agenda.'

'En dat was?'

'Jij.'

43

NEDER-OOSTENRIJK

Maar nu liepen ze op de zaken vooruit, want die ontmoeting in Kopenhagen was niet de eerste keer dat Reza Nazari en Alexei Rozanov lang en uitgebreid over het onderwerp Gabriel Allon hadden gesproken. Die naam was al in veel van hun eerdere gesprekken gevallen, maar nooit zo dwingend en met zoveel woede als tijdens een etentje tien maanden daarvoor in het oude centrum van Zürich. De SVR verkeerde in een crisis. Het lichaam van Pavel Zhirov was net stijf bevroren in Tver Oblast gevonden, Madeline Hart was overgelopen naar Groot-Brittannië, en een Russisch energiebedrijf dat eigendom was van het Kremlin was de rechten kwijtgeraakt om naar olie te boren in de Noordzee.

'En degene die dat allemaal op zijn geweten had,' zei Nazari, 'was jij.'

'Wie zegt dat?'

'De enige persoon die ertoe doet in Rusland: de Baas.'

'Ik neem aan dat de Baas me dood wilde?'

'Niet zomaar dood,' antwoordde Nazari. 'Hij wilde dat het zo zou gebeuren dat Rusland er niet bij betrokken kon worden. Hij wilde ook de Britten straffen. Met name Graham Seymour.'

'Daarom hebben de Russen voor Eamon Quinn gekozen.'

Nazari zei niets.

'Ik neem aan dat je die naam kent?'

'Ik beschouwde hem als een vriend.'

'Omdat jij degene was die Quinn had ingehuurd om antitankwapens voor Hezbollah te maken.'

Nazari knikte.

'Een wapen dat een vuurbal kon produceren die zich met driehonderd meter per seconde verplaatste.'

'Heel effectief, zoals de IDF hebben ondervonden.'

Yaakov wilde al kwaad naar Nazari uithalen, maar Gabriel hield hem tegen en ging verder met vragen stellen.

'Wat wilde Rozanov van jou?'

'Op dat moment alleen een introductie.'

'En daar stemde jij mee in?'

'Wat jou betrof,' zei Nazari, 'vielen onze belangen samen met die van de Russen.' Hij vertelde dat Quinn destijds in Venezuela woonde, beschermd door Hugo Chavez, die niet lang meer te leven had. Zijn toekomst was onzeker. Het was nog onduidelijk of de opvolger van Chavez het goed zou vinden dat hij in het land zou blijven of dat hij een Venezolaans paspoort zou gebruiken. Cuba was een mogelijkheid, maar Quinn had weinig zin bij de broertjes Castro onder de duim te zitten. Hij had een nieuwe thuishaven nodig, een nieuwe sponsor. 'De timing had niet beter kunnen zijn,' besloot Nazari.

'Waar hebben jullie elkaar ontmoet?'

'In een hotel in het centrum van Caracas.'

'Was er nog iemand aanwezig?'

'Rozanov had een vrouw bij zich.'

Gabriel hield een foto omhoog van Katerina op het balkon van Quinns appartement in Lissabon.

Nazari knikte.

'Wat was haar rol in de operatie?'

'Ik was niet op de hoogte van alle details. Op dat moment was ik niet meer dan het contact met Quinn.'

'Hoeveel kreeg hij betaald?'

'Tien miljoen.'

'Vooraf?'

'Na voltooiing van de opdracht.'

'Mijn dood?'

Nazari keek even naar Keller 'En die van hem.'

Waarna ze weer terug waren in Kopenhagen. Alexei Rozanov was die avond nogal gespannen geweest, maar ook opgewonden. Het eerste doelwit was gekozen. Nu moest Rozanov alleen nog iemand hebben die Quinns naam bij de Israëlische en Britse geheime dienst in het oor zou fluisteren. Hij had gevraagd of Nazari de boodschapper wilde zijn, maar die had dat verzoek onmiddellijk afgewezen.

'Waarom?'

'Omdat ik niets wilde doen wat mijn positie bij Mr. Taylor in gevaar zou kunnen brengen.'

'Wat heeft je van gedachten doen veranderen?'

Nazari zweeg.

'Hoeveel heeft hij je betaald, Reza?'

'Twee miljoen.'

'Waar is dat geld?'

'Hij wilde het op een bank in Moskou zetten, maar ik nam alleen genoegen met een Zwitserse bank.'

Gabriel vroeg Nazari de naam van de bank, het rekeningnummer en alle benodigde wachtwoorden.

Nazari gaf alle gevraagde informatie.

De bank was in Genève. Nog niet zo lang geleden had het Bureau het noodzakelijk gevonden de cijfers van de betreffende instelling aan een onderzoek te onderwerpen. Het zou niet moeilijk zijn toegang te krijgen tot het geld van Nazari.

'Ik neem niet aan dat je hierover iets aan Mohsen Esfahani hebt verteld?'

'Nee,' antwoordde Nazari na een korte aarzeling. 'Mohsen weet van niets.'

'En je vrouw?' vroeg Gabriel. 'Heb je het aan haar verteld?'

'Waarom vraag je dat?'

'Omdat ik nieuwsgierig van aard ben.'

'Nee,' zei Nazari, weer na een korte aarzeling. 'Mijn vrouw weet ook van niets.'

'Misschien moet je het haar vertellen.' Gabriel pakte een mobiele telefoon van Mikhail aan en gaf hem aan Nazari.

Niet-begrijpend bleef de Iraniër ernaar zitten staren.

'Toe maar, Reza. Bel haar.'

'Wat hebben jullie gedaan?'

'We hebben het brandalarm laten afgaan.'

'Wat wil dat zeggen?'

Het was Yaakov die antwoord gaf. 'Weet je nog dat we een veilige schuilplaats hadden gecreëerd voor jou en je gezin, Reza? Een schuilplaats die dus eigenlijk helemaal niet nodig was, omdat jij de boel bedroog?'

Op het gezicht van de Iraniër stond ineens pure paniek te lezen.

'Maar dat heb je allemaal nooit aan je vrouw verteld,' ging Yaakov verder. 'Sterker nog, je hebt die schuilplaats gewoon gehandhaafd, voor het geval het bij de VEVAK misging en je een veilige haven in de storm nodig zou hebben. Wij hoefden alleen maar het brandalarm te laten rinkelen en zij –'

'Waar zijn ze?' viel Nazari hem in de rede.

'Ik kan je wel vertellen waar ze níét zijn, Reza, en dat is in de Islamitische Republiek Iran.'

In de diepliggende ogen van Nazari verscheen een gevaarlijk kalme blik. Langzaam gingen ze van Yaakov naar Gabriel. 'Je hebt zojuist een enorme fout begaan, vriend. Een man als jij moet toch weten wat het voor risico's met zich meebrengt wanneer je er onschuldige familieleden bij betrekt.'

'Dat is nu zo fantastisch aan dood zijn, Reza. Van een schuldig geweten heb ik geen last meer.' Na een korte stilte voegde Gabriel eraan toe: 'Daardoor kan ik helderder denken.' Hij trok de hand met de mobiele telefoon weer terug. 'De vraag is,' zei hij toen, 'of jij nu ook helderder kunt denken.'

Nazari verplaatste zijn blik van Gabriels gezicht naar het vuur. De gevaarlijke kalmte was verdwenen. Die was vervangen door hopeloosheid, het besef dat hij geen andere keus had dan zijn lot in handen van een doodsvijand te leggen. 'Wat wil je van me?' vroeg hij uiteindelijk.

'Ik wil dat je je gezin redt. En jezelf.'

'En hoe zou ik dat moeten doen?'

'Door mij te helpen Eamon Quinn en Alexei Rozanov te vinden.'

'Dat is niet mogelijk, Allon.'

'Wie zegt dat?'

'De Baas.'

'Ik ben nu de baas,' zei Gabriel. 'Je werkt voor mij.'

Het daaropvolgende uur namen ze alles nog eens door vanaf het begin. Extra aandacht werd besteed aan de gegevens van de bankrekening in Genève en aan de laatste ontmoeting tussen Nazari en Alexei Rozanov in Kopenhagen. De precieze datum, de naam van het restaurant, wanneer ze waren aangekomen en hoe, de namen van de hotels waar ze hadden gelogeerd.

'En jullie volgende afspraak?' vroeg Gabriel.

'We hebben nog niets gepland.'

'Wie neemt meestal het initiatief tot contact?'

'Dat hangt ervan af. Wanneer Alexei iets te bespreken heeft, neemt hij contact op en stelt een ontmoetingsplaats voor. En wanneer ik hem wil spreken –'

'Hoe neem je contact met hem op?'

'Op een manier die jullie en de NSA niet kunnen onderscheppen.'

'Je stuurt een nietszeggend mailtje naar een onschuldig uitziend account?'

'Soms,' zei Nazari, 'zijn de simpelste werkwijzen de beste.'

'Wat is het adres van Rozanov?'

'Hij gebruikt er verschillende.' Uit zijn hoofd dreunde Nazari vier adressen op. Allemaal willekeurige combinaties van letters en cijfers. Een indrukwekkend staaltje geheugentraining.

Het liep inmiddels al tegen elven. Ze konden Nazari nog net voor de gestelde deadline terugbrengen naar het InterContinental. Gabriel waarschuwde de Iraniër voor de gevolgen van iedere schending van het zojuist door hen opgestelde contract. Toen maakte hij hem los van de stoel.

Nazari zag er verrassend goed uit voor een man die in elkaar was geslagen en vervolgens ook nog eens zogenaamd was geëxecuteerd. Het enige zichtbare overblijfsel van de beproeving was een kleine schroeiplek in het midden van zijn voorhoofd.

'Leg er in je kamer maar wat ijs op,' zei Yaakov, terwijl hij Nazari de auto in duwde. 'We willen dat je er op je best uitziet voor de onderhandelingen morgen.'

Aan de oostkant van het Stadtpark gooiden ze hem de auto uit, waarna Mikhail hem terug naar het hotel volgde. De lobby was verlaten. Nazari stapte in zijn eentje in de lift naar de zevende verdieping, waar zijn kamer inclusief afluisterapparatuur op hem wachtte.

In de kamer ernaast wachtte Eli Lavon, gebogen over een laptop, op wat er komen ging. Een man die heftig overgaf in het toilet, een man die onbeheerst begon te huilen toen de telefoon in zijn huis in Teheran niet werd opgenomen. Lavon zette het geluid wat zachter om zijn prooi een klein beetje privacy te gunnen. Spelen met de grote jongens, grotejongensregels, dacht hij.

44

MUSSENHEUVEL, MOSKOU

De droom van Katerina Akulova verliep zoals altijd. Ze was aan het wandelen in een berkenbos vlak bij haar oude trainingskamp toen plotseling de bomen als een gordijn uit elkaar schoven en er een kristalhelder blauw meer verscheen. Ze hoefde zich niet uit te kleden – in haar dromen was ze altijd naakt, ongeacht de situatie. Ze liet zich onder het oppervlak van het kalme water glijden en zwom door de straten van haar zogenaamde Duitse dorpje. Toen veranderde het water in bloed en besefte ze dat ze aan het verdrinken was. Snakkend naar zuurstof, haar hart bonzend tegen haar ribben, trapte ze woest met haar benen om bij een heel klein vlekje licht te komen. Maar telkens wanneer ze boven kwam, duwde een hand haar weer onder water. Het was een vrouwenhand, glad en smetteloos. Hoewel Katarina de aanraking daarvan nooit had gevoeld, wist ze dat het de hand van haar moeder was.

Uiteindelijk zat ze rechtop in bed, happend naar lucht alsof ze minutenlang geen adem had gehaald. Haar haar was klam en futloos, haar handen trilden van angst. Ze graaide haar sigaretten naar zich toe, wist er met moeite een aan te steken en inhaleerde de rook diep in haar longen. Van de nicotine werd ze rustiger, zoals altijd. Ze keek op de klok en zag dat het bijna twaalf uur 's middags was. Om de een of andere reden had ze bijna twaalf uur geslapen. Buiten bleken de sneeuwbuien van de afgelopen nacht plaats te hebben gemaakt voor een zon die laag aan de bleke hemel stond. Zo te zien had Moskou een paar uur respijt gekregen van de winter.

Ze liet haar voeten naast het bed op de vloer zakken, liep naar de keuken, en zette een kop koffie. Die dronk ze op terwijl ze naast het apparaat bleef staan, waarna ze er onmiddellijk nog een maakte. Haar SVR-telefoon lag op het aanrecht. Ze pakte hem op, met gefronst voorhoofd naar het scherm starend. Nog steeds geen vertrekorders van Alexei. Ze was ervan overtuigd dat dat geen vergeetachtigheid van Alexei was. Alexei zou zijn redenen hiervoor hebben. Die had hij altijd.

Ze bekeek het weerbericht. Het was een paar graden boven nul, wat zelden voorkwam in Moskou in die tijd van het jaar, en de verwachting was dat de bewolking de rest van de middag wegbleef. Aangezien het al lang geleden was dat ze iets aan lichaamsbeweging had gedaan, besloot ze dat een stuk hardlopen haar goed zou doen. Ze nam haar koffie mee naar de slaapkamer en kleedde zich aan: een laag onderkleding, een trainingspak voor lage temperaturen, een paar nieuwe hardloopschoenen – echte Amerikaanse schoenen, niet de goedkope namaakdingen die uit de Russische fabrieken kwamen. Je kon nog beter op blote voeten rennen dan op Russische sportschoenen. Vervolgens trok ze nog een paar dikke handschoenen aan en stopte haar haar onder een wollen muts. Dan was er alleen nog haar wapen, een 9mm Makarov, maar ze vond het vreselijk dat ding mee te nemen bij het hardlopen. Bovendien was ze, wanneer een of andere viezerik vol wodka iets zou willen proberen, uitstekend in staat zichzelf te redden. Ooit had ze in het Gorky Park een aanrander bewusteloos geslagen. Alexei had het afgemaakt – dat was in ieder geval het gerucht dat in Moskou Centrum ging. Katerina had zich nooit afgevraagd hoe het met de man was afgelopen. Wat er ook met hem was gebeurd, hij had het verdiend.

Ze stretchte een paar minuten, terwijl ze haar tweede sigaret rookte en haar derde kop zwarte koffie dronk. Toen nam ze de lift naar de hal en liep, zonder aandacht te schenken aan de katerige groet van de ongeschoren beheerder, naar buiten. Over het sneeuwvrij gemaakte trottoir begon ze in een rustig tempo in westelijke richting te rennen, naar Michurinsky Prospekt. Daarnaast was de universiteit waar Katerina misschien wel zou hebben gestudeerd als ze een normaal kind was geweest, en niet de dochter van een KGB-agent die vergeten was voor anticonceptie te zorgen toen ze iemand door verleiding in de val probeerde te lokken.

Onder aan de heuvel ging ze rechtsaf, de licht hellende straat in die Kosygina heette. In het midden van die straat was een voetpad met aan weerszijden kale bomen. Haar benen begonnen warm te worden, en ze voelde de eerste zweetdruppels onder haar trainingsjack. Ze maakte haar passen groter, voerde het tempo op. Ze passeerde een mooie groen-witte kerk en het Mussenheuvel-uitkijkpunt, waar een pasgetrouwd stel op de foto ging met de stad op de achtergrond. Dat was een traditie voor Russische bruidsparen die voor Katerina nooit zou zijn weggelegd. In het onwaarschijnlijke geval dat ze zou willen trouwen, zou de SVR haar aanstaande echtgenoot moeten goedkeuren. De bruiloft zou in alle stilte plaatsvinden, zonder fotografen. En zonder familie. Voor Katerina geen probleem, ze had immers geen familie.

Ze was van plan geweest naar de Russische Academie van Wetenschappen te rennen en dan langs de rivier weer terug, maar ter hoogte van de protserige ingang van het Korston Hotel werd ze zich ervan bewust dat ze werd gevolgd door een Range Rover met donkere ramen. Ze had de auto voor het eerst gezien bij Michurinsky Prospekt, en toen nog een keer bij het uitkijkpunt waar een van de inzittenden, een man in een leren jack, had gedaan alsof hij het uitzicht bewonderde. Nu stond de auto geparkeerd voor het Korston Hotel, en de man in het leren jack kwam tussen de bomen door op Katerina af lopen. Hij was minstens één meter negentig lang en honderd kilo zwaar en hij liep met de zwaaiende gang van iemand die veel tijd in de sportschool doorbrengt.

Het ging tegen Katerina's training in een potentiële dreiging de rug toe te keren, dus bleef ze in hetzelfde tempo op de man af rennen, recht voor zich uit kijkend, alsof ze zich slechts vaag van zijn aanwezigheid bewust was. Hij had zijn handen in de zakken van zijn leren jack, maar op het moment dat ze hem wilde passeren, trok hij zijn rechterhand tevoorschijn en pakte haar bij haar bovenarm. Het voelde alsof de grijper van een graafmachine zich om haar arm sloot. Haar voeten gleden weg en ze zou zijn gevallen als de hand haar niet op de been had gehouden.

'Laat me los,' snauwde ze.

'*Nyet,*' zei hij op kille toon.

Ze probeerde zich los te trekken, meer als een waarschuwing dan als een echte ontsnappingspoging, maar hij verstevigde zijn greep alleen nog maar. Haar volgende bewegingen waren een kwestie van instinct. Ze trapte hard op de wreef van zijn rechtervoet en verblindde hem tegelijkertijd met een vinger recht in ieder oog. Toen zijn greep verslapte, draaide ze om haar as en bracht haar knie hard omhoog in zijn kruis. Vervolgens draaide ze de andere kant op en vloerde hem met een elleboogstoot tegen zijn slaap. Ze maakte zich al op om blijvende schade toe te brengen aan zijn nu kwetsbare hals, toen ze achter zich iemand hoorde lachen. Ze zette haar handen op haar knieën en deed haar best op adem te komen. In haar mond proefde ze bloed. Het bloed uit haar dromen, dacht ze.

'Waar was dat voor nodig?'

'Ik wilde zeker weten dat je klaar was om weer in actie te komen.'

'Daar ben ik altijd klaar voor.'

'Dat is nu wel duidelijk, ja.' Alexei Rozanov schudde langzaam zijn hoofd. 'Die arme kerel hoeft nooit meer een condoom te gebruiken. Nou ja, dat is misschien ook wel weer boffen.'

Ze zaten op de achterbank van de SVR-auto van Rozanov, die vaststond in het verkeer. Blijkbaar was er verderop een ongeluk gebeurd. Er was altijd wel ergens een ongeluk gebeurd.

‘Wie was hij?’ vroeg Katerina.

‘De jonge man die je bijna had vermoord?’

Ze knikte.

‘Hij komt net van de opleiding. Tot vandaag had ik grote plannen met hem.’

‘Waarvoor wilde je hem gebruiken?’

‘Als brute kracht,’ zei Rozanov zonder een spoortje ironie, terwijl de auto stapvoets vooruitging. Hij haalde een pakje Dunhills uit het borstzakje van zijn jas en viste er bedachtzaam een sigaret uit. ‘Als je terugkomt in je appartement,’ zei hij na een tijdje, ‘zul je daar een koffer aantreffen, en een paspoort en reisdocumenten. Je vertrekt morgenochtend vroeg.’

‘Waarnaartoe?’

‘Je brengt één nacht in Warschau door om je identiteit te bevestigen. Daarna reis je dwars door Europa naar Rotterdam. We hebben een hotelkamer voor je geboekt dicht bij de terminal van de veerboot. Aan de andere kant staat een auto voor je klaar.’

‘Wat voor auto?’

‘Een Renault. De sleutel zit op de gebruikelijke plaats. De wapens zijn verborgen in de kofferbak. We hebben een Skorpion voor je geregeld.’ Rozanov glimlachte. ‘Je hebt altijd iets met de Skorpion gehad, nietwaar, Katerina?’

‘Hoe zit het met Quinn?’

‘Die komt naar je hotel.’ Na een korte pauze voegde Rozanov eraan toe: ‘Vermoedelijk is hij in een niet al te best humeur.’

‘Wat is er aan de hand?’

‘De president heeft besloten Quinn nog niets te betalen voordat hij de tweede fase van de operatie heeft afgerond.’

‘Waarom zou de president dat doen?’

‘Om Quinn een extra stimulans te geven,’ antwoordde Rozanov. ‘Onze Ierse vriend heeft de reputatie de zaken nogal eens naar zijn hand te willen zetten. Dat berichtje dat hij met alle geweld naar Allon wilde sturen had bijna een perfect geplande operatie verpest.'

'Je had hem nooit Allons telefoonnummer moeten geven.'

'Ik had geen keus. Quinn had heel duidelijke voorwaarden gesteld. Hij wilde dat Allon wist dat er een bom in die auto zat. En hij wilde dat hij wist wie daarvoor had gezorgd.'

Ze hadden stukje bij beetje het uitkijkpunt weer bereikt. Het bruidspaar was inmiddels vertrokken; een ander stel had hun plaats ingenomen. Ze hadden een kind bij zich, een meisje van een jaar of zes, zeven in een witte jurk, met bloemen in haar haar.

'Mooi meisje,' zei Rozanov.

'Ja,' beaamde Katerina afwezig.

Aandachtig keek Rozanov haar aan. 'Verbeeld ik het me maar,' zei hij uiteindelijk, 'of sta je niet te springen om weer in actie te komen?'

'Dat verbeeld je je, Alexei.'

'Want als je niet in staat bent je opdracht uit te voeren, moet ik dat weten.'

'Vraag maar aan je nieuwe castraat of ik daartoe in staat ben.'

'Ik weet dat je –'

'Het is geen enkel probleem,' viel ze hem in de rede.

'Ik hoopte al dat je dat zou zeggen.'

'Je wist dat ik dat zou zeggen.'

Ze waren aangekomen bij de oorzaak van de opstopping. Op straat lag een baboesjka, dood, haar boodschappennet naast haar. Appels lagen over het asfalt verspreid. Zo hier en daar werd getoeterd. Nieuw of oud, het maakte niet uit. Het leven was weinig waard in Rusland.

'Mijn god,' zei Rozanov zacht, toen ze langs het gehavende lichaam van de oude vrouw reden.

'Het is niks voor jou van streek te raken door de aanblik van een beetje bloed.'

'Ik ben niet zoals jij, Katerina. Ik dood met pen en papier.'

'Ik ook, als er niets anders voorhanden is.'

Rozanov glimlachte. 'Goed om te weten dat je je gevoel voor humor nog niet kwijt bent.'

'Dat heb je hard nodig in deze branche.'

'Helemaal mee eens.' Rozanov haalde een dossiermap uit zijn koffertje.

'Wat is dat?'

'De president wil graag dat je nog één andere klus opknapt voordat je naar Rusland terugkeert.'

Katerina pakte de map aan en staarde naar de foto op de eerste pagina. Nieuw of oud, dacht ze, het maakte niet uit. Het leven was weinig waard in Rusland. Inclusief dat van haar.

45

KOPENHAGEN, DENEMARKEN

'Sorry,' zei Lars Mortensen, 'maar ik heb uw naam niet goed gehoord.'

'Merchant,' antwoordde Christopher Keller.

'Israëliër, toch?'

'Ik ben bang van wel.'

'En dat accent?'

'Geboren in Londen.'

'Op die manier.'

Mortensen was het hoofd van de PET, de kleine maar goed geoliede binnenlandse veiligheids- en inlichtingendienst van Denemarken. Officieel maakte de dienst deel uit van de nationale politie en was het ministerie van Justitie ervoor verantwoordelijk. Het hoofdkantoor was gevestigd in een anoniem gebouw ten noorden van het Tivolipark. Het kantoor van Mortensen was op de bovenste verdieping. De meubels waren stevig, licht van kleur en Deens. Net als Mortensen.

'Zoals u wel zult begrijpen,' zei Mortensen, 'was ik erg geschokt door de dood van Allon. Ik beschouwde hem als een vriend. We hebben een paar jaar geleden samen aan een zaak gewerkt. Het ging helemaal mis in een huis in het noorden. Ik heb het voor hem geregeld.'

'Dat weet ik nog.'

'Werkte u ook aan die zaak?'

'Nee.'

Mortensen tikte met de punt van een zilveren pen op de inhoud van een opengeslagen map. 'Allon leek me een man die moeilijk te doden zou zijn. Het is bijna niet voor te stellen dat hij er echt niet meer is.'

'Dat vinden wij ook.'

'En dat verzoek van u, heeft dat iets te maken met de dood van Allon?'

'Dat vertel ik liever niet.'

'En ik zou dit gesprek liever niet hebben,' verklaarde Mortensen op koele toon. 'Maar wanneer een vriend me om een gunst vraagt, probeer ik me flexibel op te stellen.'

'Onze dienst heeft een ongelooflijk zwaar verlies geleden,' zei Keller uiteindelijk. 'U kunt zich voorstellen dat we nergens anders mee bezig zijn.'

Het bleef vaag, maar voor de Deense geheim agent was het goed genoeg. 'Waar moeten we naar kijken op de videobeelden?'

'Twee mannen.'

'Waar hebben ze elkaar ontmoet?'

'In een restaurant dat Ved Kajen heet.'

'Aan de Nieuwe Haven?'

Keller knikte.

Mortensen vroeg naar de datum en de tijd.

Keller gaf hem de gegevens.

'En de twee mannen?' vroeg Mortensen.

Keller overhandigde hem een foto.

'Wie is hij?'

'Reza Nazari.'

'Iraniër?'

Keller knikte.

'VEVAK?'

'Absoluut.'

'En de andere man?'

'Een SVR-gangster die Alexei Rozanov heet.'

'Hebt u een foto?'

'Daarvoor ben ik hier.'

Mortensen legde de foto van de Iraniër met een bedachtzaam gebaar op zijn bureau. 'We zijn een klein land,' zei hij toen. 'Een vredelievend land, afgezien van een paar duizend fanatieke moslimextremisten. Begrijpt u wat ik wil zeggen?'

'Ik geloof het wel.'

'Ik wil geen problemen met het Perzische rijk. Met de Russen trouwens ook niet.'

'Geen zorgen, Lars.'

Mortensen wierp een blik op zijn horloge. 'Dit kan wel een paar uur duren. Waar logeert u?'

'Het d'Angleterre.'

'Hoe kan ik u het best bereiken?'

'Via de hoteltelefoon.'

'Welke naam?'

'LeBlanc.'

'Ik dacht dat u zei dat u Merchant heette.'

'Klopt.'

Keller verliet het PET-hoofdkantoor en liep naar het Tivoli-park. Tegen de tijd dat hij daar was, had hij vastgesteld dat Mortensen hem door twee teams liet volgen. De hemel boven Kopenhagen was donker als graniet, en in het licht van de straatlantaarns waren wat dwarrelende sneeuwvlokken zichtbaar. Keller stak de Rådhuspladsen over en bleef even hangen in de Strøget, de belangrijkste voetgangerswinkelstraat van Kopenhagen, alvorens terug te keren naar het statige Hotel d'Angleterre. Boven in zijn kamer keek hij een uurtje naar het nieuws. Toen belde hij de receptie om in Engels met een Frans accent te melden dat hij iets ging drinken in de Balthazar champagnebar, mocht iemand hem zoeken. Daar bracht hij nog een uur aan een tafeltje in een hoek door, alleen met een glas brut. Een voorproefje van het leven dat hem bij MI6 te wachten stond, dacht hij somber. De beroemde Gabriel Allon, God hebbe zijn ziel, had het leven van een beroepsspion ooit omschreven als een aaneenschakeling van reizen en geestdodende verveling, met wat gruwelijke intermezzo's.

Eindelijk, om een paar minuten over zeven, kwam er een serveerster naar Keller toe om te zeggen dat er telefoon voor hem was. Hij liep naar de telefoon in de lobby.

Het was Lars Mortensen. 'Ik denk dat we de goede foto hebben gevonden,' zei hij. 'Buiten wacht een auto.'

De PET-auto was niet moeilijk te herkennen. Er zaten twee mannen in die hem eerder die dag hadden geschaduwd. Ze reden hem de stad door, terug naar het PET-hoofdkantoor, waar ze hem naar een kamer voorzien van een groot scherm brachten. Op het scherm stond het beeld van een Perzisch uitziende man in een smal keienstraatje. De datum en tijd in het beeld klopten met de informatie die de Iraniër had gegeven tijdens zijn ondervraging op het Oostenrijkse platteland.

'Nazari?' vroeg Lars Mortensen.

Toen Keller knikte, tikte Mortensen op een paar toetsen van de laptop voor hem, en er verscheen een nieuw beeld op het scherm. Een lange man, brede jukbeenderen, grijsblond haar dat bovenop dunner werd. Het prototype van een Moskou Centrum-gangster.

'Is dat de man die jullie zoeken?'

'Ik zou zeggen van wel.'

'Ik heb nog een paar foto's en nog wat bewegend materiaal, maar dit is verreweg het beste beeld.' Mortensen haalde een schijfje uit de computer, deed het in een doosje en hield het voor Keller omhoog. 'Met de complimenten van het Deense volk,' zei hij. 'Gratis en voor niks.'

'Hebben jullie nog iets over hun reizen kunnen vinden?'

'De Iraniër is de volgende ochtend uit Kopenhagen vertrokken met een vlucht naar Frankfurt. Daarvandaan zou hij verder vliegen naar Teheran.'

'En de Rus?'

'Daar zijn we nog mee bezig.' Mortensen gaf het doosje aan Keller. 'De rekening voor dat etentje bedroeg trouwens meer dan vierhonderd euro. De Rus heeft contant betaald.'

'Het was een speciale gelegenheid.'

'Wat vierden ze?'

Keller liet het doosje in de zak van zijn jas glijden.

'Op die manier,' zei Mortensen.

De volgende ochtend vloog Christopher Keller naar Londen. Op Heathrow werd hij opgewacht door een ontvangstcomité van MI6 en vervolgens met hoge snelheid naar een safehouse aan Bishop's Road in Fulham gereden.

Graham Seymour zat aan de keukentafel, zijn Chesterfield-jas over de rugleuning van een stoel. Met een oogbeweging gebood hij Keller te gaan zitten. Toen schoof hij een vel papier over de tafel naar hem toe en legde er een zilveren pen bovenop. 'Tekenen.'

'Wat is het?'

'Het is voor je nieuwe telefoon. Wanneer je voor ons werkt, kun je je oude niet meer gebruiken.'

Keller pakte het papier op. 'Minuten? Data? Dat soort dingen?'

'Teken nu maar gewoon.'

'Welke naam moet ik gebruiken?'

'Je eigen naam.'

'Wanneer krijg ik mijn nieuwe naam?'

'Daaraan wordt nog gewerkt.'

'Heb ik nog iets in te brengen?'

'Nee.'

'Lijkt me niet reëel.'

‘Onze ouders laten ons niet onze eigen naam kiezen, en MI6 ook niet.’

‘Als jullie me Francis proberen te noemen, ga ik terug naar Corsica.’

Keller krabbelde iets onleesbaars op het stippellijntje.

Seymour gaf hem een nieuwe BlackBerry en noemde een nummer van acht cijfers voor de MI6-versleuteling. ‘Herhaal dat nummer hardop,’ zei hij.

Dat deed Keller.

‘Wat je ook doet,’ zei Seymour, ‘schrijf het nooit op.’

‘Waarom zou ik zoiets dwaas doen?’

Seymour legde nog een papier voor Keller neer. ‘Dit geeft je toegang tot MI6-documenten. Je bent nu lid van de club, Christopher. Je bent een van ons.’

Kellers pen bleef boven het papier hangen.

‘Is er iets?’ vroeg Seymour.

‘Ik vroeg me alleen af of je echt wilt dat ik dit teken.’

‘Waarom zou ik dat niet willen?’

‘Als ik Eamon Quinn voor mijn loop krijg –’

‘Dan verwacht ik dat je schiet.’ Na een korte pauze voegde Seymour eraan toe: ‘Net als in Ulster.’

Keller tekende het document.

Seymour overhandigde hem een USB-stick.

‘Wat is dit?’

‘Alexei Rozanov.’

‘Grappig,’ zei Keller. ‘Op de foto’s zag hij er groter uit.’

Keller was op tijd terug op Heathrow voor de vroege middagvlucht van British Airways naar Wenen. Een paar minuten over vier kwam hij aan, en hij nam een taxi naar een adres vlak achter de Ringstrasse. Het was een mooi oud biedermeier appartementsgebouw, met op de begane grond een koffiehuis. Keller drukte op de bel, werd binnengelaten in de hal, en zette koers naar een appartement op de tweede verdieping. De deur stond op een kier. Binnen wachtte een dode man ongeduldig op hem.

46

WENEN

De foto's uit Kopenhagen bewezen dat Reza Nazari een afspraak had gehad met een Russisch uitziende man op de tijd en plaats die hij tijdens de ondervraging had genoemd. En het dossier van MI6 bewees dat de Russisch uitziende man inderdaad Alexei Rozanov was. In de jaren negentig had hij onder een diplomatieke dekmantel in Londen gewerkt. Zowel bij MI5 als bij MI6 kenden ze hem goed.

'Zijn volledige naam is Alexei Antonovich Rozanov.' Keller stak de USB-stick in Gabriels laptop, typte het versleutelingswachtwoord en opende het bestand. 'Hij stuurde een hele rits SVR-medewerkers in de middenmoot aan bij ambassades door de hele stad. Heeft ook wat MI5-mensen benaderd. Eerlijk gezegd hebben ze bij MI5 nooit een hoge pet van hem opgehad. Bij MI6 ook niet. Maar toen Alexei terugkeerde naar Moskou Centrum was zijn ster plotseling rijzende.'

'Weten we ook waarom?'

'Het had waarschijnlijk iets te maken met zijn vriendschap met de Russische president. Alexei maakt deel uit van de kring van intimi van de tsaar. Echt een heel grote vis.'

Gabriel scrolde door het MI6-document tot hij bij een foto kwam. Daarop stond een man die door een natte straat in Londen liep – Kensington High Street, volgens het bijgevoegde observatieverslag. Hij had net geluncht met een diplomaat van de Canadese ambassade. Het was 1995. De Sovjet-Unie was dood, de Koude Oorlog was afgelopen, en bij Moskou Centrum was weinig veranderd. De SVR beschouwde de Verenigde Staten, Groot-Brittannië en alle andere leden van de westerse alliantie als aartsvijanden, en agenten als Alexei Antonovich Rozanov hadden opdracht te bespioneren wat ze bespioneren konden. Gabriel vergeleek de foto met een van de beelden uit Kopenhagen. De haarlijn zat wat hoger en het gezicht was wat vleziger en decadenter, maar het was duidelijk dezelfde man.

'De vraag is,' zei Keller, 'of we hem uit zijn hol kunnen lokken.'

'Dat hoeft niet,' zei Gabriel. 'Dat gaat Nazari voor ons doen.'

'Een afspraak?'

Gabriel knikte.

Keller leek niet overtuigd.

'Is er iets?'

'De besprekingen tussen de Verenigde Staten en Iran duren waarschijnlijk nog een week.'

'Ja.' Gabriel tikte met zijn vinger op een exemplaar van de Times. 'Volgens mij heb ik dat vanochtend in de kranten gelezen.'

'En wanneer de besprekingen zijn afgelopen,' verklaarde Keller op dringende toon, 'gaat Reza ongetwijfeld terug naar Teheran.'

'Tenzij hij dringende bezigheden elders heeft.'

'Een afspraak met Alexei Rozanov?'

'Precies.'

Op dat moment verscheen er een boodschap op het computerscherm. De Iraanse delegatie was zojuist teruggekeerd in het InterContinental. Gabriel zette het geluid harder en even later hoorden ze Reza Nazari onrustig door zijn hotelkamer scharrelen.

'Klinkt alsof hij niet echt lekker in zijn vel zit,' merkte Keller op.

Gabriel reageerde niet.

'Er is nog iets waarmee je geen rekening hebt gehouden,' zei Keller na een tijdje. 'Grote kans dat Alexei Rozanov niet geïnteresseerd is in een afspraak met zijn complotgenoot.'

'Eerlijk gezegd denk ik dat het een opluchting voor Alexei zal zijn alleen al Reza's stem te horen.'

'Hoe wilde je dat voor elkaar krijgen?'

Gabriel glimlachte en zei: '*Taqiyya.*'

Om halfacht liet de telefoon in Reza Nazari's kamer een beschaafd geluidje horen. Hij nam op, luisterde naar de instructies en verbrak de verbinding zonder een woord te hebben gezegd. Zijn jas lag op de grond, waar hij hem eerder die avond had laten vallen. Hij trok hem aan en nam een verder lege lift naar de lobby.

Een Iraanse beveiligingsman knikte toen Nazari langsliep. Hij vroeg niet waarom de VEVAK-man in zijn eentje het hotel verliet. Hij zou niet durven.

Nazari stak de straat over en liep het Stadtpark in. Terwijl hij langs de rivier liep, besefte hij dat hij werd gevolgd. Het was de kleine, de man met dat gezicht dat je onmiddellijk weer vergat, die zich kleedde als een voddenbaal. De auto stond op dezelfde plaats op hem te wachten, aan de oostkant van het park.

De Israëliër die Nazari kende als Mr. Taylor zat op de achterbank. Zoals gewoonlijk zag hij er niet erg blij uit. Hij fouilleerde Nazari grondig en knikte toen naar de achteruitkijkspiegel.

Ook achter het stuur zat weer dezelfde man. Die met de bloedeloze huid en de ijzige ogen. Hij voegde in in het avondverkeer en bracht de auto soepel op snelheid.

'Waar gaan we naartoe?' vroeg Nazari, terwijl Wenen aan hem voorbijgleed.

'De baas wil je even onder vier ogen spreken.'

'Waarover?'

'Je toekomst.'

'Ik wist niet dat ik die had.'

'Een heel mooie, als je doet wat je gezegd wordt.'

'Ik mag niet te laat terug zijn.'

'Maak je geen zorgen, Reza. Geen pompoenen.'

47

WENEN

Er werd gezegd dat hij een ziener was, een helderziende, een profeet. Hij had het bijna nooit mis – en zelfs wanneer dat wel het geval was, was dat alleen maar omdat er nog niet genoeg tijd was verstreken om te laten zien dat hij gelijk had. Hij had invloed op de markt, op de politiek, op het verhogen van de waakzaamheid. Hij kon niet worden genegeerd, hij was onfeilbaar. Hij was een brandend braambos.

Zijn identiteit was onbekend, en zelfs zijn nationaliteit was nog enigszins een mysterie. Over het algemeen werd aangenomen dat hij een Australiër was – de website kwam daarvandaan – al dachten veel mensen wel dat zijn roots in het Midden-Oosten lagen, omdat ze zijn inzicht in de ingewikkelde politiek van die regio veel te subtiel vonden voor een niet-oosterse geest. En dan waren er ook nog mensen die ervan overtuigd waren dat hij een vrouw was. Een analyse van zijn schrijfstijl wees uit dat dat op zijn minst tot de mogelijkheden behoorde.

Hoe invloedrijk zijn blog ook was, hij werd niet echt door het grote publiek gelezen. De meeste lezers waren leden van de zakelijk elite, directeuren van particuliere beveiligingsbedrijven, beleidsmakers en journalisten die zich bezighielden met internationaal terrorisme en de crisis waarmee de islam en het Midden-Oosten werden geconfronteerd. Het was een van die journalisten, een gerespecteerd onderzoeksverslaggever van een Amerikaanse televisiemaatschappij, die het korte bericht dat de volgende ochtend verscheen, opmerkte. De verslaggever belde een van zijn bronnen, een CIA-agent in ruste die zijn eigen blog had, en de CIA-agent in ruste zei dat het bericht niet al te onwaarschijnlijk leek. Dat was goed genoeg voor de gerespecteerde onderzoeksverslaggever, die onmiddellijk een paar regels op zijn socialmediakanalen postte. En daarmee was de internationale crisis een feit.

De Amerikanen waren in eerste instantie sceptisch, de Britten minder. Sterker nog, een proliferatiedeskundige van MI6 noemde het een nachtmerriescenario dat bewaarheid werd: bijna vijftig kilo uiterst radioactief afvalmateriaal, genoeg om één grote bom of verschillende kleinere te produceren die grote stadscentra jarenlang onbewoonbaar zouden kunnen maken. Het radioactieve materiaal – de precieze aard ervan werd niet gespecificeerd – was gestolen uit een geheim Iraans laboratorium in de buurt van de heilige stad Qom en verkocht op de zwarte markt aan een smokkelaar met banden met Tsjetsjeense islamitische terroristen. Waar de Tsjetsjenen en het materiaal nu waren, was niet bekend, maar de Iraniërs zouden koortsachtig op zoek zijn naar allebei. Om onduidelijke redenen hadden ze ervoor gekozen hun Russische vrienden niet over de situatie in te lichten.

De Iraniërs deden het bericht af als een westerse provocatie en een zionistische leugen. Het genoemde laboratorium bestond niet, zeiden ze, en al het nucleaire materiaal in het land was veilig en geregistreerd. En toch werd er tegen het eind van de dag in Wenen nergens anders meer over gepraat. Het hoofd van de Amerikaanse onderhandelaars zei dat het bericht, of het nu waar was of niet, liet zien hoe belangrijk het was tot overeenstemming te komen. Haar Iraanse collega leek minder overtuigd. Hij verliet de besprekingen zonder iets tegen de pers te zeggen en stapte achter in zijn dienstauto, Reza Nazari aan zijn zijde.

Ze reden naar de Iraanse ambassade, waar ze tot tien uur die avond bleven. Toen ze eindelijk terug waren in het InterContinental Hotel gooide Reza Nazari snel zijn jas en zijn koffertje in zijn kamer en klopte toen op de deur van de kamer ernaast.

Mikhail Abramov trok hem naar binnen, terwijl Yaakov Rossman een whisky voor hem inschonk.

'Dat is verboden,' zei Nazari.

'Pak het nu maar aan, Reza. Je hebt het verdiend.'

De Iraniër nam het drankje aan en hief zijn glas even. 'Mijn felicitaties,' zei hij. 'Jullie en jullie vrienden hebben een behoorlijke commotie weten te veroorzaken vandaag.'

'Wat zegt Teheran?'

'Ze zijn op zijn zachtst gezegd nogal sceptisch over de timing. Ze denken dat het bericht deel uitmaakt van een complot van het Bureau om de onderhandelingen te saboteren en te voorkomen dat de partijen het eens worden.'

'Is de naam van Allon ook gevallen?'

'Hoe zou dat nu kunnen? Allon is dood.'

Yaakov glimlachte. 'En de Russen?' vroeg hij.

'Die maken zich grote zorgen,' antwoordde Nazari. 'En dan druk ik me nog voorzichtig uit.'

'Heb je aangeboden ze gerust te stellen?'

'Dat hoefde niet. Mohsen Esfahani heeft me opdracht gegeven contact te zoeken en een afspraak te regelen.'

'Zal Alexei daarmee instemmen?'

'Dat kan ik niet garanderen.'

'Dan moeten we hem misschien iets interessanters beloven dan dat jullie elkaars hand kunnen vasthouden.'

Nazari zweeg.

'Heb je je VEVAK-BlackBerry bij je?'

De Iraniër hield hem omhoog.

'Stuur een bericht aan Alexei. Zeg dat je met hem over recente ontwikkelingen hier in Wenen wilt praten. Zeg hem dat Rusland zich nergens zorgen over hoeft te maken.'

Snel typte Nazari het bericht, liet het aan Yaakov zien en verzond het toen.

'Heel goed.' Yaakov gebaarde naar het scherm van zijn laptop en zei: 'En stuur hem nu dit.'

Nazari richtte zijn blik op het scherm en las: Mijn regering liegt tegen jullie over de ernst van de situatie. Ik moet je dringend spreken.

Nazari typte het adres en klikte op VERSTUREN.

'Dat moet zijn aandacht wel trekken,' zei Yaakov.

'Ja,' zei Nazari. 'Dat zou je wel denken, ja.'

48

WENEN

DIE EERSTE AVOND HOORDEN ZE niets van Alexei Rozanov, en ook de volgende ochtend was er nog geen reactie.

Reza Nazari verliet het hotel om halfnegen samen met de rest van de Iraanse delegatie en verdween twintig minuten later in het zwarte gat van de nucleaire besprekingen.

Op dat moment begon Gabriel, die samen met Christopher Keller inmiddels tot het safehouse in Wenen was veroordeeld, alle redenen op een rijtje te zetten waarom deze operatie gedoemd zou kunnen zijn te mislukken voordat hij überhaupt was begonnen. Het was uiteraard mogelijk dat Reza Nazari met zijn dienst had gepraat in de uren na zijn wrede ondervraging. Het was ook mogelijk dat hij Alexei Rozanov toen had verteld dat de man die hij op zo spectaculaire wijze dacht gedood te hebben, nog springlevend was en dat hij zinde op wraak. Of misschien was er helemaal geen Alexei Rozanov. Misschien was hij slechts ontsproten aan de overspannen verbeelding van Nazari, een slim staaltje *taqiyya* bedoeld om zich nuttig te maken voor Gabriel en zo zijn eigen leven te redden.

'Het lijkt me duidelijk,' zei Keller, 'dat je gek bent geworden.'

'Dat krijg je als je dood bent.' Gabriel pakte een foto van Rozanov die over een keienstraatje in Kopenhagen liep. 'Misschien komt hij niet. Misschien hebben zijn meerderen van de SVR besloten hem een tijdje in de ijskast te zetten. Misschien vraagt hij zijn oude vriend Reza wel in Moskou langs te wippen voor een avondje wodka en meisjes.'

'Dan wippen wij ook in Moskou langs. En dan vermoorden we hem daar.'

Langzaam schudde Gabriel zijn hoofd. Ze zouden niet naar Moskou terugkeren. Moskou was hun verboden stad. Ze hadden geboft dat ze hun laatste bezoek hadden overleefd. Hij was niet van plan ooit nog een voet in die stad te zetten.

Om één uur die middag werden de besprekingen onderbroken voor de lunch. De ochtend was allesbehalve productief geweest, omdat beide partijen nog in paniek waren over Gabriels vermiste radioactieve materiaal. Reza Nazari wist zich lang genoeg van zijn delegatie af te zonderen om met Yaakov Rossman in het InterContinental te bellen.

Yaakov belde vervolgens Keller in het safehouse en herhaalde de boodschap. 'Radiostilte uit Moskou. Niets van Alexei.'

Het liep toen inmiddels tegen tweeën. De lucht was grijs en somber, een paar sneeuwvlokken waaiden langs het raam van het safehouse, waarin Gabriel zich een gevangene voelde: uit het zicht, afgeschermd van alle herinneringen die op de loer lagen. Hij was voor het laatst buiten geweest voor de ondervraging van Nazari.

Keller stelde voor dat hij een eindje ging lopen. Hij hielp Gabriel in zijn jas, wikkelde een sjaal om zijn hals, en zette hem een hoed op die hij ver over zijn gezicht trok. Toen gaf hij hem een wapen, een Glock .45, een wapen waarmee je iemand onmiddellijk onschadelijk kon maken, een massavernietigingswapen.

'Wat moet ik daarmee?'

'Iedere Rus neerschieten die je de weg vraagt.'

'En als ik nu een Iraniër tegen het lijf loop?'

'Wegwezen,' zei Keller.

Tegen de tijd dat Gabriel het gebouw verliet, kwam de sneeuw recht en gestaag naar beneden, en leken de trottoirs bedekt met een laagje poedersuiker. Hij begon te lopen zonder zelfs maar te controleren of hij werd gevolgd. Wenen had lang geleden een lachertje gemaakt van zijn vakmanschap. Hij hield van de schoonheid van de stad, maar haatte de geschiedenis. Hij was er jaloers op. Hij had er medelijden mee.

Het safehouse lag in het tweede district van Wenen. Voor de oorlog hadden daar zoveel Joden gewoond dat de inwoners van Wenen de wijk gekscherend *Mazzesinsel* hadden gedoopt, matseseiland. Gabriel stak de Ringstrasse over, waardoor hij in het eerste district terechtkwam. Hij bleef even staan voor Café Central, waar hij ooit een man had gesproken die Erich Radek heette, een voormalig SS-officier die van Adolf Eichmann opdracht had gekregen bewijsmateriaal van de Holocaust te verbergen. Vervolgens liep hij verder naar het statige oude herenhuis van Radek, waar een team van het Bureau de oorlogsmisdadiger had opgepakt, het begin van een proces dat hem uiteindelijk in een Israëlische gevangenis zou doen belanden. Een tijdlang bleef Gabriel in zijn eentje voor het hek staan, terwijl de sneeuw zijn schouders steeds witter maakte. Het huis zag er vanbuiten verwaarloosd en vervallen uit, en voor de vieze ramen hingen versleten gordijnen. Blijkbaar wilde niemand in het huis van een moordenaar wonen. Misschien, dacht Gabriel, was er toch nog hoop.

Van het huis van Radek ging hij via de Joodse wijk naar de Stadttempel. Twee jaar geleden had hij in het smalle straatje voor de ingang van de synagoge samen met Mikhail Abramov een team Hezbollahterroristen onschadelijk gemaakt dat van plan was geweest een slachtpartij aan te richten op de sabbatavond. De rest van de wereld moest geloven dat de terroristen waren gedood door twee leden van EKO Cobra, de speciale elite politie-eenheid van Oostenrijk. Er hing zelfs een gedenkplaat op de synagoge ter herinnering aan hun heldenmoed. Terwijl Gabriel de tekst daarop stond te lezen moest hij ondanks alles glimlachen. Het was zoals het moest zijn, dacht hij. Zowel in zijn werk voor de geheime dienst als in zijn werk als restaurateur had hij een en hetzelfde doel. Hij wilde komen en gaan zonder te worden opgemerkt, zonder een spoor achter te laten. Dat was niet altijd gelukt. En nu was hij dood.

Gabriel liep een stukje verder, naar een gebouw waarin ooit een klein detectivebureau had gezeten, Oorlogsclaims en -onderzoek genaamd. De man die het bureau had gerund, Eli Lavon, was Wenen een aantal jaar daarvoor ontvlucht, nadat een bom zijn kantoor had verwoest en twee van zijn jonge assistentes had gedood. Terwijl Gabriel zijn weg vervolgde, merkte hij dat Lavon achter hem aan kwam. Hij bleef even staan en vroeg Lavon met een nauwelijks waarneembare hoofdbeweging naast hem te komen lopen.

Lavon keek enigszins schaapachtig. Hij vond het niet leuk door zijn doelwit te worden ontmaskerd, ook al kende dit doelwit hem al van jongs af aan.

'Wat doe je?' vroeg Gabriel Lavon in het Duits.

'Ik hoorde een raar gerucht,' antwoordde Lavon in dezelfde taal, 'dat het toekomstige hoofd van het Bureau zonder bodyguard door Wenen liep.'

'Waar hoorde je dat?'

'Keller heeft het me verteld. Ik volg je al vanaf het moment dat je het safehouse hebt verlaten.'

'Ja, dat wist ik.'

'Nee, dat wist je niet.' Lavon glimlachte. 'Je zou echt een beetje voorzichtiger moeten zijn, weet je. Je hebt heel wat om voor te leven.'

Samen liepen ze door de rustige straat, het geluid van hun voetstappen gedempt door de sneeuw, tot ze bij een pleintje kwamen. Gabriels hart ging als een gek tekeer, en zijn benen leken plotseling wel van lood. Hij probeerde verder te lopen, maar zijn herinneringen nagelden hem aan de grond. Hij herinnerde zich het geworstel met de gordels van het autostoeltje van zijn zoon, en hoe de lippen van zijn vrouw hadden gesmaakt. En hij hoorde weer de hapering van de motor omdat een bom stroom aan de accu onttrok. Te laat had hij geprobeerd haar te waarschuwen de sleutel niet nog een keer om te draaien. Toen, in een helwitte flits, was zijn wereld verwoest. En nu was zijn restauratie eindelijk bijna compleet. Hij dacht aan Chiara, en heel even hoopte hij dat Alexei Rozanov niet zou toehappen.

Lavon leek te weten wat Gabriel dacht. Zoals gewoonlijk. 'Mijn aanbod geldt nog steeds,' verklaarde hij kalm.

'Welk aanbod?'

'Laat Alexei aan ons over,' antwoordde Lavon. 'Het wordt tijd dat je naar huis gaat.'

Gabriel liep langzaam verder en bleef weer staan op de plek waar de auto was afgebrand tot een geblakerd skelet. Hoewel de bom maar klein van omvang was geweest, had hij een ongewoon intense explosie en brand veroorzaakt. 'Heb je al kans gezien een blik op het dossier van Quinn te werpen?' vroeg hij.

'Interessant leesvoer,' antwoordde Lavon.

'Quinn was halverwege de jaren tachtig in Ras al Helal. Je herinnert je Ras al Helal toch nog wel, Eli? Dat was dat kamp in het oosten van Libië, aan de kust. De Palestijnen werden daar ook getraind.' Gabriel wierp een blik over zijn schouder. 'Tariq was daar.'

Lavon zei niets.

Gabriel staarde naar de met sneeuw bedekte keien. 'Hij kwam daar aan in vijfentachtig. Of was het zesentachtig? Hij had voortdurend problemen met zijn bommen. Ze gingen niet af, de ontsteking of de timer haperde. Maar toen hij weer uit Libië opdook...' Hij maakte zijn zin niet af.

'Eén groot bloedbad,' zei Lavon.

Na een korte stilte vroeg Gabriel: 'Denk je dat ze elkaar hebben gekend?'

'Quinn en Tariq?'

'Ja, Eli.'

'Ik kan me niet voorstellen dat ze elkaar níét hebben gekend.'

'Misschien was het Quinn die Tariq heeft geholpen met de oplossing van zijn problemen.' Gabriel zweeg even en voegde er toen aan toe: 'Misschien was het Quinn die de bom heeft ontworpen die mijn gezin heeft verwoest.'

'Die rekening heb je lang geleden al vereffend.'

Gabriel keek over zijn schouder naar Lavon, maar de aandacht van Lavon was afgeleid door wat hij op het schermpje van zijn BlackBerry las.

'Wat is er?' vroeg Gabriel.

'Blijkbaar wil Alexei Rozanov toch wel even met Nazari praten.'

'Wanneer?'

'Overmorgen.'

'Waar?'

Lavon hield de BlackBerry voor hem op.

Gabriel tuurde naar het schermpje en hief toen zijn hoofd naar de vallende sneeuw. Mooi, hè, dacht hij. De sneeuw vergeeft Wenen haar zonden. De sneeuw valt op Wenen, terwijl het op Tel Aviv raketten regent.

49

ROTTERDAM, NEDERLAND

HET WAS EEN PAAR MINUTEN over elf 's ochtends toen Katerina Akulova het Centraal Station van Rotterdam uit liep. Ze stapte in een taxi en vroeg de chauffeur in vrij goed Nederlands haar naar Hotel Noordzee te brengen.

Het hotel lag aan een straat waaraan met name woonhuizen stonden, en het hotel zelf had ook wel iets weg van een groot, enigszins verwaarloosd huis dat een winstgevender bestemming had gekregen. Katerina liep naar de balie.

De receptioniste, een jonge vrouw, leek verbaasd haar te zien.

'Gertrude Berger,' zei Katerina. 'Mijn vriend is gisteren aangekomen. Mr. McGinnis.'

De vrouw keek met gefronst voorhoofd naar haar computerscherm. 'Op dit moment,' zei ze, 'is er nog niemand in uw kamer.'

'Weet u dat zeker?'

De receptioniste schonk de vrouw tegenover haar haar speciaal voor domme vragen bestemde serene glimlach. 'Maar er is vanochtend wel iets voor u afgegeven door een meneer.' Ze haalde een envelop tevoorschijn met het logo van Hotel Noordzee in de linkerbovenhoek.

'Weet u nog hoe laat dat was?'

'Rond negen uur, als ik me niet vergis.'

'Herinnert u zich hoe hij eruitzag?'

De Nederlandse vrouw beschreef een man van ongeveer één meter tachtig met donker haar en donkere ogen.

'Was het een Ier?'

'Dat zou ik niet kunnen zeggen. Zijn accent was nogal moeilijk te plaatsen.'

Katerina legde een creditcard op de balie. 'Ik heb de kamer maar een paar uur nodig.'

De vrouw haalde de creditcard door het apparaat en gaf Katerina een sleutel. 'Hebt u hulp nodig met uw tas?'

'Nee hoor, dank u wel.'

Katerina liep de trap op naar de eerste etage. Haar kamer was aan het eind van een gang waarvan de muren bedekt waren met bloemetjesbehang en afbeeldingen van pittoreske Nederlandse taferelen. Er waren geen zichtbare beveiligingscamera's, dus liet ze haar hand om het deurkozijn heen glijden alvorens de sleutel in het slot te steken. Nadat ze haar tas aan het voeteneind van het bed had neergezet, doorzocht ze de kamer op verborgen camera's en afluisterapparatuur. Het rook naar limoen en verschaalde sigarettenrook. Het was een opvallend mannelijke geur.

Ze deed het badkamerraampje open in een poging de lucht een beetje weg te krijgen, liep de slaapkamer weer in en pakte de envelop die het meisje achter de receptie haar had gegeven. Zodra ze had gecontroleerd of er niet mee was geknoeid, scheurde ze hem open. Er zat een enkel velletje papier in, keurig in drieën gevouwen. Daarop stond in blokletters een korte verklaring voor Quinns afwezigheid. 'Klootzak,' fluisterde Katerina. Daarna verbrandde ze de brief in de wasbak.

Alexei Rozanov had Katerina opdracht gegeven naar het land van bestemming door te reizen zonder contact op te nemen met Moskou Centrum. Maar dat briefje veranderde alles. Daarin stond dat Quinn niet zoals gepland samen met haar zou reizen. In plaats daarvan zouden ze elkaar zien bij de volgende tussenstop van hun reis, een klein hotel aan de kust van Norfolk. Volgens de strikte regels van de SVR kon Katerina nu niet verder zonder de goedkeuring van haar meerdere. En de enige manier om die goedkeuring te krijgen was het risico te nemen contact te maken.

Ze viste haar telefoon uit haar tas en schreef een kort e-mailbericht naar een adres met een Duitse provider. Het adres was een dekmantel van de SVR waar het bericht automatisch werd versleuteld en via een ingewikkelde route van knooppunten en servers doorgestuurd naar Moskou Centrum.

Tien minuten later had ze antwoord van Alexei. In koele maar overduidelijke bewoordingen. Ze moest zich schikken naar Quinn, voorlopig althans.

Het was inmiddels een paar minuten over twaalf. Katerina ging op het bed liggen en doezelde wat tot halfvier. Toen checkte ze uit en nam een taxi naar de terminal van P&O Ferries. De Pride of Rotterdam, een schip van tweehonderdvijftien meter lang, waarop plaats was voor tweehonderdvijftig auto's en meer dan duizend passagiers, was aan het laden. De SVR had de beste accommodatie voor Katerina gereserveerd onder de naam Gertrude Berger. Ze zette haar bagage in haar hut, deed de deur weer op slot en ging naar boven, naar een van de bars. Die zat al vol passagiers, van wie vele op zoek waren naar wat aangenaam gezelschap om de eenzaamheid van de tien uur durende nachtelijke overtocht te verdrijven. Katerina bestelde een glas wijn en ging aan een tafeltje aan de kant van de haven zitten.

Het duurde niet lang voordat de mannen in de bar de aantrekkelijke jonge vrouw die slechts haar telefoon als gezelschap leek te hebben, in de gaten kregen. Uiteindelijk kwam een van hen met twee drankjes in zijn handen naar haar toe en vroeg in het Engels of hij bij haar mocht komen zitten. Aan zijn accent kon Katerina horen dat hij een Duitser was. Hij was halverwege de veertig – zijn haar werd al wat dunner – en hij was goed gekleed. Het zou natuurlijk kunnen dat hij in dienst was bij een van de Europese veiligheidsdiensten. Toch leek het haar beter een zo neutraal mogelijk gesprek met hem te voeren onder het genot van een drankje, dan hem een blauwtje te laten lopen. Dus nam ze het glas wijn van hem aan en nodigde hem met een blik uit te gaan zitten.

Hij bleek accountmanager te zijn voor een bedrijf uit Bremen dat hoogwaardige werktuigmachines maakte – niet echt opwindend werk, zei hij, maar het bood wel zekerheid. Zijn bedrijf deed veel zaken in het noorden van Engeland, wat verklaarde waarom hij op de boot van Rotterdam naar Hull zat. Hij ging liever met de boot dan met het vliegtuig, omdat hij dan langer van huis was. Met zijn huwelijk ging het niet zo goed, voegde hij er ten overvloede aan toe.

Twee uur lang flirtte Katerina met hem in haar vlekkeloze Duits, zo nu en dan in een specialistisch onderwerp als de deflatie in de eurozone of de schuldencrisis in Griekenland duikend. De zakenman was duidelijk helemaal weg van haar. Het draaide alleen aan het eind wel op een teleurstelling voor hem uit, toen ze zijn uitnodiging mee te gaan naar zijn hut afwees.

'Ik zou maar uitkijken, als ik jou was,' zei hij, langzaam en enigszins verslagen overeind komend. 'Volgens mij heb je een stille aanbidder.'

'Wie?'

Hij knikte naar de andere kant van de bar, waar een man alleen aan een tafeltje zat. 'Hij zit al naar je te staren vanaf het moment dat ik hier kwam zitten.'

'Echt?'

'Ken je hem?'

'Nee,' zei ze. 'Ik heb hem nog nooit gezien.'

De Duitser ging op zoek naar een veelbelovender doelwit, en Katerina ging naar buiten, naar het lege observatiedek, om een sigaret te roken.

Niet veel later voegde Quinn zich bij haar. 'Wie was die kerel?' vroeg hij.

'Een hoopvol gestemde vertegenwoordiger.'

'Weet je dat zeker?'

‘Dat weet ik zeker.’ Ze draaide zich om om hem aan te kijken. Hij droeg een zakelijk grijs pak, een bruine regenjas, en een bril met een zwart montuur die de vorm van zijn gezicht leek te veranderen. De metamorfose was opzienbarend. Zelfs Katerina herkende hem nauwelijks. Geen wonder dat hij al die jaren had weten te overleven. ‘Waarom was je niet in het hotel?’ vroeg ze.

‘Je bent een slimme meid. Zeg jij het maar.’

Ze draaide zich weer naar de zee. ‘Je was er niet,’ zei ze nadat ze er even over had nagedacht, ‘omdat je bang was dat Alexei je zou vermoorden.’

‘En waarom zou ik daar bang voor zijn?’

‘Omdat hij weigert je het geld te betalen dat hij je verschuldigd is. En omdat je ervan overtuigd bent dat de tweede fase van de operatie eigenlijk is bedoeld om jou onschadelijk te maken, zodat er geen verband tussen jou en de SVR kan worden gelegd.’

‘En is dat zo?’

‘Doe even normaal, Quinn.’

Zijn blik gleed over haar lichaam, van links naar rechts, van boven naar beneden. ‘Ben je gewapend?’ vroeg hij uiteindelijk.

‘Nee.’

‘Mag ik dat even zelf controleren?’ Voordat ze antwoord had kunnen geven, had hij haar al tegen zich aan getrokken, in een zogenaamd romantische omhelzing. Zijn hand gleed over haar lichaam, en binnen twee seconden had hij de Makarov gevonden die ze onder haar trui had verstopt. Hij liet het wapen in zijn jaszak glijden. Daarna deed hij haar tas open, haalde haar telefoon eruit, zette hem aan en zocht in de inbox van haar e-mail.

‘Je verspilt je tijd,’ zei ze.

‘Wanneer heb je voor het laatst contact gehad met Alexei?’

‘Rond het middaguur.’

‘Wat waren zijn instructies?’

'Doorgaan volgens plan.'

'Wie was die man die je in de bar wat te drinken aanbood?'

'Ik heb toch gezegd –'

'Was hij van de SVR?'

'Je bent paranoïde.'

'Klopt,' zei Quinn. 'Daarom leef ik ook nog.' Glimlachend stak hij haar telefoon naar haar uit, maar het volgende moment slingerde hij hem met een soepele polsbeweging de zee in.

'Klootzak,' zei Katerina.

'Je moet wat, als Ier,' zei Quinn.

De hut van Quinn lag op hetzelfde niveau als die van Katerina, een paar deuren verder naar de voorsteven. Hij duwde haar naar binnen en stortte onmiddellijk haar handtas leeg op het bed. Niets elektronisch, voor zover hij kon zien, alleen een portefeuille met haar Duitse paspoort en creditcards en wat make-up. En een geluiddemper voor de Makarov. Die stopte Quinn in zijn zak, terwijl hij tegen Katerina zei dat ze zich moest uitkleden.

'Dat had je gedroomd,' zei ze.

'Alsof ik je nog nooit –'

'De enige reden waarom ik ooit met jou naar bed ben geweest is omdat Alexei me daartoe opdracht had gegeven.'

'Die opdracht had hij mij ook gegeven. En nu die kleren uit.' Toen ze zich niet verroerde, schroefde Quinn de geluiddemper op de loop van de Makarov en richtte het wapen op haar gezicht. 'Begin maar met de jas, oké?'

Na een korte aarzeling trok ze haar jas uit en gaf die aan Quinn.

Hij doorzocht de zakken en de voering, maar vond alleen sigaretten en een aansteker. De aansteker was groot genoeg om volgapparatuur te kunnen bevatten. Hij stak hem in zijn zak om zich er later van te ontdoen. 'Nu je trui en je broek.'

Weer aarzelde Katerina. Toen trok ze de trui over haar hoofd en wiebelde ze uit haar spijkerbroek.

Quinn controleerde beide kledingstukken en spoorde haar toen met een knikje aan verder te gaan.

'Je speelt een heel gevaarlijk spelletje, Quinn.'

'Inderdaad,' beaamde hij.

'Wat probeer je daarmee eigenlijk te bereiken?'

'Het is heel simpel. Ik wil mijn geld. En jij gaat ervoor zorgen dat ik het krijg.' Quinn liet een vinger over de welving van haar borst glijden, terwijl hij haar recht in de ogen keek. Haar tepel reageerde onmiddellijk, maar de uitdagende uitdrukking verdween niet van haar gezicht.

'Wat had je verwacht dat er zou gebeuren toen je ermee instemde voor de SVR te werken?'

'Ik had verwacht dat Alexei zich aan zijn woord zou houden.'

'Nogal naïef van je.'

'We hadden een deal. Er zijn beloften gedaan.'

'Als je met Russen te maken hebt,' zei ze, 'hebben beloften niets te betekenen.'

'Dat besef ik nu ook,' zei Quinn met een blik op de Makarov.

'En als je je geld hebt? Waar ga je dan naartoe?'

'Ik vind wel een plek. Ik vind altijd wel iets.'

'Zelfs de Iraniërs willen je nu niet meer.'

'Dan ga ik terug naar Libanon. Of naar Syrië.' Na een korte pauze voegde hij eraan toe: 'Of misschien ga ik wel naar huis.'

'Naar Ierland?' vroeg ze. 'Jouw oorlog is voorbij, Quinn. Je hebt nu alleen nog maar de SVR.'

'Ja,' zei hij, een behabandje van Katerina's schouder schuivend. 'En de SVR heeft jou opdracht gegeven mij te vermoorden.'

Katerina zei niets.

'Je ontkent het niet?'

Ze kruiste haar armen over haar borsten. 'En nu?'

'Ik ga een heel simpele deal voorstellen. Twintig miljoen dollar in ruil voor een van de waardevolste SVR-agenten. Ik heb er alle vertrouwen in dat Alexei zal betalen.'

'En waar was je van plan me vast te houden tijdens de onderhandelingen?'

'Ergens waar Alexei en zijn mannetjes je nooit zullen vinden. En voor het geval je het je afvraagt,' voegde hij eraan toe, 'alles is al geregeld voor je reis en je opsluiting voor onbepaalde tijd.' Hij glimlachte. 'Alexei schijnt te zijn vergeten dat ik vaker met dit bijltje heb gehakt.'

Hij bood Katerina haar trui weer aan, maar die weigerde ze aan te pakken. In plaats daarvan reikte ze achter haar rug, maakte haar beha los, en liet die op de grond vallen.

Ze was volmaakt, dacht Quinn – op dat litteken aan de binnenkant van haar rechterpols na. Hij haalde het magazijn uit de Makarov en deed het licht uit.

50

WENEN - HAMBURG

Het bericht van Alexei Rozanov had niet beknopter kunnen zijn. Een restaurant, een stad, een tijd. Het restaurant was Die Bank, een visbrasserie in Hamburg, in de wijk Neustadt. De tijd was donderdagavond negen uur. Dat betekende dat Gabriel maar achtenveertig uur had om de operatie te plannen en voor de noodzakelijke zaken en mensen te zorgen. Zodra hij terug was in het safehouse ging hij samen met Eli Lavon aan de slag, en tegen middernacht hadden ze de huisvesting, de auto's, de wapens en de beveiligde communicatiemiddelen geregeld die voor zo'n onderneming nodig waren. Ook hadden ze extra personeel laten komen van Barak, Gabriels legendarische eliteteam. Het enige wat nog ontbrak, was een tweede reservering in het restaurant. Blijkbaar had de Rus de laatste tafel voor die donderdagavond bemachtigd. Keller stelde voor de computer van het restaurant te hacken en er een paar reserveringen uit te gooien, maar Gabriel kwam met een betere oplossing. Hij kende Die Bank goed en wist dat er ook een grote, drukke bar was, waar twee agenten makkelijk een paar uur zouden kunnen doorbrengen zonder de aandacht te trekken.

Niet alleen het Bureau trof voorbereidingen. Ook de VEVAK, voorvechter van de islamitische revolutie, aartsvijand van Israël en het Westen, was druk bezig. De geheime reisafdeling van de dienst boekte een plaats voor Reza Nazari op vlucht 171 van Austrian Airlines, die om halfzes uit Wenen vertrok en om zeven uur in Hamburg aankwam.

Gabriel zou de voorkeur hebben gegeven aan een iets vroegere vlucht, maar de late aankomst van Nazari betekende ook dat er minder tijd zou zijn voor Iraanse of Russische rottigheid.

Het hotel dat de VEVAK had uitgekozen – een goedkoop krot vlak bij de luchthaven – vormde echter wel degelijk een probleem. Gabriel vroeg Nazari over te stappen naar het Marriott in Neustadt. Dat was niet ver van het restaurant, en verschillende leden van het Israëlische team zouden daar ook logeren. Nazari verzocht om een upgrade en Teheran willigde het verzoek onmiddellijk in – en zo werd het, volgens Gabriel, de eerste gezamenlijke Bureau-VEVAK-operatie in de geschiedenis. Reza Nazari kon er niet om lachen. Toen hij die avond naar de kamer van Yaakov in het InterContinental kwam voor een laatste briefing, zweette hij peentjes.

Het eerste wat Gabriel deed was de Iraniër een gouden pen aanbieden.

'Een teken van je waardering?' vroeg Nazari.

'Ik wilde je een dasspeld geven, maar jullie Iraniërs dragen geen dassen.'

'Jullie Israëliërs zijn er anders ook niet echt dol op.' Nazari bestudeerde de pen aandachtig. 'Wat is het bereik?'

'Gaat je niks aan.'

'Levensduur van de batterij?'

'Vierentwintig uur, maar hou je in. Draai de dop naar rechts op het moment dat hij aan moet. Mochten we op enig moment tijdens het eten geen verbinding hebben, dan ga ik ervan uit dat je hem expres hebt uitgezet. En dat zou niet goed zijn voor je gezondheid.'

Nazari reageerde niet.

'Doe hem in het borstzakje van je jasje,' ging Gabriel verder. 'De microfoon is gevoelig, dus blijf vooral normaal zitten. Wanneer je ineens bij Alexei op schoot kruipt, zou hij weleens de verkeerde indruk kunnen krijgen.'

Nazari deed de pen in zijn borstzakje. 'Wat nog meer?'

'We moeten je script voor vanavond doornemen.'

'Mijn script?'

'Ik heb geen zin Alexei Rozanov te ondervragen. Daarom moet jij dat voor me doen. Beleefd, uiteraard.'

'Waar ben je op uit?'

'Quinn,' zei Gabriel.

Weer zweeg Nazari.

Gabriel hield een vel papier omhoog. 'Leer de vragen uit je hoofd, maak ze je eigen. Maar zorg dat je het luchtig houdt. Wanneer je klinkt als een officier van justitie, zal Alexei argwaan krijgen.'

Gabriel gaf de vragen aan Nazari. 'Hou er een lucifer bij zodra je er vanavond klaar mee bent. Zo nodig frissen we morgen in het vliegtuig je geheugen nog wel even op.'

'Dat zal niet nodig zijn. Ik ben een professional, Allon. Net als jij.' Nazari pakte de lijst aan.

'Welke taal gaan jullie spreken?' vroeg Gabriel.

'Hij heeft gereserveerd onder de naam Alexei Romanov, dus ik vermoed dat het Russisch zal worden.'

'Geen signalen met ogen of handen,' zei Gabriel. 'En probeer ook niet hem onder de tafel iets toe te stoppen. We houden je voortdurend in de gaten. Geef me geen reden je te vermoorden. Daar is niet veel voor nodig.'

'Wat gebeurt er na het eten?'

'Dat hangt af van hoe goed jij je werk doet.'

'Jullie gaan hem vermoorden, toch?'

'Als ik jou was, zou ik me maar zorgen maken om mezelf.'

'Dat doe ik ook.' Nazari zweeg even. 'Als jullie Alexei morgenavond in Hamburg doden,' zei hij na een tijdje, 'zullen de Russen mij ervan verdenken daarbij betrokken te zijn. En dan doden ze míj.'

'Dan stel ik voor dat je je terugtrekt in een veilig afgesloten ruimte in Teheran en dat je daar nooit meer uit komt.' Gabriel glimlachte. 'Bekijk het van de zonnige kant, Reza. Je hebt je gezin en je leven nog, om nog maar te zwijgen van die twee miljoen bloedgeld die de SVR in

Genève voor je opzij heeft gezet. Al met al denk ik dat je er behoorlijk goed af bent gekomen.' Gabriel kwam overeind.

Reza Nazari volgde zijn voorbeeld en stak een hand naar hem uit, maar daarop wierp Gabriel slechts een donkere blik.

'Gedraag je en doe je huiswerk. Wanneer je het morgenavond in Hamburg verknalt, knal ik persoonlijk je kop eraf.' Nu pakte Gabriel Nazari's hand, en hij kneep erin totdat hij voelde dat de botten begonnen te kraken. 'Welkom in de nieuwe wereldorde, Reza.'

Het was niet vreemd dat Reza die laatste nacht in Wenen niet zo goed sliep.

Gabriel ook niet, trouwens. Hij bracht de nacht door in het safehouse in het tweede district, in gezelschap van Christopher Keller en Eli Lavon. Hij moest voortdurend aan Lissabon denken: het treurige appartementje in de Bairro Alto, de klimplanten langs Quinns balkon, de aantrekkelijke vrouw van een jaar of dertig die hij naar Londen, naar Brompton Road was gevolgd. Lissabon was een meesterstuk geweest dat speciaal voor hem was opgevoerd, en in reactie daarop had Gabriel zelf ook een verhaal verzonnen: een verhaal over verdwenen radioactief materiaal en een vroegtijdig gestorven legendarische spion. De laatste akte van dat verhaal zou morgenavond in Hamburg worden gespeeld, met Reza Nazari in de hoofdrol. Daarmee legde Gabriel een enorme verantwoordelijkheid op de schouders van een aartsvijand, maar hij had geen andere keus. Nazari vormde hun weg naar Alexei Rozanov, bondgenoot van de Russische president, opdrachtgever van Eamon Quinn. De man die een vuurbal een snelheid van driehonderd meter per seconde kon geven. De man die in een terroristentrainingskamp in Libië had gezeten samen met Tariq al-Hourani. Nee, dacht hij, kijkend naar de sneeuw waarmee Wenen langzaam werd bedekt, hij zou die nacht niet slapen.

De computer hield hem gezelschap. Hij herlas het Britse dossier van Alexei Rozanov en bekeek de foto's uit Kopenhagen nog een keer. De Rus was die avond een paar minuten te laat aangekomen, volgens Nazari een gewoonte van hem. Twee SVR-bodyguards waren hem onopvallend gevolgd het restaurant in, en een derde was bij de auto gebleven, die ze ter plaatse hadden geregeld. Het was een grote Mercedes sedan met een Deens kenteken. De chauffeur had in een rustige zijstraat gewacht tot Alexei Rozanov hem aan het eind van het diner telefonisch opdracht had gegeven voor te rijden. De Rus had het restaurant in zijn eentje verlaten om de illusie in stand te houden dat hij niet iemand was die voortdurende fysieke beveiliging genoot.

Het ochtendgloren kwam laat die laatste ochtend in Wenen, en het wilde maar niet echt licht worden. Gabriel en Keller verlieten het safehouse een paar minuten over acht en namen een taxi naar de luchthaven. Apart van elkaar checkten ze in voor de ochtendvlucht naar Hamburg, en na aankomst reden ze ook in verschillende taxi's naar dezelfde plek aan de Mönckebergstrasse, de belangrijkste winkelstraat van Hamburg. Daarvandaan liepen ze samen van de oude naar de nieuwe stad. Gabriel wist te vertellen – dat had hij ergens in zijn geheugen opgeslagen – dat Hamburg meer grachten, kanalen en bruggen had dan Amsterdam en Venetië bij elkaar.

'En St. Petersburg?' vroeg Keller.

'Dat zou ik niet weten,' antwoordde Gabriel met een strak glimlachje.

De straat Hohe Bleichen liep van het Marriott Hotel bijna tot aan de drukke Axel-Springer-Platz. Het was een mengeling van Bond Street en Rodeo Drive; het was het moderne Duitsland op zijn welvarendst. Ralph Lauren zat in een suikertaartgebouw aan het noordelijke uiteinde van de straat. Een stukje verderop was Prada gevestigd, broederlijk zij aan zij met de serviezen van Dibbern. En naast luxe schoenwinkel Ludwig Reiter bevond zich Die Bank, de marmeren eettempel die zo geliefd was bij de financiële en commerciële elite van

Hamburg. Aan de gevel hingen rode doeken met daarop het gekrabbelde logo van het restaurant. Bij de ingang stonden pilaren versierd met beeldhouwwerk.

Het was inmiddels een paar minuten over één, en de lunchspits was op zijn hoogtepunt. Gabriel ging alleen naar binnen en vond een plaatsje aan de vergulde bar. Hij dwong zich een glas rosé te drinken, intussen de zichtlijnen van het restaurant in zijn geheugen prentend. Toen betaalde hij contant en liep weer naar buiten.

De straat was hier vrij smal, met slechts een handjevol parkeerplaatsen. Het verkeer reed van noord naar zuid. Recht tegenover het restaurant was een klein driehoekig pleintje waar Keller op de rand van een betonnen plantenbak zat. Gabriel ging naast hem zitten.

'En?' vroeg hij.

'Goeie plek,' antwoordde Keller.

'Waarvoor?'

'Voor wat je maar wilt.' Keller liet zijn blik door de straat gaan. 'Die exclusieve winkels gaan allemaal vroeg dicht. Om negen uur is het hier al heel rustig. Om elf uur is het een dooie boel.' Hij keek even naar Gabriel en voegde eraan toe: 'Letterlijk en figuurlijk.'

Gabriel zweeg.

'Het is vijf stappen van de ingang van het restaurant naar de rand van het trottoir,' zei Keller. 'Ik zou hem hiervandaan kunnen neerleggen en vertrokken kunnen zijn voordat zijn lichaam de grond raakt.'

'Ik ook,' verklaarde Gabriel. 'Maar het zou kunnen dat ik eerst nog een paar dingetjes met hem moet doornemen.'

'Quinn?'

Zonder nog een woord te zeggen stond Gabriel op, en hij leidde Keller door Neustadt naar de Sankt Michaelis-kerk. Naast de klokkentoren lag een parkje, omgeven door plompe appartementsgebouwen. In een daarvan, een modern gebouw met een atrium met getint glas, gingen ze naar binnen. Ze namen de lift naar de vierde etage, waar Gabriel op de deur van appartement 4D klopte. Een lange, geleerd uitziende man, Yossi Gavish genaamd, liet hen binnen. Aan de eettafel zaten Rimona Stern en Dina Sarid op het scherm van hun laptop te turen, en in de woonkamer stonden Mordecai en Oded, een paar manusjes-van-alles, over een gedetailleerde plattegrond van Hamburg gebogen.

Dina keek op en glimlachte, maar verder reageerde niemand op Gabriels aanwezigheid. Hij deed zijn jas uit en liep naar het raam. Op de klokkentoren van de Sankt Michaelis zag hij dat het tien over twee was. Het was goed weer thuis te zijn, dacht hij. Het was goed te leven.

51

PICCADILLY, LONDEN

In Londen was het tien over één, en Yuri Volkov liep een paar minuten achter op schema. Officieel bekleedde hij een lage functie op de consulaire afdeling van de Russische ambassade. In werkelijkheid was hij leidinggevend agent op de *rezidentura* van de SVR in Londen, de tweede man onder de *rezident* zelf, Dmitry Ulyanin. De Britse geheime dienst was op de hoogte van de aard van zijn echte werk, en hij werd dan ook regelmatig gevolgd door MI5. Het had hem bijna een uur gekost een duo van A4, een man en een vrouw die zich als stel hadden voorgedaan, af te schudden. Nu, in de mensenmassa op de drukke trottoirs van Piccadilly, was hij ervan overtuigd dat hij eindelijk alleen was.

De Rus stak Regent Street over en verdween in metrostation Piccadilly Circus, waar de Piccadilly- en de Bakerloo-lijn elkaar kruisten. Hij haalde een prepaidkaart door de scanner en nam de roltrap naar het perron van de Bakerloo-lijn. Daar zag Volkov zijn spion, een kalende man met een weke kin van achter in de veertig, gekleed in een warenhuisuniform en een regenjas. Hij was het soort man bij wie jonge vrouwen in de metro instinctief uit de buurt bleven. En terecht, dacht Volkov, want jonge meisjes waren zijn zwakke plek. De SVR had er een voor hem gevonden, een kind van dertien uit een of ander godvergeten gat in Siberië, en haar op een presenteerblaadje aan hem aangeboden. En nu hadden ze hem in hun zak. Hij was maar een klein radertje in de enorme inlichtingenmachinerie, maar doorgaans passeerden belangrijke zaken wel zijn bureau. Hij had gevraagd om een spoedontmoeting, wat waarschijnlijk betekende dat hij belangrijke informatie had.

Toen het bord aangaf dat er een trein aankwam, liep de man in de regenjas naar de rand van het perron, en Volkov, tien passen links van hem, deed hetzelfde. Allebei staarden ze recht voor zich uit, ieder in zijn eigen stukje ruimte, terwijl de trein het station binnenreed en een golf passagiers uitspuugde. Beide mannen stapten in hetzelfde treinstel, via verschillende deuren. De man in de regenjas ging zitten, maar Volkov bleef staan. Hij naderde de man tot op zo'n anderhalve meter, een afstand die geschikt was om iets via een beveiligde verbinding uit te wisselen en hield zich vast aan de stang boven zijn hoofd.

Terwijl de trein met een ruk optrok, haalde de man in de regenjas een smartphone uit zijn zak, deed wat dingen op het scherm en stopte de telefoon toen weer terug.

Tien seconden later trilde het apparaatje in Volkovs borstzakje drie keer, wat betekende dat de informatie goed was aangekomen.

Dat was het. Geen dode brievenbussen, geen gesprekken van man tot man, en het was volkomen veilig. Zelfs wanneer MI5 erin zou slagen de telefoon van de spion in handen te krijgen, zou daarop geen enkel spoor te vinden zijn.

De trein reed station Regent's Park binnen, loosde wat passagiers, nam wat nieuwe mee en kwam weer in beweging. Twee minuten later kwamen ze aan op Baker Street, waar de man in de regenjas uitstapte.

Yuri Volkov ging mee tot Paddington Station. Daarvandaan was het maar een klein stukje lopen naar de Russische ambassade.

De ambassade bevond zich aan de noordkant van Kensington Palace Gardens, achter een haag van Britse beveiliging. Volkov ging het gebouw binnen en begaf zich naar de *rezidentura*, waar hij zich in de ruimte voor beveiligde communicatie opsloot. Hij haalde het apparaatje uit zijn jaszak. Het was ongeveer acht bij twaalf centimeter, de maat van een gemiddelde externe harde schijf. Hij plugde het in in de computer en typte het benodigde wachtwoord in. Onmiddellijk begon het apparaatje te zoemen, en het bestand dat erop stond werd in de computer geladen. Het duurde vijftien seconden voordat het was gedecodeerd. Toen verscheen het in duidelijke taal op het scherm. 'Mijn god,' was alles wat Volkov zei. Hij printte het bericht en ging op zoek naar Dmitry Ulyanin.

Ulyanin zat in zijn kantoor, zijn telefoon aan zijn oor, toen Volkov zonder kloppen binnenkwam en het bericht op zijn bureau legde. De *rezident* bleef er even vol ongeloof naar zitten staren alvorens het telefoongesprek afwezig te beëindigen.

'Ik dacht dat je Shamron bij Vauxhall Cross had gezien?'

'Dat is ook zo.'

'En die kist dan die ze in het vliegtuig hebben geladen?'

'Die moet leeg zijn geweest.'

Ulyanin sloeg zo hard met zijn vuist op zijn bureau dat de thee uit zijn kopje klotste. Hij hield het geprinte bericht omhoog en vroeg: 'Weet je wat er gaat gebeuren als dit in Moskou bekend wordt?'

'Alexei Rozanov zal woest zijn.'

'Alexei is niet degene over wie ik me zorgen maak.' Ulyanin schoof het papier over zijn bureau. 'Stuur onmiddellijk een bericht naar Yasenevo. Het was Alexeis operatie, niet die van mij. Laat hij de troep maar opruimen.'

Volkov keerde terug naar de communicatieruimte en schreef een bericht, dat hij ter goedkeuring aan Ulyanin voorlegde. Na een korte discussie was het Ulyanin die op de knop drukte die het nieuws naar Moskou Centrum stuurde. Daarna ging hij weer naar zijn kantoor, terwijl Volkov wachtte op de bevestiging dat het bericht was ontvangen. Het duurde een kwartier voordat die er was.

'Wat zei hij?' vroeg Ulyanin.

'Niets.'

'Hoe bedoel je?'

'Alexei is niet in Moskou.'

'Waar is hij dan wel?'

'In een vliegtuig met bestemming Hamburg.'

'Waarom Hamburg?'

'Een bespreking. Iets belangrijks, blijkbaar.'

'Laten we dan maar hopen dat hij snel zijn berichten checkt, want Gabriel Allon heeft niet voor niets gedaan alsof hij dood is.' Ulyanin keek naar de natte papieren op zijn bureau en schudde langzaam zijn hoofd. 'Dat krijg je er nu van als je een Ier het werk van een Rus laat doen.'

52

FLEETWOOD, ENGELAND

Traag opende Quinn een oog, vervolgens ook het andere. Hij zag zijn naakte arm over de borsten van een vrouw liggen, zijn hand om de kolf van een Makarov geklemd, een vinger waakzaam op de trekkerbeugel. Het was halfdonker in de kamer. Door het open raam dreef de prikkelende geur van de zee naar binnen. In het vage moment tussen slapen en volledig bewustzijn had Quinn even moeite te bepalen waar hij was. Was hij in zijn villa op Isla Margarita? Of was hij misschien terug in Ras al Helal, het terroristentrainingskamp aan de kust van Libië? Hij dacht met plezier terug aan zijn tijd in dat kamp, waar hij bevriend was geraakt met een Palestijnse bommenmaker. Quinn had de Palestijn geholpen een eenvoudig probleem in zijn ontwerp te verhelpen. In ruil daarvoor had Quinn van hem een duur Zwitsers horloge gekregen, betaald door Yasser Arafat himself. De inscriptie luidde: ALTIJD OP TIJD...

Quinn bracht het horloge nu naar zijn ogen en zag dat het halfvijf 's middags was. Door het open raam hoorde hij twee mannen praten met een Lancashire-accent. Hij was niet op Isla Margarita en ook niet in een kamp aan de Libische kust. Hij was in Fleetwood, in Engeland, in een hotel aan de Esplanada, en de vrouw die onder zijn arm lag te slapen was Katerina. Dat hij haar zo stevig tegen zich aan hield, was overigens niet uit genegenheid, maar om te zorgen dat hij wat broodnodige rust kreeg. Hij had meer dan zes uur geslapen, genoeg om de volgende fase van de operatie aan te kunnen.

Voorzichtig tilde Quinn zijn arm op en liet zich uit bed glijden zonder Katerina wakker te maken. Op een tafeltje bij het raam stonden benodigdheden om koffie en thee te maken. Hij vulde de waterkoker, zette hem aan, hing een theezakje in de aluminium pot en keek toen uit het raam. De Renault stond in de straat geparkeerd. De plunjezak met wapens lag nog in de kofferbak. Het had Quinn verstandiger geleken die in de auto te laten dan hem mee te nemen het hotel in. De vrouwelijke topmoordenaar van de SVR kon maar beter zo min mogelijk vuurwapens onder handbereik hebben.

Quinn nam de Makarov mee naar de badkamer en douchte snel, met het gordijn open, zodat hij Katerina in de gaten kon blijven houden. Tegen de tijd dat hij klaar was, sliep ze nog steeds. Hij zette thee en schonk twee koppen in, een met melk, de ander met suiker. Toen maakte hij Katerina wakker en gaf haar de kop met de suiker. 'Kleed je aan,' zei hij op kille toon. 'Het wordt tijd Moskou Centrum te laten weten dat je nog leeft.'

Katerina stond lang onder de douche en besteedde extra veel aandacht aan haar uiterlijk. Uiteindelijk trok ze haar jas aan en ging met Quinn mee naar beneden, naar de lobby, waar een vrouw van een jaar of zestig met grijs haar in een hokje zat te haken. Quinn stak zijn hoofd door het raampje en vroeg waar hij een internetcafé kon vinden.

'Lord Street, *luv*. Tegenover de friettent.'

Het was vijf minuten lopen, een afstand die ze zwijgend aflegden. Lord Street was een lange, rechte straat met aan weerszijden winkels. De fish-and-chips-zaak bevond zich ongeveer in het midden, en het internetcafé lag er inderdaad recht tegenover. Nadat Quinn dertig minuten internettijd had gekocht, leidde hij Katerina naar een computer in een hoek.

Ze maakte een nieuw mailtje aan het SVR-adres dat ze eerder ook had gebruikt en keek Quinn toen vragend aan.

'Zeg tegen Alexei dat je telefoon op de bodem van de Noordzee ligt en dat ik jou in handen heb. Zeg dat hij twintig miljoen dollar op mijn rekening in Zürich stort, anders blaas ik de tweede fase van de operatie af en hou ik jou als onderpand totdat ik de volledige betaling heb ontvangen.'

Katerina begon te typen.

'In het Engels,' zei Quinn.

'Dat hoort niet bij mij.'

'Kan me niet schelen.'

Katerina verwijderde de Duitse tekst en begon opnieuw in het Engels. Ze slaagde erin Quinns eisen te laten klinken als een alledaags zakelijk conflict tussen twee bedrijven die aan hetzelfde project werken.

'Prachtig,' zei Quinn. 'Verstuur maar.'

Ze klikte op VERSTUREN en verwijderde de e-mail vervolgens onmiddellijk uit haar postvak.

'Hoelang zal het duren voordat ze reageren?'

'Niet lang,' antwoordde ze. 'Maar misschien kun je intussen iets te drinken voor ons halen, zodat we er wat minder uitzien als twee moordenaars wachtend op bericht van het hoofdkwartier.'

Quinn gaf haar een briefje van tien pond. 'Alleen melk, geen suiker.'

Katerina stond op en liep naar de bar.

Quinn zette zijn hand onder zijn kin en staarde naar het scherm.

Hun dertig minuten computertijd verstreken zonder dat er een antwoord uit Moskou kwam. Quinn stuurde Katerina naar de balie om meer tijd te kopen, waarna er nog een kwartier voorbijging voordat er eindelijk een e-mail in haar inbox verscheen. De tekst was in het Duits.

Een donkere uitdrukking verscheen op haar gezicht, terwijl ze het bericht las.

'Wat staat er?' vroeg Quinn.

'Dat we een probleem hebben.'

'Wat is er mis?'

'Ze leven nog.'

'Wie?'

'Allon en de Engelsman.' Ze maakte haar blik los van het scherm en keek Quinn ernstig aan. 'Klaarblijkelijk was dat verhaal over de dood van Allon een leugen. Moskou Centrum neemt aan dat ze naar ons op zoek zijn.'

Quinn voelde zijn gezicht rood worden van woede. 'Heeft Alexei erin toegestemd mijn geld te storten?'

'Heb je wel goed geluisterd? Je hebt niet gedaan wat je moest doen, dus is er geen geld. Alexei stelt voor dat je mij onmiddellijk laat gaan, het land uit. Anders zul je je de rest van je leven schuil moeten houden voor mensen zoals ik.'

'En de tweede fase van de operatie dan?'

'Er is geen operatie, Quinn. Niet meer. Alexei heeft ons opdracht gegeven ermee te stoppen.'

Quinn staarde naar het scherm. 'Zeg maar tegen Alexei dat ik dit niet allemaal voor niets heb gedaan,' zei hij uiteindelijk. 'Zeg hem dat we die tweede fase gaan uitvoeren. Vraag hem de locatie te bevestigen.'

'Daar zal hij het niet mee eens zijn.'

'Zeg het hem,' zei Quinn met opeengeklemde kaken.

Katerina stuurde een tweede e-mail, wederom in het Engels.

Deze keer hoefden ze maar tien minuten op antwoord te wachten. Dat kwam in de vorm van een adres.

Katerina kopieerde het naar de zoekbalk en drukte op ENTER.

Quinn glimlachte.

53

THAMES HOUSE, LONDEN

Miles Kent was de enige persoon in Thames House die zonder afspraak de vestingmuren van het kantoor van Amanda Wallace kon passeren. Hij kwam die avond om halfzeven binnen, terwijl ze op het punt stond te vertrekken voor een lang weekend in Somerset met haar man Charles, een rijke voormalig Eton-leerling die iets met geld deed in de City. Amanda was stapelgek op Charles en leek zich volkomen onbewust van diens dampende affaire met zijn jonge secretaresse. Kent had regelmatig overwogen haar van die affaire op de hoogte te brengen – per slot van rekening was het een potentieel veiligheidsrisico – maar hij had besloten dat dat wel eens rampzalig zou kunnen aflopen. Amanda kon meedogenloos wraakzuchtig zijn, vooral jegens mensen die ze ervan verdacht haar machtspositie te bedreigen. Charles zou niet worden gestraft voor zijn misstap, maar Kent zou zomaar in de bloei van zijn carrière de dienst uit kunnen worden geknikkerd. En wat dan? Dan zou hij bij een particulier beveiligingsbedrijf moeten gaan werken, de laatste halte voor uitgerangeerde spionnen en geheim agenten.

'Ik hoop dat dit niet lang gaat duren, Miles. Charles is al onderweg.'

'Ik ben zo weer weg,' zei Kent, terwijl hij zich in een van de stoelen voor Amanda's bureau liet zakken.

'Waar gaat het over?'

'Yuri Volkov.'

'Wat is er met hem?'

'Hij was nogal een druk baasje vandaag.'

'Hoezo?'

'Rond het middaguur verliet hij de ambassade te voet. Een A4-team heeft hem ongeveer een uur gevolgd. Toen zagen ze hem niet meer.'

'Ze zijn hem kwijtgeraakt? Is dat wat je bedoelt?'

'Dat gebeurt nu eenmaal, Amanda.'

'Het gebeurt de laatste tijd iets te vaak.' Ze stopte wat leesvoer voor het weekend in haar koffertje. 'Wat was de laatste plaats waar ze hem nog in het oog hadden?'

'Oxford Street. Ze zijn teruggegaan naar Thames House en zijn de rest van de middag bezig geweest met behulp van beelden van bewakingscamera's te reconstrueren wat Volkov daarna heeft gedaan.'

'En?'

'Hij heeft een stuk over Piccadilly gelopen om er zeker van te zijn dat hij niet meer werd gevolgd. Toen is hij op Piccadilly Circus het metrostation in gedoken en op een trein gestapt.'

'Piccadilly of Bakerloo?'

'Bakerloo. Tot Paddington Station en daarvandaan is hij te voet naar de ambassade teruggekeerd.'

'Heeft hij iemand gesproken?'

'Nee.'

'Iemand vermoord?'

'Niet dat we weten,' zei Kent met een glimlachje.

'En in de metro?'

'Daarin heeft hij alleen maar gestaan.'

Amanda stopte nog een dossier in haar koffertje. 'Zo te horen, Miles, heeft Yuri Volkov gewoon een ommetje gemaakt.'

'Russische spionnen maken niet zomaar een ommetje. Ze maken een ommetje omdat ze aan het spioneren zijn. Dat is wat ze doen.'

'Waar is hij nu?'

'In de ambassade.'

'Nog iets ongebruikelijks?'

'GCHQ heeft niet lang nadat Volkov terug was een uitwisseling van berichten met hoge prioriteit opgevangen, allemaal zwaar versleuteld op een manier die ze niet hebben kunnen kraken.'

'En jij vindt de timing verdacht?'

'Dat is nog zacht uitgedrukt.' Miles Kent zweeg even. 'Ik heb hier geen goed gevoel over, Amanda,' zei hij toen.

'Met jouw gevoel kan ik niets, Miles. Ik heb strafbare feiten nodig.'

'Dit gevoel had ik ook voordat die bom op Brompton Road ontplofte.'

Amanda deed haar koffertje dicht en ging weer zitten. 'Wat stel je voor?'

'Ik maak me zorgen om dat metroritje.'

'Ik dacht dat je zei dat hij met niemand contact had gehad?'

'Niet fysiek, nee, maar dat wil nog niets zeggen. Ik wil graag toestemming om iedereen die tegelijkertijd met hem in dat treinstel was na te trekken.'

'Daarvoor kunnen we de middelen niet missen, Miles. Niet nu.'

'En als we nu geen keus hebben?'

Amanda deed of ze daarover heel hard moest nadenken. 'Oké,' zei ze. 'Maar D4 zal het helemaal zelf moeten doen. Ik wil niet dat je ook maar iets of iemand bij een andere afdeling weghaalt.'

'Oké.'

'Nog meer?'

'Misschien is het een goed idee dat je even met onze vrienden aan de andere kant van de rivier gaat babbelen,' zei Kent, met een hoofdbeweging in de richting van de witte gevel van Vauxhall Cross. 'We willen niet nog meer onaangename verrassingen.' Na die woorden stond hij op, en even later was hij vertrokken.

Zodra Amanda weer alleen was, belde ze haar man op zijn mobiel, maar hij nam niet op. Ze sprak een korte boodschap in om hem te laten weten dat ze wat later klaar zou zijn en verbrak de verbinding.

Toen pakte ze de hoorn van de telefoon die in directe verbinding stond met Vauxhall Cross. 'Ik weet dat het pas donderdag is, maar ik vroeg me af of ik je tot een drankje kon verleiden.'

'Een gifbeker?' vroeg Graham Seymour.

'Gin,' zei Amanda.

'Bij jou of bij mij?'

54

LORD STREET, FLEETWOOD

Quinn en Katerina verlieten het internetcafé aan Lord Street om terug te gaan naar hun hotel. Quinn liep kalm langs de etalages, maar Katerina was erg onrustig en gespannen. Haar ogen dwaalden voortdurend door de straat, en op een gegeven moment, toen ze werden ingehaald door een paar jongens, groef ze haar nagels pijnlijk diep in Quinns arm.

'Zit je iets dwars?' vroeg Quinn.

'Twee dingen om precies te zijn. Gabriel Allon en Christopher Keller.' Ze wierp hem een zijdelingse blik toe. 'Dat sms'je van jou aan Allon pakt wel heel duur uit. Nu zal Alexei je nooit meer betalen.'

'Tenzij ik de opdracht alsnog uitvoer.'

'Hoe wilde je dat doen?'

'Door Allon en Keller te doden, uiteraard.'

Uit Katerina's aansteker schoot een vlammetje omhoog. 'Bij dat soort mannen krijg je maar één kans,' zei ze, een rookwolk de koude avondlucht in blazend. 'Die vind je nooit meer.'

'Ik hoef ze ook niet te vinden.'

'Hoe wilde je ze dan vermoorden?'

'Door ze naar mij toe halen.'

'Waarmee?'

'Het laatste doelwit,' zei Quinn.

Ongelovig staarde Katerina hem aan. 'Je bent niet goed wijs,' zei ze. 'Dat gaat je nooit lukken in je eentje.'

'Ik ben niet alleen. Jij gaat me helpen.'

'Ik heb absoluut geen zin om jou te helpen.'

'Ik ben bang dat je weinig keus hebt.'

Ze waren inmiddels weer bij het hotel. Katerina liet haar sigaret op straat vallen en liep achter Quinn aan naar binnen.

De vrouw met het grijze haar zat nog steeds in haar hokje te haken. Quinn zei tegen haar dat ze zo zouden vertrekken.

'Zo snel al?' vroeg ze.

'Sorry,' zei Quinn, 'maar er is iets tussen gekomen.'

55

HAMBURG

Op datzelfde moment landde vlucht 171 van Austrian Airlines uit Wenen op de luchthaven van Hamburg en begon naar de gate te taxiën. Onder de passagiers bevonden zich een Iraans geheim agent en de Israëliër voor wie hij werkte, al wisten ze dat bij de luchtvaartmaatschappij niet. De twee mannen zaten een paar rijen van elkaar vandaan en hadden tijdens de vlucht geen contact. Ook spraken ze niet met elkaar toen ze door de terminal naar de paspoortcontrole liepen. Ze gingen in dezelfde rij staan en werden allebei na slechts een vluchtige blik op hun reisdocument in Duitsland toegelaten.

In het safehouse in Hamburg vierde Gabriel zijn eerste kleine overwinning. Een grens overgaan bleef lastig voor Iraniërs, zelfs voor Iraniërs met een diplomatiek paspoort op zak.

De reisafdeling van de VEVAK had via het Iraanse consulaat een auto voor Reza Nazari geregeld. Hij werd bij de aankomsthal opgehaald en naar het Marriot Hotel in Neustadt gereden. Daar kwam hij om kwart voor acht 's avonds aan, en nadat hij was ingecheckt ging hij naar boven, naar zijn kamer, waar hij het NIET STOREN-bordje aan de deur hing.

Twee minuten later werd er op de deur geklopt. Nazari deed open en Yaakov Rossman liep de kamer in.

'Nog laatste vragen?' vroeg hij.

'Geen vragen,' antwoordde Nazari. 'Alleen een verzoek.'

'Je bent niet in de positie om dingen te verzoeken, Reza.'

Nazari produceerde een flauw glimlachje. 'Alexei belt me altijd voordat we elkaar zien. Als ik niet opneem, komt hij niet. Zo simpel is het.'

'Waarom heb je dat niet eerder gezegd?'

'Dat ben ik zeker vergeten.'

'Je liegt.'

'Wat jij wilt.' De Iraniër glimlachte nog steeds.

Yaakov staarde kwaad naar het plafond. 'Hoeveel gaat het me kosten jou dat telefoontje te laten beantwoorden?' vroeg hij.

'Ik wil de stem van mijn vrouw horen.'

'Dat kan niet. Niet nu.'

'Alles kan, Mr. Taylor. Juist nu.'

Tot op dat moment had Reza Nazari zich als een modelgevangene gedragen. Toch was Gabriel wel voorbereid geweest op een laatste poging tot verzet. Alleen in films, zei Shamron altijd, accepteerde de veroordeelde de strop zonder tegenstribbelen – en alleen achter het bureau van een planner stelde een spion die tot het ultieme verraad werd gedwongen geen laatste ultimatum. Nazari had van alles kunnen vragen. Dat hij alleen zijn vrouw wilde spreken vonden de mensen die zijn lot in handen hadden toch wel voor hem pleiten. Het zou zelfs zomaar zijn leven kunnen hebben gered.

De voorbereidingen voor een spoedcontact tussen Nazari en zijn vrouw waren reeds kort na zijn eerste ondervraging in Oostenrijk getroffen. Yaakov hoefde maar een nummer in Tel Aviv te bellen, en het telefoontje zou via een beveiligde weg worden doorgestuurd naar de villa in het oosten van Turkije, waar een team van het Bureau op Nazari's vrouw en kinderen paste. Het gesprek zou op King Saul Boulevard worden opgenomen, en er zou iemand meeluisteren die Perzisch verstond, zodat er niets verkeerds kon worden gezegd. Het enige risico was dat de Russen en de Iraniërs wellicht ook meeluisterden.

Met goedkeuring van Gabriel toetste Yaakov het nummer om vijf over acht in. Om tien over acht was de vrouw van Nazari aan de lijn en zat de vertaler op King Saul Boulevard klaar. Yaakov hield de telefoon voor Nazari op.

'Geen tranen, geen afscheid. Vraag haar gewoon wat ze vandaag heeft gedaan en probeer zo normaal mogelijk te klinken.'

Nazari nam de telefoon van hem aan en bracht die naar zijn oor. 'Tala,' zei hij, zijn ogen opgelucht sluitend. 'Wat heerlijk je stem te horen, lieverd.'

Het gesprek duurde iets meer dan vijf minuten, langer dan Gabriel eigenlijk had gewild. Aangezien hij niet het risico had willen nemen van een directe liveverbinding met Hamburg, moest hij nog een paar minuten extra wachten om te horen dat het telefoontje zonder problemen was verlopen. Op de klok van de Sankt Michaelis-kerk zag hij dat het inmiddels tien voor halfnegen was. Met een paar aanslagen op het toetsenbord van zijn computer bracht hij zijn team in stelling. De eerste crisis van die avond was bezworen. Nu alleen Alexei Rozanov nog.

56

NEUSTADT, HAMBURG

Het was maar een relaxte honderdtwintig meter van het Marriott Hotel naar Die Bank – drie minuten lopen misschien, twee wanneer je aan de late kant was. De gasten die het hotel om zeven over halfnegen verlieten, hadden geen haast, omdat ze, net als vele anderen in Hamburg, voor die avond niet zo'n felbegeerd tafeltje hadden weten te bemachtigen. Hun namen waren Yossi Gavish en Rimona Stern, al stonden ze in het hotel allebei onder een schuilnaam geregistreerd. Yossi was een leidinggevend analist van de afdeling Research van het Bureau, die toevallig ook wel van wat dramatiek hield en goed was in actiedingen. Rimona was hoofd van de eenheid van het Bureau die zich bezighield met het bespioneren van het nucleaire programma van Iran. In die hoedanigheid had zij de misleidende informatie van Reza Nazari als eerste gekregen. Ze had de Iraanse spion nooit persoonlijk ontmoet en keek er ook niet echt naar uit die avond met hem in één ruimte te zijn. Sterker nog, eerder die avond had ze verklaard Nazari het liefst in een houten kist naar Teheran terug te sturen.

Haar felheid was voor Gabriel geen verrassing geweest. Rimona was de nicht van Ari Shamron, en net als haar oom nam ze verraad allesbehalve licht op, vooral niet wanneer het om Iraniërs ging.

Ze was opgeleid als analist, maar net als Yossi had ze ook een natuurlijk instinct voor het praktische werk. Tijdens hun wandeling door de elegante winkelstraat leek een tas in de etalage van Prada haar aandacht te trekken. Ze bleef even staan, terwijl een auto hen passeerde en Yossi, in de rol van geïrriteerde echtgenoot, op zijn horloge keek.

Het was elf over halfnegen toen ze de imposante ingang van Die Bank door gingen. De maître d' deelde hun mede dat er geen tafeltjes meer beschikbaar waren, dus dropen ze af naar de bar om op een eventuele annulering te wachten. Rimona zat met haar gezicht naar de ingang, Yossi met zijn gezicht naar het restaurant. Uit het borstzakje van zijn jasje haalde hij net zo'n gouden pen als Gabriel aan Reza Nazari had gegeven. Hij draaide de dop naar rechts en deed de pen toen weer terug in zijn borstzakje. Twee minuten later verscheen er een bericht op zijn beveiligde mobiel. De zender deed het, het signaal was sterk en duidelijk. Yossi hield een langslopende serveerster aan en bestelde iets te drinken. Het was veertien over halfnegen.

In de straten rondom Die Bank nam de rest van Gabriels team onopvallend hun plaatsen in. Op de Poststrasse parkeerde Dina Sarid een Volkswagen sedan op een leeg plaatsje voor een telefoonwinkel. Mordecai zat naast haar op de passagiersplaats, en op de achterbank haalde Oded een paar keer diep adem in een poging zijn hartslag wat tot bedaren te brengen. Vijftig meter verderop in de straat zat Mikhail Abramov op een motor naar de voetgangers te kijken, een uiterst verveelde uitdrukking op zijn gezicht. Keller zat naast hem, op een eigen motor. Hij staarde op het schermpje van zijn telefoon. Daarop stond dat hun man nog geen teken van leven had gegeven. Het was twaalf minuten voor negen.

Om tien voor negen had Alexei Rozanov nog geen contact opgenomen met Reza Nazari. Gabriel stond voor het raam van het safehouse naar de klok van de Sankt Michaelis-kerk te kijken, terwijl er nog twee minuten verstreken zonder dat er werd gebeld. Eli Lavon stond naast hem, een troostende aanwezigheid, een mederouwende aan het graf van een oude vriend.

'Je moet hem wegsturen, Gabriel. Anders komt hij te laat.'

'Wat nu als hij niet geacht wordt naar het restaurant te gaan voordat hij van Alexei heeft gehoord?'

'Dan zorgen we dat hij een excuus verzint.'

'Misschien trapt Alexei daar niet in.' Na een korte stilte voegde Gabriel eraan toe: 'Of misschien komt hij helemaal niet.'

'Nu begin je overal spoken te zien.'

'Twee weken geleden is er een bom van een paar honderd kilo voor mijn neus ontploft. Ik heb alle reden spoken te zien.'

Er ging nog een minuut voorbij zonder dat er iets gebeurde. Gabriel liep naar de laptop, typte een bericht en klikte op VERSTUREN. Toen keerde hij terug naar zijn plaats bij het raam, naast zijn oudste vriend ter wereld.

'Heb je al besloten wat je gaat doen?' vroeg Lavon.

'Waaraan?'

'Alexei.'

'Ik ga hem de kans geven mijn overlijdensakte te tekenen.'

'En als hij dat doet?'

Gabriel verplaatste zijn blik van de klok naar Lavon. 'Ik wil dat mijn gezicht het laatste is wat hij ooit ziet.'

'Het hoofd van de dienst vermoordt geen KGB-agenten.'

'Tegenwoordig heet het SVR, Eli. En ik ben nog geen hoofd.'

'Geef me je telefoon,' zei Yaakov.

'Waarom?'

'Geef me dat ding, verdomme. We hebben niet veel tijd.'

Reza Nazari stond zijn mobiel af.

Yaakov haalde de simkaart eruit en stopte die in een identieke telefoon.

Nazari aarzelde even alvorens het ding aan te pakken. 'Een bom?' vroeg hij.

'Je telefoon voor vanavond.'

'Mag ik aannemen dat hiermee is geknoeid?'

'Op alle mogelijke manieren.'

Nazari stopte de telefoon in zijn zak, naast de pen. 'Wat gebeurt er na het eten?'

'Wat er ook gebeurt,' zei Yaakov, 'loop niet samen met hem de deur uit. Ik pik je voor het restaurant op zodra Alexei weg is.'

'Weg?'

Yaakov zei niets meer.

Reza Nazari trok zijn jas aan en ging naar beneden, naar de lobby. Het was drie minuten voor negen.

Aangezien het Marriott een Amerikaans hotel was, stonden er op het pleintje ervoor roestvrijstalen palen en lelijke betonnen bloembakken om het gebouw tegen terroristische aanslagen te beschermen. Reza Nazari, dienaar van de belangrijkste sponsorstaat van het internationale terrorisme ter wereld liep onder het toeziend oog van Yaakov tussen de verdedigingsobjecten door, de straat in. Er reed op dat moment geen verkeer en ook de trottoirs waren verlaten. Nazari liet zich door niets in de etalages afleiden, al leken de twee motorrijders op het pleintje tegenover Die Bank hem niet te ontgaan.

Om negen uur precies liep hij het restaurant binnen, waar hij zich meldde bij de maître d'. 'Romanov,' zei hij, en de maître d' liet een vinger met een keurig gemanicuurde nagel over de lijst met reserveringen gaan. 'Ja, hier staat het. Romanov.'

Nadat Nazari zijn jas had uitgedaan, werd hij naar een tafel gebracht. Toen hij langs de bar liep, zag hij een vrouw met asblond haar naar hem kijken. De man naast haar toetste iets in op zijn mobiel – een bevestiging dat hij goed was aangekomen, dacht Nazari. De tafel stond in een hoek van de ruimte, onder een angstaanjagende zwart-witfoto van een maniakaal uitziende kale man. Nazari ging met zijn gezicht naar de zaal zitten. Dat zou Alexei niet fijn vinden, maar op dat moment kon het hem weinig schelen wat Alexei vond. Hij kon alleen maar aan zijn vrouw en kinderen denken, en aan de lijst met vragen waarop Allon antwoord wilde. Een ober vulde zijn glas met water, een sommelier bood hem de wijnkaart aan. Om zeven over negen voelde hij de nieuwe telefoon tegen zijn hart trillen. Hij herkende het nummer niet, maar nam toch op.

'Waar ben je?' vroeg een stem in het Russisch.

'In het restaurant,' antwoordde Nazari in dezelfde taal. Toen vroeg hij: 'Waar ben jíj?'

'Ik loop een paar minuten achter op mijn schema. Maar ik ben in de buurt.'

'Moet ik iets te drinken voor je bestellen?'

'Nou, eigenlijk is er een kleine wijziging in het plan.'

'Hoe klein?'

Rozanov vertelde wat hij wilde dat Nazari zou doen. 'Twee minuten,' besloot hij. 'Begrepen?'

Voordat Nazari antwoord had kunnen geven, was de verbinding al verbroken. Haastig belde hij de man die hij kende als Mr. Taylor. 'Heb je dat gehoord?'

'Woord voor woord.'

'Wat wil je dat ik doe?'

'Als ik jou was, Reza, zou ik zorgen dat ik binnen twee minuten buiten stond.'

'Maar –'

'Twee minuten, Reza. Anders gaat het feest niet door.'

De auto was een Mercedes S-Klasse met een Hamburgs kenteken, zwart als een lijkwagen. Terwijl Reza Nazari van tafel opstond, reed de auto de straat in, langs de donkere etalages. Toen hij voor Die Bank stopte, kwam er onmiddellijk een parkeerbediende op af, maar die werd door de man op de passagiersstoel weggewuifd. De chauffeur omklemde het stuur met beide handen, alsof iemand een wapen tegen zijn hoofd hield, en op de achterbank zat een man met een mobiele telefoon aan zijn oor.

Vanaf het pleintje aan de overkant van de straat kon Keller hem goed zien. Brede jukbeenderen, grijsblond haar dat bovenop dunner werd. Het prototype van een Moskou Centrum-gangster. 'Het is hem,' zei Keller in de microfoon van zijn beveiligde radio. 'Zeg tegen Reza dat hij binnen moet blijven. Laten we hem nu omleggen, dan zijn we ervanaf.'

'Nee,' snauwde Gabriel.

'Waarom niet?'

'Omdat ik wil weten waarom hij een wijziging in het plan heeft aangebracht. En ik wil Quinn.' Met licht gekraak werd de verbinding verbroken.

Toen ging de deur van het restaurant open en kwam Reza Nazari naar buiten.

Keller fronste zijn voorhoofd. Over spaak in het wiel gesproken, dacht hij.

Alexei Rozanov was nog steeds aan de telefoon toen Nazari naast hem op de achterbank schoof. Terwijl de auto wegschoot, wierp de Iraniër een blik op de mannen die op het pleintje op hun motor zaten. Ze maakten geen aanstalten achter hen aan te gaan, althans niet voor zover Nazari kon zien. Hij greep de armleuning van de auto, aangezien ze op volle snelheid een hoek omgingen. Toen keek hij naar Alexei Rozanov die net zijn telefoontje had beëindigd. 'Wat is er in vredesnaam aan de hand?' vroeg hij.

'Het leek me geen goed idee jou in een restaurant in Hamburg te laten zitten.'

'Waarom niet?'

'Omdat we een probleem hebben, Reza. Een bijzonder ernstig probleem.'

57

HAMBURG

'Hoe bedoel je dat hij nog leeft?'

'Ik bedoel,' antwoordde Alexei Rozanov op scherpe toon, 'dat Gabriel Allon nog op deze aardbol rondloopt.'

'Het heeft in de kranten gestaan dat hij dood is. Het Bureau heeft het bevestigd.'

'De kranten weten niets. En het Bureau,' voegde Rozanov eraan toe, 'heeft een klinkklare leugen verteld.'

'Heeft jouw dienst hem gezien?'

'Nee.'

'Zijn stem gehoord?'

Rozanov schudde zijn hoofd.

'Hoe weet je het dan?'

'Onze informatie komt van een menselijke bron. Ons is verteld dat Allon de explosie heeft overleefd met slechts oppervlakkige verwondingen en dat hij naar een MI6-safehouse is gebracht.'

'Waar is hij nu?'

'Dat weet onze bron niet.'

'Wanneer heb je dit gehoord?'

'Een paar minuten nadat mijn vliegtuig in Hamburg was geland. Moskou Centrum raadde me aan onze afspraak te annuleren.'

'Waarom?'

'Omdat er maar één reden is waarom Gabriel Allon zijn eigen dood zou faken.'

'Hij is van plan ons te vermoorden?'

De Rus zweeg.

'Je maakt je toch niet echt zorgen, Alexei?'

'Vraag maar aan Ivan Kharkov of ik me zorgen moet maken over de wraakzucht van Gabriel Allon.' Rozanov wierp een blik over zijn schouder. 'De enige reden dat ik hier nu ben is dat het Kremlin nogal nerveus wordt bij het idee van radioactief materiaal in handen van Tsjetsjeense terroristen.'

'Daar heeft het Kremlin ook alle reden toe.'

'Dus het is waar?'

'Absoluut.'

'Daar ben ik blij om, Reza.'

'Waarom zou je blij zijn dat de Tsjetsjenen in staat zijn een vuile bom te maken?'

'Omdat de timing van dit hele gebeuren nogal interessant is, vind je ook niet?' Rozanov staarde uit zijn raampje. 'Eerst doet Allon alsof hij dood is. Dan verdwijnt er bijna vijftig kilo uiterst radioactief afvalmateriaal uit een Iraans laboratorium.' Hij zweeg even, voegde er toen aan toe: 'En nu zijn wij hier samen in Hamburg.'

'Wat wil je daarmee zeggen, Alexei?'

'Bij de SVR en de FSB is helemaal niets bekend over Tsjetsjenen die Iraans nucleair afvalmateriaal hebben bemachtigd. Zonder jouw e-mail zou ik hier niet zijn geweest.'

'Ik heb je die e-mail gestuurd omdat de berichten waar zijn.'

'Of misschien heb je die e-mail gestuurd omdat dat van Allon moest.'

Nu was het Nazari's beurt uit het raampje te staren. 'Ik begin een beetje zenuwachtig van je te worden, Alexei.'

'Dat was ook mijn bedoeling.' De Rus zweeg even. 'Jij bent de enige die Allon mijn naam heeft kunnen geven, Reza.'

'Je vergeet Quinn.'

In gedachten verzonken stak Rozanov een Dunhill op, alsof hij een zet voorbereidde op een denkbeeldig schaakbord.

'Waar is hij?' vroeg Nazari.

'Quinn?'

Nazari knikte.

'Waarom vraag je dat?'

'Hij was van ons.'

'Dat klopt, Reza. Maar nu is hij van ons. En waar hij is, gaat jou niets aan.'

Nazari stak zijn hand in zijn zak om zijn sigaretten te pakken, maar Rozanov greep hem met verrassende kracht bij de pols.

'Wat doe je?' vroeg de Rus.

'Ik hoopte een sigaret te kunnen opsteken.'

'Je hebt toch geen wapen meegenomen vanavond, hè, Reza?'

'Natuurlijk niet.'

'Had je beter wel kunnen doen.' Een kille glimlach verscheen op het gezicht van Rozanov. 'Nog zo'n vergissing van je.'

De Mercedes reed in westelijke richting over de Feldstrasse, een drukke straat die Neustadt met de Sankt Pauli-wijk verbond. De auto werd gevolgd door twee mannen op motoren en twee auto's met elk drie door de wol geverfde agenten van de Israëlische geheime dienst. Geen van hen wist wat er tussen Alexei Rozanov en Reza Nazari was voorgevallen.

Alleen Gabriel en Eli Lavon, gebogen over een laptop in het safehouse, waren op de hoogte van de gespannen confrontatie. De pen in de zak van de Iraniër was niet langer relevant – die was allang buiten bereik van de ontvanger – maar de mobiele telefoon van Nazari bracht alles luid en duidelijk over.

Op dat moment was het even helemaal stil, nooit een goed teken. Niemand in de auto zei iets. Niemand leek zelfs nog maar te ademen. Gabriel probeerde zich een beeld te vormen. Twee mannen voorin, twee mannen achterin, van wie een gijzelaar. Misschien had Alexei wel een wapen getrokken. Of misschien was er helemaal geen wapenvertoon meer nodig, dacht Gabriel. Misschien had Nazari, uitgeput na dagen van angst, met zijn hele houding allang duidelijk gemaakt dat hij schuldig was.

Gabriel keek naar het knipperende lichtje op zijn computerscherm en vroeg: 'Wat is Alexei aan het doen?'

'Ik kan verschillende dingen bedenken,' antwoordde Lavon. 'Geen van alle goed.'

'Waarom geen ontsnappingspoging? Waarom geen tegenacties?'

'Misschien gelooft Alexei het zelf nog niet echt.'

'Wat niet?'

'Dat je hem zo snel hebt kunnen vinden.'

'Hij onderschat me? Is dat wat je zegt, Eli?'

'Moeilijk te geloven, maar –'

Lavon hield abrupt zijn mond bij het horen van de stem van Rozanov. Hij sprak Russisch.

'Wat zegt hij?'

'Hij geeft de chauffeur instructies.'

'Waar gaan ze naartoe?'

'Nog onduidelijk. Maar ik vermoed een plek waar ze hem grondig onder handen kunnen nemen.'

'Ik zou de vragen graag willen horen.'

'Zou er weleens akelig aan toe kunnen gaan.' Na een korte pauze voegde Lavon eraan toe: 'Akelig en fataal.'

Gabriel keek naar het bewegende lichtje op het scherm. De auto draaide de Stresemanstrasse op, een bredere straat, sneller verkeer.

'Geen slechte plek,' zei Gabriel.

'Beter wordt het niet.'

Gabriel bracht de radio naar zijn lippen en gaf de opdracht. Binnen twee seconden verschenen er nog twee knipperende lichtjes op het scherm. Het ene was Mikhail. Het andere Keller.

'Moorden laten minder sporen na dan ontvoeringen,' zei Lavon op kalme toon.

'Ja, Eli, dat realiseer ik me.'

'Dus waarom maken we er nu niet gelijk een einde aan?'

'Ik heb nog een vraag aan mijn lijst toegevoegd.'

'En dat is?'

'Ik wil de naam weten van de man die tegen de Russen heeft gezegd dat ik nog leef.'

De lichtjes van Mikhail en Keller kwamen dichterbij. De Mercedes verplaatste zich nog steeds met dezelfde snelheid.

'Laten we hopen dat er geen nevenschade is,' zei Lavon.

Ja, dacht Gabriel, terwijl hij schoten hoorde. Laten we dat hopen.

Er waren wijken in Hamburg waar de Duitsers zich verschansten achter een sjofele Engelse gevel. De plek waar de zwarte Mercedes uiteindelijk strandde was zo'n plek – een driehoekig stukje gras met aan een zijde de straat en aan de andere twee zijden rijtjes uit rode baksteen opgetrokken huizen, waarin je je bewoners zou kunnen voorstellen die een kopje thee dronken en naar het BBC-nieuws keken. Om daar te komen was de auto eerst stuurloos twee banen tegemoetkomend verkeer over gedenderd. Hij had nog een lantaarnpaal en een bord geraakt, alvorens uiteindelijk tot stilstand te komen tegen een dunne, jonge iep. De buurt zou later nog hemel en aarde bewegen om de boom te redden, maar dat mocht niet baten.

De twee mannen voorin waren al dood voordat de auto schokkend tot stilstand kwam. Niet door de klap, maar door de kogels die van korte afstand in hun hoofd waren geschoten terwijl de auto nog reed. Getuigen hadden het over twee mannen op motoren, de een lang en slungelig, de ander steviger gebouwd. Elk van hen vuurde slechts twee schoten af, en dat deden ze zo tegelijkertijd dat het verschil nauwelijks te horen was. Camerabeelden zouden deze ooggetuigenverslagen later bevestigen. Een Hamburgse rechercheur noemde het de mooiste moordpartij die hij ooit had gezien, een nogal smakeloze opmerking die hem op een strenge reprimande van zijn meerdere kwam te staan. Lijken op Duitse bodem waren nooit mooi, zei de man. Vooral Russische lijken niet. Dat het een stel schurken van Moskou Centrum was, deed er niet toe. Het bleef een schandaal.

De twee motorrijders gingen er snel vandoor en werden nooit meer aangetroffen. Dat gold ook voor de Volkswagen sedan die een paar seconden na het ongeluk opdook. Een gedrongen man die wel iets weg had van een trol sprong eruit en gooide het achterportier van de Mercedes open alsof dat van papier-maché was gemaakt. Een getuige vertelde over een kort maar hevig gewelddadig intermezzo, maar andere weerspraken dat. Wat er ook was gebeurd, de lange Slavisch uitziende passagier die uit de Mercedes tevoorschijn kwam, zag er versuft uit en bloedde. Over hoe hij in de Volkswagen terecht was gekomen liepen de meningen weer uiteen. Sommigen zeiden dat hij uit vrije wil was ingestapt. Anderen zeiden dat hij daartoe was gedwongen, omdat de trollenman op dat moment zijn arm bijna brak. De hele manoeuvre duurde maar tien seconden. Toen waren de Volkswagen en de onfortuinlijke man met het Slavische uiterlijk alweer verdwenen. Dezelfde Hamburgse politieman kon weinig kunstzinnigs ontdekken in de handelwijze van de trol, maar was er wel degelijk van onder de indruk. Iedere gek kan een trekker overhalen, zei hij tegen zijn collega's, maar alleen een echte professional kan een Moskou Centrum-gangster ontvoeren met hetzelfde gemak als waarmee hij een appel uit een boom plukt.

Toen bleef alleen de passagier nog over die achter de chauffeur had gezeten. Alle getuigen waren het erover eens dat hij op eigen kracht de auto uit was gekomen en dat hij ontegenzeggelijk iets anders was dan een Rus – een Arabier misschien, wellicht een Turk, maar zeker geen Rus. Dat zeker niet. Een paar seconden lang leek hij zich af te vragen waar hij was en wat hem boven het hoofd hing. Toen zag hij een man met een pokdalig gezicht naar hem gebaren door het open raampje van weer een andere auto. Terwijl hij daar dankbaar naartoe strompelde, herhaalde hij voortdurend hetzelfde woord. Dat woord was 'Tala'. Ook daarover waren de getuigen het volledig eens.

58

HAMBURG

Er was een vaste procedure voor het verlaten van een safehouse van het Bureau, regels die gevolgd moesten worden, handelingen die moesten worden verricht. Voorgeschreven door God en in steen gebeiteld. Een ritueel dat nooit mocht worden geschonden, zelfs niet wanneer er ergens een paar dode Russen op een grasveldje lagen. En zelfs niet wanneer de trofee van de operatie vastgebonden en gekneveld in de kofferbak van een vluchtauto lag. Dus begonnen Gabriel en Eli Lavon met de ceremoniële reiniging van het safehouse, zwijgend en op de automatische piloot, maar vol overtuiging. Net als hun vijanden waren ze recht in de leer.

Om halftien deden ze de deur achter zich op slot en gingen naar beneden, naar de straat. Daar vond het volgende ritueel plaats: het nauwkeurig onderzoeken van de auto op de eventuele aanwezigheid van een bom. Aangezien ze niets ongewoons aantroffen, stapten ze in. Gabriel liet Lavon rijden. Van nature was die veel handiger te voet dan achter het stuur, maar dat hij geneigd was nogal voorzichtig te rijden kwam op dat moment wel goed uit.

Vanuit Hamburg reden ze naar het zuiden, naar een stadje dat Döhle heette. Daarachter bevond zich een dicht stuk bos dat alleen toegankelijk was via een pad met diepe voren, met aan het begin een bordje PRIVAT. Mikhail had het de vorige dag gevonden, samen met nog drie reserveplekken. Die hadden ze niet nodig: het bos was volledig verlaten.

Lavon doofde de koplampen en reed het pad op met alleen parkeerverlichting, tussen een mengeling van groenblijvende en bladverliezende bomen door. Gabriel zou het liefst een berkenbos hebben gehad, maar in het westen van Duitsland vond je die niet echt. Alleen in het oosten.

Na een tijdje bescheen de parkeerverlichting een Volkswagen sedan die op een kleine open plaats stond. Mikhail leunde tegen de voorbumper, zijn armen over elkaar geslagen. Naast hem stond Keller een sigaret te roken. Aan hun voeten lag Alexei Rozanov. Op zijn mond zat ducttape, en ook zijn handen waren daarmee aan elkaar geplakt. Niet dat dat echt nodig was. De SVR-agent zweefde ergens tussen bewusteloosheid en coma.

'Heeft hij nog iets gezegd?'

'Daarvoor heeft hij niet echt de kans gekregen,' antwoordde Keller.

'Heeft hij je gezicht gezien?'

'Waarschijnlijk wel, maar ik betwijfel of hij zich dat nog herinnert.'

'Breng hem weer bij bewustzijn. Ik moet met hem praten.'

Keller pakte een fles water uit de kofferbak en goot die leeg op het gezicht van Rozanov, totdat er beweging in de Rus kwam.

'Zet hem overeind.'

'Ik denk niet dat hij blijft staan.'

'Doe het.'

Keller en Mikhail pakten allebei een arm van Rozanov en hesen hem overeind. Zoals voorspeld bleef de Rus niet lang op zijn benen staan. Nogmaals trokken ze hem overeind, maar nu bleven ze hem vasthouden. Zijn hoofd was naar voren gevallen, zijn kin op zijn borst. Hij was langer dan hij op de fotobeelden van de bewakingscamera's had geleken, en zwaarder ook – zo'n honderd kilo voormalig getrainde spiermassa die langzaam in vet veranderde. Hij had een goede operatie op touw gezet, maar Gabriel had een nog betere operatie uitgevoerd.

Gabriel haalde de Glock achter de band van zijn broek vandaan en gebruikte de loop om de kin van Rozanov omhoog te duwen.

Het kostte de Rus een paar minuten de blik uit zijn gezwollen ogen te focussen. Toen dat eenmaal was gelukt, stond er geen spoortje angst of herkenning in te lezen.

Hij was goed, dacht Gabriel, terwijl hij de ducttape van Rozanovs mond rukte. 'Je lijkt niet echt verbaasd mij te zien, Alexei.'

'Kennen wij elkaar?' mompelde de Rus.

Gabriel schonk hem een vreugdeloos glimlachje. 'Nee,' zei hij na een korte stilte. 'Dat ongenoegen had ik tot nu toe nog niet gehad. Maar ik ken je werk goed. Heel goed zelfs. Van haver tot gort. Er zijn alleen nog een paar kleine details die ik opgehelderd wil hebben.'

'Wat bied je, Allon?'

'Niets.'

'Dan krijg je er ook niets voor terug.'

Gabriel richtte het wapen op Rozanovs rechtervoet en haalde de trekker over.

De knal van het schot weerkaatste tussen de bomen. Net als de kreten van de Rus.

'Begin je de ernst van de situatie een beetje in te zien, Alexei?'

Rozanov was op dat moment niet tot spreken in staat, dus deed Gabriel dat voor hem. 'Jij en je dienst hebben een bom achtergelaten op Brompton Road in Londen. Die was bedoeld voor mijn vriend en mij, maar tweeënvijftig onschuldige mensen vonden de dood. Jij hebt Charlotte Harris uit Shepherd's Bush vermoord. Je hebt haar zoon vermoord, die Peter heette net als zijn grootvader. Zij zijn de reden dat je hier vanavond bent.' Gabriel richtte de Glock op Rozanovs gezicht. 'Beken je schuld, Alexei?'

'Eamon Quinn heeft die bom geplaatst,' stamelde Rozanov. 'Niet wij.'

'Jij hebt hem betaald om dat te doen, Alexei. En je hebt hem een assistente gegeven die Katerina heet.'

Rozanov keek abrupt naar Gabriel op en staarde hem door een waas van pijn aan.

'Waar is Quinn?' vroeg Gabriel.

'Ik weet niet waar hij is.'

'Waar?' vroeg Gabriel nogmaals.

'Ik zeg toch dat ik niet weet waar hij is, Allon.'

Gabriel richtte het wapen op Rozanovs linkervoet en haalde de trekker over.

'Jezus! Hou op, alsjeblieft!' De Rus schreeuwde het niet langer uit van de pijn. Hij huilde als een kind – hij huilde, dacht Gabriel, als de slachtoffers van de bommen van Quinn, die ledematen waren kwijtgeraakt. Quinn die een vuurbal een snelheid van driehonderd meter per seconde kon geven. Quinn die in een kamp in Libië had gezeten met een Palestijn die Tariq al-Hourani heette.

Denk je dat ze elkaar hebben gekend?

Ik kan me niet voorstellen dat ze elkaar niet hebben gekend.

'Laten we met iets eenvoudigs beginnen,' zei Gabriel kalm. 'Hoe ben je aan het nummer van mijn mobiele telefoon gekomen?'

'Dat is gebeurd toen je in Omagh was,' zei de Rus. 'Bij het gedenkteken. Een vrouw is je gevolgd. Ze deed alsof ze een foto van je nam.'

'Dat herinner ik me nog, ja.'

'Ze heeft je BlackBerry draadloos gehackt. Van je bestanden hebben we nooit iets kunnen ontcijferen, maar je nummer hebben we wel bemachtigd.'

'En dat heb je aan Quinn gegeven.'

'Ja.'

'Het was Quinn die me dat sms'je stuurde in Londen.'

' "De stenen zitten in de muur." '

'Waar was hij toen hij dat stuurde?'

'Brompton Road,' zei de Rus. 'Veilig buiten de gevarenzone.'

'Waarom heb je het hem laten doen?'

'Hij wilde dat jij wist dat hij het was.'

'Beroepstrots?'

'Het scheen iets te maken te hebben met een man die Tariq heette.'

Gabriel voelde zijn hart samenknijpen. 'Tariq al-Hourani?'

'Die, ja. De Palestijn.'

'Wat is er met Tariq?'

'Quinn zei dat hij een oude schuld wilde inlossen.'

'Door mij te doden?'

Rozanov knikte. 'Blijkbaar waren ze nogal close.'

Het moest wel waar zijn, dacht Gabriel. Alexei Rozanov kon onmogelijk van Tariq hebben geweten.

'Weet Quinn dat ik nog leef?'

'Dat heeft hij eerder vandaag gehoord.'

'Je wéét dus waar hij is?'

Rozanov zei niets.

Gabriel zette de loop van de Glock tegen de knie van de Rus. 'Waar is hij, Alexei?'

'Hij is terug in Engeland.'

'Waar in Engeland?'

'Dat weet ik niet.'

Gabriel drukte het wapen pijnlijk hard in de knie van de Rus.

'Ik zweer het je, Allon. Ik weet niet waar hij is.'

'Waarom is hij terug in Engeland?'

'De tweede fase van de operatie.'

'Waar gaat die plaatsvinden?'

'Guy's Hospital in Londen.'

'Wanneer?'

'Morgenmiddag drie uur.'

'En het doelwit?'

'De premier. Quinn en Katerina gaan morgenmiddag in Londen Jonathan Lancaster vermoorden.'

59

NOORD-DUITSLAND

De Rus werd steeds zwakker, verloor steeds meer bloed, verloor de wil om te leven.

Toch nam Gabriel alles stap voor stap met hem door, deal voor deal, misleiding voor misleiding, vanaf het treurige begin van de operatie tot aan de e-mail die eerder die avond bij Moskou Centrum was binnengekomen. De e-mail die was verstuurd vanaf een niet-beveiligd apparaat omdat de SVR-mobiele telefoon van ene Katerina Akulova het laatste waterige signaal had uitgezonden vanaf de bodem van de Noordzee. Quinn, zei Rozanov, had zelf de touwtjes in handen genomen. Moskou Centrum had niet langer controle over hem. Quinn was voor zichzelf begonnen.

'Waar waren ze toen ze die e-mail stuurden?'

'We hebben de bron nooit kunnen traceren.'

Gabriel stampte hard op Rozanovs verbrijzelde rechtervoet.

Zodra de Rus weer enigszins tot spreken in staat was, zei hij dat de e-mail was verstuurd vanuit een internetcafé in Fleetwood.

'Hebben ze een auto?' vroeg Gabriel.

'Een Renault.'

'Model?'

'Een Scénic volgens mij.'

'Wat voor aanslag wordt het?'

'We hebben het over Eamon Quinn. Wat denk je?'

'In een voertuig?'

'Dat is zijn specialiteit.'

'Auto of vrachtwagen?'

'Busje.'

'Waar staat dat?'

'Een garage in Oost-Londen.'

'Waar in Oost-Londen?'

Rozanov noemde een adres aan Thames Road in Barking, waarna hij uitgeput zijn kin op zijn borst liet zakken.

Met een blik gaf Gabriel Keller en Mikhail opdracht de man los te laten. Zodra ze dat deden, stortte de Rus voorover als een gevelde boom en landde op de vochtige bodem van het bos. Gabriel rolde hem op zijn rug en richtte het wapen op zijn gezicht.

'Waar wacht je nog op?' vroeg Rozanov.

Over de loop van het wapen staarde Gabriel de Rus aan, maar hij zei niets.

'Misschien is het waar wat ze over je zeggen.'

'Wat is dat dan?'

'Dat je te oud bent. Dat je er geen zin meer in hebt.'

Gabriel glimlachte. 'Ik heb nog één vraag voor je, Alexei.'

'Ik heb je alles verteld wat ik weet.'

'Behalve hoe je erachter kwam dat ik nog leefde.'

'Door een codebericht dat we hebben onderschept.'

'Wat voor bericht?'

'Je stem,' zei Rozanov. 'We hoorden je stem –'

Gabriel richtte het wapen op Rozanovs knie en schoot.

De Rus kronkelde van pijn. 'We... hadden... een... bron.'

'Waar?'

'Binnen... het... Bureau.'

Gabriel schoot een tweede kogel in dezelfde knie. 'Je kunt me maar beter de waarheid vertellen, Alexei. Anders ga ik al mijn kogels gebruiken om jouw knie tot moes te schieten.'

'Bron,' fluisterde Rozanov.

'Ja, ik weet het. Je had een bron. Maar wie was het?'

'Hij werkt...'

‘Waar werkt hij, Alexei?’

‘MI6.’

‘Welke afdeling?’

‘Personeel en…’

‘Personeel en Veiligheid?’

‘Ja.’

‘Zijn naam, Alexei. Zeg me zijn naam.’

‘Ik kan niet…’

‘Zeg me wie het is, Alexei. Zeg het me, zodat ik een einde kan maken aan de pijn.’

DEEL DRIE

BANDIT COUNTRY

60

VAUXHALL CROSS, LONDEN

Ongeveer een uur na de dood van Alexei Rozanov ontving Graham Seymour het eerste bericht van zijn nieuwste geheime aanwinst. Daarin stond dat het leven van premier Jonathan Lancaster gevaar liep en dat de Russische geheime dienst een spion binnen MI6 had gerekruteerd. Het was, zou Seymour later zeggen, een behoorlijk veelbelovende manier om een carrière te beginnen.

Onder de gegeven omstandigheden leek het Seymour het best een privévliegtuig te sturen. Daarmee werden Gabriel en Keller naar London City Airport in de Docklands gebracht. Vervolgens werden ze door een auto van MI6 zo snel mogelijk bij Vauxhall Cross afgeleverd, waar Seymour in een ruimte zonder ramen op de bovenste verdieping op hen zat te wachten, een telefoon aan zijn oor. Op het moment dat Gabriel en Keller binnenkwamen, verbrak hij de verbinding en bleef hen een tijdlang met uitdrukkingsloze grijze ogen aankijken. 'Is er audiomateriaal?' vroeg hij uiteindelijk.

Gabriel haalde zijn BlackBerry tevoorschijn, zocht de juiste passage en drukte op het afspeelicoontje.

'Waar gaat die plaatsvinden?'

'Guy's Hospital in Londen.'

'Wanneer?'

'Morgenmiddag drie uur.'

'En het doelwit?'

'De premier. Quinn en Katerina gaan morgenmiddag in Londen Jonathan Lancaster vermoorden.'

Gabriel drukte op de pauzeknop.

Seymour staarde naar de telefoon. 'Alexei Rozanov?'

Gabriel knikte.

'Misschien moet je het vanaf het begin afspelen.'

'Eerlijk gezegd denk ik dat we aan het eind moeten beginnen.'

Gabriel zocht de juiste plek in de opname en raakte nogmaals het afspeelicoontje aan.

'Zijn naam, Alexei. Zeg me zijn naam.'

'Gr-Gr...'

'Sorry, Alexei, maar dat heb ik niet verstaan.'

'Grimes...'

'Is dat zijn achternaam?'

'Ja.'

'En zijn voornaam, Alexei? Wat is zijn voornaam?'

'Arthur.'

'Arthur Grimes – dat is zijn naam?'

'Ja.'

'Arthur Grimes van de afdeling Personeel en Veiligheid van MI6 staat op de loonlijst van de Russische geheime dienst?'

'Ja.'

Daarna klonk er iets wat verdacht veel op een schot leek.

Gabriel drukte weer op de pauzeknop.

Seymour sloot zijn ogen.

Om negen uur die ochtend viel een team van de afdeling A1A van MI5 het pakhuis aan Thames Road 22 in Barking in het oosten van Londen binnen. Ze vonden er geen voertuigen en ook geen enkel bewijs dat erop zou kunnen wijzen dat daar een bom in elkaar was gezet.

Tegelijkertijd bezocht een tweede team van MI5 het internetcafé aan Lord Street in Fleetwood. Daar was het geluk met hen, aangezien een van de aanwezige medewerkers ook de vorige avond had gewerkt. Hij herinnerde zich een man en een vrouw die aan de beschrijvingen van Quinn en Katerina voldeden en wist ook nog welke computer ze hadden gebruikt. Het MI5-team nam de computer in beslag en zette hem in een marinehelikopter die nog voor het middaguur in Londen zou zijn.

Amanda Wallace had erop gestaan dat het computerlab van MI5 het forensisch onderzoek zou leiden. Om politieke redenen had Graham Seymour daarmee ingestemd.

'Waar is Grimes?' vroeg Gabriel.

'Hij heeft het gebouw een paar minuten geleden betreden. Op dit moment wordt zijn flat door een team uitgekamd. Nogal een gevoelige kwestie. Grimes is hun onmiddellijke chef.'

'Hoeveel weet hij?'

'Hij is betrokken bij het doorlichten van huidige en toekomstige MI6-agenten.' Seymour keek even naar Keller. 'Sterker nog, ik heb hem een paar dagen geleden nog gesproken over een speciaal project dat we binnenkort zouden binnenhalen.'

'Ik?' vroeg Keller.

Seymour knikte. 'Grimes onderzoekt ook beschuldigingen van veiligheidslekken, waardoor hij in de perfecte positie is andere Russische mollen of spionnen te beschermen. Als hij echt op de loonlijst van de SVR staat, wordt dat het grootste schandaal binnen de westerse inlichtingendiensten sinds Aldrich Ames.'

'Daarom heb je Amanda Wallace hiervan nog niets verteld.'

Seymour zweeg.

'Zou Grimes hebben geweten dat Keller en ik in Wormwood Cottage logeerden?'

'Normaal gesproken houdt hij zich niet met safehouses bezig, maar wanneer er een belangrijk persoon in een van de huizen verblijft, weet hij dat wel. Hoe het ook zij,' voegde Seymour eraan toe, 'we zullen zo weten of hij het was die heeft gelekt.'

'Hoe dan?'

'Dat gaat Yuri Volkov ons vertellen.'

'Wie is Volkov?'

'De plaatsvervangend SVR-*rezident* op de Russische ambassade. MI5 is ervan overtuigd dat er gistermiddag in de metro een ontmoeting tussen hem en een spion heeft plaatsgevonden. Een van mijn mensen is op dit moment in Thames House de camerabeelden aan het bekijken. Om –'

Seymour werd onderbroken door het geluid van de telefoon. Hij nam op en luisterde een paar seconden zonder iets te zeggen. Toen verbrak hij de verbinding en pleegde zelf een telefoontje.

'Verlies hem niet uit het oog. Nog geen seconde. Als hij naar de wc gaat, ga jij ook.'

Nadat Seymour het gesprek had beëindigd, keek hij Gabriel en Keller weer aan. 'Ik had met pensioen moeten gaan toen ik daarvoor de gelegenheid kreeg.'

'Dat zou een enorme fout zijn geweest,' zei Keller.

'Waarom?'

'Omdat je dan nooit meer de kans zou hebben gehad Quinn te pakken.'

'Ik weet niet of ik die kans nog wel wil. Per slot van rekening,' vervolgde Seymour, 'heb ik het tot nu toe niet echt goed gedaan. Het is twee-nul voor hem.'

Er viel een geladen stilte in de ruimte zonder ramen. Seymour en Keller staarden allebei naar de telefoon. Gabriel staarde naar het plafond.

'Hoelang was je van plan te wachten, Graham?'

'Waarmee?'

'Voordat je mij even rustig met Arthur Grimes laat babbelen.'

'Jij komt niet bij hem in de buurt. Niemand,' voegde Seymour eraan toe. 'Voorlopig niet. Het kan nog wel maanden duren voordat we eraan toe zijn hem te ondervragen.'

'We hebben geen maanden de tijd, Graham. We hebben tot drie uur vanmiddag.'

'Er is geen bom aangetroffen in dat pakhuis in Barking.'

'Niet echt bemoedigend nieuws.'

Seymour wierp een blik op de klok. 'We geven het MI5-computerlab tot twee uur om die e-mailwisseling te lokaliseren. Als ze er dan nog niet uit zijn, onderwerpen we Grimes aan een verhoor.'

'Wat ga je hem vragen?'

'Ik begin met dat metroritje met Yuri Volkov.'

'En weet je wat hij dan zal zeggen?'

'Nee.'

'Yuri wie?'

'Je bent een fatalistische klootzak.'

'Ik weet het,' zei Gabriel. 'Dat voorkomt teleurstellingen achteraf.'

61

BRISTOL, ENGELAND

Om negen uur die ochtend kwam BBC Radio 4 met het eerste bericht over het incident in Hamburg. Het was kort en fragmentarisch. Twee mannen waren doodgeschoten, twee andere verdwenen. De dode mannen waren allebei Russisch; over de verdwenen mannen was weinig bekend. De Duitse bondskanselier zou zich ernstige zorgen maken. Het Kremlin zou verontwaardigd zijn. Maar dat was het tegenwoordig meestal.

Quinn en Katerina hoorden het bericht toen ze over de M5 bij Birmingham reden. Een uur later luisterden ze naar een update, inmiddels aanbeland tegenover Marks & Spencer op de Cribbs Causeway-winkelboulevard in Bristol. In de versie van tien uur was er één detail bijgekomen. Volgens de Duitse politie waren de dode mannen allebei in het bezit van een diplomatiek paspoort. Katerina zette de radio uit, terwijl een buitenlandspecialist van de BBC stond te vertellen hoe dit incident zou kunnen ontaarden in een complete crisis.

'Nu weten we waarom Allon deed alsof hij dood was,' zei ze.

'Waarom zou Alexei gisteravond in Hamburg zijn geweest?'

'Misschien was hij daarheen gelokt.'

'Door wie?'

'Door Allon, natuurlijk. Waarschijnlijk is hij Alexei op dit moment aan het ondervragen. Of misschien is Alexei al dood. Hoe het ook zij, we kunnen ervan uitgaan dat Allon weet waar wij zijn. Wat betekent dat we Engeland onmiddellijk moeten verlaten.'

Quinn zei niets.

'En als ik nu eens kan bewijzen dat Alexei in die auto zat?' vroeg Katerina.

'Nog een mailtje naar Moskou Centrum?'

Ze knikte.

'Echt niet.'

Ze keek om zich heen, naar de andere auto's op de parkeerplaats. 'Ze kunnen ons op dit moment wel in de gaten houden.'

'Dat is niet zo.'

'Weet je dat zeker?'

'Onze strijd duurt al heel lang, Katerina. Ik weet het zeker.'

Ze leek niet overtuigd. 'Ik ben geen jihadist, Eamon. Ik ben hier niet gekomen om te sterven. Zorg dat ik Engeland uit kom. Dan nemen we contact op met het Centrum en regelen een betaling voor mijn veilige terugkeer.'

'Dat gaan we ook doen,' zei Quinn. 'Maar eerst moeten we nog iets regelen.'

Katerina keek naar een paar vrouwen die naar de ingang van Marks & Spencer liepen. 'Waarom zijn we hier?' vroeg ze.

'We gaan een paar boodschappen doen.'

'En dan?'

'Dan gaan we een stukje wandelen.'

62

DOWNING STREET 10

Graham Seymour verliet Vauxhall Cross kort na het middaguur om verslag uit te brengen bij premier Jonathan Lancaster op Downing Street 10. Hij vertelde Lancaster dat het bijna zeker was dat Eamon Quinn terug was in het land en dat hij een nieuwe aanslag beraamde – misschien op Guy's Hospital tijdens het bezoek van de premier, misschien ook op een ander doelwit. Ze zouden meer weten, verklaarde Seymour, zodra het lab van MI5 klaar was met de computer uit Fleetwood. Over Arthur Grimes en zijn geheime ontmoeting met Yuri Volkov van de Russische ambassade zei hij niets. Slecht nieuws moest je met kleine beetjes tegelijk brengen, vond hij.

'Je bent Amanda net misgelopen,' zei de premier. 'Ze raadde me aan mijn bezoek aan Guy's Hospital af te zeggen. Ze dacht ook dat het misschien een goed idee zou zijn dat ik de deur niet meer uitga totdat Quinn is opgepakt.'

'Amanda is een verstandige vrouw.'

'Zolang ze het met jou eens is.' De premier glimlachte. 'Het is goed te zien dat jullie zo goed samen kunnen spelen.' Hij zweeg even, vroeg toen: 'Jullie spelen toch goed samen, Graham?'

'Ja, meneer de premier.'

'Dan zeg ik tegen jou hetzelfde als ik tegen haar heb gezegd,' vervolgde Lancaster. 'Ik ga mijn plannen niet wijzigen voor een of andere IRA-terrorist.'

'Dit heeft niets met de IRA te maken. Het is puur zakelijk.'

'Dan helemaal.' De premier kwam overeind en liep met Seymour mee naar de deur. 'Nog één ding, Graham.'

'Ja, meneer de premier?'

'Geen arrestaties in deze zaak.'

'Pardon, *sir?*'

'Je hebt me wel verstaan. Geen arrestaties.' Hij legde zijn hand op Seymours schouder. 'Weet je, Graham, soms is wraak goed voor de ziel.'

'Ik ben niet uit op wraak, meneer de premier.'

'Dan stel ik voor dat je iemand vindt die daar wel op uit is en dat je die heel dicht bij Eamon Quinn in de buurt brengt.'

'Ik geloof dat ik zo'n man net heb ontmoet. Twee mannen om precies te zijn.'

Seymours auto stond voor de beroemde zwarte deur van Downing Street 10 op hem te wachten. Eenmaal terug in Vauxhall Cross voegde Graham zich weer bij Gabriel en Keller in de kamer zonder ramen op de bovenste verdieping. Het leek bijna alsof ze geen vin hadden verroerd sinds hij was weggegaan.

'Hoe was hij?' vroeg Gabriel.

'Vastbesloten. Op het koppige af.'

'Hoe laat vertrekken de auto's van Downing Street?'

'Kwart voor drie.'

Gabriel keek op de klok. Het was vijf voor twee. 'Ik weet dat we twee uur hebben gezegd, Graham, maar –'

'We wachten tot twee uur.'

Bewegingloos en zwijgend bleven de drie mannen zitten, terwijl de laatste vijf minuten verstreken. Klokslag twee uur belde Seymour Amanda Wallace in Thames House, aan de overkant van de rivier, en hij vroeg hoever ze waren met het onderzoek van de computer.

'Ze zijn er bijna,' zei Amanda.

'Hoe bijna?'

'Binnen een uur.'

'Niet goed genoeg.'

'Wat wil je dat ik doe?'

'Mij bellen zodra je iets weet.'

Nadat Seymour had opgehangen, keek hij Gabriel aan. 'Misschien dat je hier beter niet bij kunt zijn.'

'Misschien,' zei Gabriel, 'maar ik wil het voor geen goud missen.'

Seymour pakte de telefoon weer op en toetste een nummer in. 'Arthur,' zei hij op opgewekte toon. 'Met Graham. Goed dat ik je te pakken heb.'

Zeven verdiepingen onder Graham Seymours voeten legde een man in een met grijze schotten afgescheiden werkplek langzaam zijn telefoon neer. Net als alle werkplekken in Vauxhall Cross was ook de zijne niet voorzien van een naambordje, alleen van een serie cijfers onderbroken door een slash. Het was vreemd dat Graham Seymour hem bij zijn naam had genoemd, omdat de meeste mensen in Vauxhall zijn functie als naam gebruikten. Personeel. Ga Personeel even halen. Wegwezen, daar heb je Personeel. Zijn naam was een belastering, een belediging. Hij werd verfoeid en uitgekotst. Maar hij werd vooral gevreesd. Hij was degene die de geheimen van anderen blootlegde, degene die hun tekortkomingen en leugens ontmaskerde. Hij wist van hun affaires, hun geldproblemen, hun voorliefde voor alcohol. Hij had het vermogen hun carrière te ruïneren of, wanneer hij dat wilde, hen juist te redden. Hij was rechter, jury en beul: een god in een grijs hokje. En toch had hij zelf ook een geheim met zich mee gedragen. Op de een of andere manier hadden de Russen dat ontdekt. Ze hadden hem een jong meisje gegeven, een Lolita, en in ruil daarvoor hadden ze hem zijn laatste restje waardigheid afgenomen.

Met Graham. Goed dat ik je te pakken heb…

Interessante woordkeuze, dacht Grimes. Misschien een freudiaanse toevalligheid, maar hij vermoedde eigenlijk van niet. De timing van Seymours verzoek – een dag nadat Grimes draadloos en zonder live contact informatie had overgedragen in de metro – was onheilspellend. Het was een roekeloze afspraak geweest, een spoedontmoeting. En blijkbaar had hij zichzelf daarmee blootgegeven.

Goed dat ik je te pakken heb…

Zijn jasje hing aan een haak aan de muur, naast een foto van zijn gezin, de laatste die voor de scheiding was genomen. Buiten in de gang stond Nick Rowe te flirten met een knap meisje van het archief – Rowe die al de hele dag om Grimes heen hing. Zonder een woord te zeggen liep hij langs het tweetal naar de liften. Hij had amper op het knopje gedrukt of er kwam al een lift. Dat kon geen toeval zijn, dacht hij.

De lift gleed zo soepel omhoog dat Grimes de beweging amper voelde. Toen de deuren opengleden, zag hij Ed Marlowe, nog iemand van zijn afdeling, in de hal staan.

'Arthur!' riep Marlowe, alsof Grimes plotseling hardhorend was geworden. 'Straks wat drinken? Heb wat dingetjes met je te bespreken.' Zonder op antwoord te wachten dook hij nog net tussen de liftdeuren door en was verdwenen.

Grimes liep vanuit de hal bij de liften het oogverblindend lichte atrium in. Dit was het walhalla van de spionnenwereld, het beloofde land. De kamer waar Graham Seymour op hem wachtte, was rechts. Links was een deur naar het terras. Grimes ging naar links en stapte naar buiten. De koude lucht was als een klap in zijn gezicht. Onder hem stroomde de Theems, donker, somber, en op de een of andere manier geruststellend. Grimes haalde eens diep adem en zette alles kalm op een rijtje. Hij had het voordeel dat hij hun technieken kende. Zijn werkplek was in orde. Net als zijn flat, zijn bankrekeningen, zijn computers en zijn telefoons. Ze hadden helemaal niets tegen hem, behalve een metroritje met Yuri Volkov. Hij zou ze verslaan. Hij was onkreukbaar, dacht hij. Hij was Personeel.

Op dat moment hoorde hij een geluid achter zich, een deur die open- en dichtging. Toen hij zich langzaam omdraaide, zag hij Graham Seymour op het terras staan. Zijn grijze haar danste in de wind en hij glimlachte – de glimlach, dacht Grimes, waarmee hij zich omhoog had gewerkt, terwijl betere mensen moesten blijven zwoegen in de machinekamers van het inlichtingenwerk. Seymour was niet alleen. Achter hem stond een kleinere man met opvallend groene ogen en grijzende slapen. Grimes herkende hem. Het liep hem plotseling dun door de broek.

'Arthur,' zei Seymour met dezelfde gespeelde hartelijkheid die hij eerder aan de telefoon had gebruikt. 'Wat ben je aan het doen? We zitten allemaal op je te wachten binnen.'

'Sorry, Graham. Het gebeurt niet vaak dat ik een reden heb hier boven te komen.' Grimes glimlachte terug, al leek zijn glimlach in niets op die van Seymour. Tandvlees en tanden, dacht hij, en een flinke portie schuldgevoel. Hij draaide zich weer om, naar de rivier, en plotseling rende hij. Een hand probeerde hem nog te pakken op het moment dat hij over de balustrade dook, en terwijl hij naar beneden stortte, naar het volgende terras, beeldde hij zich in dat hij aan het vliegen was. Toen was daar ineens de grond en hij landde met een plof die klonk als uit elkaar spattend fruit.

Het was een val van verschillende verdiepingen, genoeg om een man te doden, maar niet onmiddellijk. Heel even was hij zich nog bewust van bekende gezichten die boven hem hingen. Gezichten uit dossiers, gezichten van MI6-agenten van wie hij de levens naar hartenlust had omgespit. En toch was er zelfs in dat moment van doodsnood niemand die hem bij zijn naam noemde. Personeel was van het dakterras gevallen, zeiden ze. Personeel was dood.

63

CORNWALL, ENGELAND

Bij Marks & Spencer in Bristol kochten Quinn en Katerina twee paar wandelschoenen, twee rugzakken, een verrekijker, wandelstokken en een gids voor Devon en Cornwall. Ze laadden de spullen achter in de Renault en reden in westelijke richting naar Helston, een stadje in Cornwall. Daar vlakbij lag marinebasis Culdrose, de grootste helikopterbasis van Europa. Quinn kreeg een zwaar gevoel in zijn borst, terwijl hij langs het hoge hek van harmonicagaas reed met rollen prikkeldraad erop. Toen vloog er een Sea King-helikopter over de weg en plotseling was hij weer terug in Bandit Country in South Armagh. Zijn oorlog daar was voorbij, hield hij zich voor. Nu was zijn oorlog hier.

Een kilometer of vijf ten zuiden van het vliegveld lag het dorpje Mullion. Quinn volgde de borden naar de Old Inn en vond een parkeerplaats recht aan de overkant, naast de Atlantic Forge-winkel met strandartikelen. Ze trokken de wandelschoenen en de oliejassen aan. Vervolgens stopte Quinn de kaart, de gids en de verrekijker in een van de canvas rugzakken. De tas met wapens liet hij in de auto. Hij nam alleen de Makarov mee.

Katerina was ongewapend. 'Wat is onze dekmantel?' vroeg ze, toen ze klaar was met aankleden.

'Toeristen.'

'In de winter?'

'Ik ben altijd al dol geweest op badplaatsen in de winter.'

'Waar logeren we?'

'Kies jij maar.'

'Wat dacht je van de Godolphin Arms in Marazion.'

Quinn glimlachte. 'Weet je dat je erg goed bent?'

'Beter dan jij?'

'Kun je een geloofwaardig Brits accent produceren?'

Ze aarzelde even, maar zei toen: 'Ja, dat denk ik wel.'

'Jij bent een bankier uit Londen. En ik ben je Panamese vriendje.'

'Bof ik even.'

Ze liepen het dorp uit via Poldhu Road, Quinn op de rand van het asfalt, Katerina veilig in de berm. Na ongeveer achthonderd meter was er een opening in de heg, een bordje wees in de richting van een wandelpad. Via een wildrooster en een weiland kwamen ze uiteindelijk op South West Coast Path terecht. Dat volgden ze in noordelijke richting over de kliffen naar Poldhu Beach, en vandaar langs de golfclub van Mullion naar de oude kerk van St. Winwaloe. Na een kort bezoek aan de kerk omwille van hun dekmantel liepen ze verder naar Gunwalloe Cove. Het huis stond op de rotsen aan de zuidkant, genesteld in een natuurlijke tuin van Engels gras en zwenkgras. Op de oprit stonden twee auto's.

'Dat is het,' zei Quinn.

Hij liet de rugzak op de grond zakken, haalde de verrekijker eruit en zette die aan zijn ogen alsof hij het uitzicht wilde bewonderen. Nadat hij hem eerst voor de vorm een beetje over de kliffen had laten gaan, richtte hij hem rechtstreeks op het huis. Een van de auto's was leeg, maar in de andere zaten twee mannen. Quinn bekeek de ramen van het huis. De gordijnen zaten potdicht.

'We hebben gezelschap,' zei Katerina.

'Ik zie hem,' zei Quinn, terwijl hij de verrekijker liet zakken.

'Wat doen we?'

'Wandelen.' Quinn deed de verrekijker terug in de rugzak en hing de rugzak weer aan zijn schouder. Toen liepen Katerina en hij verder in dezelfde richting. Van een afstand van zo'n honderd meter kwam een man hen tegemoet. Geen gewone wandelaar, dacht Quinn. Gedisciplineerde bewegingen, lichte tred, een wapen onder zijn donkerblauwe windjack. Een ex-militair, misschien zelfs een ex-SAS'er. Quinn voelde de Makarov tegen zijn ruggengraat drukken. Hij zou willen dat hij het wapen meer onder handbereik had, maar het was te laat om daaraan nog iets te kunnen veranderen. 'Praat,' bromde hij.

'Waarover?'

'Over hoe leuk het afgelopen weekend was bij Bill en Mary en hoe graag je zou willen dat je je ook een huisje op het platteland kon veroorloven. Misschien wel in de Cotswolds.'

'Ik haat de Cotswolds.'

Desalniettemin begon Katerina een enthousiast relaas over Bill en Mary en hun boerderij vlak bij Chipping Campden. Over Bill, die na een paar drankjes altijd begon te flirten, en over Mary die stiekem een beetje verliefd was op Thomas, een knappe collega die volgens Katerina homo was.

Op dat moment had de ex-soldaat hen bereikt. Quinn ging achter Katerina lopen om de man erlangs te laten. Katerina vertraagde even haar pas om hem een goedemorgen te wensen, maar Quinn hield zijn blik op de grond gericht en zei niets.

'Zag je hoe hij naar ons keek?' vroeg Katerina, zodra ze weer alleen waren.

'Blijven lopen,' zei Quinn. 'En wat je ook doet, kijk niet over je schouder.'

Het huis lag nu recht voor hen. Het kustpad ging erachterlangs, langs een groene weide. Een klein hoogteverschil gaf Quinn de gelegenheid een onschuldige blik over de heg te werpen en zo een glimp op te vangen van de twee mannen in de geparkeerde auto.

Katerina liet zich inmiddels nogal kritisch uit over Mary, en Quinn knikte traag, alsof hij vond dat haar opmerkingen van een bijzonder groot inzicht getuigden.

Zo'n vijftig meter voorbij het huis bleef hij aan de rand van de kliffen staan om een blik te werpen op de baai beneden hen. Een man stond zijn hengel uit te werpen in de woeste branding. Achter hem liep een vrouw over het goudbruine zand, gevolgd door een andere man met een windjack dat verdacht veel leek op dat van de ex-militair die ze waren tegengekomen. De vrouw liep bij hen vandaan, haar rug naar hen toegekeerd, langzaam, doelloos, als een gevangene die bezig was met de haar toegestane lichaamsbeweging in een beperkte ruimte. Quinn wachtte totdat ze zich omdraaide alvorens de verrekijker aan zijn ogen te zetten. Even later gaf hij hem aan Katerina.

'Die heb ik niet nodig,' zei ze.

'Is ze het?'

Katerina staarde naar de vrouw die langs het water op haar af kwam lopen. 'Ja,' zei ze uiteindelijk. 'Ze is het.'

64

GUY'S HOSPITAL, LONDEN

Onmiddellijk na de zelfmoord van Arthur Grimes verzocht Graham Seymour Jonathan Lancaster nogmaals dringend zijn bezoek aan Guy's Hospital af te zeggen.

De premier hield voet bij stuk, maar hij stemde er wel in toe zijn beveiliging met twee man uit te breiden. Twee mannen die zijn mening deelden dat wraak goed was voor de ziel. Twee mannen die Eamon Quinn dood wilden hebben. Het hoofd van SO1, de afdeling van de Metropolitan Police die de premier en zijn familie moest beschermen, was uiteraard niet blij dat hij twee buitenstaanders aan zijn team moest toevoegen: een agent van een buitenlandse inlichtingendienst en een gewelddadig man met een twijfelachtig verleden. Desalniettemin voorzag hij ze van radioapparatuur en van legitimatiebewijzen die iedere deur in het ziekenhuis voor hen zouden openen. Ook gaf hij ze allebei een 9mm Glock 17. Dat was een schending van alle denkbare veiligheidsprotocollen, maar wel een waartoe de premier himself opdracht had gegeven.

Het was al te laat om Gabriel en Keller nog naar Downing Street te laten komen, en dus werden ze door een auto van de Met opgepikt bij Vauxhall Cross en met hoge snelheid via Kennington Lane naar Southwark gereden. Het beroemde Guy's Hospital, een van de hoogste gebouwen van Londen, verhief zich boven een wirwar van straten aan de Theems, niet ver van London Bridge. Ze werden afgezet voor de futuristische wolkenkrabber die bekendstond als 'The Shard', de scherf. Parkeren was in deze straat altijd al verboden, maar nu, in verband met de komst van de premier, was er helemaal geen verkeer.

In Weston Street, daarentegen, stonden verschillende auto's geparkeerd, waaronder een wit bedrijfsbusje dat nogal laag boven de grond leek te hangen. Gabriel vroeg de Metropolitan Police de eigenaar na te trekken. Dat bleek een aannemer te zijn, een oud-marineman, die in een gebouw in de buurt aan het werk was. In het busje lagen kalkstenen vloertegels.

De laatste straat die aan het complex grensde was Snowsfields, een smalle straat zonder parkeergelegenheid en met als enige verkeer die dag politievoertuigen. Gabriel en Keller liepen naar de hoofdingang van het ziekenhuis en kwamen via een beveiligingskordon op de binnenplaats terecht, waar de minister van Gezondheid al stond te wachten, samen met een vertegenwoordiging van de National Health Service en een grote delegatie ziekenhuispersoneel, voor een groot deel in witte jassen en operatiekleding gehuld. Zwijgend liep Gabriel tussen al die mensen door, zoekend naar het gezicht dat hij in het huis in Galway had geschetst, zoekend naar de vrouw die hij voor het eerst in een stille straat in Lissabon had gezien. Toen belde hij Graham Seymour in de commandoruimte in Vauxhall Cross. 'Hoelang nog voor de premier hier is?'

'Twee minuten.'

'Al nieuws over de Fleetwood-computer?'

'Bijna.'

'Dat zeiden ze een uur geleden ook.'

'Ik bel je zodra ze iets hebben gevonden.'

De verbinding werd verbroken. Gabriel stopte de telefoon in zijn zak en staarde naar de ingang, waar even later twee motoragenten verschenen, gevolgd door een van allerlei speciale snufjes voorziene Jaguar limousine. Jonathan Lancaster sprong eruit en begon handen te schudden.

'Moet hij dat nu echt per se doen?' vroeg Keller.

'Ik ben bang dat dat aangeboren is.'

'Laten we dan maar hopen dat Quinn niet in de buurt is. Anders zou dat hem weleens fataal kunnen worden.'

De premier schudde de laatste uitgestoken hand. Toen keek hij naar Gabriel en Keller, knikte kort en ging naar binnen. Het was exact drie uur.

65

GUNWALLOE COVE, CORNWALL

Op het moment dat Jonathan Lancaster het Guy's Hospital binnenging, begon het in Londen te regenen, maar diep in het westen van Cornwall scheen een waterig zonnetje door een opening in de gelaagde bewolking. Dat was een meevaller, want daardoor werd Katerina's aanwezigheid op het strand van Gunwalloe Cove een stuk geloofwaardiger. Ze was daar om tien voor drie aangekomen, vijf minuten nadat ze Quinn had afgezet bij de oude kerk. De Renault stond op de parkeerplaats boven de kleine baai, en in de rugzak naast haar zaten een wegwerptelefoon en een Skorpion met een ACC Evolution 9-geluiddemper op de loop geschroefd.

Je hebt altijd iets met de Skorpion gehad, nietwaar, Katerina?

Tijdens het ritje van de kerk naar de baai had ze nog heel even overwogen Engeland te ontvluchten en Quinn aan zijn lot over te laten. In plaats daarvan had ze ervoor gekozen te blijven en haar missie tot een goed einde te brengen. Ze was er nagenoeg zeker van dat Alexei inmiddels dood was. Toch zou het onverstandig zijn naar Rusland terug te keren zonder haar opdracht te hebben uitgevoerd. Het was de tsaar die haar naar Engeland had teruggestuurd, niet Alexei. En net als alle Russen wist Katerina dat je tot iedere prijs moest voorkomen dat je de tsaar teleurstelde.

Ze keek hoe laat het was. Vijf over drie. Quinn zou bijna bij het huis zijn. Misschien dat een van de beveiligingsmensen hem zou benaderen, zoals die ex-soldaat die ochtend ook op hen af was komen lopen. Mocht dat gebeuren dan zou Quinn hem doden en zouden er nog maar drie mensen over zijn die het doelwit beschermden: de twee voor het huis en de man die stond te vissen. Katerina twijfelde niet aan zijn identiteit. Ze kon de contouren van zijn wapen onder zijn jack zien en ze had ook geconstateerd dat hij radioapparatuur had waarmee hij zijn collega's had gewaarschuwd dat er onverwacht bezoek in de baai was. Het zou niet lang duren voordat hij een alarmsignaal zou krijgen, of misschien zou er helemaal geen tijd meer zijn om dat te versturen. Het lot van de vissende beveiligingsman stond echter vast. Hij was getuige van zijn laatste zonsondergang.

Nu haalde hij een vis naar boven, liet die in een gele emmer vallen en deed nieuw aas aan de haak. Toen, nadat hij even naar Katerina had geknikt, liep hij de branding weer in en gooide zijn lijn uit.

Glimlachend tilde Katerina de flap van de rugzak op, waardoor de kolf van de Skorpion zichtbaar werd. Het wapen stond op volautomatisch, wat betekende dat het in minder dan een seconde twintig schoten kon afvuren met een minimale afwijking. Quinn was op eenzelfde wijze bewapend.

Op dat moment begon de telefoon te trillen, en in het scherm verscheen een bericht: De stenen zitten in de muur. Hij kon het niet laten, dacht ze. Hij moest de Britten laten weten dat hij het was. Ze liet de telefoon in de rugzak vallen en greep de Skorpion vast, haar blik op de man in de branding gericht. Plotseling schoot zijn hoofd omhoog en naar links, naar het huis op de rotsen. Te laat draaide hij zich om. Katerina kwam over het zand op hem af lopen, de Skorpion voor zich uit.

Twintig schoten in minder dan een seconde met een minimale afwijking…

De volgende golven die het strand op spoelden, waren rood van het bloed van de MI6-beveiligingsman.

Kalm herlaadde Katerina de Skorpion, waarna ze het steile pad naar de parkeerplaats op liep. Die was leeg, op haar Renault na. Ze stapte achter het stuur, startte de motor en reed het weggetje naar het huis op.

66

THAMES HOUSE, LONDEN

Op het eerste gezicht was er niets verdachts aan de mailwisseling, maar de ervaren MI5-deskundige voelde dat er iets niet klopte aan de teksten. Net als aan de mailadressen. Hij liet de uitgeprinte teksten aan zijn meerdere zien, en die ging ermee naar Miles Kent. Kents aandacht werd getrokken door een adres in de laatste e-mail. Het kwam hem bekend voor en dus haalde hij het snel door een MI5-database, waarin hij een alarmerende match vond. Hij zocht Amanda Wallace op in de commandoruimte waar ze het bezoek van de premier aan Guy's Hospital in de gaten hield en legde de papieren voor haar neer.

Amanda begon te lezen en fronste haar voorhoofd. 'Wat wil dit zeggen?'

'Kijk eens goed naar het adres.'

Dat deed Amanda. 'Is dat niet het huis waar Allon ooit woonde?'

Kent knikte.

'Wie woont er nu?'

'Dat moet je waarschijnlijk aan Graham Seymour vragen.'

Amanda pakte de telefoon.

Vijf seconden later nam Graham Seymour in een commandoruimte aan de andere kant van de Theems de telefoon op. 'Wat heb je?'

'Een probleem.'

'Wat is er aan de hand?'

'Verblijft er iemand in het huis van Allon in West-Cornwall?'

Na een korte aarzeling zei Seymour: 'Het spijt me, Amanda, maar daarover kan ik geen uitspraken doen.'

'Mijn god,' fluisterde ze op ernstige toon. 'Ik was al bang dat je dat zou gaan zeggen.'

Aangezien het huis officieel een MI6-safehouse was, was er geen actieve telefoonlijn. Ook had de huidige bewoonster geen mobiele telefoon mogen hebben om te voorkomen dat ze in een onbewaakt ogenblik iets over haar verblijfplaats zou verraden aan haar vijanden. Alle pogingen haar bewakers te bereiken liepen op niets uit. Hun telefoons werden niet opgenomen. Hun radio's kraakten alleen maar zonder dat er een reactie kwam.

Er was één iemand die zijn telefoon wel onmiddellijk opnam. Dat was Gabriel toen Graham Seymour hem om zeventien over drie belde. Gabriel was in het auditorium van het Guy's Hospital, waar de premier op het punt stond een remedie te bieden voor de kwalen waaraan het gezondheidszorgsysteem van de Britse overheid leed.

In zijn commandoruimte keek Seymour naar de livebeelden van het gebeuren. Kalmer dan hij zelf voor mogelijk had gehouden gezien de omstandigheden zei hij: 'Ik vrees dat de premier toch niet het doelwit was. Er staat een helikopter op jou en Keller te wachten op het platform in Battersea. De Met zal jullie een lift daarnaartoe geven.'

De verbinding werd verbroken. Starend naar het scherm zag Seymour twee mannen het auditorium uit rennen.

67

WEST-CORNWALL

De schoten had Madeline Hart niet gehoord, alleen het versplinterende hout. En toen was die man naar binnen komen rennen, een akelig uitziend wapen in zijn hand. Hij had haar een stomp in haar maag gegeven – een meedogenloze dreun die haar het spreken en de adem had benomen – en terwijl ze kronkelend op de grond lag, had hij tape op haar mond en om haar handen geplakt en een zwarte zak over haar hoofd getrokken.

Ondanks alles was ze zich er nog wel van bewust dat er een tweede persoon binnenkwam, kleiner dan de eerste, met een lichtere tred. Samen trokken ze haar overeind en sleurden ze haar haar kamer met het mooie uitzicht door. Buiten klonk een telefoon die niet werd opgenomen, de telefoon van een van haar beveiligers nam ze aan. De overvallers duwden haar de kofferbak van een auto in, waarna de klep boven haar met een beslissende klap werd dichtgeslagen. Ze hoorde steentjes onder de banden knarsen en, vaag, de brekende golven in de baai. Daarna was er alleen nog maar het geluid van rubber op asfalt. En stemmen. Twee stemmen, een man en een vrouw. De man kwam bijna zeker uit Ierland, maar het accent van de vrouw was zo'n mengelmoes dat het haar afkomst niet verraadde. Eén ding wist Madeline echter wel: ze had die stem eerder gehoord.

Ze had geen idee welke kant ze op gingen, ze wist alleen dat de weg van matige kwaliteit was. Een B-weg, dacht ze. Niet dat dat iets uitmaakte. Haar kennis van de geografie van Cornwall was uiterst beperkt aangezien ze min of meer gevangen had gezeten in het huis van Gabriel. Oké, af en toe waren ze naar Lizard Point gereden voor thee met scones in het café op de rotsen, maar het grootste deel van de tijd was ze niet verder gekomen dan het strand van Gunwalloe Cove. Regelmatig kwam een man van het MI6-hoofdkantoor in Londen naar Cornwall om haar een update te geven van haar veiligheidssituatie – of, zoals hij het noemde, om haar even streng toe te spreken. Erg veel variatie zat er niet in zijn teksten. Haar overlopen, zei hij, had het Kremlin ongelooflijk in verlegenheid gebracht. Het was slechts een kwestie van tijd voordat de Russen zouden proberen de situatie te corrigeren.

Die tijd was nu blijkbaar gekomen. Madeline veronderstelde dat haar ontvoering verband hield met de aanslag op Gabriels leven. De man met het Ierse accent was ongetwijfeld Eamon Quinn. En de vrouw? Madeline luisterde naar het zachte gebrom van haar stem en de vreemde mengeling van Duits, Brits en Russisch in haar accent. Toen deed ze haar ogen dicht en zag twee meisjes zitten in een park in een Engels filmdecordorpje. Twee meisjes die bij hun moeders waren weggehaald en door wolven waren grootgebracht. Twee meisjes die ooit de wereld in zouden worden gestuurd om te spioneren voor een land dat ze nooit echt hadden gekend. Nu leek het erop dat iemand bij Moskou Centrum het ene meisje had gestuurd om het andere te vermoorden. Alleen een Rus kon zo wreed zijn.

Madeline had maar een vaag besef van tijd, maar ze schatte dat er zo'n twintig minuten waren verstreken toen de auto stopte. De motor zweeg, de klep van de kofferbak ging open, en twee paar handen trokken haar omhoog – een paar mannenhanden en een paar vrouwenhanden. De lucht was scherp en zilt, de grond onder haar voeten rotsachtig en onvast. Ze kon de zee horen en, boven haar hoofd, het gekrijs van rondcirkelende meeuwen. Terwijl ze naar het water toe liepen, werd er een motor gestart en rook ze rook. Door een paar decimeter water werd ze naar een kleine boot toe geduwd, waar ze in werd gehesen. Onmiddellijk voer de boot de zee op, daarbij geholpen door een naderende golf. Vastgebonden en met een zak over haar hoofd luisterde Madeline naar het geluid van de schroef die door het water draaide. *Je gaat dood*, leek die te zeggen. *Je bent al dood.*

68

GUNWALLOE COVE, CORNWALL

De helikopter die in Battersea stond te wachten was een Westland Sea King transporthelikopter met Rolls-Royce Gnome gasturbinemotoren. Met een snelheid van honderdtien knopen, bijna de topsnelheid, werden Gabriel en Keller naar de andere kant van Zuid-Engeland gevlogen. Om zes uur bereikten ze Plymouth en een paar minuten later zag Gabriel de vuurtoren van Lizard Point. De piloot wilde op Culdrose landen, maar Gabriel haalde hem over gelijk door te vliegen naar Gunwalloe. Toen ze over het huis vlogen, waren er zowel op de oprit als op de weg naar de Lamb and Flag overal blauwe zwaailichten te zien. De baai was verlicht. Het witte licht van een plaats delict. Gabriel voelde zich plotseling misselijk. Zijn geliefde toevluchtsoord in Cornwall, de plaats waar hij had kunnen uitrusten en herstellen na een paar van zijn moeilijkste operaties, was nu een plek des doods.

De piloot zette Gabriel en Keller aan de noordkant van de baai af. Ze haastten zich naar de vloedlijn en bleven staan bij de lampen die de plaats delict verlichtten. In de kille lichtcirkel lag het lichaam van een man. Hij was herhaaldelijk in de borst geschoten. Dat de kogelgaten zo dicht bij elkaar zaten wees erop dat de schutter uitstekend getraind was. Of misschien, dacht Gabriel, was de moordenaar wel een vrouw geweest. Hij keek op naar de vier mannen die bij het dode lichaam stonden. Twee van hen droegen het uniform van de politie van Devon en Cornwall. De andere twee waren rechercheurs in burger van de Major Crime Branch. Gabriel vroeg zich af hoelang ze daar al waren. Lang genoeg, dacht hij, om de baai te verlichten als een voetbalstadion tijdens een avondwedstrijd.

'Moet dat echt, die bak licht? Ik denk niet dat hij er nog vandoor gaat.'

'Wie vraagt dat?' wilde een van de rechercheurs weten.

'MI6,' verklaarde Keller kalm. Het was de eerste keer dat hij zich identificeerde als lid van Her Majesty's Secret Service, en de mededeling miste zijn uitwerking niet.

'Kunnen jullie je legitimeren?' vroeg de rechercheur.

Keller wees op de Sea King aan het uiteinde van de baai en zei: 'Dat is mijn legitimatie. Luister nu naar die man en doe dat verdomde licht uit.'

Een van de agenten in uniform doofde de lampen.

'En laat al die auto's hun zwaailicht uitdoen.'

Dezelfde agent gaf de opdracht door via zijn radio.

Toen Gabriel opkeek naar het huis zag hij alle blauwe lichten uitgaan. Hij richtte zijn blik weer op de dode man aan hun voeten. 'Waar hebben jullie hem gevonden?'

'Bent u ook van MI6?' vroeg de rechercheur in burger.

'Geef antwoord op zijn vraag,' snauwde Keller.

'In de branding.'

'Hij was aan het vissen?' vroeg Gabriel.

'Hoe weet u dat?'

'Gokje.'

De rechercheur draaide zich om en wees naar de rotsen. 'De schutter stond daar. We hebben twintig kogelhulzen gevonden.' Hij keek naar het lijk. 'Het merendeel van de kogels heeft zijn doel bereikt. Waarschijnlijk was hij al dood voordat hij het water raakte.'

'Getuigen?'

'Er heeft zich niemand gemeld.'

'En voetafdrukken in de buurt van de hulzen?'

De rechercheur knikte. 'Degene die heeft geschoten droeg wandelschoenen.'

'Welke maat?'

'Klein.'

'Was het een vrouw?'

'Zou kunnen.'

Zonder nog een woord te zeggen liep Gabriel voor Keller uit het pad naar het huis op. Ze gingen naar binnen door de terrasdeuren. Gabriels woonkamer was veranderd in een veldcommandopost. De voordeur hing nog maar aan één scharnier, en door de opening zag hij nog twee lichamen op de oprit liggen. Een lange man kwam op hen af en stelde zich voor als rechercheur Frazier. Gabriel nam de uitgestoken hand aan, maar stelde zich niet voor. Net als Keller.

'Wie van jullie is van MI6?' vroeg de rechercheur.

Gabriel keek naar Keller.

'En u?' vroeg de rechercheur aan Gabriel.

'Hij is een vriend van de dienst,' zei Keller.

De minachting van de rechercheur voor ongeregelde troepen stond op zijn gezicht te lezen. 'We hebben vier dodelijke slachtoffers, voor zover we weten,' zei hij. 'Een in de baai, twee voor het huis en de vierde op het kustpad. Hij was één keer in zijn borst en één keer in zijn hoofd getroffen. Hij heeft geen kans gekregen zijn wapen te trekken. De mannen op de oprit zijn met meerdere kogels beschoten, net als die kerel in de baai.'

'En de vrouw die hier woont?' vroeg Gabriel.

'Die is spoorloos.'

De rechercheur liep naar Gabriels ezel, waarop hij een kaart van West-Cornwall had gehangen. 'We hebben twee getuigen uit het dorp die kort na drieën vanmiddag een Renault op hoge snelheid hebben zien wegrijden in noordelijke richting. We hebben wegversperringen opgeworpen hier, hier en hier,' voegde hij eraan toe, drie plaatsen op de kaart aanwijzend. 'Geen van de getuigen heeft de chauffeur gezien, maar ze zeiden allebei dat de passagier een vrouw was.'

'Je getuigen hebben gelijk,' zei Gabriel.

De rechercheur draaide zich naar hem om. 'Wie is ze?'

'Een huurmoordenaar van de Russische inlichtingendienst.'

'En de man achter het stuur?'

'Hij was ooit de beste bommenmaker van de Real IRA, wat betekent dat die wegversperringen tijdverspilling zijn. Je moet alle middelen op de westkust inzetten. En de kofferbak van iedere auto controleren die vanavond een veerboot naar Ierland op rijdt.'

'Heeft die man van de Real IRA ook een naam?'

'Eamon Quinn.'

'En de Russische vrouw?'

'Haar naam is Katerina. Maar hoogstwaarschijnlijk doet ze zich voor als Duitse. Laat je niet voor de gek houden door haar uiterlijk,' voegde Gabriel eraan toe. 'Ze heeft twintig kogels in het hart van die beveiligingsman in de baai gepompt.'

'En de vrouw die ze hebben ontvoerd?'

'Het doet er niet toe wie ze is. Zij is degene met de zak over haar hoofd.'

De rechercheur richtte zijn blik weer op de kaart. 'Weten jullie wel hoe lang de kust van Cornwall is?'

'Meer dan zeshonderd kilometer,' antwoordde Gabriel, 'met tientallen kleine baaien. Daarom was het ook een smokkelaarsparadijs.'

'Kunnen jullie me nog iets meer vertellen?'

'Er is thee in de voorraadkast,' zei Gabriel. 'En een rol biscuitjes.'

69

GUNWALLOE COVE, CORNWALL

Om acht uur die avond werd het lichaam uit de baai naar boven gedragen bij het licht van een zaklantaarn en bij de andere op de oprit gelegd. Erg lang bleven de doden daar niet liggen: binnen een uur kwam een rijtje busjes aan gereden om ze naar de lijkschouwer in Exeter te vervoeren. Daar zou een hoogopgeleide deskundige verklaren wat eigenlijk al duidelijk was, namelijk dat vier mannen met geheime werkzaamheden waren bezweken aan kogelwonden in vitale organen. Of misschien, dacht Gabriel, zou de lijkschouwer de lichamen helemaal niet te zien krijgen. Misschien zouden Graham Seymour en Amanda Wallace er wel in slagen de hele bloederige bende onder het tapijt te vegen. Quinn had de Britse inlichtingendiensten nogmaals in verlegenheid gebracht met een schandaal – een schandaal dat voorkomen had kunnen worden wanneer het MI5-computerlab een bepaalde e-mailwisseling net iets eerder had ontdekt dan ze nu hadden gedaan. Gabriel kon er niets aan doen dat hij zich in zekere zin verantwoordelijk voelde voor de situatie. Het zou allemaal niet zijn gebeurd, dacht hij, als hij niet in de Hermitage in St. Petersburg een exemplaar van Een kamer met uitzicht van Forster op de schoot van een mooie jonge vrouw had gelegd.

Volgens mij is dit van u…

Maar de schuldvraag kwam later wel. Nu was Gabriels enige zorg het vinden van Madeline. De politie van Devon en Cornwall hield iedere strand en iedere baai in de regio in de gaten – iedere plek waar een kleine boot kon aanleggen. Daarnaast had Graham Seymour de kustwacht in het grootste geheim gevraagd de patrouilles voor de zuidwestkust van Engeland op te voeren. Allemaal heel mooi, dacht

Gabriel, maar waarschijnlijk iets te laat. Quinn was verdwenen. Net als Madeline. Maar waarom was ze ontvoerd? Waarom had hij haar niet dood achtergelaten bij haar bewakers, als waarschuwing voor alle andere Russische spionnen die mochten overwegen over te lopen?

Gabriel hield het binnen niet uit – met de politie die alles overhoophaalde, de kogelgaten in de deur en de herinneringen die hem overal belaagden – en dus gingen Keller en hij op het terras zitten, diep in hun jassen weggedoken. Gabriel staarde naar de lichtjes van een vrachtschip in de verte op zee, zich afvragend of Madeline misschien aan boord was.

Keller rookte een sigaret, zijn blik op de Sea King gericht.

Niemand verstoorde hun zwijgende samenzijn, totdat de rechercheur hun kort na tienen kwam vertellen dat er een Renault Scénic was aangetroffen aan de rand van een afgelegen baai bij West Pentire, aan de noordkust van Cornwall. De auto was leeg geweest, op een tas van Marks & Spencer na.

'Er zat zeker geen bon in?' vroeg Gabriel.

'Ik ben bang van niet, nee.' De rechercheur zweeg even. 'Mijn chef heeft contact gehad met Binnenlandse Zaken,' zei hij uiteindelijk. 'Ik weet wie jullie zijn.'

'Dan zult u vast onze excuses willen aanvaarden voor de manier waarop we eerder tegen uw mannen hebben gesproken.'

'Nergens voor nodig. Maar misschien wilt u voor uw vertrek nog wat waardevolle spullen uit het huis meenemen. MI6 stuurt een team om de boel schoon te maken.'

'Vraag of ze voorzichtig willen doen met mijn ezel,' zei Gabriel. 'Die heeft emotionele waarde.'

De rechercheur liet Gabriel en Keller weer alleen. De lichtjes van de vrachtboot waren verdwenen in de nacht.

'Waar denk je dat hij haar mee naartoe heeft genomen?' vroeg Keller.

'Naar een plek waar hij zich op zijn gemak voelt. Een plek waar hij het terrein en de mensen kent.' Gabriel keek Keller aan. 'Ken jij zulke plekken?'

'Helaas maar één.'

'Bandit Country?'

Keller knikte. 'En als hij erin slaagt dat te bereiken, heeft hij een heel groot thuisvoordeel.'

'Wij hebben ook iets wat in ons voordeel kan werken, Christopher.'

'Wat dan?'

'Stratford Gardens 8.'

Keller richtte zijn blik weer op de Sea King. 'Is het bij je opgekomen dat dat misschien precies is wat Quinn wil?'

'Nog een kans ons om te leggen?'

'Ja.'

'Maakt het iets uit?'

'Nee,' zei Keller. 'Maar misschien moet jij je erbuiten houden. Per slot van rekening...' Hij maakte zijn zin niet af, omdat het wel duidelijk was dat Gabriel niet meer naar hem luisterde.

Gabriel had zijn BlackBerry uit zijn zak gehaald en het nummer van Graham Seymour ingetoetst. Het was een kort gesprek, hooguit twee minuten, meer niet. Toen stopte Gabriel de telefoon weer in zijn zak en gebaarde naar de baai, waar een halve minuut later de motor van de Sea King begon te loeien. Langzaam kwam hij overeind. Achter Keller aan liep hij het pad naar het strand af. Hij zag het huis voor de laatste keer zoals hij het ook voor het eerst had gezien, van boven het water, en hij wist dat hij er nooit meer zou komen. Quinn had het hem afgenomen, net zo goed als hij Tariq had geholpen Leah en Dani van hem af te nemen. Het was persoonlijk geworden, dacht hij. En het zou er allesbehalve netjes aan toe gaan.

70

GRAAFSCHAP DOWN, NOORD-IERLAND

Op datzelfde moment voer de Catherine May, een Vigilante 33 vissersboot, met een snelheid van zesentwintig knopen door het St. George-kanaal. Jack Delaney, een voormalig IRA-lid gespecialiseerd in wapensmokkel en het verplaatsen van explosieven, stond aan het roer. Zijn jongere broer Connor stond tegen de kajuitstrap geleund een sigaret te roken. Rond drie uur in de ochtend waren ze ter hoogte van Dublin, en om vijf uur hadden ze de monding bereikt van Carlington Lough, de zeearm op de grens van de Ierse Republiek en Ulster. De oude vissershaven van Ardglass was nog zo'n dertig kilometer naar het noorden.

Pas toen Quinn de eerste flits van de vuurtoren van Ardglass zag, zette hij zijn mobiel weer aan. Hij typte een kort bericht en stuurde dat met tegenzin onbeveiligd de ether in. Tien seconden later kwam er een reactie binnen.

'Shit,' zei Quinn.

'Wat is er?' vroeg Jack Delaney.

'Ardglass is te link voor ons om aan land te gaan.'

'En Kilkeel?'

Kilkeel was een vissershaven dichter bij Carlington Lough. Het was een overwegend protestant stadje waar de loyalistische overtuiging diepgeworteld was. Quinn stuurde nog een berichtje om deze plek voor te stellen. Toen het antwoord een paar seconden later binnenkwam, keek hij Delaney aan en schudde zijn hoofd.

'Waar wil hij dat we naartoe gaan?'

'Hij zegt dat Shore Road rustig is.'

'Waar?'

‘Net ten noorden van het kasteel.’

‘Niet een van mijn favoriete plaatsen.’

‘Kun je voor zonsopgang aanleggen en weer weg zijn?’

‘Geen probleem.’

Jack Delaney voerde de snelheid op en zette koers naar de zuidelijke punt van het Ards-schiereiland.

Quinn wierp een blik in de hut aan de voorkant van de boot en zag Madeline vastgebonden en met de zak over haar hoofd op een van de twee bedden liggen. Ze had zich de hele tocht rustig gehouden. Katerina, die een paar keer over de reling had gehangen om over te geven, zat aan tafel een sigaret te roken.

‘Hoe voel je je?’ vroeg Quinn.

‘Kan dat je iets schelen?’

‘Niet echt.’

Ze knikte naar de vuurtoren van Ardglass en zei: ‘Volgens mij hebben we onze afslag gemist.’

‘Kleine wijziging.’

‘Politie?’

Quinn knikte.

‘Wat had jij dan verwacht?’

‘Maak je klaar,’ zei hij. ‘We hebben nóg een boottochtje voor de boeg.’

‘Bof ik even.’

Quinn ging het dek op. Het was helder en koud, en aan de donkere hemel glinsterden een heleboel sterren. De kust ten noorden van Ardglass bestond met name uit landbouwgrond met zo hier en daar een huis met uitzicht op zee. Quinn zette een verrekijker aan zijn ogen en probeerde iets te zien, maar het was nog te donker. Ze voeren langs Guns Island, een onbewoond stuk groen op ongeveer tweehonderd meter van het dorp Ballyhornan, en een paar minuten later rondden ze de rotsachtige kaap aan de monding van Strangford Lough. Borden in het water wezen de weg in noordelijke richting. In de huizen aan Shore Road gingen de eerste lampen aan, en Quinn kon inmiddels de contouren van Kilclief Castel onderscheiden. Toen zag hij drie lichtflitsen, een stukje verder aan de kust. Hij stuurde een berichtje dat slechts bestond uit een vraagteken. Het antwoord was dat de voordeur wijd open stond.

Quinn bracht de rubberboot in gereedheid en liep terug naar de kajuit. Hij wees naar de plek waar hij de lichtflitsen had gezien en gaf Jack Delaney opdracht daarnaartoe te varen. Toen dook hij de hut in en rukte de zak van Madelines hoofd. In het halfduister keken haar ogen hem kwaad aan.

'Tijd om aan land te gaan,' zei Quinn. 'Lief zijn, anders schiet ik een kogel door je kop. Is dat duidelijk?'

De ogen bleven hem kil aankijken. Geen angst, dacht Quinn, alleen maar woede. Hij moest toegeven dat hij bewondering had voor haar moed. Hij trok de zak weer over haar hoofd en hielp haar op de been.

Connor Delaney bracht hen snel aan wal. Quinn stapte uit toen het water nog een paar decimeter diep was. Met Katerina's hulp tilde hij Madeline uit de boot en sleurde haar naar de auto die aan de kant van de weg klaarstond. Het was een donkergrijze Peugeot 508. De klep van de kofferbak stond open. Quinn duwde Madeline erin en sloeg de klep dicht. Toen stapten Katerina en hij in de auto. Katerina voorin op de passagiersstoel, Quinn op de achterbank, de Makarov op haar ruggengraat gericht.

Achter het stuur, in een wollen schippersjas en met een bivakmuts op zijn hoofd, zat Billy Conway. 'Welkom thuis,' zei hij. Toen startte hij de motor en reed de weg op.

Ze reden naar het westen, in de richting van Downpatrick. Quinn wendde zijn gezicht instinctief af op het moment dat er van de andere kant een auto van de PSNI, de Noord-Ierse politie, met zwaailichten naderde. 'Waar zou die naar onderweg zijn, zo vroeg op een mooie zaterdagochtend?'

'Dat zie je op dit moment overal in Noord-Ierland.' Billy Conway wierp een blik in de achteruitkijkspiegel. 'Ik vermoed dat jij daarvan de oorzaak bent.'

'Ik vermoed het ook.'

'Wie is het meisje in de kofferbak?'

Quinn aarzelde even, maar antwoordde toen naar waarheid.

'De Russische vrouw die het met de premier deed?'

'Die, ja.'

'Jezus, Eamon.' Billy Conway reed even zwijgend verder. 'Je had niet verteld dat je een gijzelaar zou meenemen.'

'De feitelijke situatie is wat veranderd.'

'Welke feitelijke situatie?'

Quinn zei niets meer.

'Wat ben je met haar van plan?'

'Haar vasthouden.'

'Waar?'

'Ergens waar niemand haar zal vinden.'

'South Armagh?'

Quinn deed er het zwijgen toe.

'We kunnen ze beter even laten weten dat we onderweg zijn.'

'Nee,' zei Quinn. 'Geen telefoontjes.'

'We kunnen niet zomaar ineens op de stoep staan.'

'Ja hoor, dat kunnen we wel.'

'Waarom?'

'Omdat ik Eamon Quinn ben.'

Nog een politiewagen kwam hen vanuit Downpatrick tegemoet. Quinn boog zijn hoofd. Billy Conway klemde zijn handen steviger om het stuur.

‘Waarom heb je dat meisje mee hiernaartoe genomen, Eamon?’

‘Broodkruimels.’

‘Waarvoor?’

‘Rij nou maar gewoon, Billy. Ik vertel je de rest wel als we in Bandit Country zijn.’

71

ARDOYNE, WEST-BELFAST

De Sea King was geland op JHFS Aldergrove, de militaire helikopterbasis naast Belfast Airport. Amanda Wallace van MI5 had een auto geregeld, een vijf jaar oude Ford Escort in een fletse kleur blauw, met ruim honderdvijftigduizend kilometer op de teller. Ze had ook de deur van een MI5-safehouse in een protestante wijk in het noorden van Belfast voor hen geopend. Twee agenten van T Branch, de afdeling van MI5 die zich bezighield met het Ierse terrorisme, zaten al binnen op hen te wachten toen Gabriel en Keller kort na middernacht aankwamen. Geen van beiden kenden ze Kellers naam of gezicht, maar Gabriels identiteit was moeilijker verborgen te houden.

Niemand sliep die nacht. In plaats daarvan volgden ze de zoektocht naar de boot waarop Madeline Hart uit de afgelegen baai aan de noordkust van Cornwall was verdwenen. Tegen zes uur 's ochtends was wel duidelijk dat de boot niet meer gevonden zou worden, in ieder geval niet met Madeline nog aan boord.

Haar ontvoering werd niet openbaar gemaakt. Net zomin als het feit dat er een MI6-man van het dak van Vauxhall Cross was gesprongen. Het belangrijkste onderwerp van het BBC-ontbijtnieuws waren de controversiële hervormingsplannen van de premier voor de National Health Service. Die werden niet goed ontvangen.

Om halfzeven verlieten Gabriel en Keller het safehouse en stapten in de Ford. Het daaropvolgende halfuur reden ze rondjes door de noordelijke en oostelijke wijken van de stad om er zeker van te zijn dat ze niet werden gevolgd door MI5 of welk ander onderdeel van de Britse inlichtingendiensten dan ook. Daarna, rond zeven uur, draaiden ze Crumlin Road op en zetten koers naar het katholieke Ardoyne. Keller parkeerde aan het eind van Stratford Gardens en zette de motor uit. Achter een paar ramen brandde licht, maar verder was het nog donker in de straat.

'Hoelang denk je dat het duurt voordat je vrienden opduiken?' vroeg Gabriel.

'Het is nog vroeg,' zei Keller vaag.

'Dat klinkt niet bemoedigend.'

'We zijn in West-Belfast. Het valt niet mee optimistisch te zijn.'

Minutenlang gebeurde er niets in Stratford Gardens. Keller bleef voortdurend om zich heen kijken, alert op het minste of geringste wat niet in de haak kon zijn, maar Gabriel had alleen maar oog voor de deur van nummer acht. Die ging om kwart voor acht open, en er kwamen twee mensen naar buiten: Maggie en Catherine Donahue, de vrouw en de dochter van een man die een vuurbal een snelheid van driehonderd meter per seconde kon geven. De vrouw en de dochter van de man die Tariq al-Hourani had geholpen de problemen met zijn timers en ontstekers op te lossen. Catherine Donahue droeg een hockeytenue onder haar grijze jas. Haar moeder had een trainingspak en sportschoenen aan. Ze gingen het tuinhek door en liepen naar rechts, naar Ardoyne Road.

'Waar moet ze spelen?' vroeg Gabriel.

'Lisburn. De bus vertrekt om halfnegen.'

'Kan ze niet alleen?'

'Ze moeten door een protestant stuk om bij Our Lady of Mercy te komen. Het is de afgelopen jaren nogal onrustig geweest.'

'Of misschien gaan ze ervandoor.'

'In die kleren?'

'Ga achter ze aan,' zei Gabriel.

'En als mijn vrienden nu opduiken?'

'Ik denk dat ik wel voor mezelf kan zorgen.' Zonder verder nog iets te zeggen stapte Gabriel uit. Het hek van nummer acht piepte toen hij het openduwde, maar de voordeur wist hij zonder enig geluid open te krijgen. Met getrokken wapen – de Glock 17 die hij van SO1, de beveiligingseenheid van de premier, had gekregen – liep hij naar binnen. In de woonkamer stond de televisie nog aan. Die liet Gabriel ongemoeid, en hij sloop de trap op, het wapen voor zich uit. Er was niemand in de slaapkamers. Hij ging weer terug naar beneden, naar de keuken. Er lagen een paar ontbijtborden in de gootsteen, en op het aanrecht stond een pot thee. Hij pakte een beker uit de kast, schonk thee in en ging aan de keukentafel zitten wachten.

Maggie Donahue deed er een kwartier over haar dochter naar de middelbare school voor meisjes, Our Lady of Mercy, te brengen. De terugweg verliep niet zonder incidenten. Op Ardoyne Road had ze een confrontatie met twee protestante vrouwen uit de Glenbryn-huizenblokken, die kwaad waren omdat zij, een katholiek, het in haar hoofd haalde door een loyalistische straat te lopen. Als gevolg daarvan kookte ze zelf ook van woede tegen de tijd dat ze Stratford Gardens weer in liep. Ze ramde de sleutel in het slot en gooide de deur zo hard achter zich dicht dat de ramen van haar kleine huis in de sponningen rammelden. Op de televisie klaagde iemand over de prijs van melk. Die legde ze het zwijgen op alvorens de keuken in te lopen om de ontbijtboel op te ruimen. Het duurde een paar seconden voordat ze de man zag die aan haar tafel thee zat te drinken.

'Jezus christus!' riep ze geschrokken uit.

Gabriel fronste slechts zijn voorhoofd, alsof hij het niet prettig vond dat ze de naam van de Heer ijdel gebruikte.

'Wie ben jij?' vroeg ze.

'Ik wilde jou net hetzelfde vragen,' verklaarde Gabriel kalm.

Zijn accent bracht haar in verwarring. Toen gleed er een blik van herkenning over haar gezicht. 'Jij bent degene die –'

'Ja,' zei hij, haar in de rede vallend. 'Dat ben ik, ja.'

'Wat doe je in mijn huis?'

'De laatste keer dat ik hier was, ben ik iets kwijtgeraakt. Ik hoopte dat jij me zou kunnen helpen het terug te vinden.'

'En dat is?'

'Je man.'

Ze haalde een telefoon uit de zak van haar trainingspak en begon een nummer in te toetsen.

Gabriel richtte de Glock op haar hoofd. 'Stop daarmee.'

Ze verstijfde.

'Geef me die telefoon.'

Dat deed ze.

Gabriel keek op het schermpje. Het nummer dat ze had geprobeerd te bellen telde acht cijfers. 'Het alarmnummer van de politie is één-nul-één, toch?'

Ze zweeg.

'Wie probeerde je dan te bellen?' Toen ze bleef zwijgen stopte Gabriel de telefoon in zijn jaszak.

'Die is van mij,' zei ze.

'Niet meer.'

'Wat wil je in vredesnaam?'

'Op dit moment,' zei Gabriel, 'wil ik graag dat je gaat zitten.'

Ze keek hem donker aan, eerder minachtend dan bang. Ze kwam uit Ardoyne, dacht Gabriel. Die werd niet zo snel bang.

'Ga zitten,' zei hij nogmaals, en eindelijk gehoorzaamde ze.

'Hoe ben je binnengekomen?' vroeg ze.

'Je had de voordeur niet op slot gedaan.'

'Bullshit.'

Gabriel legde een foto op tafel en draaide die zo dat zij hem goed kon zien. Het was een foto van haar dochter in een straat in Lissabon, naast Eamon Quinn.

'Hoe kom je daaraan?' vroeg ze.

Gabriel sloeg zijn ogen op naar het plafond.

'Uit de kamer van mijn dochter?' vroeg ze.

Hij knikte.

'Wat deed je daar?'

'Ik probeerde te voorkomen dat je man nog een massamoord op zijn geweten zou krijgen.'

'Ik heb geen man.' Na een korte pauze voegde ze eraan toe: 'Niet meer.'

'Dit is je man,' zei Gabriel, met de loop van de Glock op de foto tikkend. 'Zijn naam is Eamon Quinn. Hij heeft de bommen op Bishopgate en Canary Wharf geplaatst. Hij heeft de bomaanslag op Omagh gepleegd, en de bomaanslag op Brompton Road. Ik heb zijn kleren in jouw kast gevonden. En zijn geld. Wat betekent dat je de rest van je leven achter de tralies zult moeten doorbrengen, tenzij je me vertelt wat ik wil weten.'

Ze staarde een tijdje zwijgend naar de foto. Er stond nu iets anders op haar gezicht te lezen, dacht Gabriel. Geen minachting, maar schaamte.

'Hij is niet mijn man,' zei ze uiteindelijk. 'Mijn man is al meer dan tien jaar dood.'

'Waarom staat je dochter dan in een straat in Lissabon met Eamon Quinn?'

'Dat kan ik je niet vertellen.'

'Waarom niet?'

'Omdat hij me dan vermoordt.'

'Quinn?'

'Nee,' zei ze, haar hoofd schuddend. 'Billy Conway.'

72

CROSSMAGLEN, GRAAFSCHAP ARMAGH

De kleine boerderij iets ten westen van Crossmaglen was al generaties lang in bezit van de familie Fagan. De huidige bewoner, Jimmy Fagan, had nooit veel met het boerenbedrijf gehad. Eind jaren tachtig had hij in Newry een fabriek geopend waarin aluminium deuren en ramen werden gemaakt voor de bloeiende bouwsector in South Armagh. Maar zijn voornaamste bezigheid was toch wel het Ierse republicanisme. Hij was een veteraan van de beruchte South Armagh Brigade van de IRA en had deelgenomen aan een paar van de bloedigste bomaanslagen en aanvallen van het conflict, waaronder een aanval op een Britse patrouille bij Warrenpoint waarbij achttien Britse soldaten de dood vonden.

Alles bij elkaar was de South Armagh Brigade verantwoordelijk geweest voor de dood van honderddrieëntwintig Britse militairen en tweeënveertig agenten van de Royal Ulster Constabulary, zoals de Noord-Ierse politie destijds heette. Een tijdlang was het kleine gebied met boerderijen en glooiende heuvels de gevaarlijkste plek ter wereld geweest om als soldaat te verkeren – zelfs zo gevaarlijk dat het Britse leger gedwongen was geweest de wegen aan de IRA over te laten en zich nog slechts per helikopter te verplaatsen. Uiteindelijk begon de South Armagh Brigade ook de helikopters aan te vallen. Er werden er vier neergehaald, waaronder een Lynx die vlak bij Crossmaglen door een mortiergranaat werd getroffen. Jimmy Fagan had het explosief afgevuurd. Eamon Quinn had het ontworpen en gemaakt.

Op het dieptepunt van de *Troubles* had er een observatietoren boven het centrum van Crossmaglen uit gestoken. De toren was inmiddels verdwenen, en midden in het dorp was nu een park met een grimmig gedenkteken voor gesneuvelde IRA-vrijwilligers.

Quinn werd door Billy Conway afgezet voor het Cross Square Hotel. Hij liep de hoek om naar de Emerald-bar aan Newry Street. Boven de ingang klapperden vlaggetjes in de kleuren van de Crossmaglen Rangers. Blijkbaar hielden de bewoners van het stadje zich tegenwoordig meer bezig met voetbal dan met rebellie.

Quinn deed de deur open en liep naar binnen. Onmiddellijk werden er hoofden naar hem omgedraaid. De oorlog was dan misschien voorbij, in Crossmaglen werden buitenstaanders nog steeds even argwanend bekeken als altijd. Quinn kende verschillend van de aanwezige mannen, maar zij leken hem niet te herkennen. Nadat hij bij de bar een Guinness had besteld, liep hij ermee naar de tafel waaraan Jimmy Fagan zat, samen met nog twee voormalige leden van de South Armagh Brigade.

Fagans peper-en-zoutkleurige haar was gemillimeterd, en zijn zwarte ogen waren in de loop der jaren steeds kleiner geworden. Op dat moment namen ze Quinn nauwkeurig op, zonder een spoortje van herkenning. 'Kan ik iets voor je doen, maat?' vroeg Fagan uiteindelijk.

'Mag ik erbij komen zitten?'

Fagan knikte naar een lege tafel aan de andere kant van de ruimte en zei dat Quinn daar vast prettiger zou zitten.

'Maar ik zit liever bij jullie.'

'Wegwezen, maat,' zei Fagan op kalme toon. 'Anders zou het weleens pijnlijk voor je kunnen aflopen.'

Quinn ging zitten.

De man links van hem greep hem bij zijn pols.

'Rustig aan,' bromde Quinn. Toen keek hij Fagan aan en zei: 'Ik ben het, Jimmy. Eamon.'

Fagan staarde aandachtig naar het gezicht van Quinn. Toen realiseerde hij zich dat de vreemdeling aan de andere kant van de tafel de waarheid sprak. 'Jezus,' fluisterde hij. 'Wat doe jij hier?'

'Zaken,' zei Quinn.

'Dat verklaart waarom de Constabulary plotseling zo nerveus is.'

'Ze heten tegenwoordig PSNI, Jimmy. Hebben ze je dat niet verteld?'

'De Goede Vrijdag-akkoorden hebben heel wat zonden uitgewist,' zei Fagan na een tijdje, 'maar niet die van jou. Het zou voor ons allemaal beter zijn dat je je bier opdrinkt en vertrekt.'

'Dat kan niet, Jimmy.'

'Waarom niet?'

'Zaken.' Quinn dronk het schuim van zijn Guinness en keek eens om zich heen. De geur van boenwas en bier, het zachte geroezemoes van stemmen met een Armagh-accent: na al die jaren dat hij zich schuil had gehouden, al die jaren dat hij zijn diensten aan de hoogste bieder had verkocht, was hij eindelijk weer thuis.

'Waarom ben je hier?' vroeg Fagan.

'Ik vroeg me af of je interesse had in een beetje actie.'

'Wat levert het me op?'

'Geld.'

'Geen bommen meer, Eamon.'

'Nee,' zei Quinn. 'Geen bommen.'

'Wat is het voor klus?'

'Een hinderlaag,' zei Quinn. 'Net als in die goeie ouwe tijd.'

'Wie is het doelwit?'

'De man die ontkomen is.'

'Keller?'

Quinn knikte.

Jimmy Fagan glimlachte.

Het land van de familie Fagan besloeg ruim tachtig hectare – of bijna honderd, afhankelijk van welk lid van de familie je sprak. Het waren met name glooiende weilanden, in kleinere stukken verdeeld door lage stenen muurtjes, waarvan sommige er al stonden lang voordat de eerste protestant hier voet aan de grond zette, zo wilde het verhaal tenminste. Ierland lag net over de volgende heuvel. Op geen van de wegen was er ook maar een suggestie van een grens.

Op het hoogste deel van het land stond een bakstenen huis van twee verdiepingen waar Fagan, een weduwnaar, woonde met zijn twee zoons, allebei oudgedienden van de IRA en de radicalere Real IRA. Er was een grote schuur van met name aluminium golfplaat, diep weggestopt op het terrein, waarin Fagan tijdens de oorlog wapens en explosieven verborgen had gehouden. Het was ook de plek waar een jongere versie van Christopher Keller in de winter van 1989 wreed was ondervraagd door Eamon Quinn. Nu werd Kellers plaats ingenomen door Madeline en Katerina.

Quinn liet genoeg eten, water en dekens bij hen achter om ze de koude decembermiddag door te helpen, waarna hij de deur dichtdeed en van een paar zware hangsloten voorzag. Vervolgens liep hij met Billy Conway over het onverharde pad terug naar het huis.

Conway hield zijn blik op de grond gericht, zijn handen diep in de zakken van zijn jas. Hij maakte een nogal ongedurige indruk. Zoals meestal. 'Hoelang hebben we nog?' vroeg hij.

'Ik gok dat hij er al is,' antwoordde Quinn. 'Allon ook.'

'Op zoek naar mij, ongetwijfeld.'

'Laten we dat hopen.'

'En als Keller me wil spreken? Wat dan?'

'Dan speel je dubbel spel, Billy – zoals je dat altijd hebt gedaan. Zeg dat het tijdverspilling is in het noorden naar mij te blijven zoeken. Zeg dat je hebt horen zeggen dat ik in de Republiek ben.'

'En als hij me nu niet gelooft?'

'Waarom zou hij je niet geloven, Billy?' Glimlachend legde Quinn een hand op Conways schouder. 'Je was zijn beste spion.'

73

ARDOYNE, WEST-BELFAST

Nadat Keller de auto recht tegenover het huis had geparkeerd, haastte hij zich het tuinpad over. De deur zat niet op slot en het geluid van stemmen leidde hem naar de keuken. Daar trof hij Gabriel en Maggie Donahue aan de tafel, allebei met een beker thee voor zich. Op de tafel lagen ook een grote stapel gebruikte bankbiljetten, wat mannenkleding, een paar toiletartikelen, een foto en een Glock 17. Het wapen lag een centimeter of tien buiten het bereik van Maggie Donahue.

Maggie Donahue zat kaarsrecht op haar stoel, een arm beschermend om haar middel en een brandende sigaret tussen de vingers van haar andere hand. Keller vermoedde dat ze een paar minuten daarvoor nog had gehuild, maar nu waren haar harde trekken weer geplooid tot het gebruikelijke Belfastse masker van afstandelijkheid en wantrouwen.

Gabriels gezicht stond uitdrukkingsloos, een priester met een wapen en een leren jack. Even leek hij zich niet bewust van Kellers aanwezigheid. Toen keek hij op en glimlachte. 'Mr. Merchant,' zei hij op hartelijke toon. 'Fijn dat je er bent. Mag ik je voorstellen aan mijn nieuwe vriendin Maggie Donahue? Maggie vertelde me net dat ze door Billy Conway werd gedwongen deze dingen in haar huis te leggen.' Na een korte stilte voegde hij eraan toe: 'Maggie gaat ons helpen Eamon Quinn te vinden.'

74

CROSSMAGLEN, GRAAFSCHAP ARMAGH

Het aluminium golfplaten gebouw midden op het terrein van de Fagan-boerderij was ongeveer zes bij twaalf meter. Aan de ene kant lagen hooibalen, aan de andere een verzameling roestig gereedschap en oude werktuigen. Het was in de fabriek van Jimmy Fagan in Newry gemaakt, exact zoals hij het had ontworpen. De buitendeur was ongewoon zwaar, en in de verhoogde vloer zat een goed verborgen luik waarachter zich een van de grootste geheime opslagplaatsen van vuurwapens en explosieven van Noord-Ierland bevond.

Madeline Hart wist dat allemaal niet. Het enige wat ze wist, was dat ze niet alleen was. Dat maakte ze op uit de lucht van verschaalde tabak en goedkope hotelshampoo die ze rook. Uiteindelijk was er ook een hand die de zak van haar hoofd trok en voorzichtig de ducttape van haar mond verwijderde. Ze had nog steeds geen flauw idee waar ze zich bevond, aangezien het aardedonker was. Even bleef ze zo zwijgend zitten, haar rug tegen hooibalen, haar benen voor zich uitgestrekt. Toen vroeg ze: 'Wie is daar?'

Een aansteker klikte aan, een gezicht verscheen bij het licht van de vlam.

'Jij,' fluisterde Madeline.

De aansteker ging weer uit, het werd weer donker. Toen zei een stem iets tegen haar in het Russisch.

'Sorry,' zei Madeline, 'maar dat versta ik niet.'

'Ik zei dat je vast dorst had.'

'Heel erg,' verklaarde Madeline.

Een waterfles werd opengedraaid. Madeline zette haar lippen tegen het plastic en dronk. 'Dan –' Ze maakte het woord niet af. Ze wilde zich niet als een dankbare hulpeloze gevangene gedragen tegenover haar cipier. Toen besefte ze dat Katerina ook een gevangene was. 'Laat me je gezicht nog eens zien?'

De aansteker vlamde weer op.

'Ik kan je niet goed zien,' zei Madeline.

Katerina hield de aansteker dichter bij haar gezicht. 'Hoe zie ik eruit?' vroeg ze.

'Precies zoals in Lissabon.'

'Hoe weet jij van Lissabon?'

'Een vriend van me heeft je van de overkant van de straat in de gaten gehouden. Hij heeft een foto gemaakt.'

'Allon?'

Madeline zei niets.

'Het is jammer dat je hem ooit hebt ontmoet. Anders zou je nog steeds een prinsessenleventje in St. Petersburg leiden. Nu ben je hier.'

'Waar is híér?'

'Dat weet ik ook niet echt.' Katerina haalde een sigaret uit haar pakje en bood hem Madeline aan. 'Roken?'

'Alsjeblieft niet.'

'Jij was altijd al het brave meisje, hè?' Katerina stak de sigaret aan en doofde de aansteker weer.

'Alsjeblieft,' zei Madeline. 'Ik heb zo lang in het donker gezeten.'

Katerina klikte de aansteker weer aan.

'Loop eens een rondje,' zei Madeline. 'Laat me zien waar we zijn.'

Katerina liep met de aansteker een rondje door de schuur. Bij de deur bleef ze staan.

'Probeer die eens open te maken.'

'Hij kan niet van binnenuit worden geopend.'

'Probeer het.'

Katerina duwde tegen de deur, maar die gaf niet mee. 'Nog andere briljante ideeën?'

'We zouden het hooi in brand kunnen steken.'

'Ik ben ervan overtuigd,' zei Katerina, 'dat hij ons op dit moment zonder problemen in de vlammen zou laten omkomen.'

'Wie?'

'Eamon Quinn.'

'De Ier?'

Katerina knikte.

'Wat is hij van plan?'

'Eerst gaat hij Gabriel Allon en Christopher Keller vermoorden. En dan gaat hij mij voor twintig miljoen dollar teruggeven aan Moskou Centrum.'

'Gaan ze dat betalen?'

'Misschien.' Katerina zweeg even, voegde er toen aan toe: 'Vooral wanneer jij bij de deal bent inbegrepen.'

De aansteker doofde. Katerina ging zitten. 'Hoe moet ik je noemen?' vroeg ze.

'Madeline, natuurlijk.'

'Dat is niet je echte naam.'

'Het is de enige naam die ik heb.'

'Nee, hoor. In het kamp noemden we je Natalya. Weet je dat niet meer?'

'Natalya?'

'Ja,' zei Katerina. 'Kleine Natalya, dochter van de KGB-generaal. Zo schattig. En dan dat Engelse accent dat ze je hadden gegeven. Je was net een pop.' Ze zweeg even. 'Ik was dol op je. Jij was alles wat ik daar had.'

'Waarom heb je me dan ontvoerd?'

'Eerlijk gezegd moest ik je doden. Quinn ook.'

'Waarom heb je dat niet gedaan?'

'Quinn heeft het plan gewijzigd.'

'Maar je zou me hebben gedood wanneer je daarvoor de kans had gekregen?'

'Ik wilde het niet,' antwoordde Katerina na een korte stilte. 'Maar, ja, ik denk dat ik het wel gedaan zou hebben, ja.'

'Waarom?'

'Beter ik dan iemand anders. Bovendien,' voegde ze eraan toe, 'heb je je land verraden. Je bent overgelopen.'

'Het was niet mijn land. Ik hoorde er niet thuis.'

'En hier, Natalya? Hoor je hier thuis?'

'Ik heet Madeline.' Een tijdje bleef het stil. 'Wat zou er gebeuren als ik naar Rusland terugga?'

'Waarschijnlijk zullen ze je eerst een paar maanden lang uitwringen tot ze iedere mogelijke kruimel informatie uit je hebben gekregen.'

'En dan?'

'*Vysshaya mera.*'

'De hoogste strafmaatregel?'

'Ik dacht dat je geen Russisch sprak?'

'Een vriend heeft me over die uitdrukking verteld.'

'Waar is je vriend nu?'

'Hij zal me wel vinden.'

'En dan zal Quinn hem doden.' Katerina klikte haar aansteker weer aan. 'Heb je honger?'

'Ik rammel.'

'Volgens mij hebben ze vleespasteitjes voor ons achtergelaten.'

'Ik ben gek op vleespasteitjes.'

'Mijn god, wat ben jij Engels.' Katerina pakte een van de pasteitjes uit en legde hem voorzichtig in Madelines handen.

'Het zou makkelijker eten als je de ducttape lossnijdt.'

In gedachten verzonken zat Katerina te roken in het donker. 'Hoeveel herinner jij je nog?' vroeg ze toen.

‘Van het kamp?’

‘Ja.’

‘Niets,’ zei Madeline. ‘En alles.’

‘Ik heb geen foto’s van toen ik jong was.’

‘Ik ook niet.’

‘Weet je nog hoe ik eruitzag?’

‘Je was heel mooi,’ verklaarde Madeline. ‘Ik wilde zoals jij zijn.’

‘Grappig,’ zei Katerina, ‘want ik wilde zoals jij zijn.’

‘Ik was een vervelend klein kind.’

‘Maar je was een braaf meisje, Natalya. En ik was iets heel anders.’ Daarna zweeg Katerina.

Madeline tilde haar aan elkaar gebonden handen op en probeerde nog een hap te nemen. ‘Wil je alsjeblieft het tape lossnijden?’ vroeg ze.

‘Dat zou ik wel willen, maar dat kan ik niet.’

‘Waarom niet?’

‘Omdat jij een braaf meisje bent.’ Katerina drukte haar sigaret uit op de vloer van de schuur. ‘Je zou me alleen maar in de weg gaan lopen.’

75

UNION STREET, BELFAST

Het was een paar minuten na het middaguur toen Billy Conway Tommy O'Boyle's aan Union Street binnenliep. Achter de bar stond een ex-IRA-man, Rory Gallagher genaamd, glazen te poetsen.

'Ik wilde al een zoekactie op touw gaan zetten,' zei hij.

'Lange nacht,' verklaarde Conway. 'Langer dan ik had verwacht.'

'Problemen?'

'Complicaties.'

'Niet de laatste, ben ik bang.'

'Waar heb je het over?'

Gallagher gebaarde met zijn hoofd naar de trap. 'Je hebt bezoek.'

Kellers voeten lagen op het bureau van Billy Conway toen de deur van het kantoortje krakend openging. Als verstijfd bleef Conway staan. Hij zag eruit alsof hij een geest had gezien.

In zekere zin, dacht Keller, was dat ook zo. 'Hallo, Billy. Goed je weer te zien.'

'Ik dacht –'

'Dat ik dood was?'

Conway zei niets.

Keller kwam overeind. 'Laten we een wandelingetje maken, Billy. We moeten praten.'

De terugkeer van Christopher Keller naar Noord-Ierland had een van de snelste en omvangrijkste herenigingen van de South Armagh Brigade van de Provisional IRA sinds het ondertekenen van de Goede

Vrijdag-akkoorden tot gevolg. In totaal zaten er twaalf leden van de eenheid met Eamon Quinn en Jimmy Fagan om de keukentafel van de boerderij in Crossmaglen. Acht van de aanwezigen hadden lange straffen uitgezeten in de H-blokken van de Maze-gevangenis, waaruit ze waren vrijgelaten op de voorwaarden van het vredesakkoord. Vier anderen hadden met Quinn samengewerkt in de Real IRA, onder wie Frank Maguire, wiens broer Seamus door Keller was gedood in Crossmaglen in 1989.

Zoals gebruikelijk bij dit soort bijeenkomsten stond de ruimte blauw van de rook. Op de tafel lag een uitgevouwen, enigszins verkleurde en beduimelde kaart van South Armagh. Diezelfde kaart had Fagan ook gebruikt bij het plannen van het Warrenpoint-bloedbad. Sommige van zijn originele markeringen en aantekeningen waren zelfs nog leesbaar. Naast de kaart lag een mobiele telefoon, die om kwart over twaalf begon te trillen. Het was een bericht van Rory Gallagher. Quinn glimlachte. Keller en Allon kwamen hun kant op.

De wandeling van Keller en Billy Conway duurde maar kort. Ze kwamen niet verder dan York Lane, een rustige straat zonder winkels of restaurants, alleen een kerk aan het ene uiteinde en een rij bakstenen bedrijfsgebouwen aan het andere.

Gabriel had de auto buiten het zicht van de bewakingscamera's geparkeerd. Keller duwde Billy Conway op de passagiersstoel en stapte zelf achterin.

Kalm voor zich uit kijkend startte Gabriel de motor. 'Waar is Eamon Quinn?' vroeg hij Billy Conway.

'Ik heb Eamon Quinn al vijfentwintig jaar niet gezien.'

'Verkeerde antwoord.' Met een onverwacht snelle uithaal brak Gabriel Conways neus. Toen zette hij de auto in de juiste versnelling en reed weg.

De Ford Escort die Gabriel en Keller tot hun beschikking hadden, was uitgerust met een satellietzender, iets wat Amanda Wallace had verzuimd te melden. MI5 had dus alle verplaatsingen van de auto de hele ochtend al gevolgd, van Aldergrove naar het safehouse, en vervolgens naar Stratford Gardens en York Lane. Daarnaast hadden ze de beschikking over beeldmateriaal via het bewakingscameranetwerk van Belfast. Bij een camera op Frederick Street kwam de man op de passagiersplaats voorin duidelijk in beeld, een man met een zo te zien hevig bloedende neus. Een MI5-technicus maakte het beeld groter en zette het op een van de schermen in het commandocentrum van Thames House. In Vauxhall Cross kreeg Graham Seymour hetzelfde plaatje te zien.'

'Herken je hem?' vroeg Amanda Wallace.

'Het is lang geleden dat ik hem heb gezien,' antwoordde Seymour, 'maar volgens mij is het Billy Conway.'

'Dé Billy Conway?'

'In hoogsteigen persoon.'

'Hij was er een van ons, toch?'

'Nee,' zei Seymour. 'Hij was van mij. En Keller hielp hem te runnen.'

'Waarom bloedt hij dan?'

'Misschien is hij nooit echt van ons geweest, Amanda. Misschien was hij al die tijd wel van Quinn.'

Seymour zag de auto de M2 op rijden, in noordelijke richting. Dat is het mooie van onze business, dacht hij. Onze fouten blijven ons achtervolgen. En uiteindelijk moeten alle schulden worden ingelost.

76

CREGGAN FOREST, GRAAFSCHAP ANTRIM

Ze stelden verder geen vragen aan Billy Conway, en hij niet aan hen. Tijdens de rit naar het noorden richting Larne bleef het bloed nog een hele tijd uit zijn gebroken neus stromen, maar tegen de tijd dat ze Glenarm hadden bereikt, had zich een zwarte korst om zijn neusgaten gevormd.

Keller gaf Gabriel aanwijzingen landinwaarts te rijden via Carnlough Road en vervolgens in noordelijke richting over Killycarn Road. Die volgden ze totdat de weg overging in een grindpad en niet langer een naam had. Ze reden door totdat ze de laatste boerderij achter zich hadden gelaten en de bomen van Creggan Forest voor hen opdoemden.

Keller vroeg Gabriel te stoppen en de motor uit te zetten. Toen richtte hij zijn blik op Billy Conway. 'Herken je deze plek, Billy? Hier kwamen we vroeger wanneer jij me iets belangrijks te vertellen had. We reden ernaartoe in die oude Granada en dronken een paar biertjes terwijl we luisterden naar het geknal van wapens bij de Creggan Lodge. Weet je nog, Billy?' Keller was met een West-Belfast-accent gaan praten, Falls Road met een snufje Ballymurphy.

Billy Conway zei niets. Hij staarde recht voor zich uit.

Een lege blik, dacht Gabriel. De blik van een dode.

'We hebben altijd goed voor je gezorgd, toch, Billy? We betaalden je goed. We beschermden je. Maar je had helemaal geen bescherming nodig, hè, Billy? Al die tijd werkte je voor de IRA. Je werkte voor Eamon Quinn. Je bent een verrader, Billy. Een verdomde vuile verrader.' Keller zette de loop van de Glock op Billy's achterhoofd. 'Moet je dat niet ontkennen, Billy?'

'Het is lang geleden.'

'Zo lang nu ook weer niet,' zei Keller. 'Zei je dat zelf ook niet, die dag in Belfast dat we onze vriendschap weer oppakten? De dag dat je Maggie Donahue voor me hebt gevonden.? De dag dat je me erin hebt geluisd?' Keller duwde de loop van het wapen hard tegen Conways schedel. 'Moet je dat niet ontkennen, Billy?'

Billy Conway zweeg.

'Eerlijk ben je altijd geweest, Billy.'

'Je had hier nooit moeten terugkomen.'

'Quinn heeft ervoor gezorgd dat we weinig keus hadden. Quinn heeft me hiernaartoe terug geleid. En jij hebt ervoor gezorgd dat ik vond wat hij wilde dat ik zou vinden. Een vrouw en een dochter. Een berg geld. Een gescheurd tramkaartje. Een foto van een straat in Lissabon. Maggie Donahue wilde er helemaal niets mee te maken hebben. Ze had er haar handen vol aan het hoofd boven water te houden in een buurt als Ardoyne, zonder man. Maar jij hebt haar ertoe gedwongen met bedreigingen. Je hebt gezegd dat je haar zou vermoorden als ze naar de politie zou gaan. Haar dochter ook. En ze geloofde je, Billy, omdat ze weet wat er in West-Belfast met verraders gebeurt.' Nu legde Keller de loop van het wapen tegen Billy Conways wang. 'Ontken het, Billy.'

'Wat wil je?'

'Ik wil dat je zweert nooit meer ook maar in de buurt van die vrouw of dat kind te komen.'

'Ik zweer het.'

'Verstandig, Billy. En nu de auto uit.'

Conway verroerde zich niet.

Keller ramde het wapen tegen zijn gebroken neus. 'Eruit, zei ik!'

Conway deed het portier open en tuimelde de auto uit.

'Lopen,' zei Keller, die achter hem aan kwam. 'En terwijl je loopt, vertel je me waar ik Eamon Quinn kan vinden.'

'Ik weet niet waar hij is.'

'Natuurlijk weet je dat wel, Billy. Jij weet alles.'

Keller duwde Conway verder het pad op en ging achter hem lopen. Tussen de bomen van het Creggan Forest klonk een schot afkomstig uit een jachtgeweer. Conway verstijfde, maar een por van Kellers wapen was genoeg om hem weer in beweging te brengen.

'Hoe is Quinn Engeland uit gekomen?'

'De Delaneys.'

'Jack en Connor?'

'Ja.'

'Hij was niet alleen, hè, Billy?'

'Hij had twee vrouwen bij zich.'

'Waar hebben de gebroeders Delaney ze afgezet?'

'Shore Road, vlak bij het kasteel.'

'Was je erbij?'

'Ik heb ze opgepikt.'

'Wat voor auto had je?'

'Een Peugeot.'

'Gestolen, geleend of gehuurd?'

'Gestolen. Vals kenteken.'

'Zoals Quinn het het liefst doet.'

Nog twee schoten, dichterbij nu. Een koppel fazanten vloog op uit een weiland. Verstandige vogels, dacht Keller.

'Waar is hij, Billy? Waar is Quinn?'

'In South Armagh,' zei Conway na een tijdje.

'Waar?'

'Crossmaglen.'

'De boerderij van Jimmy Fagan?'

Conway knikte. 'Dezelfde plek als waar we jou die avond mee naartoe hebben genomen. Quinn zegt dat hij je aan het kruis wil nagelen voor je zonden.'

'We?' vroeg Keller.

Het bleef stil.

'Jij was erbij, Billy?'

'Gedeeltelijk,' gaf Conway toe. 'De twee vrouwen zitten in het gebouw waar Quinn jou destijds aan een stoel heeft vastgebonden.'

'Weet je dat zeker?'

'Ik heb ze er zelf naartoe gebracht.'

Ze waren bij de eerste bomen aangekomen.

Billy Conway kwam struikelend tot stilstand.

'Draai je om, Billy. Ik heb nog één vraag.'

Een ogenblik lang bleef Billy Conway bewegingloos staan. Toen draaide hij zich langzaam naar Keller om. 'Wat wil je weten?' vroeg hij.

'Ik wil een naam, Billy. De naam van de man die Eamon Quinn heeft verteld dat ik verliefd was op een meisje uit Ballymurphy.'

'Ik weet niet wie dat heeft gedaan.'

'Natuurlijk weet je dat wel, Billy. Jij weet alles.'

Conway zweeg.

'Zijn naam,' zei Keller, het wapen op Conways gezicht richtend. 'Zeg me zijn naam.'

Conway hief zijn gezicht naar de grijze hemel en zei zijn eigen naam.

Keller kreeg een waas voor ogen en zijn benen begonnen te trillen. Zijn wapen fungeerde als houvast. Het overhalen van de trekker kon hij zich achteraf niet herinneren, alleen de gecontroleerde terugslag van het wapen in zijn hand en een flits van roze rook. Hij bleef naast Billy Conway op zijn knieën zitten tot hij zeker wist dat hij dood was. Toen kwam hij overeind en liep terug naar de auto.

77

RANDALSTOWN, GRAAFSCHAP ANTRIM

Ze waren aan de rand van Randalstown, toen Kellers MI6-mobiel begon te trillen. Hij haalde hem uit zijn zak, keek op het scherm en fronste zijn voorhoofd. 'Graham Seymour.'

'Wat wil hij?'

'Hij vraagt zich af waarom Billy Conway niet meer in de auto zit.'

'Ze houden ons in de gaten.'

'Blijkbaar.'

'Wat ga je tegen hem zeggen?'

'Dat weet ik niet zo goed. Dit is onbekend terrein voor mij.' Keller hield de telefoon omhoog en vroeg: 'Denk je dat dit ding als zender werkt?'

'Zou kunnen.'

'Misschien moet ik hem het raam uit gooien.'

'Dan zal MI6 je korten op je loon. Bovendien,' voegde Gabriel eraan toe, 'zou hij nog weleens van pas kunnen komen in Bandit Country.'

Keller legde de telefoon in de middenconsole.

'Wat is het voor plek?' vroeg Gabriel.

'Bandit Country?'

'Crossmaglen.'

'Zo'n plek waarover liedjes werden geschreven.' Keller staarde even uit het raam voordat hij verderging. 'South Armagh was in de oorlog volledig in handen van de Provisional IRA. Een soort IRA-staat, met Crossmaglen als heilige stad.' Hij keek even naar Gabriel en voegde eraan toe: 'Net als Jeruzalem. De IRA heeft daar nooit met cellen hoeven werken, het was één groot bataljon. Een léger. Overdag ploegden ze hun akkers en 's nachts doodden ze Britse soldaten. Vóór iedere patrouille werden we eraan herinnerd dat er onder iedere doornstruik en iedere stapel stenen waarschijnlijk een bom of een sluipschutter verborgen zat. South Armagh was één grote schietbaan. En wij waren de schietschijven.'

'Ga door.'

'Crossmaglen noemden we XMG,' vervolgde Keller na een korte pauze. 'Op het centrale plein hadden we een wachttoren die de naam Golf Five Zero had gekregen. Iedere keer dat je er binnenging, was je je leven niet zeker meer. De kazerne had geen ramen en was mortierproef. Het was alsof je in een onderzeeër zat. Toen ik die avond uit de boerderij van Jimmy Fagan ontsnapte, heb ik niet eens geprobeerd naar XMG te komen. Ik wist dat ik dat niet zou overleven. In plaats daarvan ben ik naar het noorden gegaan, naar Newtownhamilton. Dat noemden we NTH.' Keller glimlachte. 'Bij wijze van grap zeiden we altijd dat dat stond voor "Nul Terroristen Hier".'

'Herinner je je de boerderij van Fagan nog?'

'Die zal ik nooit vergeten,' antwoordde Keller. 'Ligt aan Castleblayney Road. Een deel van zijn land ligt langs de grens. Tijdens de oorlog was dat een belangrijke smokkelroute tussen de South Armagh Brigade en IRA-elementen in de Republiek.'

'En die schuur?'

'Die ligt aan de rand van een grote wei, omringd door stenen muren en waakhonden. Zodra de politie zich ook maar in de buurt van die boerderij waagt, zullen Fagan en Quinn dat onmiddellijk weten.'

'Jij neemt aan dat Madeline daar is.'

Keller zei niets.

'Wat nu als Conway weer heeft gelogen? Of als Quinn haar al naar een andere plaats heeft gebracht?'

'Dat heeft hij niet.'

'Hoe kun je dat zo zeker weten?'

'Omdat Quinn zo niet werkt. De vraag is,' zei Keller, 'of we onze vrienden in Vauxhall Cross en Thames House moeten vertellen wat we weten.'

Gabriel wierp een blik op de mobiele telefoon en zei: 'Misschien hebben we dat net gedaan.'

Ze reden onder een kluwen camera's door die de wacht hield over de M22.

Keller haalde een sigaret uit het pakje en draaide die, onaangestoken, tussen zijn vingers rond. 'We kunnen onmogelijk South Armagh binnenkomen zonder dat iemand ons ziet.'

'Dan gaan we door de achterdeur.'

'We hebben geen nachtkijkers of geluiddempers.'

'Of radio's,' voegde Gabriel eraan toe.

'Hoeveel munitie heb jij nog?'

'Een vol magazijn en nog een reserve.'

'Ik ben één kogel kwijt,' zei Keller.

'Jammer.'

Kellers MI6-telefoon trilde nogmaals.

'Wat wil hij?' vroeg Gabriel.

'Hij vraagt zich af waar we naartoe gaan.'

'Dan luisteren ze dus blijkbaar toch niet mee.'

'Wat zal ik zeggen?'

'Hij is jouw baas, niet de mijne.'

Keller typte een bericht en legde de telefoon weer terug in de middenconsole.

'Wat heb je gezegd?'

'Dat we bezig zijn met informatie die mogelijk van vitaal belang is.'

'Jij wordt een uitstekend MI6-agent, Christopher.'

'MI6-agenten gaan niet zonder back-up in South Armagh aan de slag.' Na een korte pauze voegde Keller eraan toe: 'Dat geldt ook voor een man die op het punt staat hoofd van de Israëlische inlichtingendienst te worden, én vader van een tweeling.'

De snelweg ging over in een tweebaansweg. Het was halfdrie. Nog maar anderhalf uur en de zon zou alweer ondergaan. Keller stak de sigaret aan en keek naar Gabriel, die automatisch zijn raampje opendeed om de rook naar buiten te laten.

'Weet je,' zei Keller, 'dit zou allemaal niet zijn gebeurd, als jij tegen Graham Seymour had gezegd dat hij moest ophoepelen toen hij je in Rome kwam opzoeken. Dan zou jij nu gewoon met je Caravaggio bezig zijn, en ik zou een glas wijn drinken op mijn terras op Corsica.'

'Nog meer van die wijsheden, Christopher?'

'Alleen een vraag.'

'En die luidt?'

'Wie is Tariq al-Hourani?'

In Londen toonden de videoschermen in de commandocentra van Thames House en Vauxhall Cross hetzelfde beeld: een blauw lichtje dat zich knipperend in westelijke richting door Ulster bewoog, over de A6. Toen het lichtje Castledawson had bereikt sloeg het af naar het zuiden, naar Cookstown. Graham Seymour stuurde een derde bericht naar Kellers telefoon, maar deze keer kwam er geen antwoord, iets wat hij met enige tegenzin aan Amanda Wallace meldde, aan de andere kant van de rivier in Thames House.

'Waar denk jij dat ze naartoe gaan?' vroeg ze.

'Als ik een gok moest doen zou ik zeggen dat ze teruggaan naar de plaats waar het allemaal is begonnen.'

'Bandit Country?'

'De boerderij van Jimmy Fagan, om precies te zijn.'

'Daar kunnen ze niet alléén naartoe gaan.'

'Ik denk niet dat we ze op dit moment nog kunnen tegenhouden.'

'Zet dan op zijn minst Kellers mobiel aan, zodat we kunnen horen wat ze zeggen.'

Seymour maakte oogcontact met een van de technici en gaf hem de opdracht. Een ogenblik later hoorde hij Gabriel uitleggen dat Eamon Quinn in een terroristentrainingskamp in Libië een man had leren kennen die Tariq al-Hourani heette. Nee, dacht Seymour. Die waren niet meer tegen te houden.

78

CROSSMAGLEN, SOUTH ARMAGH

Ze maakten een tussenstop in Cookstown om een kaart, een blikje zwarte schoensmeer en twee keukenmessen voor zwaar gebruik te kopen, alvorens bij het licht van de ondergaande zon hun weg te vervolgen naar Omagh. Het regende licht terwijl ze naar het zuiden reden, maar wel zo hard dat Keller de ruitenwissers de hele weg naar Castleblayney aan de Ierse kant van de grens aan moest laten. Net buiten het stadje was Lough Muckno. Keller volgde een smal weggetje langs de zuidkant van het meer naar een dal bezaaid met kleine boerderijen. Elk van die huizen vormde een potentiële valstrik. Grens of geen grens, ze bevonden zich nu in Bandit Country.

Uiteindelijk draaide Keller de auto een dicht sleedoornbosje aan de oever van de Clarebane River in en deed de lichten en de motor uit. De MI6-mobiel lag op de middenconsole, vol ongelezen berichten van Vauxhall Cross.

Gabriel gaf Keller de telefoon en zei: 'Misschien wordt het tijd Graham te laten weten waar we zijn.'

'Iets zegt me dat hij dat allang weet.'

Keller toetste Seymours nummer in Londen in.

Seymour nam onmiddellijk op. 'Dat werd tijd,' snauwde hij.

'Kun je zien waar we zijn?'

'Volgens mijn berekening zijn jullie minder dan een kilometer van de grens.'

'Zou je ons heel misschien wat dekking kunnen geven?'

'Wordt al aan gewerkt.'

'Ik heb je nog niet verteld wat we nodig hebben.'

'Jawel, dat heb je wel. En nog iets,' zei Seymour, 'ik wil een bonnetje voor die messen. En voor de kaart en de schoensmeer.'

Tegen twee uur die middag was het Eamon Quinn duidelijk geworden dat Billy Conway zwaar in de problemen zat. Tegen vier uur nam Quinn aan dat Conway door de Britten gevangen was genomen of, waarschijnlijker nog, ergens in de bosjes lag met een kogel in zijn hoofd. Een prettige dood zou het zeker niet zijn geweest. Voordat hij doodging, zou hij ongetwijfeld twee dingen hebben prijsgegeven: de exacte locatie van Madeline Hart, en de waarheid over zijn rol in de dood van Elizabeth Conlin vijfentwintig jaar geleden. Aan de reactie van zijn vijand daarop twijfelde Quinn geen moment. Keller was een oud-SAS-man die huurmoordenaar was geworden. Hij zou terugkeren naar de boerderij van Jimmy Fagan. En Quinn zou hem staan op te wachten.

Om halfvijf, toen de zon achter de heuvels verdween, verspreidde Quinn twaalf mannen over de tachtig hectare van de boerderij van de familie Fagan. Twaalf veteranen van de legendarische South Armagh Brigade. Twaalf door de wol geverfde sluipschutters met heel veel Brits bloed aan hun handen. Twaalf mannen die Christopher Keller net zo graag dood wilden hebben als Quinn. Daarnaast postte Jimmy Fagan nog acht mannen op verschillende plekken in South Armagh als verkenners – onder wie Francis McShane die achter het stuur zat van een geparkeerde auto voor het bureau van de PSNI.

Quinn en Fagan zaten in de keuken van de boerderij te roken en te wachten. Quinns Makarov lag op tafel, een geluiddemper op de loop geschroefd. Ernaast lag de telefoon, en naast de telefoon de verbleekte oude kaart van wat ooit de gevaarlijkste vijfhonderd vierkante kilometer van de wereld waren geweest. Quinns ogen gleden van oost naar west over de kaart: JONESBOROUGH, FORKHILL, SILVERBRIDGE, CROSSMAGLEN... Plaatsen waar triomfen waren gevierd, dacht hij.

Plaatsen waar doden waren gevallen. Vanavond zou hij een nieuw hoofdstuk aan de legende toevoegen.

Quinn keek naar zijn horloge, het horloge dat hij had gekregen van een man die Tariq al-Hourani heette, in een kamp aan de Libische kust. Het was kwart over zeven. Hij deed het horloge af en las de inscriptie aan de achterkant.

ALTIJD OP TIJD...

Nadat Gabriel en Keller hun gezicht zwart hadden gemaakt met schoensmeer, gingen ze op weg, langs de oever van de Clarebane River. Keller voorop, Gabriel vlak achter hem. Wolken verduisterden de maan en de sterren, hun voetstappen werden gedempt door de natte grond. Keller bewoog zich vloeiend als water, snel, zonder een geluid te maken. Gabriel, de geheime straatsoldaat, deed zijn best de bewegingen van zijn vriend te evenaren. Keller hield zijn wapen in beide handen op ooghoogte. Gabriel, achter hem, richtte de loop naar beneden en naar rechts.

Vijf minuten later bleef Keller staan, met de loop van zijn Glock naar de grond van links naar rechts bewegend om duidelijk te maken dat ze de Noord-Ierse grens hadden bereikt. Hij ging in noordelijke richting verder en leidde Gabriel over een serie weilanden, van elkaar gescheiden door sleedoornhagen. De grens was een paar meter rechts van hen. Ooit hadden hier wachttorens gestaan, bemand door de Grenadier Guards, de koninklijke infanterie, maar nu tekenden zich alleen graansilo's en schuren tegen de horizon af. Keller, de met bloed bevlekte overlevende van het smerigste gevecht van South Armagh, bewoog zich langzaam voort nu, zijn voeten neerzettend alsof hij bij iedere stap op een mijn kon gaan staan, door iedere heg kruipend alsof er aan de andere kant een moordenaar wachtte.

Nadat ze op deze moeizame manier ongeveer een kilometer hadden afgelegd, ging Keller Gabriel voor over een rotsachtig stuk tussen twee vijvers. Voor hen doemde een rij bomen op, en achter die bomen was de boerderij van Jimmy Fagan in Noord-Ierland. Keller sloop naar voren, boom voor boom, en bleef toen stokstijf staan.

Zo'n tien meter bij hen vandaan, omhuld door het duister, stond een man met een AK-47 in de aanslag. Het wapen was uitgerust met een carbon geluiddemper: een serieus wapen voor een serieuze moordenaar.

Voorzichtig pakte Keller zijn MI6-mobiel en verzond een reeds getypt bericht naar Vauxhall Cross. Toen haalde hij het mes uit zijn zak en wachtte af.

Aangezien het een binnenlandse aangelegenheid was, liet Graham Seymour Amanda Wallace het telefoontje plegen. Dat kwam om drie minuten voor halfacht bij de PSNI in Crossmaglen binnen en nog geen minuut later reden verschillende eenheden met zwaailicht Newry Street in. Tegen halfacht ontving Jimmy Fagan het ene na het andere berichtje van zijn verkenners.

'Hoeveel eenheden?' vroeg Quinn.

'Minstens zes, inclusief wat tactische jongens.'

'Waar gaan ze naartoe?'

'Dundalk Road af.'

'De verkeerde kant,' zei Quinn.

'Niet eens in de buurt.'

Er kwam nog een berichtje bij Fagan binnen.

'Wat staat er?'

'Ze gaan rechtsaf bij Foxfield.'

'Nog steeds de verkeerde kant.'

'Wat denk je dat dat wil zeggen?'

'Dat wil zeggen dat je je mannen in de hoogste staat van paraatheid moet brengen, Jimmy.'

'Waarom?'

Quinn glimlachte. 'Omdat ze hier zijn.'

Om één minuut over halfacht haalde de man die tien meter van Christopher Keller af stond zijn rechterhand van de AK-47 om zijn telefoon uit zijn zak te halen. Bij het licht van het schermpje zag Keller het gezicht van de man die binnen afzienbare tijd dood zou zijn. Hij was van Kellers leeftijd, en hij had ook ongeveer dezelfde lengte en bouw als Keller. Misschien was hij boer. Of misschien reed hij op een vrachtwagen of deed hij klusjes. In een vorig leven was hij Kellers vijand geweest. Nu was hij dat wederom.

Net als alle veteranen van de South Armagh Brigade kende de man die tien meter bij Keller vandaan stond iedere vierkante centimeter van het met bloed doordrenkte land. Hij kende iedere greppel, ieder stukje struikgewas, ieder gat waarin een wapen was verborgen of een boobytrap was begraven. Hij wist ook het verschil tussen het geluid van een dier en het geluid van een mens. Te laat keek hij op van zijn telefoon om Keller op zich af te zien stormen, een mes in zijn ene hand, een vuurwapen in de andere.

Keller werkte de man tegen de grond. Vervolgens stak hij het mes in zijn hals en hield het daar tot de handen van de man hun grip op de telefoon en de AK-47 verloren. Keller pakte het wapen, Gabriel de telefoon. Daarna bewogen ze zich zo geruisloos mogelijk over het weiland in de richting van de aluminium golfplaten schuur van ongeveer zes bij twaalf meter, waar Keller lang geleden had moeten sterven.

'Iedereen zich gemeld?' vroeg Quinn.

'Iedereen behalve Brendan Magill.'

'Waar staat hij?'

'Aan de westkant, tegen de grens.'

'Probeer het nog een keer.'

Jimmy Fagan stuurde Magill een bericht. Na negentig seconden was er nog geen antwoord.

'Zo te zien hebben we ze gevonden,' zei Quinn.

'Wat nu?'

'Dood het lokaas. En breng me dan een levende Keller en Allon.'

Fagan typte een bericht en verzond het.

Quinn liep met de Makarov naar buiten om naar het vuurwerk te kijken.

Dertig meter van de plek waar Brendan Magill dood op de grond lag, was een stenen muur die in noord-zuidrichting liep. Daarachter zocht Gabriel dekking nadat een 7.26x39mm kogel de lucht een paar centimeter naast zijn rechteroor had verschroeid. Keller stortte naast hem op de grond, terwijl kogels tegen de stenen van de muur ketsten, een regen van vonken en brokstukken ontketenend. Aangezien er een geluiddemper werd gebruikt, had Gabriel maar een vaag idee van welke kant de schoten kwamen. Voorzichtig stak hij zijn hoofd boven het muurtje uit in de hoop dat hij de bron van het geweervuur zou zien opgloeien, maar een nieuwe kogelregen deed hem snel weer naar beneden duiken.

Keller kroop in noordelijke richting langs het muurtje. Gabriel ging achter hem aan, maar stopte abrupt toen Keller plotseling begon te schieten met de AK-47 van de dode man.

Een kreet in de verte maakte duidelijk dat Kellers kogels doel hadden getroffen, maar onmiddellijk daarop werden ze zelf weer van verschillende kanten beschoten. Gabriel ging plat op de grond naast Keller liggen, de Glock in zijn ene hand, de telefoon van de dode man in de andere. Na een paar seconden drong het tot hem door dat er een bericht binnenkwam. Een bericht van Eamon Quinn. Het luidde: Dood het meisje.

79

CROSSMAGLEN, SOUTH ARMAGH

Tussen de vele kapotte en defecte landbouwwerktuigen in de schuur van Jimmy Fagan had Katerina een zeis gevonden, bedekt met roest en modder, een museumstuk, misschien wel de laatste zeis in heel Ierland, noord én zuid. Ze hield het ding stevig in haar handen geklemd, luisterend naar het geluid van mannen die het pad op kwamen rennen. Twee mannen, dacht ze, misschien drie. Ze ging tegen de schuifdeur van de schuur aan staan. Madeline zat aan de andere kant van de ruimte, de zak over haar hoofd, haar handen aan elkaar gebonden, haar rug tegen de hooibalen. Zij was het eerste en het enige wat de mannen bij binnenkomst zouden zien.

De deur werd ontgrendeld en geopend, een wapen werd naar binnen gestoken. Katerina herkende het silhouet: een AK-47 met een geluiddemper op de loop. Dat wapen kende ze maar al te goed. Het was het eerste waarmee ze ooit had geschoten in het kamp. De fantastische AK-47! Bevrijder van de onderdrukten! Het wapen wees in een hoek van vijfenveertig graden omhoog. Katerina moest wel wachten tot de loop op Madeline werd gericht. Toen hief ze de zeis en haalde ermee uit met alle kracht die ze nog in zich had.

Tweehonderd meter daarvandaan liet Gabriel, ineengedoken achter een muurtje aan de westrand van Jimmy Fagans terrein, het sms'je aan Christopher Keller zien.

Onmiddellijk keek Keller over het muurtje. Hij zag flitsen in de deuropening van de schuur. Vier flitsen, vier schoten, meer dan genoeg om twee levens te beëindigen. Een salvo AK-47-vuur deed hem weer naar beneden duiken. Met een woeste blik in zijn ogen greep hij

Gabriel bij de voorkant van zijn jas en schreeuwde: 'Blijf hier!' Na die woorden stortte hij zich over de muur en verdween uit zicht.

Gabriel bleef nog een paar seconden liggen, terwijl het om hem heen kogels regende. Toen sprong hij plotseling overeind en begon te rennen over de donkere wei. Rennend naar een besneeuwd pleintje in Wenen. De dood tegemoet.

De slag van Katerina op de nek van de man met de AK-47 had hem half onthoofd. Toch wist hij nog een kogel af te vuren voordat ze het geweer uit zijn handen had kunnen rukken – een kogel die een paar centimeter van Madelines hoofd in de hooibalen sloeg.

Katerina duwde de stervende man opzij en schoot snel de tweede man twee keer in de borst. Daarna schoot ze nog een keer op de half onthoofde stakker die aan haar voeten lag te kronkelen. In de terminologie van de SVR een controleschot. Het was ook een genadeschot.

Zodra er niet meer werd geschoten, trok Madeline de zak van haar hoofd. Haar handen zaten nog steeds aan elkaar. Katerina sneed de ducttape door en hielp haar overeind.

Buiten woedde een gevecht. Vanuit hun positie in het midden van het glooiende terrein hadden ze een goed overzicht, mede dankzij de lichtspoormunitie. Twee figuren kwamen uit westelijke richting over de weilanden op hen af, van verschillende kanten zwaar onder vuur genomen. In de verte, op de veranda van het huis, stond een man bewegingloos naar het schouwspel te kijken, alsof dat speciaal voor zijn genoegen werd opgevoerd. Katerina vermoedde dat de twee mannen die uit westelijke richting naderden Gabriel Allon en Christopher Keller waren. En de man op de veranda was Quinn.

Katerina duwde Madeline tegen de grond. Toen liet ze zich op een knie zakken en vuurde vier kogels op een van Quinns mannen af. Onmiddellijk kwam er een einde aan de lichtspoormunitie van die kant. Met nog eens vier kogels schakelde ze een tweede lid van

Quinns team uit en vervolgens een derde met slechts één goed geplaatst schot. Quinn stond er inmiddels een stuk minder kalm bij. Katerina vuurde verschillende kogels op hem af, hem terug naar binnen jagend. Daarna draaide ze zich om naar Madeline, maar Madeline was verdwenen.

Ze strompelde de heuvel af naar Allon en Keller toe, uitgeput en wankelend, als een tot leven gekomen lappenpop.

Katerina schreeuwde dat ze moest gaan liggen, maar het had geen zin: angst en zwaartekracht hadden Madeline in een ijzeren greep. Op het moment dat Katerina zich omdraaide, zoekend naar Quinn, werd ze getroffen. Het was een perfect schot, recht in het borstbeen, door en door. Ze was zich amper bewust van de inslag, of van pijn. Ze viel op haar knieën, haar handen slap langs haar zij, haar gezicht naar de donkere hemel. Op het moment dat Katerina's lichaam de vochtige aarde van South Armagh raakte, verbeeldde ze zich dat ze verdronk in een meer van bloed. Een hand probeerde haar nog naar de oppervlakte te trekken. Toen liet de hand haar los en was ze dood.

Tegen de tijd dat Madeline zich in Gabriels armen stortte, was het schieten opgehouden.

Keller liet de AK-47 voor wat hij was en stormde met alleen de Glock in zijn hand over het weiland op het huis van Jimmy Fagan af. De achtergevel zat vol kogelgaten en een opbollend gordijn waaide door de deuropening naar buiten. Keller drukte de zijkant van zijn gezicht tegen de muur, in een poging te horen wat er aan de andere kant gebeurde en draaide toen met een snelle beweging naar binnen, het wapen met gestrekte armen voor zich uit houdend. Hij wilde al op Jimmy Fagan schieten, maar zag toen de levenloze blik in zijn ogen en het kogelgat in het midden van zijn voorhoofd. Haastig doorzocht Keller het huis, maar Quinn was nergens meer te bekennen. Alweer was Quinn zo verstandig geweest het slagveld te ontvluchten. Het moment waarop Quinn zou sterven, dacht Keller, was nog even uitgesteld.

DEEL VIER

THUIS

80

SOUTH ARMAGH - LONDEN

HET WAS ZO'N NACHT WAAROVER liedjes werden geschreven. Acht mannen gedood in de groene heuvels van South Armagh, zes met een vuurwapen, twee met het zwaard. Hun namen vormden een erelijst van de meest roemruchte eenheid van de IRA: Maguire, Magill, Callahan, O'Donnell, Ryan, Kelly, Collins, Fagan... Acht mannen gedood in de groene heuvels van South Armagh, zes met een vuurwapen, twee met het zwaard. Het was zo'n nacht waarover liedjes werden geschreven.

Toen het net was gebeurd werden er geen liedjes gezongen, alleen vragen gesteld. Een van de dingen die onduidelijk bleven was bijvoorbeeld wie de politie had gebeld en waarom. Zelfs de commissaris van de PSNI kon, toen de journalisten daarop aandrongen, niets laten zien waaruit de tijd of de herkomst van die noodoproep bleek. Naar het motief voor de slachtpartij in Crossmaglen kon hij alleen maar gissen. De meest waarschijnlijke verklaring, zei hij, was dat het de ontknoping was geweest van een reeds lang sluimerend conflict tussen rivaliserende afsplitsingen van de republikeinse beweging – al kon hij niet uitsluiten dat er wellicht illegale drugs in het spel waren geweest. Hij suggereerde zelfs dat er misschien verband was tussen het bloedbad in Crossmaglen en de nog onopgeloste verdwijning van Liam Walsh, een drugsdealer van wie bekend was dat hij banden had met de Real IRA. En ook al wist de commissaris dat niet, wat dat betrof sloeg hij de spijker op de kop.

Zijn theorieën over de oorzaak van de slachtpartij deden het redelijk goed in de rest van de wereld, maar niet binnen de hechte clangemeenschappen van South Armagh. In de bars waar ze dronken en in de benauwde hokjes waar ze hun zonden opbiechtten, wist iedereen alles. De moorden hadden niets met vetes of drugs te maken. Quinn zat erachter. Ze wisten ook nog andere dingen, dingen waarover de commissaris het nooit met de pers had gehad. Ze wisten dat er die avond twee vrouwen aanwezig waren geweest. En een voormalig SAS-man die Christopher Keller heette. Een van de vrouwen was gedood, in haar hart geschoten van een afstand van bijna honderd meter door niemand anders dan Quinn himself. Na afloop was Quinn spoorloos verdwenen. Ze zouden hem vinden en hem de kogel geven die hij zo dik verdiende, de kogel die ze hem na Omagh al hadden moeten geven. En daarna zouden ze op zoek gaan naar de SAS-man die Keller heette en ook hem doden. Maar dat hielden ze voor zich, zoals ze de meeste dingen voor zich hielden, terwijl ze gewoon verdergingen met hun dagelijkse bezigheden.

Acht namen werden toegevoegd aan het IRA-gedenkteken op Cross Square, acht graven werden gedolven op het kerkhof van St. Patrick. Tijdens de uitvaartmis had de priester het over wederopstanding, maar na afloop ging het in de donkere hoeken van de Emerald-bar alleen maar over wraak. Acht mannen gedood in de groene heuvels van South Armagh, zes met een vuurwapen, twee met het zwaard. Quinn zat erachter. En Quinn zou ervoor moeten boeten.

Diezelfde dag verklaarde de directeur-generaal van Her Majesty's Secret Intelligence Service, Graham Seymour, dat vier beveiligingsagenten van MI6 waren gedood in een huis in een afgelegen deel van West-Cornwall. Bovendien, voegde Seymour eraan toe, had een medewerker van de personeelsafdeling van MI6 zelfmoord gepleegd door van het hoogste terras van Vauxhall Cross te springen. Seymour weigerde te zeggen of er verband was tussen de beide gebeurtenissen, maar uit de timing van zijn verklaring maakte de pers op dat dat wel zo was. Het was een van de zwartste dagen uit de glorieuze geschiedenis van de dienst en de ontwikkelingen aan de andere kant van de Ierse Zee werden er al snel door overschaduwd.

De Britse pers kreeg er amper iets van mee toen het lichaam van een caféhouder uit Belfast, Billy Conway genaamd, werd gevonden aan de rand van een bos in het graafschap Antrim, of toen een wandelaar drie dagen daarna op het gedeeltelijk vergane lichaam van Liam Walsh stuitte, aan de andere kant van de grens in het graafschap Mayo. In beide slachtoffers werden 9mm-kogels aangetroffen, maar ballistisch onderzoek wees uit dat ze uit verschillende wapens waren afgevuurd. De Garda Síochána en de PSNI onderzochten de moorden als opzichzelfstaande incidenten. Een verband werd nooit gevonden.

Ook in Duitsland werd een verontrustende vondst gedaan: nog een lichaam, nog een 9mm-kogel. Het lichaam behoorde toe aan een man die later zou worden geïdentificeerd als een agent van de Russische geheime dienst, Alexei Rozanov genaamd. Wie de kogel had afgevuurd, bleef een kwestie van gokken. Waarschijnlijk had hij wel iets te maken met de mensen die de chauffeur en de bodyguard van de Rus in Hamburg hadden vermoord. Een van de onrustbarendste aspecten van de vondst was dat zijn Russische paspoort in zijn mond was gestopt. Iemand had blijkbaar iets duidelijk willen maken. En dat was ook duidelijk overgekomen. De BfV, de Duitse binnenlandse veiligheidsdienst, bespeurde een onmiskenbare toename in Russische activiteit. De Britse tegenhanger van de BfV, MI5, bemerkte een soortgelijke verandering in Londen. In Moskou maakte het Kremlin geen geheim van de gevoelens die de gebeurtenissen hadden losgemaakt. De Russische president zwoer dat de moordenaars van Alexei Rozanov de 'hoogst mogelijke strafmaatregel' ten deel zou vallen. Kenners van de Russische geheime dienst wisten wat dat betekende. Waarschijnlijk zou er zeer binnenkort nog ergens een lijk opduiken.

Maar was er een verband tussen de gebeurtenissen in Duitsland,

Groot-Brittannië en de tweeëndertig graafschappen van Ierland en Ulster? Een onbekend middelpunt waaromheen ze zich in een nauwkeurig getrokken baan bewogen? Een paar van de minder belangrijke persbureaus leken dat wel te veronderstellen, en het duurde niet lang voor een aantal organisaties van naam tot dezelfde conclusie kwamen. Der Spiegel, gerenommeerd baken van Duitse onderzoeksjournalistiek, dacht dat Israël iets met de moord op Alexei Rozanov en zijn team te maken had – iets wat de Israëlische premier, in een zeldzaam commentaar op zaken die met de inlichtingendiensten te maken hadden, botweg ontkende.

Korte tijd daarna werd in de Irish Times gesuggereerd dat er een Brits luchtje zat aan de ontvoering en dood van Liam Walsh, terwijl de Ierse televisie, de RTÉ, onderzoek deed naar de rol die Walsh zou hebben gespeeld bij de bomaanslag in Omagh in augustus 1998.

Toen deed ook de Daily Mail een duit in het zakje, met een exclusieve reportage vol geruchten dat de MI6-medewerker die zijn dood tegemoet was gesprongen eigenlijk voor Rusland had gespioneerd.

Buitenlandse Zaken ontkende alles met klem, maar dat werd een stuk minder geloofwaardig toen premier Jonathan Lancaster twee dagen later een pakket draconische economische en diplomatieke maatregelen aankondigde jegens Rusland en de kliek voormalige KGB-agenten die het Kremlin regeerde. De officiële reden was 'een model voor Russisch gedrag op Britse bodem en elders'. In de sancties inbegrepen was het bevriezen van de tegoeden in Londen van verschillende pro-Kremlin oligarchen en beperkingen op hun reizen naar Groot-Brittannië.

Met een hoop poeha kondigde de Russische president een pakket vergeldingsmaatregelen aan.

De Russische aandelen kelderden. De roebel had nog nooit zo laag gestaan ten opzichte van de westerse valuta.

Maar waarom was de Britse premier zo hard opgetreden? En waarom nu? De zogenaamde intellectuele elite vond zijn aanvankelijke verklaring niet voldoende. Er moest meer achter zitten dan slecht gedrag van de Russen. Per slot van rekening gedroegen de Russen zich al jaren slecht. En dus begonnen de verslaggevers te graven, de columnisten hun mening te geven, en de televisieanalisten te speculeren en theorieën te verzinnen, sommige plausibel, andere niet echt. Een paar van hen schampten langs de waarheid, maar niemand zou ooit het vage, al half uitgeveegde potloodlijntje vinden dat van een moord aan de oever van een bevroren meer in Rusland via de aanslag op een prinses naar het bloedvergieten in de groene heuvels van South Armagh liep. Ook zouden ze die ogenschijnlijk los van elkaar staande gebeurtenissen nooit in verband brengen met de legendarische Israëlische geheim agent die bij de bomaanslag op Brompton Road was omgekomen.

Maar hij was niet dood, uiteraard. Sterker nog, met een beetje geluk had de Britse pers nog een glimp van hem kunnen opvangen in Londen, in de zenuwslopende achtenveertig uur volgend op de moordpartij in Crossmaglen. Hij bewoog zich snel, en zijn tijd was heel beperkt, aangezien er thuis dringende zaken op hem wachtten. Hij handelde wat lopende zaken in Vauxhall Cross af en haalde de banden aan de andere kant van de rivier in Thames House een beetje aan. Hij had een zakelijk etentje met de medewerkers van de Londense tak van het Bureau, en aan het eind van de volgende ochtend verscheen hij onaangekondigd in een galerie in St. James's om een dierbare oude vriend te laten weten dat hij nog springlevend was. De oude vriend was opgelucht omdat Gabriel nog leefde, maar kwaad omdat hij hem zo voor de gek had gehouden. Het was ook harteloos geweest, dacht Gabriel berouwvol.

Van St. James's reed hij naar een bakstenen victoriaans landhuis op het platteland van Hertfordshire. Ooit had het als opleidingscentrum voor nieuwe MI6-rekruten gediend. Nu was Madeline Hart de enige bewoner. Gabriel wandelde met haar over het in mist gehulde terrein, gevolgd door een team bodyguards. Ze waren met zijn vieren – net zoveel als er destijds in Cornwall door Quinn en Katerina waren gedood.

'Ga je daar ooit nog naar terug?' vroeg Madeline.

'Naar Cornwall?'

Madeline knikte traag.

'Nee,' zei Gabriel. 'Dat denk ik niet.'

'Het spijt me,' zei ze. 'Het lijkt erop dat ik alles heb verpest. Dit zou allemaal nooit zijn gebeurd als je me gewoon in St. Petersburg had gelaten.'

'Als je iemand de schuld wilt geven,' zei Gabriel, 'geef dan de Russische president maar de schuld. Hij heeft je vriendin gestuurd om je te doden.'

'Waar is haar lichaam?'

'Graham Seymour heeft het aangeboden aan de SVR-*rezident* in Londen.'

'En?'

'De SVR schijnt geen interesse te hebben. Ze beweren niet te weten wie ze is.'

'Waar zal ze eindigen?'

'In een anoniem graf op het armenkerkhof.'

'Een typisch Russisch einde,' zei Madeline op sombere toon.

'Beter zij dan jij.'

'Ze heeft mijn leven gered.' Madeline keek naar Gabriel en voegde eraan toe: 'En dat van jou.'

Halverwege de middag liet hij Madeline weer alleen en zette koers naar Highgate, waar hij een schuld inloste bij een van de meest vooraanstaande politiek verslaggevers van Londen. Tegen de tijd dat hij daar klaar was, was het bijna vijf uur. Zijn vlucht naar huis vertrok om halfelf. Hij haastte zich naar buiten en stapte achter in de ambassadeauto. Hij moest nog één ding doen. Nog één laatste restauratie.

81

VICTORIA ROAD, SOUTH KENSINGTON

HET WAS EEN KLEIN, SOLIDE huis met een gietijzeren hek en een mooi trapje dat naar een witte voordeur leidde. In de kleine voortuin stonden potten met bloeiende planten en achter het raam van de woonkamer brandde licht. Het gordijn was nog een klein stukje open. Door de kier kon Gabriel een man, Robert Keller, kaarsrecht in een oorfauteuil zien zitten. Hij las een krant. Welke krant het was, kon Gabriel niet onderscheiden, aangezien de regen tegen de autoramen sloeg en er een wolk sigarettenrook om hen heen hing.

Keller had onafgebroken zitten roken vanaf het moment dat Gabriel hem op de hoek van een straat in Holborn, zijn tijdelijke adres in Londen, had opgepikt. Nu zat hij naar het huis van zijn vader te staren alsof hij opdracht had dat in de gaten te houden.

Plotseling realiseerde Gabriel zich dat dit de eerste keer was dat hij Keller nerveus zag.

'Hij is oud,' zei Keller uiteindelijk. 'Ouder dan ik me hem had voorgesteld.'

'Het is lang geleden.'

'Dan maakt het vast ook niet uit als we hier nog een paar minuten blijven zitten.'

'Neem zoveel tijd als je nodig hebt.'

'Hoe laat gaat je vlucht?'

'Dat is niet belangrijk.' Gabriel wierp een discrete blik op zijn horloge.

'Dat zag ik,' zei Keller.

Achter het raam aan de overkant van de straat zette een oude vrouw een kop en schotel naast de elleboog van de man die de krant zat te lezen.

Keller wendde zich af – of dat uit schaamte was of uit verdriet kon Gabriel niet zeggen.

'Wat doet ze nu?' vroeg Keller.

'Ze kijkt uit het raam.'

'Heeft ze ons gezien?'

'Ik geloof het niet.'

'Is ze weg?'

'Ja, ze is weg.'

Keller keek weer op.

'Wat voor thee drinkt hij?' vroeg Gabriel.

'Een speciale melange die hij bij een man in New Bond Street haalt.'

'Misschien moet je een kopje met hem mee drinken.'

'Zo.' Keller drukte zijn sigaret uit en stak onmiddellijk een volgende op.

'Moet dat?'

'Op dit moment,' zei Keller, 'moet het echt, ja.'

Gabriel deed het raam een stukje open om de rook naar buiten te laten. De avondwind blies regen tegen zijn wang. 'Wat ga je tegen hem zeggen?'

'Heb jij misschien een suggestie?'

'Je zou kunnen beginnen met de waarheid.'

'Ze zijn oud,' zei Keller. 'De waarheid zou hun dood kunnen worden.'

'Dan moet je hun die in kleine doses toedienen.'

'Als een medicijn,' zei Keller. Hij staarde nog steeds naar het huis. 'Hij wilde dat ik arts zou worden. Wist je dat?'

'Volgens mij heb je dat weleens verteld, ja.'

'Kun je je mij als arts voorstellen?'

'Nee,' zei Gabriel. 'Niet echt.'

'Dat had je niet zo hoeven zeggen.'

Gabriel luisterde naar de regen die op het dak van de auto roffelde.

'En als ze me nu niet meer willen?' vroeg Keller na een tijdje. 'Als ze me wegsturen?'

'Ben je daar bang voor?'

'Ja.'

'Het zijn je ouders, Christopher.'

'Het is wel duidelijk dat jij geen Brit bent.' Keller wreef een stukje van zijn beslagen raam schoon en keek met gefronst voorhoofd naar de regen. 'Vanaf het moment dat ik terug ben in dit godvergeten land ben ik nat geweest.'

'Op Corsica regent het ook.'

'Niet zó.'

'Heb je al besloten waar je gaat wonen?'

'Ergens bij hen in de buurt,' antwoordde Keller. 'Helaas zullen ze moeten blijven doen alsof ik dood ben. Dat was onderdeel van de afspraak met MI6.'

'Wanneer begin je?'

'Morgen.'

'Wat is je eerste klus?'

'Quinn vinden.' Keller keek even naar Gabriel en zei: 'Alle hulp die ik van jullie dienst kan krijgen, zou ik op prijs stellen. Ik moet me wel aan de MI6-regels houden.'

'Jammer.'

Kellers moeder verscheen weer voor het raam.

'Waar kijkt ze naar?' vroeg Keller.

'Dat kan van alles zijn,' antwoordde Gabriel.

Denk je dat ze trots zal zijn?'

'Waarop?'

'Op het feit dat ik nu voor MI6 werk.'

'Dat weet ik wel zeker.'

Keller wilde het portier al opendoen, maar aarzelde toen weer. 'Ik heb me al in heel wat gevaarlijke situaties gewaagd...' Hij maakte zijn zin niet af. 'Mag ik hier nog even blijven zitten?'

'Neem zoveel tijd als je nodig hebt.'

'Hoe laat gaat je vlucht?'

'Die laat ik wel even wachten als het moet.'

Keller glimlachte. 'Ik ga het missen met jou samen te werken.'

'Wie zegt dat daaraan een einde moet komen?'

'Binnen afzienbare tijd ben jij het hoofd. En hoofden laten zich niet in met groentjes als ik.' Keller legde zijn hand weer op de hendel en richtte zijn ogen op het raam van het huis. 'Die blik ken ik,' zei hij.

'Welke blik?'

'De blik op het gezicht van mijn moeder. Zo keek ze altijd wanneer ik te laat was.'

'Je bent ook te laat, Christopher.'

Abrupt draaide Keller zich naar hem om. 'Wat heb je gedaan?'

'Ga nu maar,' zei Gabriel, zijn hand naar Keller uitstekend. 'Je hebt ze al lang genoeg laten wachten.'

Keller stapte uit en haastte zich de natte straat over. Hij stond even met het hekje te klunzen en rende toen het trapje op, terwijl de voordeur openzwaaide. Zijn ouders stonden in de hal, steun zoekend bij elkaar, ongeloof in hun ogen. Keller legde een vinger tegen zijn lippen, trok ze in zijn gespierde armen en deed vervolgens snel de deur achter hen dicht.

Gabriel zag hem nog een laatste keer op het moment dat hij langs het raam van de woonkamer liep. Toen werd het donker en was hij verdwenen.

82

NARKISS STREET, JERUZALEM

Diezelfde avond kwam er een einde aan een staakt-het-vuren tussen Israël en Hamas en werd de oorlog in de Gazastrook hervat. Toen Gabriels vlucht Tel Aviv naderde, werd de horizon helder verlicht door flitsen en munitiesporen. Een Hamas-raket kwam gevaarlijk dicht in de buurt van luchthaven Ben-Gurion, maar werd door Iron Dome-afweergeschut onderschept.

In de terminal leek alles normaal, op een groep christelijke toeristen na die samendromden om een televisiescherm. Niemand besteedde aandacht aan de overleden toekomstige chef van de Israëlische geheime dienst, die zich door de mensenmassa bewoog, een weekendtas aan zijn schouder. Bij de paspoortcontrole liet hij de lange rij links liggen en verdween door een deur gereserveerd voor medewerkers van het Bureau die terugkwamen van een buitenlandse missie. Vier beveiligingsmensen van het Bureau zaten koffie te drinken in de wachtruimte aan de andere kant. Ze namen hem mee door een helder verlichte gang naar een extra beveiligde deur, waarachter twee SUV's van Amerikaanse makelij in de ochtendschemering stonden te wachten.

Gabriel nam plaats op de achterbank van een van de auto's. Het geluid waarmee het gepantserde portier achter hem dichtsloeg, was een aanslag op zijn oren. Op de stoel tegenover hem lag een overzicht afkomstig van Uzi Navot van wat er in de inlichtingenwereld zoal was gebeurd. Gabriel sloeg de map open, terwijl de auto's de snelweg op reden die hen door Bab al-Wad voerde, de kloof die Jeruzalem van de kust scheidde. Het leek wel of hij zat te lezen in een catalogus van verschrikkingen van een wereld die gek was geworden. De Arabische

Lente was omgeslagen in een Arabische Ramp. De radicale islam had inmiddels een gebied in zijn greep dat zich uitstrekte van Afghanistan tot Nigeria, iets waarvan zelfs Bin Laden nooit had kunnen dromen. Het zou bijna grappig zijn, als het niet zo gevaarlijk was – en zo ongelooflijk voorspelbaar. De Amerikaanse president had de oude orde laten kantelen zonder daarvoor een goed te verwezenlijken alternatief te bieden, een roekeloze actie zonder enig precedent in het moderne staatsmanschap. En om de een of andere reden had hij dit moment gekozen om Israël voor de leeuwen te gooien. Uzi had geluk gehad, dacht Gabriel, terwijl hij de map weer dichtdeed. Uzi was erin geslaagd zijn vinger in de dijk te houden. Nu was het aan Gabriel om de ark te bouwen. Want de zondvloed kwam eraan, en die was met geen mogelijkheid meer tegen te houden.

Tegen de tijd dat ze de buitenwijken van Jeruzalem hadden bereikt, waren de sterren verbleekt en begon het licht te worden boven de westelijke Jordaanoever. Op Jaffa Road kwam het ochtendverkeer op gang, maar Narkiss Street leek nog in diepe slaap, onder het wakend oog van het Bureau. Eli Lavon had niet overdreven over de omvang van de beveiliging: aan beide uiteinden van de straat waren teams geposteerd, en er stond nog een derde team voor het kleine kalkstenen appartementsgebouw op nummer zestien.

Terwijl Gabriel het tuinpad op liep, realiseerde hij zich dat hij geen sleutel bij zich had. Dat bleek niet erg te zijn, want Chiara had de deur niet op slot gedaan. Zodra hij binnen was, zette hij zijn tas neer, maar toen hij zag hoe onberispelijk alles eruitzag, pakte hij de tas weer op en liep ermee de hal door.

De deur van de extra slaapkamer stond op een kier. Gabriel duwde hem verder open en keek naar binnen. Ooit was het zijn atelier geweest. Nu stonden er twee ledikantjes, het een roze opgemaakt, het ander blauw. Giraffen en olifanten marcheerden over de vloerbedekking. Wollige wolken dreven langs de muren. Gabriel werd overvallen door schuldgevoel. Aangezien hij er niet was geweest had Chiara het zelf maar gedaan. Terwijl hij zijn hand over het aankleedmeubel liet gaan, kwam er plotseling een herinnering bij hem op. Het was de avond van 18 april 1988. Toen Gabriel was thuisgekomen na de moord op Abu Jihad in Tunis bleek Dani hoge koorts te hebben. Die nacht had hij het gloeiende kind in zijn armen gehouden met op zijn netvlies voortdurend beelden van vuur en dood. Drie jaar later was het kind dood geweest.

Het scheen iets te maken te hebben met een man die Tariq heette…

Gabriel deed de deur dicht en liep de grote slaapkamer in. Aan de muur hing een portret van hem op ware grootte, geschilderd door Leah na Operatie Toorn van God. Eronder lag Chiara te slapen. Hij zette zijn tas onder in de kast, trok zijn schoenen en kleren uit en kroop naast haar in bed.

Ze verroerde zich niet, zich ogenschijnlijk niet bewust van zijn aanwezigheid. Toen vroeg ze plotseling: 'Vind je het mooi?'

'De kinderkamer?'

'Ja.'

'Die is prachtig, Chiara. Ik had alleen gewild dat je mij die wolken had laten schilderen.'

'Dat had ik ook gewild,' verklaarde ze. 'Maar ik was bang dat het misschien wel waar was.'

'Wat?'

Ze zei niets.

Gabriel deed zijn ogen dicht. En voor het eerst in drie dagen sliep hij.

Toen Gabriel eindelijk weer wakker werd, was het laat in de middag, en de schaduwen die over het bed vielen waren lang en dun. Hij stapte uit bed en liep naar de keuken voor een kop koffie.

Chiara zat naar de oorlog te kijken op de televisie. Er was zojuist een Israëlische bom gevallen op een Palestijnse school waarin uitsluitend vrouwen en jonge kinderen aanwezig waren geweest – dat beweerde Hamas althans. Er leek niets veranderd.

'Moeten we daarnaar kijken?'

Chiara zette het geluid zachter. Ze droeg een ruimvallende zijden broek, goudkleurige sandalen en een zwangerschapsblouse die elegant over haar gezwollen borsten en buik hing. Haar gezicht was niet veranderd. Ze zag er hooguit nog mooier en stralender uit dan Gabriel zich herinnerde. Plotseling vond hij het heel erg dat hij een maand samen met haar had gemist.

'Er zit koffie in de thermoskan.'

Gabriel schonk een kop in en vroeg Chiara hoe ze zich voelde.

'Alsof ik op knappen sta.'

'En is dat ook zo?'

'De dokter zegt dat ze nu ieder moment kunnen komen.'

'Nog complicaties?'

'Ik heb niet zoveel vruchtwater meer, en een van de kindjes is wat kleiner dan het andere.'

'Welke?'

'Het meisje. Met de jongen gaat het prima.' Ze keek hem even aan. 'Weet je lieverd, we zullen toch een keer een naam voor hem moeten kiezen.'

'Ik weet het.'

'Bij voorkeur voordat ze geboren zijn.'

'Misschien wel.'

'Moshe is een mooie naam.'

'Ja.'

'Ik heb Yaakov ook altijd erg leuk gevonden.'

'Ik ook. Hij is een prima agent. Maar er is een zekere Iraniër die hem het liefst nooit meer wil zien.'

'Reza Nazari?'

Gabriel keek op van zijn koffie. 'Hoe weet jij zijn naam?'

'Ik werd voortdurend op de hoogte gehouden tijdens je afwezigheid.'

'Door wie?'

'Wie denk je?' Chiara glimlachte. 'Ze komen trouwens eten.'

'Kan dat niet een andere avond? Ik ben net thuis.'

'Misschien moet je tegen hem zeggen dat je moe bent. Dat begrijpt hij vast wel.'

'Het zou nog makkelijker zijn,' zei Gabriel op vermoeide toon, 'Hamas ervan te overtuigen dat ze geen raketten meer op ons af moeten schieten.'

Tegen zonsondergang nam Gabriel een douche en verkleedde zich. Vervolgens reed hij samen met zijn bodyguards naar de Mahane Yehuda-markt om inkopen te doen voor het eten van die avond. Chiara had hem een lijstje gegeven, maar dat zat verfrommeld in zijn jaszak. In plaats daarvan deed hij boodschappen op zijn instinct, zijn favoriete methode, en kocht hij alles waar hij zin in had: noten, gedroogde vruchten, hummus, baba ganoush, brood, Israëlische salade met feta, kant-en-klare rijst en vlees, en een paar flessen wijn uit Galilea en de Golan-hoogvlakte. Een paar keer keek iemand naar hem om, maar verder werd zijn aanwezigheid in de drukke soek niet echt opgemerkt.

Toen Gabriel met zijn gevolg in Narkiss Street terugkeerde, stond er een Peugeot limousine voor het huis geparkeerd. Boven trof hij Chiara en Gilah Shamron in de woonkamer, te midden van tassen met kleding en andere dingen. Shamron was al naar het terras vertrokken om te roken. Gabriel deed de salades op schalen en zette die op het aanrecht in de keuken klaar. Nadat hij de rijst en het vlees in een warme oven had gezet, schonk hij twee glazen van zijn favoriete Israëlische sauvignon blanc in en liep daarmee naar het terras.

Het was al donker, en er begon een koude wind op te steken. De geur van Shamrons Turkse tabak vermengde zich met de scherpe geur van de eucalyptusboom in de voortuin van het gebouw. Het was een vreemd geruststellende lucht, dacht Gabriel. Hij gaf Shamron een glas wijn en ging naast hem zitten.

'Toekomstige hoofden van het Bureau,' zei Shamron op vriendelijk berispende toon, 'gaan geen boodschappen doen op de Mahane Yehuda-markt.'

'Wel als hun vrouw de afmetingen van een zeppelin heeft.'

'Dat zou ik maar niet meer hardop zeggen, als ik jou was.' Glimlachend hief Shamron zijn glas in Gabriels richting. 'Welkom thuis, jongen.'

Gabriel nam een slokje wijn, maar hij zei niets. Hij staarde naar de hemel in het zuiden, wachtend op de flits van een raket, of van het Iron Dome-afweergeschut. Welkom thuis...

'Ik heb vanochtend koffiegedronken met de premier,' zei Shamron. 'Ik moest je de groeten doen. Hij wilde ook graag weten wanneer je van plan bent de eed af te leggen.'

'Weet hij niet dat ik dood ben?'

'Leuk geprobeerd.'

'Ik zal wat tijd met mijn kinderen nodig hebben, Ari.'

'Hoeveel tijd?'

'Ervan uitgaand dat ze gezond zijn,' zei Gabriel nadenkend, 'zou ik zeggen drie maanden.'

'Drie maanden zonder chef is lang.'

'We zullen niet zonder chef zitten. We hebben Uzi.'

Omzichtig drukte Shamron zijn sigaret uit. 'Ben je nog steeds van plan hem aan te houden?'

'Desnoods met geweld.'

'Hoe moeten we hem noemen?'

'Laten we hem Uzi noemen. Dat is echt een heel goeie naam.'

Gabriel keek naar de jonge bodyguards beneden in de straat. Nooit zou hij zich nog in het openbaar vertonen zonder hen. Zijn vrouw en kinderen ook niet.

Shamron wilde een nieuwe sigaret opsteken, maar bedacht zich. 'Ik denk niet dat de premier erg blij zal zijn met drie maanden vaderschapsverlof. Sterker nog,' voegde hij eraan toe, 'hij vroeg zich af of je bereid zou zijn namens hem een politieke missie te ondernemen.'

'Waarheen?'

'Washington,' zei Shamron. 'Onze relatie met de Amerikanen kan wel wat restauratiewerk gebruiken. Jij hebt altijd goed met de Amerikanen kunnen opschieten. Zelfs de president lijkt je aardig te vinden.'

'Zover zou ik niet willen gaan.'

'Ben je bereid dat reisje te maken?'

'Sommige schilderijen zijn gewoon niet meer te repareren, Ari. Dat geldt ook voor sommige relaties.'

'Je zult de Amerikanen nodig hebben als je chef bent.'

'Jij hebt altijd gezegd dat ik ze op een afstand moest houden.'

'De wereld is veranderd, jongen.'

'Dat is waar,' zei Gabriel. 'De Amerikaanse president schrijft nu liefdesbrieven aan de ayatollah. En wij...' Nonchalant haalde hij zijn schouders op, maar hij zei niets meer.

'Amerikaanse presidenten komen en gaan, maar wij spionnen blijven.'

'Net als de Perzen,' merkte Gabriel op.

'Reza Nazari zal het Bureau in ieder geval geen *taqiyya* meer voorschotelen. Even voor alle duidelijkheid,' voegde Shamron eraan toe, 'ik heb nooit een hoge pet van hem opgehad.'

'Waarom heb je niets gezegd?'

'Dat heb ik wel.' Eindelijk stak Shamron zijn sigaret aan. 'Hij is trouwens terug in Teheran. Daar kan hij ook maar beter blijven. Anders zullen de Russen hem ongetwijfeld vermoorden.' Shamron glimlachte. 'Jouw operatie heeft een zaadje van wantrouwen geplant tussen twee van onze vijanden.'

'Dat het maar mag uitgroeien tot een enorme boom.'

'Hoelang nog tot de volgende onthulling?'

'Haar artikel verschijnt in de zondageditie.'

'De Russen zullen het uiteraard ontkennen.'

'Maar niemand zal hen geloven,' zei Gabriel. 'En ze zullen wel heel goed nadenken alvorens mij nogmaals tot doelwit te maken.'

'Je onderschat ze.'

'Nooit.'

Er viel een stilte. Gabriel luisterde naar de wind in de eucalyptusboom en naar het geluid van Chiara's zachte stem dat vanuit de woonkamer naar hen toe dreef. Het leek wel eeuwen geleden dat hij in South Armagh was. Zelfs Quinn werd ongrijpbaarder. Quinn die een vuurbal een snelheid van driehonderd meter per seconde kon geven. Quinn die in Libië een Palestijn had leren kennen die Tariq al-Hourani heette.

'Is dit hoe je het je had voorgesteld?' vroeg Shamron zacht.

'Thuiskomen?' Gabriel richtte zijn blik op de hemel in het zuiden en wachtte op een lichtflits. 'Ja,' zei hij na een tijdje. 'Dit is precies zoals ik het me had voorgesteld.'

83

NARKISS STREET, JERUZALEM

Zoals bij de meeste belangrijke dingen in zijn leven bereidde Gabriel zich op de geboorte van zijn kinderen voor alsof het een van zijn operaties was. Hij plande de vluchtroute, bereidde een back-upplan voor, en bedacht vervolgens back-ups voor zijn back-ups. Het was een schoolvoorbeeld van organisatie en timing, met maar weinig bewegende delen, afgezien dan van de ster van de show. Shamron bekeek het grondig, net als Uzi en de rest van Gabriels legendarische team. Ze vonden het zonder uitzondering een meesterwerk.

Erg veel andere dingen had Gabriel ook niet te doen. Voor het eerst in jaren had hij geen werk of werk in het vooruitzicht. Hij was erin geslaagd het Bureau in de wacht te zetten, en er waren ook geen schilderijen om te restaureren. Chiara was op dat moment zijn enige project. Het etentje met de Shamrons bleek achteraf de laatste keer te zijn geweest dat ze iets sociaals had gedaan. Ze voelde zich niet langer goed genoeg om bezoek te ontvangen en zelfs korte telefoontjes vond ze vermoeiend. Gabriel waakte over haar als een buitengewoon attente hoofdkelner die ervoor zorgde dat haar glas voortdurend gevuld was of dat het eten terugging naar de keuken als er ook maar iets aan mankeerde. Er was werkelijk niets op hem aan te merken: hij voorzag zonder mankeren in al haar behoeften, lichamelijk én emotioneel. Zelfs Chiara begon zich op een gegeven moment te storen aan zijn volmaakte gedrag.

Gezien Chiara's leeftijd en haar gecompliceerde voortplantingsgeschiedenis was er aan haar zwangerschap een verhoogd risico verbonden. Daarom wilde haar arts haar om de paar dagen zien en een echo maken. Toen Gabriel er niet was geweest, hadden haar bodyguards haar naar het Hadassah Medical Center begeleid, en zo nu en dan was Gilah Shamron meegegaan. Nu ging Gabriel met haar mee, inclusief zijn hele gevolg. In de onderzoeksruimte stond hij bezitterig naast Chiara, terwijl de arts de kop van het echoapparaat over Chiara's met gel ingesmeerde buik liet gaan. Aan het begin van de zwangerschap waren de twee kinderen afzonderlijk duidelijk te zien geweest. Nu was het moeilijk uit te maken waar het ene kind ophield en het andere begon, al was er af en toe ineens een verbijsterend helder beeld van een gezichtje of een handje dat Gabriels hartslag onmiddellijk opjoeg tot operatiefrequentie. De enigszins spookachtige beelden hadden wel iets weg van door röntgenstralen blootgelegde schetslijnen onder de verf van een schilderij. De afnemende hoeveelheid vruchtwater was te zien als zwarte eilandjes.

'Hoelang heeft ze nog?' vroeg Gabriel met de ernst van een man die het merendeel van zijn gesprekken voert in safehouses en over beveiligde telefoonverbindingen.

'Drie dagen,' zei de arts. 'Hooguit vier.'

'Bestaat er een kans dat ze voor die tijd komen?'

'Er is altijd een káns,' antwoordde de arts, 'dat de weeën vandaag onderweg naar huis beginnen. Maar erg waarschijnlijk is dat niet. Het vruchtwater zal op zijn voordat de weeën beginnen.'

'En dan?'

'Een keizersnede is het veiligst.'

De arts leek te merken dat hij er niet gerust op was. 'Het komt helemaal goed met uw vrouw,' zei hij. Met een glimlach voegde hij eraan toe: 'Ik ben blij dat u niet dood bent. We hebben u nodig. En uw kinderen ook.'

De bezoekjes aan het ziekenhuis waren de enige onderbreking van de lange, eentonige uren bedrust en wachten. Rusteloos van al dat nietsdoen verlangde Gabriel naar een project. Van Chiara mocht hij haar koffer voor het ziekenhuis inpakken, waarmee hij wel vijf minuten bezig was. Daarna ging hij op zoek naar een nieuwe bezigheid. Zijn zoektocht bracht hem in de kinderkamer, waar hij lange tijd voor Chiara's wolken bleef staan, een hand onder zijn kin, zijn hoofd een beetje scheef. 'Zou je het heel erg vinden,' vroeg hij aan Chiara, 'als ik ze een beetje bijwerk?'

'Wat is er mis mee?'

'Ze zijn heel mooi,' zei hij iets te snel.

'Maar?'

'Ze zijn een beetje kinderachtig.'

'Ze zijn ook voor kinderen bestemd.'

'Dat bedoelde ik niet.'

Met tegenzin gaf ze haar toestemming, op voorwaarde dat hij alleen maar kindvriendelijke verf gebruikte én dat hij binnen vierentwintig uur klaar was.

Gabriel haastte zich naar de dichtstbijzijnde verfwinkel, zijn bodyguards in zijn kielzog, en al snel was hij terug met de dingen die hij nodig had. Met de roller – een werktuig dat hij nooit gebruikte – liet hij Chiara's werk onder een vers laagje blauwe verf verdwijnen. Aangezien dat eerst moest drogen, kon hij die avond niet verder. Dus stond hij de volgende ochtend vroeg op en versierde de muur met snelle bewegingen met een stralende Titiaanachtige wolkenpartij. Als laatste voegde hij er nog een engeltje aan toe, een jongetje, dat over de rand van de hoogste wolk naar beneden keek. Dat figuurtje had hij geleend van Veroneses Maria en Christuskind verheven in glorie met heiligen. Met tranen in zijn ogen en een licht trillende hand gaf hij de engel het gezicht van zijn zoon zoals hij dat de avond van zijn dood had gezien. Hij plaatste zijn handtekening en de datum en toen was het klaar.

Later die dag publiceerde de Londense Sunday Telegraph een exclusief artikel waarin Rusland en de Russische buitenlandse inlichtingendienst werden gelinkt aan de moord op de prinses, de bomaanslag op Brompton Road, de dood van vier MI6-beveiligingsmensen in West-Cornwall en het bloedbad in Crossmaglen in Noord-Ierland. De operatie was volgens het artikel een represailleactie voor het intrekken van lucratieve Russische rechten om naar olie te boren in de Noordzee en het overlopen van Madeline Hart, de Russische spion die korte tijd het bed had gedeeld met premier Lancaster. De Russische president had de opdracht gegeven. Alexei Rozanov, de SVR-agent die onlangs dood was gevonden in Duitsland, had de leiding gehad over de uitvoering ervan. Zijn belangrijkste man was Eamon Quinn geweest, de man van de bom in Omagh die internationaal huurmoordenaar was geworden. Quinn werd op dat moment vermist, en er werd wereldwijd jacht op hem gemaakt.

De reactie op het artikel was onmiddellijk en explosief. Premier Lancaster veroordeelde de acties van het Kremlin als 'barbaars', een gevoel dat werd gedeeld aan de andere kant van de Atlantische Oceaan, in Washington, waar politici van beide kanten eisten dat Rusland uit de G8 en de andere economische clubjes van het Westen zou worden gezet.

In Moskou deed een woordvoerder van het Kremlin het verhaal van de Telegraph af als anti-Russische propaganda, en hij verzocht de verslaggeefster, Samantha Cooke, dringend de identiteit van haar bronnen te onthullen – iets wat ze tijdens een hele serie interviews op televisie vastberaden bleef weigeren. Mensen die het konden weten, suggereerden dat de Israëliërs ongetwijfeld een handje hadden geholpen. Per slot van rekening, zeiden ze, had de Russische operatie het leven gekost aan een legende. Als er iemand was die Russisch bloed wilde zien, waren het de Israëliërs wel.

In Israël wilde niemand van officiële zijde over het artikel van de

Telegraph praten – niet namens de premier, niet bij het ministerie van Buitenlandse Zaken en al helemaal niet op King Saul Boulevard, waar buitenlijnen niet werden opgenomen.

Er was wel een klein berichtje op een Israëlische roddelsite dat een reactie opriep. Daarin werd beweerd dat de Israëlische agent die bij de bomaanslag op Brompton Road was gedood onlangs op de Mahane Yehuda-markt was gesignaleerd, en dat hij er niet echt onder geleden leek te hebben. Een niet nader genoemde medewerker van een niet nader genoemd ministerie noemde het bericht 'larie'.

Maar zijn buren in Narkiss Street zouden, als ze hem niet tot iedere prijs hadden willen beschermen, een heel ander verhaal hebben verteld. Net als het personeel van het Hadassah Medical Center en de rabbijnen die hem later die middag een steen op een graf op de Olijfberg zagen plaatsen. Ze deden geen poging hem aan te spreken, omdat ze zagen dat hij verdriet had. Hij verliet de begraafplaats in de schemering en doorkruiste Jeruzalem op weg naar de Herzlberg. Daar was een vrouw die moest weten dat hij nog leefde, ook al zou ze zich hem niet meer herinneren zodra hij was vertrokken.

84

HERZLBERG, JERUZALEM

Tijdens de rit vanaf de Olijfberg begon het zacht te sneeuwen over Gods gebroken stad op een heuvel. De sneeuw vormde een dun laagje op de kleine, ronde oprit van het Mount Herzl Psychiatric Hospital en legde een wit waas over de takken van de parasolden in de ommuurde tuin.

Binnen staarde Leah door de ramen van de gemeenschappelijke ruimte met een lege blik naar de sneeuw. Ze zat in haar rolstoel. Haar haar was grijs en in een praktisch kort kapsel geknipt, haar handen waren verwrongen en wit van het littekenweefstel. Haar arts, een man die wel iets weg had van een rabbijn met zijn ronde gezicht en zijn wonderbaarlijk veelkleurige baard, had gezorgd dat er geen andere patiënten meer in de ruimte waren. Hij leek niet heel verbaasd dat Gabriel nog leefde. Hij zorgde nu al meer dan tien jaar voor Leah en wist meer over de legende dan de meeste mensen.

'U had me moeten waarschuwen dat het allemaal bedrog was,' zei de arts. 'Dan hadden we haar er op de een of andere manier tegen kunnen beschermen. Zoals te verwachten heeft uw dood aardig wat onrust veroorzaakt.'

'Daarvoor was geen tijd.'

'U had er ongetwijfeld een goede reden voor,' zei de dokter op verwijtende toon.

'Inderdaad.' Gabriel wachtte een paar seconden in de hoop dat de scherpe kantjes van het gesprek zouden verdwijnen. 'Ik weet nooit hoeveel ze begrijpt.'

'Ze weet meer dan je zou denken. We hebben een paar moeilijke dagen achter de rug.'

'En nu?'

'Het gaat wel weer beter, maar u moet nog steeds voorzichtig met haar zijn.' Hij drukte Gabriel de hand. 'Neem zoveel tijd als u wilt. Ik ben in mijn kantoor, mocht u me ergens voor nodig hebben.'

Nadat de arts was vertrokken, liep Gabriel behoedzaam verder over de kalkstenen tegels van de gemeenschappelijke ruimte. Naast Leah was een stoel klaargezet. Ze keek nog steeds naar de sneeuw. Maar op welke stad viel die sneeuw? Was ze op dat moment in Jeruzalem? Of zat ze gevangen in het verleden? Leah leed aan een bijzonder heftige combinatie van een posttraumatische stressstoornis en een psychotische depressie. In haar verwaterde geheugen was tijd een ongrijpbaar begrip geworden. Gabriel wist nooit precies met welke Leah hij zou worden geconfronteerd. Het ene moment kon ze de buitengewoon getalenteerde schilder zijn op wie hij verliefd was geworden op de Bezalel Academy of Art and Design in Jeruzalem. Het volgende moment was ze de volwassen moeder van een prachtig jongetje die erop had gestaan haar man op een zakenreis naar Wenen te vergezellen.

Enkele minuten lang bleef ze nog naar de sneeuw kijken, bijna zonder met haar ogen te knipperen. Misschien was ze zich niet bewust van zijn aanwezigheid. Of misschien wilde ze hem straffen omdat hij haar had laten denken dat hij dood was. Eindelijk draaide ze haar hoofd naar hem toe en liet ze haar blik over hem heen glijden, alsof ze iets zocht wat ze was kwijtgeraakt in de warboel van haar geheugen. 'Gabriel?' vroeg ze.

'Ja, Leah.'

'Ben jij het echt, liefste? Of ben ik aan het hallucineren?'

'Ik ben het echt.'

'Waar zijn we?'

'In Jeruzalem.'

Ze wendde haar hoofd weer af om naar de sneeuw te kijken. 'Mooi, hè?'

'Ja, Leah.'

'De sneeuw vergeeft Wenen haar zonden. De sneeuw valt op Wenen, terwijl het op Tel Aviv raketten regent.' Nu keek ze hem weer aan. 'Ik hoor ze 's nachts,' zei ze.

'Wat hoor je?'

'De raketten.'

'Je bent hier veilig, Leah.'

'Ik wil met mijn moeder praten. Ik wil mijn moeders stem horen.'

'We zullen haar bellen.'

'Zorg dat Dani goed vastzit in zijn stoeltje. Het is glad op straat.'

'Er kan hem niets overkomen, Leah.'

Ze keek naar zijn handen en zag daarop wat verfresten zitten. Dat leek haar weer in het heden terug te brengen. 'Ben je aan het werk geweest?' vroeg ze.

'Een beetje.'

'Iets belangrijks?'

Hij moest even iets wegslikken. 'Een kinderkamer, Leah.'

'Voor jouw kinderen?'

Hij knikte.

'Zijn ze al geboren?'

'Bijna,' zei hij.

'Een jongen en een meisje?'

'Ja, Leah.'

'Hoe ga je het meisje noemen?'

'Ze gaat Irene heten.'

'Dat is de naam van je moeder.'

'Inderdaad.'

'Is ze dood, je moeder?'

'Al heel lang.'

'En de jongen? Hoe ga je de jongen noemen?'

Gabriel aarzelde even en zei toen: 'De jongen gaat Raphael heten.'

‘De engel van de genezing.’ Ze glimlachte. ‘Ben jij al genezen, Gabriel?’

‘Nog niet helemaal.’

‘Ik ook niet.’

Ze keek op naar de televisie, een verwarde uitdrukking op haar gezicht.

Gabriel pakte haar hand. Het littekenweefsel voelde koud en stevig aan. Het was als een schildersdoek. Hij zou het maar al te graag retoucheren maar dat kon niet. Leah was het enige in de wereld wat hij niet kon restaureren.

‘Ben je dood?’ vroeg ze plotseling.

‘Nee, Leah, ik ben hier bij jou.’

‘Op de televisie zeiden ze dat je gedood was in Londen.’

‘Dat moesten we zeggen.’

‘Waarom?’

‘Dat is niet belangrijk.’

‘Dat zeg je altijd, liefste.’

‘Echt?’

‘Alleen als dat ook echt zo is.’ Ze richtte haar ogen weer op hem. ‘Waar was je?’

‘Ik was op zoek naar de man die Tariq heeft geholpen de bom te maken.’

‘Heb je hem gevonden?’

‘Bijna.’

Ze gaf zijn hand een kneepje. ‘Het is lang geleden, Gabriel. En het zal ook niets veranderen. Ik blijf zoals ik ben. En jij blijft met een andere vrouw getrouwd.’

Gabriel kon haar beschuldigende blik niet langer verdragen, dus keek hij naar de sneeuw.

Na een paar seconden volgde ze zijn voorbeeld. ‘Ik mag ze toch wel zien, hè, Gabriel?’

'Zo snel mogelijk.'

'En je zult goed voor ze zorgen, vooral voor de jongen?'

'Natuurlijk.'

Plotseling werden haar ogen groter. 'Ik wil mijn moeders stem horen.'

'Ik ook.'

'Zorg dat Dani goed vastzit in zijn stoeltje.'

'Dat zal ik doen,' zei Gabriel. 'Het is glad op straat.'

Tijdens de rit terug naar Narkiss Street kreeg Gabriel een sms'je van Chiara waarin ze vroeg hoe laat hij terug was. Aangezien hij al om de hoek was, reageerde hij niet. In plaats daarvan haastte hij zich het tuinpad op, een duidelijke serie voetstappen maatje drieënveertig achterlatend in de maagdelijke sneeuw. Zodra hij de trap op was gerend en de deur had opengedaan, zag hij de koffer die hij zo zorgvuldig had ingepakt in de hal staan. Chiara zat op de bank, aangekleed en met haar jas aan, zacht voor zich uit zingend terwijl ze door een tijdschrift bladerde.

'Waarom heb je dit niet eerder gezegd?' vroeg Gabriel.

'Ik dacht dat het een leuke verrassing zou zijn.'

'Ik heb een hekel aan verrassingen.'

'Dat weet ik.' Ze schonk hem een mooie glimlach.

'Wat is er gebeurd?'

'Ik voelde me niet lekker vanmiddag en dus heb ik de dokter gebeld. Hij dacht dat we het maar moesten doen.'

'Wanneer?'

'Vanavond, lieve schat. We moeten naar het ziekenhuis.'

Gabriel leek plotseling in een standbeeld veranderd.

'Dan moet jij me nu dus overeind helpen,' zei Chiara.

'O, ja, natuurlijk.'

'En vergeet de tas niet.'

'Wacht... Wat?'

'De koffer, schat. Ik heb dingen nodig in het ziekenhuis.'

'Ja, het ziekenhuis.'

Gabriel hielp Chiara de trap af, de tuin uit en de stoep over, zichzelf de hele tijd verwijtend dat hij verzuimd had de mogelijkheid van sneeuw in zijn planning op te nemen.

Op de achterbank van de SUV legde ze haar hoofd op zijn schouder en deed haar ogen dicht. Gabriel snoof de bedwelmende geur van vanille op en keek naar de sneeuwvlokken die tegen het raam dansten. Het was mooi, dacht hij. Het mooiste wat hij ooit had gezien.

85

BUENOS AIRES

HET WAS NIET BEPAALD ZO dat ze niets anders te doen hadden dat voorjaar. Per slot van rekening moest het zelfs de minst oplettende kijkers – de historisch hersendoden zoals Graham Seymour ze in zijn donkerste momenten noemde – zijn opgevallen dat de wereld gevaarlijk aan het wankelen was gebracht. Aangezien Seymour dus krap in de mensen zat, zette hij maar één man op de zaak. Niet dat dat erg was: meer dan één man had hij ook niet nodig. Hij gaf de man een koffertje vol geld en behoorlijk veel speelruimte. Het koffertje kwam uit een winkel aan Jermyn Street. Het geld was Amerikaans, want in het schimmenrijk der spionnen werd nog altijd met dollars betaald.

Hij reisde onder vele namen dat voorjaar, geen daarvan zijn eigen naam. Sterker nog, eigenlijk had hij op dat punt in zijn leven en carrière niet echt een naam. Zijn ouders, met wie hij onlangs was herenigd, noemden hem bij de naam die ze hem bij zijn geboorte hadden gegeven. Op zijn werk, daarentegen, was hij alleen maar bekend onder een viercijferige code. Zijn flat in Chelsea was officieel eigendom van een bedrijf dat niet bestond. Hij was er ook nog maar één keer geweest.

Zijn zoektocht bracht hem op veel gevaarlijke plaatsen, wat niet uitmaakte omdat hij zelf ook een gevaarlijk man was. Hij bracht een paar dagen door in Dublin op het bloedlinke snijpunt van drugs en rebellie, en bracht toen een bezoekje aan Lissabon, voor het geval de relatie van zijn prooi met die stad toch iets minder vluchtig was geweest dan hij dacht. Een akelig gerucht bracht hem naar een godverlaten dorp in Wit-Rusland; een onderschepte e-mail naar Istanbul.

Daar ontmoette hij een bron die beweerde zijn doelwit te hebben gezien in een door ISIS beheerst gebied in Syrië. Met de met tegenzin gegeven zegen van Londen stak hij te voet de grens over en ging hij vermomd als Arabier naar het huis waar zijn doelwit zou wonen. Het huis was leeg, afgezien van wat stukjes bedrading en een notitieboekje met verschillende constructietekeningen van bommen. Met het notitieboekje in zijn zak keerde hij terug naar Turkije. Onderweg zag hij wreedheden die hij niet snel zou vergeten.

Eind februari was hij in Mexico waar wat smeergeld hem een aanwijzing opleverde waardoor hij in Panama belandde. Daar hield hij een week lang een leeg appartement aan de Playa Farallón in de gaten. Vervolgens vloog hij in een opwelling naar Rio de Janeiro, waar een plastisch chirurg met een dubieuze klantenkring toegaf dat hij onlangs het uiterlijk van de man die hij zocht had veranderd. Volgens de arts had de patiënt beweerd dat hij in Bogotá woonde, maar een bezoek aan die stad leverde niets anders op dan een radeloze vrouw die wellicht zijn kind droeg en wellicht ook niet. De vrouw raadde hem aan in Buenos Aires te gaan zoeken, wat hij ook deed. En dáár, op een koele middag in april, werd eindelijk een oude schuld ingelost.

Hij kookte in een restaurant dat Brasserie Petanque heette, in de zuidelijke *barrio* San Telmo. Zijn appartement was om de hoek, op de tweede verdieping van een gebouw dat eruitzag alsof het zo van de Boulevard Saint-Germain was geplukt.

Aan de overkant van de straat was een café waar Keller koffie zat te drinken aan een tafeltje buiten. Hij droeg een hoed met een rand en een zonnebril. Zijn haar zag eruit alsof hij vroeg grijs was geworden, met een heel natuurlijke glans. Het leek alsof hij een Spaans literair tijdschrift zat te lezen. Dat was niet zo.

Hij legde wat peso's op het tafeltje, stak de straat over en ging de hal van het appartementsgebouw binnen. Een cyperse kat draaide om zijn benen, terwijl hij de naam op de brievenbus van appartement 309 stond te lezen. Boven bleek de deur van het appartement op slot. Dat maakte niet uit, want Keller had voor vijfhonderd dollar bij de onderhoudsman van het gebouw een kopie van de sleutel geregeld.

Keller trok zijn wapen, waarna hij naar binnen ging en de deur achter zich dichtdeed. Het appartement was klein en schaars gemeubileerd. Naast het bed lag een stapel boeken, en er stond een kortegolfradio. De boeken waren dik, zwaar en wetenschappelijk van aard. De radio was van een kwaliteit die je niet vaak meer tegenkwam. Keller zette hem aan, het geluid heel zacht. My Funny Valentine van Miles Davis. Hij glimlachte. Hij was op de juiste plaats aangekomen.

Hij deed de radio weer uit en schoof het gordijn voor het raam dat Quinns laatste uitzicht op de wereld gaf een klein stukje opzij. En daar bleef hij de rest van de middag staan, met de discipline van een doorgewinterd observatiespecialist.

Eindelijk dook er bij het café een man op die aan het tafeltje plaatsnam waaraan Keller eerder die dag ook had gezeten. Hij dronk bier uit de streek en droeg kleding uit de streek. Toch was duidelijk dat hij niet in Argentinië was geboren.

Keller zette een minitelescoop aan zijn oog en bestudeerde het gezicht van de man. De Braziliaan had knap werk geleverd, dacht hij. De man aan het tafeltje was onherkenbaar. Het enige wat hem verraadde, was de manier waarop hij zijn mes hanteerde nadat de eigenaar hem zijn biefstuk had gebracht. Quinn mocht een uitmuntend technicus zijn, zijn beste werk deed hij nog altijd met een mes.

Met de telescoop tegen zijn oog gedrukt bleef Keller bij het raam staan, kijkend, wachtend, terwijl Quinn het laatste maal at dat hij ooit zou nuttigen. Toen Quinn klaar was, betaalde hij de eigenaar, stond op en stak de straat over.

Keller liet de kleine telescoop in zijn zak glijden en ging klaarstaan in de hal, zijn wapen met gestrekte armen voor zich uit. Niet veel later hoorde hij voetstappen in de gang, gevolgd door het geluid van een sleutel die in het slot werd omgedraaid. Kellers gezicht heeft Quinn nooit gezien, en de twee kogels die een einde maakten aan zijn leven– een voor Elizabeth Conlin, de ander voor Dani Allon – heeft hij nooit gevoeld. Dat was het enige wat Keller jammer vond.

NAWOORD VAN DE AUTEUR

De Engelse spion is geschreven ter vermaak en dient ook als zodanig te worden gelezen. De namen, personages, plaatsen en gebeurtenissen die in het verhaal voorkomen, zijn ontsproten aan de verbeelding van de schrijver of in fictieve zin gebruikt. Iedere gelijkenis met bestaande personen, nog in leven of reeds overleden, zaken, bedrijven, gebeurtenissen of locaties berust op louter toeval.

Er staat inderdaad een heel mooi huisje aan de zuidkant van de Gunwalloe vissersbaai dat de schrijver altijd heeft doen denken aan *La maison du douanier* van Monet, maar voor zover ik weet zijn Gabriel Allon en Madeline Hart daar geen van beiden ooit geweest. Ook moeten lezers niet op zoek gaan naar Gabriel op Narkiss Street 16, want Chiara en hij hebben hun handen op dit moment meer dan vol. Volgens de berichten uit Jeruzalem gaat het goed met moeder en kinderen. Over de vader hebben we het nu even niet. Daarover meer in het volgende deel van de serie.

Bezoekers van het Noord-Engelse stadje Fleetwood zullen tevergeefs zoeken naar een internetcafé tegenover de fish-and-chips-zaak. In Gunwalloe is geen pub die Lamb and Flag heet, net zomin als er een bar in Crossmaglen is met de naam Emerald, al zijn er wel verschillende die erop lijken. Excuses aan het management van restaurant Le Piment op het eiland Saint Barthélemy voor het plaatsen van een IRA-bommenmaker in hun kleine maar fantastische keuken. Ook excuses aan restaurant Die Bank in Hamburg, het InterContinental Hotel in Wenen en vooral aan het Kempinski Hotel in Berlijn. Het moet een behoorlijke bende zijn geweest in kamer 518.

Ik ben me er terdege van bewust dat het hoofdkwartier van de Israëlische geheime dienst niet langer aan de King Saul Boulevard in Tel Aviv is gevestigd. Mijn fictieve dienst verblijft daar echter nog wel, deels omdat ik de naam aardiger vind dan de huidige locatie, die ik hier niet zal noemen. Ook wordt me vaak gevraagd of Don Anton Orsati is gebaseerd op een bestaand persoon. De don, zijn dal en zijn unieke bedrijf zijn allemaal verzonnen door de schrijver.

De Engelse spion is het vierde verhaal over Gabriel Allon waarin de beste huurmoordenaar van de don voorkomt: voormalig SAS-commando Christopher Keller. Het boek eindigt op de plaats waar Kellers geschiedenis begon, in de gevaarlijke groene heuvels van South Armagh. Op het dieptepunt van de lange en bloedige oorlog om Noord-Ierland was de regio met recht de gevaarlijkste plek ter wereld om een politie- of legeruniform te dragen. Het grootste aantal slachtoffers viel op 27 augustus 1979, toen twee grote bermbommen bij Warrenpoint achttien Britse soldaten doodden. Slechts een paar uur voor die aanslag was Lord Mountbatten, een Brits staatsman en familie van koningin Elizabeth II, gedood door een IRA-bom die aan boord van zijn vissersboot was verstopt – een incident waarop de beginpassages van De Engelse spion zijn geïnspireerd. Het moge duidelijk zijn dat ik veel heb geleend uit het leven van Diana, prinses van Wales, bij het creëren van mijn fictieve prinses, maar het was geenszins mijn bedoeling te suggereren dat Diana door moord om het leven is gekomen. Ze is gestorven in een tunnel in Parijs omdat er een man achter het stuur van haar auto zat die te veel had gedronken, niet omdat er sprake was van een internationaal complot.

Er is veel geschreven over de lange strijd van de Ierse Republiek tegen de illegale narcotica. Minder bekend, daarentegen, is de rol die elementen van de Real IRA, de in 1997 opgerichte dissidente terroristengroepering, in de drugshandel hebben gespeeld. De organisatie, waartoe verschillende leden van de South Armagh Brigade van de IRA behoorden, voerde een serie verwoestende bomaanslagen uit in het voorjaar en de zomer van 1998, toen Noord-Ierland voorzichtig op vrede af stevende. De bloedigste bomaanslag was die op het marktstadje Omagh op 15 augustus, waarbij negenentwintig mensen werden gedood en nog eens tweehonderd gewonden vielen. Details van de aanslag die in het boek voorkomen zijn correct, al heb ik me wat artistieke vrijheid veroorloofd bij het beschrijven van de acties van mijn fictieve Britse spionnenbaas Graham Seymour. Eamon Quinn en Liam Walsh zaten die dag niet in de bomauto, aangezien zij verzonnen zijn door de schrijver.

Op het moment dat ik dit schrijf, zijn de echte plegers van de bomaanslag nog steeds niet officieel geïdentificeerd. Alleen zij weten waarom ze de bomauto op de verkeerde plaats parkeerden, aan Lower Market Street. En alleen zij weten waarom ze onjuiste waarschuwingen lieten uitgaan naar de media en de Royal Ulster Constabulary, aldus de omstandigheden creërend voor een noodlottig verlies van onschuldige levens. Hun namen zijn ongetwijfeld bekend bij de politie en inlichtingendiensten van Ierland en het Verenigd Koninkrijk. Toch is er zeventien jaar na de bomaanslag nog niemand veroordeeld voor de grootste massamoord in de Britse of Ierse geschiedenis. In juni 2009 beval een rechter in Noord-Ierland vier mannen – Michael McKevitt, Liam Campbell, Colm Murphy en Seamus Daly – de families van de slachtoffers van Omagh anderhalf miljoen pond te betalen. Tot op de dag van vandaag is er nog geen cent afgedragen. In april 2014 werd Seamus Daly gearresteerd in een winkelcentrum in South Armagh, waar hij openlijk woonde, en beschuldigd van negenentwintig moorden. Afgaand op zaken uit het verleden is de kans op een succesvolle vervolging gering. In 2002 veroordeelde het Ierse Special Criminal Court Colm Murphy voor samenzwering tot de bomaanslag; een uitspraak die in hoger beroep werd verworpen. Murphy's neef stond in 2006 terecht in Noord-Ierland, maar werd vrijgesproken.

In de nasleep van de Goede Vrijdag-akkoorden kwamen de Britse inlichtingendiensten tot de ontdekking dat bijzonder bekwame IRA-bommenmakers hun kennis op de open markt verkochten. Een van de landen waar de IRA-terroristen hun dodelijke handel aanboden, was de Islamitische Republiek Iran. Historicus Gordon Thomas schreef in Secret Wars, zijn boek over MI6, dat een delegatie IRA-terroristen in 2006 in het geheim naar Teheran was gereisd om Iran te helpen een antitankwapen te maken voor hun Libanese klant Hezbollah – een wapen dat een vuurbal kon produceren die ruim driehonderd meter per seconde aflegde. Hezbollah zette het wapen in tegen Israëlische tanks en pantservoertuigen, maar ook Britse soldaten die in Irak dienden werden geconfronteerd met door de IRA ontwikkelde technologie. In 2005 werden acht Britse soldaten in Basra gedood door een complexe bermbom die identiek was aan exemplaren die door de IRA in South Armagh waren gebruikt. Terrorismebestrijdingsexperts veronderstelden dat de blauwdrukken van het wapen in Irak terecht waren gekomen als gevolg van de reeds lang bestaande banden van de IRA met de PLO. Beide organisaties konden op de steun van Muammar Kadhafi van Libië rekenen, en ze trainden ook allebei in zijn beruchte woestijnkampen, waar ze kennis en middelen deelden. Libië leverde nagenoeg alle semtex die door de IRA tijdens de oorlog om Noord-Ierland werd gebruikt.

Maar Libië was niet de enige staat die de IRA hielp. Ook de KGB verleende materiële steun aan de terroristen in een poging chaos te creëren in Groot-Brittannië en zo de Atlantische alliantie te verzwakken. In de kwarteeuw sinds het uiteenvallen van de Sovjet-Unie is er heel wat veranderd, maar onrust zaaien in de westerse alliantie blijft een van de belangrijkste doelen van Rusland onder Vladimir Poetin. Poetin zou niets liever willen dan een volledige instorting van de NAVO, zodat hij het Russische rijk in ere kan herstellen zonder dat het bemoeizuchtige Westen in de weg staat. Onder zijn leiderschap sluist Rusland weer stiekem geld naar extreme politieke partijen in West-Europa, zowel aan de linker- als aan de rechterkant. De politieke ideeën van zijn vrienden kunnen Poetin schijnbaar niet veel schelen, zolang ze maar tegen de Verenigde Staten zijn en zijn wereldvisie in grote lijnen delen. Bovendien heeft Poetin zelf niet echt politieke ideeën. Hij is een kleptocraat en heeft geen ander doel dan het cynische uitoefenen van macht.

Gabriel raakte voor het eerst met Rusland in de clinch in De Moskou regels, dat in de zomer van 2008 uitkwam, toen Moskou werd overspoeld met inkomsten uit olie en mensen met kritiek op het Kremlin op straat werden vermoord. Helaas bleek het boek een vooruitziende blik te tonen, getuige de manier waarop het Kremlin zich de laatste tijd gedraagt. Het steunt een moordzuchtig regime in Syrië. Het heeft erin toegestemd geavanceerde luchtafweerraketten aan Iran te verkopen. De Krim en Oost-Oekraïne staan onder Russisch gezag. Met kernwapens geladen Russische bommenwerpers komen gevaarlijk dicht in de buurt van NAVO-bondgenoten. Sterker nog, twee Russische bommenwerpers zijn laatst voor de lol over het Kanaal gevlogen met hun transponders uit, waardoor de burgerluchtvaart urenlang verstoord was. Terwijl het Westen bezuinigt op defensie, moderniseert het Rode Leger in een moordend tempo. Poetin heeft zelfs openlijk gesproken over het inzetten van tactische nucleaire wapens om zijn verworvenheden veilig te stellen.

Brits minister van Buitenlandse Zaken Philip Hammond heeft alle reden verontrust te zijn over wat hij ziet. In maart 2015 beschreef hij Rusland als 'de allergrootste bedreiging' van de Britse veiligheid. Maar een maand later gaf president Obama blijk van een totaal andere kijk op de zaak. Hij deed Rusland af als een 'regionale macht' die eerder handelt uit zwakte dan uit macht. Dat zou dus impliceren dat Vladimir Poetin met het binnenvallen van de Oekraïne en het annexeren van de Krim eigenlijk aan de verliezende hand is. Was dat maar waar. Poetin is aan de winnende hand, wat betekent dat Oekraïne nog maar een voorproefje is van wat er allemaal komen gaat.

OVER DE SCHRIJVER

Daniel Silva, die met zijn boeken diverse prijzen heeft gewonnen en op nummer één heeft gestaan van de New York Times-bestsellerlijst is schrijver van The Unlikely Spy (De onwaarschijnlijke spion), The Mark of the Assassin (Het teken van de beul), The Marching Season (De hand van de beul), The Kill Artist (De perfecte moordenaar), The English Assassin, The Confessor, A Death in Vienna, Prince of Fire, The Messenger, The Secret Servant, Moscow Rules (De Moskou regels), The Defector, The Rembrandt Affair, Portrait of a Spy (Portret van een spion), The Fallen Angel (Gevallen engel), The English Girl (Het Engelse meisje) en The Heist (De Roof). Zijn boeken worden in meer dan dertig landen uitgegeven en zijn overal ter wereld bestsellers. Hij is lid van de United States Holocaust Memorial Council en woont in Florida met zijn vrouw, Jamie Gangel, en hun twee kinderen, Lily en Nicholas.

www.danielsilvabooks.com

DANKWOORD

IK BEN VEEL DANK VERSCHULDIGD aan mijn vrouw, Jamie Gangel, die geduldig luisterde terwijl ik me door de kronkels en wendingen van De Engelse spion worstelde, en die met vaardige hand de stapel papier die ik eufemistisch mijn eerste concept noemde honderd pagina's kleiner maakte. Zonder haar voortdurende steun en haar buitengewone aandacht voor details zou mijn manuscript nooit voor de deadline af zijn geweest. Mijn dank jegens haar is oneindig, net als mijn liefde voor haar. Mijn kinderen Lily en Nicholas zijn tijdens het schrijven een constante bron van inspiratie geweest. Ik heb groot respect voor wat ze allemaal hebben bereikt.

Louis Toscano, mijn dierbare vriend en al heel lang mijn editor, heeft talloze verbeteringen in het boek aangebracht, groot en klein. Mijn persoonlijke copy editor met adelaarsblik Kathy Crosby heeft ervoor gezorgd dat er geen type- of grammaticafouten meer in de tekst staan. Mochten er fouten aan hun alziende blik zijn ontsnapt, dan is dat mijn verantwoordelijkheid, niet die van hen.

Het spreekt voor zich dat dit boek nooit uitgegeven had kunnen worden zonder de steun van mijn team bij HarperCollins, maar ik zeg het toch maar even, aangezien zij de besten in hun vak zijn. Mijn speciale dank gaat uit naar Jonathan Burnham, Brian Murray, Michael Morrison, Jennifer Barth, Josh Marwell, Tina Andreadis, Leslie Cohen, Leah Wasielewski, Robin Bilardello, Mark Ferguson, Kathy Schneider, Brenda Segel, Carolyn Bodkin, Doug Jones, Katie Ostrowka, Erin Wicks, Shawn Nicholls, Amy Baker, Mary Sasso, David Koral en Leah Carlson-Stanisic. Mijn oprechte dank ook aan mijn juridische team, Michael Gendler en Linda Rappaport, voor hun steun en wijze raad.

Ik heb honderden boeken, kranten- en tijdschriftartikelen en websites geraadpleegd terwijl ik met dit manuscript bezig was, veel te veel om hier allemaal te noemen. Maar ik zou tekortschieten als ik hier niet de buitengewoon uitgebreide kennis en verslaglegging zou noemen van Martin Dillon, Peter Taylor, Ken Connor, Mark Urban, John Mooney en Michael O'Toole, en Toby Harnden, auteur van de uitgebreide studie over de South Armagh Brigade.

Tot slot had dit boek, net als de vorige veertien boeken uit de Gabriel Allon-reeks, niet geschreven kunnen worden zonder de hulp van David Bull. In tegenstelling tot de fictieve Gabriel Allon is David écht een van de beste kunstrestaurateurs ter wereld, en ik bof dat ik hem tot mijn vrienden mag rekenen. Als mannen als David de wereld zouden regeren, zou mijn held een heel rustig leventje hebben. Misschien zou hij dan zelfs de kans hebben gekregen die Caravaggio te restaureren. En ongetwijfeld zou hij David om advies hebben gevraagd voordat hij er ook maar een vinger naar zou hebben uitgestoken.

ISBN: 978 90 347 54721